Virginia Woolf
# O leitor comum

Virginia Woolf
# O leitor comum

Tradução
Marcelo Pen e Ana Carolina Mesquita

**TORDSILHAS**

2023

# O leitor comum

Copyright © 2023 da Starlin Alta Editora e Consultoria Eireli.
ISBN: 978-65-5568-074-4

*Translated from original The Common Reader. Copyright © 1984 by Virginia Woolf. All rights reserved including the right of reproduction in whole or in part in any form. PORTUGUESE language edition published by Starlin Alta Editora e Consultoria Eireli, Copyright © 2023 by Starlin Alta Editora e Consultoria Eireli.*

Impresso no Brasil — 1ª Edição, 2023 — Edição revisada conforme o Acordo Ortográfico da Língua Portuguesa de 2009.

---

Dados Internacionais de Catalogação na Publicação (CIP) de acordo com ISBD

W913l    Woolf, Virginia
            O leitor comum / Virginia Woolf. - Rio de Janeiro : Tordesilhas, 2023.
            288 p. ; 15,7cm x 23cm.

            Tradução de: The Common Reader
            Inclui índice e bibliografia.
            ISBN: 978-65-5568-074-4

            1. Literatura inglesa – História e crítica. I. Título.

2023-1868                                                    CDD 820.9
                                                              CDU 821.111

Elaborado por Odilio Hilario Moreira Junior - CRB-8/9949

Índice para catálogo sistemático:
1. Literatura inglesa - História e crítica 820.9
2. Literatura inglesa 821.111

---

Todos os direitos estão reservados e protegidos por Lei. Nenhuma parte deste livro, sem autorização prévia por escrito da editora, poderá ser reproduzida ou transmitida. A violação dos Direitos Autorais é crime estabelecido na Lei nº 9.610/98 e com punição de acordo com o artigo 184 do Código Penal.

A editora não se responsabiliza pelo conteúdo da obra, formulada exclusivamente pelo(s) autor(es).

**Marcas Registradas:** Todos os termos mencionados e reconhecidos como Marca Registrada e/ou Comercial são de responsabilidade de seus proprietários. A editora informa não estar associada a nenhum produto e/ou fornecedor apresentado no livro.

**Erratas e arquivos de apoio:** No site da editora relatamos, com a devida correção, qualquer erro encontrado em nossos livros, bem como disponibilizamos arquivos de apoio se aplicáveis à obra em questão.

Acesse o site www.altabooks.com.br e procure pelo título do livro desejado para ter acesso às erratas, aos arquivos de apoio e/ou a outros conteúdos aplicáveis à obra.

**Suporte Técnico:** A obra é comercializada na forma em que está, sem direito a suporte técnico ou orientação pessoal/exclusiva ao leitor.

A editora não se responsabiliza pela manutenção, atualização e idioma dos sites referidos pelos autores nesta obra.

---

**Produção Editorial**
Grupo Editorial Alta Books

**Diretor Editorial**
Anderson Vieira
anderson.vieira@altabooks.com.br

**Editor**
Rodrigo Faria
rodrigo.fariaesilva@altabooks.com.br

**Vendas ao Governo**
Cristiane Mutüs
crismutus@alaude.com.br

**Gerência Comercial**
Claudio Lima
claudio@altabooks.com.br

**Gerência Marketing**
Andréa Guatiello
andrea@altabooks.com.br

**Coordenação Comercial**
Thiago Biaggi

**Coordenação de Eventos**
Viviane Paiva
comercial@altabooks.com.br

**Coordenação ADM/Finc.**
Solange Souza

**Coordenação Logística**
Waldir Rodrigues

**Gestão de Pessoas**
Jairo Araújo

**Direitos Autorais**
Raquel Porto
rights@altabooks.com.br

**Assistente Editorial**
Mariana Portugal

**Produtores Editoriais**
Illysabelle Trajano
Maria de Lourdes Borges
Paulo Gomes
Thales Silva
Thiê Alves

**Equipe Comercial**
Adenir Gomes
Ana Carolina Marinho
Ana Claudia Lima
Daiana Costa
Everson Sete
Kaique Luiz
Luana Santos
Maira Conceição
Natasha Sales

**Equipe Editorial**
Ana Clara Tambasco
Andreza Moraes
Beatriz de Assis
Beatriz Frohe
Betânia Santos
Brenda Rodrigues

Caroline David
Erick Brandão
Elton Manhães
Gabriela Paiva
Gabriela Nataly
Henrique Waldez
Isabella Gibara
Karolayne Alves
Kelry Oliveira
Lorrahn Candido
Luana Maura
Marcelli Ferreira
Mariana Portugal
Marlon Souza
Matheus Mello
Milena Soares
Patricia Silvestre
Viviane Corrêa
Yasmin Sayonara

**Marketing Editorial**
Amanda Mucci
Ana Paula Ferreira
Beatriz Martins
Ellen Nascimento
Livia Carvalho
Guilherme Nunes
Thiago Brito

---

## Atuaram na edição desta obra:

**Tradução**
Ana Carolina Mesquita
Marcelo Pen

**Revisão Gramatical**
Laura Folgueira
Thamiris Leiroza

**Copidesque**
Bárbara Novais

**Diagramação**
Rodrigo Frazão

Editora afiliada à:

Rua Viúva Cláudio, 291 — Bairro Industrial do Jacaré
CEP: 20.970-031 — Rio de Janeiro (RJ)
Tels.: (21) 3278-8069 / 3278-8419

ALTA BOOKS  www.altabooks.com.br — altabooks@altabooks.com.br
GRUPO EDITORIAL  Ouvidoria: ouvidoria@altabooks.com.br

Para Lytton Strachey

# Sumário

Prefácio – As reencarnações de Virginia Woolf: ensaísmo, leitura e modernidade 9

Nota sobre a tradução 25

O leitor comum 29

Os Pastons e Chaucer 31

Sobre não saber grego 51

O quarto de despejo elisabetano 65

Notas sobre uma peça elisabetana 73

Montaigne 83

A duquesa de Newcastle 93

Em torno de Evelyn 103

Defoe 111

Addison 119

A vida dos obscuros 129
    I. Os Taylors e os Edgeworths 130
    II. Laetitia Pilkington 138
    III. Srta. Ormerod 143

Jane Austen 153

Ficção moderna 163

*Jane Eyre* e *O morro dos ventos uivantes* 171

George Eliot 177

O ponto de vista russo 187

Esboços 197

    I. Srta. Mitford 197

    II. Dr. Bentley 202

    III. Lady Dorothy Nevill 207

    IV. Arcebispo Thomson 212

O patrocinador e o croco 217

O ensaio moderno 221

Joseph Conrad 231

O que impressiona um contemporâneo 239

Notas 249

Índice 278

# Prefácio
## As reencarnações de Virginia Woolf: ensaísmo, leitura e modernidade

> "Transgridamos, portanto. A literatura não é terreno particular de ninguém; a literatura é terreno de todos."
> Virginia Woolf, "A torre inclinada"[*]

Engastado entre a publicação de *O quarto de Jacob* e *Mrs. Dalloway*, o lançamento de *O leitor comum*, em 1925, constitui uma espécie de marco na carreira de Virginia Woolf.

A trajetória pública da autora começou na imprensa, em 1904, mesmo ano da morte do pai, Leslie Stephen. De acordo com Andrew McNeille, editor dos ensaios completos de Woolf, a estreia "dificilmente poderia ser chamada de notável", pois correspondeu a "uma resenha não assinada em um semanário hoje esquecido, sobre uma obra ainda mais

---

[*] Virginia Woolf, *O valor do riso e outros ensaios*, tradução de Leonardo Fróes. São Paulo: Cosac Naify, 2014, p. 463.

esquecida".* Mesmo assim, assinalou o primeiro passo na direção de sua independência nas letras, ou melhor, da condição de mulher capaz de ganhar dinheiro com a escrita.

De fato, nos primeiros dez anos de sua carreira, os proventos advieram exclusivamente da atividade jornalística, que diminuiu um pouco somente quando ela recebeu uma herança de 2.500 libras da tia Caroline Emelia Stephen, o que lhe permitiu dedicar-se mais à ficção. Entre 1904 e 1922, escreveu mais de quinhentos artigos, ensaios e resenhas para suplementos de cultura de alguns dos mais prestigiosos periódicos britânicos. Ao lado do ofício de ficcionista, por toda a vida, ela cultivaria a crítica, que nunca lhe negou amparo financeiro.**

"Escritos deliberadamente para serem acessíveis, divertidos e sem afetação diante da variada audiência de leitores comuns, não especialistas, com os quais ela desejava identificar-se",*** os ensaios e resenhas alcançaram, durante a vida de Woolf, um público amplo, que os romances, com raras exceções, não lograram atingir. Ela se tornou, segundo Katerina Koutsantoni, "a mais conhecida figura ensaística feminina de sua época".**** Um indício da demanda

---

* Andrew McNeille, *"Introduction"* to *The Common Reader: First Series*. Orlando: Harcourt, Inc., 2005, p. ix. No fim de 1904, Woolf escreveu dois artigos de 1.500 palavras para o suplemento feminino do semanário anglicano *The Guardian*. Um intitulou-se "Haworth, November, 1904"; o outro foi uma resenha de *The Son of Royal Langbirth*, de William Dean Howells. Esta veio a lume em 4 de dezembro, enquanto o primeiro seguiu no dia 21 do mesmo mês. Embora o romance não tenha alcançado sobrevida notável, o escritor e editor Wiliam Dean Howells (1837–1920) destacou-se no mundo das letras na virada do século XIX para XX. Nascido em uma família antiescravagista da Nova Inglaterra, foi amigo de Henry James, para quem ofereceu, de forma inadvertida, a inspiração para a história de *Os embaixadores* (1903). Ver Katerina Koutsantoni, *Virginia Woolf's Common Reader*. Surrey: Ashgate, 2009, p. 5; Julia Briggs, Reading Virginia Woolf. Edimburgo: Edinburgh University Press, 2006, p. 30; e F. O. Matthiessen e Kenneth B. Murdock (Orgs.), *The Notebooks of Henry James*. Nova York: George Brazilier, 1955, pp. 225-229, 370-374.

** "Sou, então, empurrada para a crítica. É um grande amparo – esse poder de produzir um bom dinheiro, formulando opiniões sobre Stendhal e Swift", escreve Woolf em seus diários, em 1929. Apud Koutsantoni, op. cit., p. 8. Veja também Hermione Lee. "Virginia Woolf's Essays". In: Susan Sellers, *The Cambridge Companion to Virginia Woolf: Second Edition*. Cambridge: Cambridge University Press, 2010, p. 90; e Elena Gualtieri. *Virginia Woolf's Essays: Sketching the Past*. Houndmills: MacMillan Press, 2000, p. 49.

*** Lee, op. cit., p. 91.

**** Koutsantoni, op. cit., p. 3.

popular dos ensaios está na tiragem das edições em capa mole da primeira e da segunda séries de *O leitor comum*, lançadas em 1938 e 1944, pela Pelican: 50 mil exemplares, cada.* Como diz McNeille, uma parte dos leitores preferiu a "Virginia Woolf ensaísta à Virginia Woolf, romancista. Não que, na verdade, fosse muito fácil separar as duas".**

Essa acessibilidade pode, em parte, explicar por que, após a morte da autora, os ensaios foram aos poucos relegados a um relativo descaso por parte da crítica especializada.*** Mesmo contando as exceções – os ensaios mais longos, como *Um teto todo seu* e *Três guinéus*, ou quando os textos críticos foram empregados para iluminar aspectos dos romances e contos ou para acessar as ideias da escritora acerca de temas candentes, como o modernismo ou o feminismo –, a pesquisa empreendida em torno de sua ficção sempre se mostrou mais profícua. Apesar de o viúvo Leonard Woolf ter lançado algumas coletâneas póstumas, a última das quais em 1966, a primeira edição completa, revisada e anotada só começou a aparecer, em ordem cronológica, a partir de 1986. O trabalho exaustivo foi iniciado por Andrew McNeillie, que organizou os volumes 1 a 4, e concluído por Stuart N. Clark, que se dedicou aos volumes 5 e 6, publicados em 2009 e 2011, respectivamente.

Foi na segunda metade da década de 1980, portanto, que se passou a assistir ao que Hermione Lee denominou "recente reencarnação (ou 'renascimento') de Virginia Woolf como ensaísta", advertindo que, embora a atividade nunca tivesse sido de todo ignorada, ela passava a ser vista "sob novas luzes".**** Em parte, a reencarnação está ligada ao interesse geral gerado pelas ideias de Woolf sobre a relação entre o autor, a obra e o leitor, em especial na maneira como este último reconfigura as duas outras instâncias. De modo mais específico, porém, as novas luzes aludem ao fato de que, por

---

* Lee, op. cit., p. 91.
** McNeillie, op. cit., p. x. Ver também Lee, Ibid., p. 91.
*** A hipótese de abandono ou relativo descaso ("*relative neglect*") é de Hermione Lee, que cita Sally Greene, sobre o "descaso benigno" ("*benign neglect*") da crítica feminista atual com respeito aos ensaios de Woolf. Idem, p. 89, 93 e 105. Ver também: Sally Greene, "Entering Woolf's Renaissance Imagery". In: Rosenberg e Dubino (Eds.), *Virginia Woolf and the Essay*. Nova York: St Martin's Press, 1997, p. 81.
**** Lee, op. cit., p. 89.

um lado, os ensaios de Woolf começaram a ser examinados a partir das estratégias e dos procedimentos próprios a esses textos e, por outro, ganhou fôlego uma investigação sobre os entrecruzamentos da escrita de Woolf, considerando as correspondências existentes entre o ensaísmo, a ficção e a escrita dos diários.

## O leitor comum

Um jeito de perceber se não o entrecruzamento em si, pelo menos, o cuidado que Woolf dedicava tanto à atividade ficcional quanto à ensaística é tornar às datas de publicação de *O leitor comum* pela casa editora fundada por ela e Leonard em 1917. Levando-se em conta que a Hogarth Press lhe permitiu maior liberdade e controle com relação às suas obras e que a primeira série de *O leitor comum* representou o acúmulo de vinte anos de atividade crítica, não parece coincidência que o lançamento tenha se situado no início de sua experimentação com formas mais avançadas de ficção. Vimos que a obra apareceu entre *O quarto de Jacob* e *Mrs. Dalloway* (este, lançado nem três semanas depois do volume de ensaios), e na realidade podemos acrescentar a esse período os contos de *Segunda ou terça*, de 1921, contendo "Kew Gardens" e "A marca na parede",* além de sua réplica ao crítico Arnold Bennett, *Mr. Bennett and Mrs. Brown*, que, com suas ideias sobre a ficção moderna, veio a público em 1924.

Excetuando-se as iniciativas críticas isoladas dos ensaios longos, a primeira série de *O leitor comum*, bem como a segunda (originalmente publicada em 1932), são as duas únicas coletâneas que receberam o tratamento mais pessoal da autora. A seleção das poucas dezenas de textos presentes nos volumes, escolhidos entre as centenas lançados na imprensa; a introdução dos poucos mas sugestivos ensaios novos; a revisão, ligeira ou mais alentada, dos textos reeditados; a reunião de artigos sob um subtítulo comum; a organização e ordenação dos textos, bem como o título da obra: todo o processo demandou tempo, zelo e reflexão, como revelam as muitas entradas dos diários da autora.

---

* Esses contos foram traduzidos no Brasil por Leonardo Fróes; ver Virginia Woolf, *Contos completos*. São Paulo: Cosac Naify, 2009.

Inicialmente chamado de "Reading book" [Livro de leitura] e, depois, de "Reading and Writing" [Ler e escrever], *O leitor comum* ocupou o pensamento de Woolf desde pelo menos 1921. Em 1923, ela imagina redigir um capítulo introdutório contendo a cena de uma família ocupada com a leitura de jornais. Também cogita envolver cada ensaio "em sua própria atmosfera", além de enfatizar alguma linha central do livro "— embora só possa atinar com o significado dessa linha quando ler todos os textos. Sem dúvida, a ficção é o tema predominante".[*]

McNeillie não deixa de notar que, se o tema predominante é a ficção, a figura que salta à vista é a do leitor comum do título. Trata-se de uma categoria que, a despeito de sua instabilidade no curso da coletânea, Woolf empresta de início de Samuel Johnson, como ela explica no texto de abertura:

> Há uma frase em "A vida de Gray" do dr. Johnson que bem poderia estar escrita em todas as salas humildes demais para serem chamadas de bibliotecas, apesar de repletas de livros, onde gente anônima se lança à leitura: "... sinto regozijo em identificar-me com o leitor comum [...]" O leitor comum, como sugere o dr. Johnson, difere do crítico e do acadêmico. Não é tão educado, e a natureza não lhe foi pródiga em talentos. Lê por prazer e não para destilar conhecimento ou corrigir a opinião alheia. É guiado acima de tudo pelo instinto de criar sozinho, a partir das miudezas incongruentes que lhe aparecem, alguma espécie de todo: o perfil de um homem, o esboço de uma época, uma teoria da arte da escrita.

Johnson também fala de leitores que não se deixam corromper por preconceitos literários ou o dogmatismo da erudição (*learning*). É ao "senso comum" deles que cabem as "honras poéticas", caso elas existam. Como contraponto à especialização, à formação superior e à tradição do método e da catequese, o leitor comum remeteria ao prazer da leitura solitária e ao saber que não se obtém na academia (um saber que, no oximoro de Woolf, embora "insignificante" em si, revela resultado "imponente"). A autora sugere uma comunhão íntima entre ela e esse leitor. Vale lembrar que a própria Virginia não usufruiu da educação dos *colleges* de Cambridge, como seu pai ou irmãos.

---

[*] Apud McNeillie, op. cit., p. xi.

A falta de treinamento acadêmico não a privou da abrangente ilustração granjeada em princípio na biblioteca paterna, que impressiona qualquer um que não conheça a atividade crítica da autora. Dos gregos (com ou sem conhecimento do idioma) e latinos, passando por Montaigne e outros franceses, pelos russos, com destaque para a historiografia da literatura inglesa e chegando aos contemporâneos, seu interesse é extenso, original, zeloso mas não dócil, não sistemático e muitas vezes excêntrico.

Essa excentricidade pode residir quer seja nas figuras escolhidas para o comentário, às margens do cânone, quer seja pela perspectiva escolhida para enfocar muitos desses personagens: periférica, peripatética, desconfiada, irônica. O modelo, que depois se manifestaria no início do famoso *Um teto todo seu*,* está no ensaio "Dr. Bentley", da série "Esboços", que apresenta um narrador caminhando pelos pátios de Cambridge quando avista a figura de um acadêmico, paradigmática do antigo diretor do Trinity College. O encontro ou visão marca também a oposição entre os que estão dentro e os que ficam de fora, entre os eleitos e os espectadores, os detentores dos arcanos privilégios e aqueles que trafegam pela linha que conduz ao esquisito e interdito, ao voyeurístico e exilado.

Mas, como quase sempre com Woolf, um caminho não esgota a peregrinação, e há comumente outro ou outros que o confundem e o refinam. A excentricidade marginal alude, no fim das contas, também ao limítrofe e fronteiriço, ou seja, àquilo que está próximo, pegado, e então percebemos amiúde um ajuste na focalização, que se aproxima do objeto até quase confundir-se com ele, cravando-o de perguntas, inquietações, sentimentos e pensamentos, de modo a iluminá-lo até mais do que se o olhar estivesse disposto no centro. Ademais, a oposição não se dá apenas em razão do privilégio, mas também pelo modo como ela procura confrontar (e compreender) seus pares afastados pelo tempo e pelo espaço: os elisabetanos, os georgianos do século XVIII, os russos e gregos são alguns exemplos. Em

---

* Neste ensaio [cujo título original é *A Room of One's Own*], encontramos a narradora sentada às margens de um rio, quando um bedel lhe adverte que os gramados eram de uso exclusivo de professores e estudantes da universidade, todos homens. Foi traduzido, entre outros no Brasil, por Bia Nunes de Sousa e Glauco Mattoso. São Paulo: Tordesilhas, 2014. Também: *Um quarto só seu*, tradução de Denise Bottmann. Porto Alegre: L&PM, 2019.

especial, Woolf retorna inúmeras vezes aos representantes da sociedade vitoriana diante da qual ela constitui tanto uma continuação quanto uma ruptura.

## O retalho

A segunda parte do juízo de Woolf, suscitado por Johnson, complica a equação por meio de uma alusão velada à modernidade. Ao contrário dos catedráticos bebendo na fonte da tradição, o leitor comum se vê imerso nas águas turbulentas da modernidade, onde as ofertas são múltiplas, as condições, mais imateriais e as respostas, mais incertas e pessoais. O leitor comum está mercê das "miudezas incongruentes" ou bricabraques (*odds and ends*)* que consegue capturar no fluxo da vida cotidiana. Ainda que conceba um retrato, esboço ou teoria, estes não configuram uma totalidade, mas "uma espécie de todo". Nesse sentido, o leitor comum é também o próprio ser humano moderno, vivendo em condições sociais que se traduzem no fragmentário em termos tanto epistemológicos quanto artísticos, como a própria Woolf representaria literariamente dois anos mais tarde, em *Ao farol*.

No romance, o filósofo sr. Ramsay representa os valores da antiga sociedade, a entoar versos de Alfred Tennyson sobre a heroica derrota da cavalaria britânica na Batalha de Balaclava (na qual "alguém cometera um erro") e preocupar-se com grandes questões envolvendo a natureza da realidade ("Pense numa mesa de cozinha", conforme explica o filho, "quando você não está ali"). Enquanto isso, a artista diletante Lily Briscoe, arrostando o preconceito contra mulheres pintoras e escritoras, empenha-se durante anos para finalizar um quadro em que retrata a sra. Ramsay e o filho a partir de sombras e luzes, retalhos do cotidiano e formas na tela.**

Desprovida de treinamento formal, Lily se vê imersa, tal como o leitor comum, no espírito moderno, o qual, para Woolf, ao menos, deve ser

---

* A autora emprega a expressão no texto de abertura, em "Sobre não saber grego" e "O quarto de desepejo elisabetano".
** Ver Virginia Woolf, *Ao farol*, tradução de Denise Bottmann. Porto Alegre: L&PM, 2013, pp. 22, 23, 27 e 56.

compreendido sem que se perca de vista a posição da mulher no meio patriarcal. Em suma, o modernismo da autora, no que propõe de inovação formal, precisa ser entendido dentro das condições históricas e sociais da modernidade, sobre as quais, a julgarmos por seus ensaios, ela tinha plena consciência.

Um dos textos desta coletânea mais significativos sobre os novos tempos é "O patrocinador e o croco", no qual as forças do mercado, as determinantes materiais do capitalismo financeiro, da razão instrumental e do que Adorno e Horkheimer viriam a chamar de indústria cultural são fundamentais para compreender a transformação sofrida na relação entre autor e público no mundo moderno. Enquanto os elisabetanos escreviam para a aristocracia e o teatro público e os oitocentistas, para as classes ociosas e as publicações baratas, o autor contemporâneo se depara com uma oferta de "variedade espantosa e sem igual":

> Há a imprensa diária, a imprensa semanal, a imprensa mensal; o público inglês e o público americano; o público para os mais vendidos e o público para os menos vendidos; o público intelectual e o público viril; entidades hoje em dia organizadas e senhoras de si, capazes, por meio de seus inúmeros porta-vozes, de fazer conhecer suas necessidades e de fazer sentir a sua aprovação e o seu desprazer.

O croco, planta ornamental da família *Crocus* (a mesma do açafrão), desponta toda primavera nos Jardins de Kensington. No ensaio, representa o objeto a partir do qual o escritor, mediante sua experiência, criará a sua flor literária, mas essa forma criada depende do público que a consumirá, ou, para usar a imagem de Woolf, do patrocinador. O termo original, *patron*, encerra maior envergadura histórica, pois enfeixa tanto o antigo sistema de patronato medieval quanto a moderna freguesia do mercado, o cliente. Do patrono ao cliente, a palavra *patron* como que se abre diacronicamente para a passagem do feudalismo ao capitalismo, até a avançada modalidade da sociedade de consumo.

Ao empregá-la, Woolf de certo modo indica que, embora as circunstâncias mudem, há algo que permanece, ou melhor, sugere que é preciso ver o fenômeno não como uma série de períodos autônomos, mas por meio da dinâmica da transformação histórica, diante da qual os modos antigos não desaparecem por completo, mas participam da marcha das determinações ulteriores, bem como estas, dialeticamente, reclamam o próprio fundamento do modelo do qual derivam.

Literariamente, mais uma vez, são Lily e os Ramsays. A pintura de Lily tem como referência o mundo representado pelo sr. e sra. Ramsay (esta última literalmente serve de modelo à equação pictórica que a artista precisa resolver em sua tela), devendo a ele sua existência, ao passo que é a consumação do quadro que, transformando-o, fornece sentido e permanência a esse universo precedente. Se Woolf reputadamente baseou a figura da sra. Ramsay em sua mãe, Julia, modelo dos pré-rafaelitas, o sr. Ramsay corresponde ao pai, Leslie, em cuja biblioteca a jovem Virginia iniciou e desenvolveu o cultivo da sensibilidade literária.

A modernidade não nasce no século XX, mas vem de longe, para Woolf: vem dos vitorianos, como seus pais, os pré-rafaelitas, Walter Pater, George Meredith ou George Eliot, já enredados nas novíssimas tecnologias, na mercantilização da literatura e na primazia dos meios de comunicação de massa. Na verdade, embora os "modernos" (como prefere Woolf, em vez de vanguarda ou modernistas)* representem com efeito a literatura que lhe é contemporânea, podem muito bem, como fenômeno, remontar a Swift, a Thomas Browne e ao dr. Johnson.

A ancestralidade não segue indefinidamente, porém. Não vai aos clássicos gregos e latinos nem envolve o que os modernistas gostavam de designar como "primitivos". Podemos dizer que começa na Renascença, com Montaigne, "o primeiro moderno", conforme escreve a autora em uma das resenhas mais antigas, de 1905.**

Para ela, está ligado à emergência de um "eu" interessado em sondar as idiossincrasias da própria personalidade e que não se intimida diante do trivial, do banal, do chão da existência, e, ao contrário, faz dessa matéria o

---

* Como observa Michael Whitworth, a expressão "movimento moderno" [*modern movement*] era comum na época de Woolf, enquanto o termo "modernismo" [*modernism*] ganharia destaque a partir do fim da Segunda Guerra. Michael Whitworth, "Virginia Woolf, Modernism and Modernity". In: Sellers, Susan. *The Cambridge Companion to Virginia Woolf*, op. cit., p. 108.

** Virginia Woolf, "Decay of Essay Writing". In: Andrew McNeillie (Ed.). *The Essays of Virginia Woolf: 1904-1912*. Londres: Hogarth Press, 1986, p. 25. Ver também: Elena Gualtieri, op. cit., p. 50.

objeto da sua investigação. Montaigne foi capaz de desenhar a si próprio com a pena, como ela escreve no ensaio sobre o filósofo francês presente neste volume. Enquanto o leitor comum não lê "para destilar conhecimento ou corrigir a opinião alheia", Montaigne não deseja ensinar nem pregar, mas "comunicar, dizer a verdade" e, com isso, torna-se um "grande mestre da arte da vida". No caminho para a autoexpressão, a arte pública, baseada em convenções consagradas, converte-se em arte íntima, cuja ênfase no indivíduo (Woolf costuma empregar a palavra "*self*", que pode ser traduzida como "si mesmo", sem necessária conotação psicológica ),* representa um golpe à tradição escolástica, uma reconfiguração das esferas do público e do privado, do corpo e do político, que marcaria a história da literatura ocidental.

Mas há algo mais sobre a expressão da "vida interior solitária" ("O quarto de despejo elisabetano"), de que Woolf se ocupa amiúde nesta coletânea: o fato de a verdade comunicada não ser absoluta, mas apenas provisória, inconstante, possível, de modo que esse indivíduo nunca é autoritário, mas inquiridor, aberto ao diálogo.** Do mesmo modo, os ensaios de Montaigne estão repletos de expressões como "eu penso" e "talvez". Essas palavras ajudam a insinuar opiniões temerárias e a sugerir em vez de "dizer tudo", mas, em especial, aliam-se à liberdade moderna da alma em "explorar e experimentar". Com isso, esta não chega a uma conclusão ou quadro definitivo, mas a possibilidades comunicativas de narrar ("*Je n'enseigne poinct; je raconte*"/ não ensino; conto); não a respostas ao mistério, mas a mais perguntas ("*Que sais-je?*"/ Que sei eu?).

## Ensaísmo e tapeçaria

Invertendo os termos, temos que, se Montaigne é o primeiro moderno, o ensaio, gênero escolhido pelo autor, é em si uma forma moderna. Fragmentário e enviesado, espontâneo e anticonvencional; pouco afeito à doutrinação e ao

---

* Por vezes, também emprega o termo "alma" (soul), que, no ensaio sobre Montaigne, diz representar a "vida dentro de nós". Já a acepção de "alma" em "O ponto de vista russo" parece abranger outros aspectos, até mesmo de ordem coletiva ("Ela transborda, inunda, mistura-se às almas alheias").

** Sobre a feição antiautoritária dos ensaios de Woolf, ver Elena Gualtieri, op. cit, p. 16.

ensino convencional, à tradição, à verdade literal, aos modelos e aos universais; adepto ao contrário do prazer advindo do discurso, do transitório, da comunicabilidade e da narrativa, o que o irmana com a literatura e parece torná-lo amorfo, o ensaio tem características que o aproximam das transformações gerais de uma sociedade rumo à modernização.

Nem tudo no ensaio se conforma aos padrões modernos, porém, em especial no que diz respeito à ciência oficial. Mostrando como o gênero se insurge contra as regras cartesianas que embasam a ciência moderna, Adorno famosamente observa que o "ensaio procede, por assim dizer, metodicamente sem método".* Em vez de avançar de acordo com regras preestabelecidas e mediante o rigor do conceito construído de forma administrada e repressiva, o ensaio ao contrário dispõe seus vários momentos de modo coordenado (e não subordinado), sem apagar a memória do processo, como um tapete em cuja tessitura cintilam os pensamentos: "O pensador, na verdade, nem sequer pensa, mas sim faz de si mesmo o palco da experiência intelectual, sem desemaranhá-la".**

Nesse movimento, pautado pelo princípio da "felicidade da liberdade face ao objeto" e também pela não identidade entre pensamento e coisa, contam não apenas a memória da experiência, mas também o que Adorno chama de "inverdades", gerando uma tensão entre a exposição e o exposto, e abalando, no fundo, os alicerces dos pressupostos do mundo administrado. Se há uma verdade no ensaio, ela deve "ser buscada não na mera contraposição a seu elemento insincero e proscrito, mas nesse próprio elemento, nessa instabilidade".***

Embora cite Montaigne e Sainte-Beuve (a quem credita o ensaio moderno), Adorno cuida sobretudo do ensaio na Alemanha, onde o gênero seria menosprezado, ao contrário do vulto que ele adquire na Inglaterra, antes de Woolf e mesmo depois dela. Não obstante, podemos perceber pontos

---

* Theodor W. Adorno, "O ensaio como forma". In: *Notas de literatura I*, tradução de Jorge de Almeida. São Paulo: Editora 34, 2008, p. 30. Também podemos relacionar o emaranhamento da experiência intelectual de Adorno com a "marcha insegura" do espírito de que fala Montaigne (veja ensaio de VW sobre este último, p. 89).
** Id., ibid.
*** Ibid., pp. 38-41.

convergentes, em termos de fundo e forma, com a maneira como a escritora sondava e praticava a arte. Talvez a heresia, que Adorno via como lei mais profunda do ensaio, tenha-a animado a lidar com certas armadilhas relativas ao formato e, sobretudo, a aproveitar a sua versatilidade na tentativa de perseguir seus próprios anseios por gêneros literários mais livres e pela indissolubilidade da escrita além das fronteiras genéricas.

As armadilhas provêm das já citadas consequências da modernidade, que, no fundo, ligam-se à mercantilização da literatura, mas, no caso de Woolf, nem tudo é desvantajoso.* Afinal, é por meio da profissionalização e dos contratos estabelecidos com os periódicos que não apenas a autora, mas outras escritoras de sua classe social, são capazes de adquirir a emancipação financeira que ela reputa essencial para o ofício.

Trata-se de uma vantagem conquistada à revelia do gênero ensaístico, que, historicamente ao menos, no que diz respeito a seus fundadores e praticantes, parece ser essencialmente masculino. Se Woolf procura propor um cânone feminino alternativo, no que diz respeito às figuras obscuras da ficção e da poesia, o fato é que, quando chega ao ensaio, o sexo se mostra a tal ponto fixado que mesmo ela emprega o pronome masculino para falar do escritor, do crítico e, mesmo, na maioria das vezes, do leitor. É como se "ela" se fundisse a esse "ele" para jogar o jogo segundo suas regras, desafiando-as e estremecendo-as por meio de uma sutil androginia, mas sem as desarranjar de todo.

Um dos pontos, como vimos, de sua crítica, diz respeito à emergência do "eu" ou do "*self*", que, malgrado o risco de incidir em mero exibicionismo, constitui traço moderno do gênero, no sentido da perspectiva da experiência individual, da maior comunicabilidade e do fomento na relação entre autor e leitor. Mas a personalidade autoral é problemática, sobretudo quando, no caso de Woolf, não a vemos como um camarada

---

* Outro fator emana do zelo dos ensaístas ao estilo, o que Woolf, em "O ensaio moderno", associa à "pureza" do ensaio, que não admitiria "depósitos de matéria supérflua", caracterizando o estilo como fator essencial ao gênero e também como elemento capaz de fazer o material sucumbir "sob os dedos do artesão". Elena Gualtieri caracteriza essa estilização ou impulso para ornamentação como tendência para "transformar a própria vida em um objeto de arte". Alternativamente, Adorno aponta a relação do gênero com a retórica. (Gualtieri, op. cit, p. 54; Adorno, op. cit., p. 41.)

"com quem tomar uma cerveja" – pensando nas palavras que ela usa em "O ensaio moderno". Na realidade, muitos dos ensaios, quando publicados na impressa, não foram sequer assinados, de modo que o público não tinha como conhecer a identidade (e muito menos a personalidade) do articulista que, digamos, advogava a ideia da reclusão proporcionada pelo ensaio nem teria como saber que Leslie Stephen, citado entre os vitorianos, fosse pai dessa pessoa.

Woolf aprecia o uso do impessoal *"one"* (*"Nor can one deny..."*, *A Room of One's Own*), permitindo-se, no máximo, empregar a primeira pessoa do plural, que, em "O ensaio moderno", atribui algo ironicamente à instância "dos corpos públicos e outros personagens sublimes". O *self* configura-se incômodo, pois, embora essencial na fundação do gênero, revela ser o "mais perigoso antagonista" da literatura; somente anos depois, ela se aproximaria até certo ponto do pronome (pois sob codinomes) em *Um teto todo seu*.*

Há o aspecto da indistinção entre público e privado, exigido pela audiência moderna, com o qual Woolf não pactua, como tampouco abandona de todo o modelo vitoriano. Sua intenção não parece ser a de romper o padrão do ensaio (ao menos nesse momento), mas de procurar no ensaio o que ele dispõe de elástico e poroso, capaz de atender à "era de fragmentos" em que vivia. Nesse campo prático para sua pesquisa literária, confluem a ficção e os diários, de modo que nenhuma dessas instâncias atua de modo inteiramente estanque. *Orlando* pode ser pensado, em parte, como ensaio (e Woolf apelidou o romance de biografia), ao passo que *Um teto só seu* é também ficção.

Ademais, tal anonimato provisório trafega no interesse da relação simbiótica que Woolf preconiza ter com o leitor, também anônimo. O fato de Woolf não se sentir à vontade com o lado perverso de um público de massa, capaz de ditar parâmetros que violentem o artístico, e de aos poucos tornar-se figura de proa do ensaísmo inglês, não invalida a irmandade passageira

---

* No original, a autora fala do "*self*". Nesta versão, traduzimos como "si", de modo a atender ao jogo de palavras do trecho. Para uma discussão sobre a expressão da subjetividade feminina por meio do "eu" e a questão da "autoridade" × "impessoalidade" nos ensaios de Woolf, ver Koutsantoni, op. cit., pp. 101-122.

do primeiro momento. Falando do patrocinador, ou seja, do público, em "O patrocinador e o croco", diz:

> Ele nos deve fazer sentir que um único croco, se for real, lhe basta [...] que agora está pronto para passar despercebido ou afirmar-se conforme lhe solicitam os escritores; que está ligado a eles por um laço maior do que o maternal; que são gêmeos de fato, um condenado à morte se o outro morrer, um florescendo se o outro florescer; que o destino da literatura depende de sua aliança feliz [...]

O trecho é longo e bastante citado. O parágrafo começa com o patrocinador e logo segue para o tema da criação literária ("Saber para quem se escreve é saber escrever"), para depois tornar às qualidades desejadas ao público do século XX (que seja imune ao choque, que sirva de fiel da balança no que tange à emoção etc.). Então, engenhosamente voltando-se para o leitor, aborda a ideia da assexualidade do autor ("E se você puder esquecer completamente o seu sexo, ele dirá, tanto melhor; um escritor não dispõe de nenhum"). No momento seguinte, passa a discorrer sobre a relação do público tanto com o produto da criação do escritor – que ele deve envolver em uma atmosfera que o converta em planta, croco, na alegoria de Woolf, "da maior importância" – quanto com a própria representação artística. A impressão que temos, ampliada pela imagem do leitor e autor como gêmeos siameses, vivendo e morrendo juntos, é, em primeiro lugar, da dificuldade em saber exatamente a que se refere – estaria falando do público, do autor, da representação artística, do assunto, do objeto? –, para, quase de imediato, percebermos que essas instâncias não se dissociam. Elas precisam ser retidas em conjunto, em meio a símiles e referências (os elisabetanos, Shakespeare etc.), que nos oferecem uma sensação de entendimento global, reforçada pela ideia da "aliança feliz". Mas, quando enfim alcançamos essa figura e essa conclusão, percebemos que são no mínimo postas indefinidamente em suspenso pelas perguntas que encerram o ensaio: "Mas como escolher de modo adequado? Como escrever bem? Eis as questões."

Podemos pensar na imagem da tessitura do tapete, proposta por Adorno, ou mesmo nos elementos coordenados, dispostos em um estado de tensão e intensidade que não se desfaz. O leitor não encontra conceitos, mas uma denúncia contra a falácia dos conceitos difundidos pela ciência organizada: "Ele quer desencavar, com os conceitos, aquilo que não cabe em conceitos."[*]

Para Woolf, o ensaio permite excogitar e praticar, já nesse estágio, os procedimentos que mais se afinam com a literatura dos novos tempos. De certa maneira, porém, mesmo o modernismo foi durante algum tempo considerado um assunto masculino, com Joyce, Eliot e Pound representando os grandes expoentes da língua inglesa, diante dos quais o vanguardismo de Woolf, supostamente delicado e sensível, pareceria pouco ousado e demolidor.

Seria um problema da crítica (mais especificamente da Nova Crítica norte-americana) ou do corpo de autores eleito por ela, ou a responsabilidade caberia à aliança forjada por ambos? No entanto, faz algumas décadas que já não se defende uma versão monolítica ou mesmo classificatória do modernismo. Como diz Whitworth: "[...] a experiência da mulher diante da modernidade costuma diferir da do homem; segue que os modernismos forjados pelas mulheres devem divergir em aspectos cruciais daqueles modelados pelos homens."[**]

Mais uma vez, portanto, trata-se da relação entre modernismo e modernidade, a qual, para Woolf, não se separa da questão da mulher. Ademais, complica-se quando atrelamos uma consciência produtiva acerca da experiência das gerações anteriores, em cuja matéria histórica incrustam-se tanto o impulso moderno quanto a ação do patriarcalismo e do imperialismo. Essa é a substância do tempo. É ainda a vida com os seus infindáveis átomos, como descreve a escritora. E é a arte também, diante do problema de registrar esses fragmentos em sua incoerência e desconexão. E são o leitor, o crítico, o público, o leitor comum – duplos da autora, na sua missão de envolver a figuração na atmosfera adequada. Livre das exigências narrativas do romance e do rigor da articulação sonora da poesia, o ensaio pode percorrer esses campos, mas suas demandas são outras. O pensamento vivo, pensando. Um transe lúcido ou uma lucidez advinda da suspensão das trocas cotidianas. Uma sutil tapeçaria.

Marcelo Pen

---

[*] Adorno, op. cit., p. 44.
[**] Whitworth, op. cit., p. 111.

# Nota sobre a tradução

Em *Poética do traduzir*, Henri Meschonic diz que em tradução a teoria é somente um acompanhamento reflexivo, uma vez que a experiência tradutória vem primeiro. Fala, portanto, em poética do *traduzir* – e não da *tradução*. Da mesma maneira, as considerações aqui feitas dirão respeito muito mais a reflexões diante das quais fomos colocados no processo de traduzir os presentes ensaios de Virginia Woolf do que a aspectos propriamente teóricos nos quais nos baseamos. Como bem observa a própria autora no ensaio "Sobre não saber grego", traduzir ultrapassa o esforço de apenas reescrever um texto de uma língua de partida em uma língua de chegada: representa uma forma de pensar e dizer novamente o outro, mas fazendo-o a partir de si mesmo, da sua própria voz.* Em outras palavras, traduzir consiste em um processo relacional e de alteridade – com toda a gama de questões que isso suscita.

---

* Cf. observa Hannah Arendt, "persona" pode também ser entendido como "*per--sona*" – "soar através de". No original: "*Dagegen: 'Persona' als 'per-sonare' – durchtönen*". Hannah Arendt, *Denktagebuch 1950–1973*, ed. Ursula Ludz/Ingeborg Nordmann, Munique, Zurique, 2002. In: Roger Berkowitz and Ian Storey (orgs.) *Artifacts of Thinking. Reading Hannah Arendt's* Denktagebuch. Nova York: Fordham University Press, 2017.

Aqui, optamos por manter, tanto quanto possível, as voltas e repetições do texto woolfiano, bem como seus jogos de palavras e a sonoridade. Em algumas ocasiões em que isso comprometia intensamente o entendimento em português, realizamos as devidas mudanças. Mas, por entendermos que a sintaxe é um modo de pensamento, decidimos privilegiar essa espécie de estratégia do texto de Woolf – seu constante dizer e desdizer ou suas volutas sem ir direto a nenhum ponto, optando, em vez disso, por circundá-lo de tantas maneiras quantas pudesse.

Outro aspecto que cumpre notar é o uso que Virginia Woolf faz do pronome pessoal generalizado *"one"*, que pode se referir a qualquer pessoa.* Não há consenso da crítica em relação aos motivos pelos quais ela o empregaria em lugar do *"I"* ("eu"), posto que, no mais das vezes, ela o usa para falar de si mesma. O biógrafo e pesquisador Herbert Marder salienta que uma das marcas da autora era justamente uma "ensolarada impessoalidade", "estar completamente presente-ausente".** Ao longo dos anos, alguns tradutores de Virginia Woolf optaram por apagar tal marca inusual de indeterminação genérica, traduzindo-o como "eu". Nós a mantivemos, por entender que tal ambiguidade é inerente e significativo para o texto woolfiano, a despeito do estranhamento que possa causar. Como esse pronome não encontra forma exata em português, ora optamos pelos pronomes pessoais exofóricos "nós" e "você", ora pelo índice de indeterminação do sujeito "se".

O uso deliberado do pronome pessoal masculino *"he"* ("ele") para se referir a termos que, em inglês, poderiam prescindir de gênero, é outro capaz de gerar estranheza. Uma das ocorrências mais marcantes é *"reader"* (leitor/leitora), frequentemente chamado por ela de *"he"*. Mais uma vez, os motivos que a levaram a tal opção podem ser diversos. Por que marcar o *"he"* de modo tão claro, quando a própria língua inglesa lhe oferecia a opção de nada ressaltar? Neste, que foi seu primeiro livro de ensaios e que a levou a alcançar grande prestígio dentro de um gênero eminentemente então masculino, estaria ela buscando uma espécie

---

* "Não somente o pronome pessoal generalizado *one* mas também *we, they* e *it* têm um uso exofórico generalizado em que o referente é tratado como se fosse imanente em todos os contextos de situação. *You* e *one* significam 'qualquer indivíduo', como em *you never know, one never knows.*" M. Halliday e H. Ruoaya. *Cohesion in English.* Londres: Longman, 1976, p. 53.
** Herbert Marder, *Virginia Woolf: a medida da vida.* São Paulo: Cosac Naify, 2011, p. 244.

de "androginia", como sugere o Prefácio (p. 20), a partir da opção por não marcar a sua própria condição de mulher? Se é o caso, então por que então fazê-lo justamente com a palavra *"reader"* (norteadora de todos os ensaios reunidos e palavra-chave do título da coletânea), em um momento em que as mulheres não só representavam a maioria do público leitor como constituíam a maior parte do público leitor não especializado – exatamente o que está em questão? Por que não o fazer somente, por exemplo, com *"writer"* ("escritor/escritora"), palavra que denota quem escreve e assina um texto e que, esta sim, representa uma categoria na qual na época as mulheres ainda eram vistas como inferiores? Seja qual for a resposta, o fato é que em textos ensaísticos posteriores, notadamente os longos *Um teto todo seu* e *Três guinéus*, ela abandonaria esse uso. Contudo, jamais deixou de utilizar o *"one"*, até o fim da vida, nos mais diversos tipos de textos.

Buscamos, sempre que possível, a tradução de obras e trechos citados por Virginia Woolf, caso fosse existente em português (ou no Brasil), indicando tais referências nas notas. Nos casos de obras não traduzidas, oferecemos uma tradução livre.

Alguns dos ensaios aqui presentes eram, até então, inéditos no português. É o caso de "Os Pastons e Chaucer" ou de "O quarto de despejo elisabetano". Outros já existiam em mais de uma versão, a exemplo de "Montaigne". Ao traduzir cada um, seguimos como orientação a linha condutora que os une, o fio solto que possibilita a quem lê passar de um a outro de modo contínuo (apesar de cada ensaio ter sua própria unidade). Tal fio é o próprio projeto que Woolf idealiza com essa coleção: investigar a literatura inglesa desde seus primórdios até o que ela chama de literatura moderna, passando por aspectos relacionais com literaturas de outros lugares e épocas (como os russos do oitocentos ou os gregos antigos). Dessa maneira, ainda que cada ensaio se ponha de pé de modo independente, está também em constante diálogo tanto com os que o antecedem quanto com os que o precedem. Fizemos questão de que vazasse essa conversa (tão caracteristicamente woolfiana, cumpre observar), tanto em nosso processo tradutório individual como nos constantes diálogos que tivemos ao longo de todo o percurso e que marcaram as escolhas de diversos termos.

Ana Carolina Mesquita

# O leitor comum

Há uma frase em "A vida de Gray" do dr. Johnson[1] que bem poderia estar escrita em todas as salas humildes demais para serem chamadas de bibliotecas, apesar de repletas de livros, onde gente anônima se lança à leitura:

> [...] sinto regozijo em identificar-me com o leitor comum; pois é o senso comum dos leitores, não corrompido por preconceitos literários, para além de todos os refinamentos da sutileza e do dogmatismo da erudição, que em última instância deve presidir sobre qualquer pretensão às honras poéticas.

Ele define suas qualidades; dignifica seus fins; concede a uma atividade que, embora devore um tempo imenso, tende a não deixar atrás de si nada de muito substancial, a sanção desse grande homem.

O leitor comum, como sugere o dr. Johnson, difere do crítico e do acadêmico. Não é tão educado, e a natureza não lhe foi pródiga em talentos. Lê por prazer e não para destilar conhecimento ou corrigir a opinião alheia. É guiado acima de tudo pelo instinto de criar sozinho, a partir das miudezas incongruentes que lhe aparecem, alguma espécie de todo: o perfil de um homem, o esboço de uma época, uma teoria da arte da escrita. Jamais cessa de, à medida que lê, fabricar uma trama frouxa e flácida que lhe dê a satisfação temporária de ser próxima o bastante do objeto original para suscitar afeto, riso e discussão. Apressado, impreciso e superficial, agarrando aqui este poema, acolá aquela farpa de móvel velho, sem dar a mínima para onde os encontra ou qual a sua natureza, desde que sirvam para dar contorno à sua estrutura, suas deficiências como crítico são óbvias demais para mencionar; mas, se ele possui, como sustentava o dr. Johnson, certa voz na distribuição final das honras poéticas, então talvez valha a pena registrar algumas ideias e opiniões que, mesmo insignificantes, contribuem para tão imponente resultado.

# Os Pastons e Chaucer[1]

A torre do castelo de Caister ainda assoma a 30 metros de altura, e continua de pé a arcada de onde as barcaças de Sir John Fastolf[2] zarparam em busca de rochas para construir o grande castelo. Hoje, porém, gralhas-de-nuca-cinzenta fazem seus ninhos na torre, e do castelo, que um dia cobriu 24 mil metros quadrados, restam apenas ruínas de muralhas esburacadas e encimadas por ameias, apesar de não haver nem arqueiros ali dentro, nem canhão lá fora. Quanto aos "sete homens religiosos" e "sete camponeses pobres" que deveriam, neste exato momento, estar rezando pela alma de Sir John e de seus pais, deles não se vê sinal nem se ouvem suas preces. O local está em ruínas. Os antiquários especulam e discordam.

Não muito longe dali, jazem mais ruínas: as do priorado de Bromholm, onde naturalmente John Paston[3] foi enterrado, dado que sua casa ficava a não mais que uns 2 quilômetros de distância, em uma planície à beira-mar, 40 quilômetros ao norte de Norwich. É uma costa perigosa, e o interior, inacessível, até mesmo nos dias de hoje. Apesar disso, o pedacinho de madeira em Bromholm, um fragmento da verdadeira Cruz, não cessava de atrair peregrinos até o Priorado... e de os trazer de volta com olhos abertos e membros aprumados. Mas, de olhos recém-abertos, alguns deles tiveram uma visão que os deixou em choque: o túmulo sem lápide de John Paston, no priorado de Bromholm. A notícia se espalhou pelo interior. Os Pastons tinham caído em desgraça; antes tão poderosos, não eram mais capazes sequer de pagar por uma lápide para colocar sobre a cabeça de John Paston. Margaret, a viúva, não tinha como pagar as dívidas; o filho mais velho, Sir John, dilapidara a propriedade com mulheres e torneios, enquanto o caçula, outro John, apesar de ser um homem de maiores talentos, dava mais importância a seus falcões do que às colheitas.

Claro que os peregrinos eram mentirosos, como aqueles cujos olhos foram recém-abertos por um pedacinho da verdadeira Cruz têm todo o direito de ser; apesar disso, a notícia que trouxeram foi bem-recebida. Os Pastons haviam vindo de baixo. Dizia-se até mesmo que tinham sido servos não muito tempo atrás. De todo modo, homens que ainda estavam vivos lembravam que o avô de John, Clement, cultivara a própria terra – um camponês esforçado –; e que William,[4] filho de Clement, tornara-se juiz e comprara terras; e que John, filho de William, fizera um bom casamento, comprara mais terras e, um tanto recentemente, herdara o imenso castelo novo em Caister, bem como todas as terras de Sir John em Norfolk e Suffolk. Dizia-se que forjara o testamento do velho cavaleiro. Alguma surpresa, então, que tenha acabado ficando sem lápide? Se considerarmos o caráter de Sir John Paston, o filho mais velho de John, bem como sua criação, seu entorno e as relações entre ele e seu pai tal como o revelam as cartas da família, veremos o quanto a questão era difícil e o quanto era provável que acabasse sendo mesmo negligenciada: a saber, providenciar uma lápide para o pai.

Pois vamos imaginar, na região mais desolada da Inglaterra já conhecida até o momento, uma casa recém-construída e sem acabamento, sem telefone, banheiro ou ralos, poltronas ou jornais, mas, talvez, com uma estante de livros, pesada de se manejar, cara de se conseguir. As janelas abrem-se para alguns campos cultivados e uma dúzia de choupanas, e mais além vê-se o mar de um lado e, do outro, um vasto pântano. Uma estrada solitária atravessa o pântano, mas nela existe um buraco que, segundo relata um dos camponeses, é grande o suficiente para engolir uma carruagem. Além disso, o homem acrescenta que Tom Topcroft, o pedreiro maluco, mais uma vez perdeu as estribeiras e vaga pelos campos seminu, ameaçando matar qualquer um que se aproxime dele. Esse é o assunto das conversas ao jantar na casa desolada, enquanto a chaminé enfumaça tudo horrivelmente e o vento encanado ergue os tapetes do chão. Há ordens de trancar os portões ao pôr do sol, e, quando a longa e terrível noite se desgasta, simples e solene, esses homens e mulheres rodeados de perigos ajoelham-se em prece.

No século XV, entretanto, a paisagem inóspita era interrompida súbita e muito estranhamente por vastas pilhas de casas novinhas em folha. Dos montes de areia e charnecas da costa de Norfolk, erguia-se uma gigantesca construção de pedra, parecendo um hotel moderno num balneário; porém não havia desfiles, hospedarias ou píer em Yarmouth naquela época, e tal edificação gigantesca nos arredores da cidade fora construída para abrigar um único e solitário fidalgo, idoso e sem filhos: Sir John Fastolf, que combatera em Agincourt e amealhara grande riqueza. Combatera em Agincourt, sim, mas quase nada recebera em retorno. Ninguém seguia seus conselhos. Os homens o caluniavam pelas costas. Ele bem o sabia; mas nem por isso seu temperamento se abrandava. Era um velho irascível, poderoso, amargurado pelo ressentimento. Mas, fosse no campo de batalha ou na corte, estava perpetuamente pensando em Caister e em como, caso seus deveres lhe permitissem, ele se assentaria na terra do seu pai e moraria em uma casa senhorial construída por suas próprias mãos.

A gigantesca estrutura do castelo de Caister estava em construção a não muitos quilômetros de distância dali quando os pequenos Pastons ainda eram crianças. John Paston, o pai, era responsável por parte dos trâmites, e, desde que os filhos passaram a ser capazes de escutar alguma coisa, ouviam falar de rochas e construções, de barcaças que partiram a caminho de Londres, mas ainda não tinham regressado; dos 26 cômodos privados, do saguão e da capela; de fundações, medições e trabalhadores malandros. Mais tarde, em 1454, quando a obra já fora concluída e Sir John agora passava seus últimos anos em Caister, eles talvez tivessem visto com seus próprios olhos o volume de tesouros ali abrigado; as mesas postas com pratarias e utensílios de ouro; os armários repletos de vestidos de veludo, cetim e brocado, de capuzes, cachecóis e chapéus de pele de castor, de jaquetas de couro e gibões de veludo; e visto que as fronhas dos travesseiros eram de seda verde e roxa. Tapeçarias espalhavam-se por toda parte. As camas estavam sempre arrumadas e as paredes dos quartos exibiam tapeçarias representando cenas de cercos, de caçadas e falcoaria, de homens pescando, de arqueiros atirando, de damas tocando suas harpas ou passeando com patos, ou de um gigante "segurando a pata de um urso".⁵ Esses eram os frutos de uma vida bem vivida. Comprar terras, construir grandes casas senhoriais, encher essas casas de ouro e prataria (embora a latrina pudesse muito bem estar instalada dentro de um quarto) eram os objetivos característicos da humanidade. O senhor e a senhora Paston gastaram a maior parte de suas energias nessa ocupação exaustiva. Pois, uma vez que a paixão de adquirir coisas era universal, nunca se podia quedar sossegado com os próprios bens por muito tempo. As cercanias da propriedade de uma pessoa estavam sob constante ameaça. O duque de Norfolk poderia cobiçar esta mansão, o duque de Suffolk, aquela outra. Qualquer desculpa inventada, como, por exemplo, que os Pastons eram vassalos, dava-lhes o direito de apoderar-se da casa e pilhar as acomodações na ausência do proprietário. E como poderia o dono de Paston e Mauteby e Drayton e Gresham estar em cinco ou seis lugares ao mesmo tempo, especialmente agora que o castelo de Caister era dele e ele precisava estar em Londres para tentar convencer o rei a legitimar os seus direitos? Além de tudo, o rei estava louco, diziam; não reconhecia o próprio filho, diziam; ou então o rei estava fugindo; ou alguma região vivia uma guerra civil. Norfolk era sempre o mais transtornado dos condados, e os fidalgos da região, os mais brigões da humanidade. Sim, tivesse a sra. Paston podido escolher, teria contado aos filhos como, quando ela era moça, mil homens com arcos e flechas e panelas de fogo incandescente marcharam sobre Gresham, arrebentaram os portões e abriram buracos nas paredes do quarto onde ela estava sozinha. Mas coisas muito piores do que essa aconteciam com as mulheres. Ela não lastimava sua sorte, tampouco se considerava uma heroína. As longuíssimas cartas que escrevia tão laboriosamente, com sua letra clara e apertada, para o marido, que estava (como sempre) ausente, não mencionavam a si mesma. Os carneiros tinham destruído o feno. Os homens de Heyden e Tuddenham estavam ausentes. Um dique se rompera e um boi fora roubado. Precisavam com urgência de melaço, e ela necessitava muito de tecidos para um vestido.

Mas a sra. Paston jamais falava de si mesma.

Portanto, os pequenos Pastons viam a mãe redigir ou ditar cartas longuíssimas, uma página após a outra, uma hora após a outra; porém interromper um pai ou mãe que escreve tão laboriosamente sobre questões de tamanha importância devia ser um pecado. A tagarelice dos filhos, a sabedoria do quarto de dormir das crianças ou do seu quarto de estudos não tinham lugar naquelas comunicações elaboradas. Em sua maioria, suas cartas são as cartas de um meirinho honesto para seu chefe, explicando, pedindo conselhos, dando notícias, fazendo relatos. Houvera roubos e carnificina; dificuldades em conseguir o pagamento dos aluguéis; Richard Calle mal conseguira amealhar um dinheiro de nada; e, entre uma coisa e outra, Margaret não tivera tempo de realizar, como deveria, o inventário dos bens que seu marido solicitara. A velha Agnes, inspecionando à distância um tanto duramente os afazeres do filho, deve muito bem tê-lo aconselhado a planejar esse inventário, "para que tenhais menos o que fazer no mundo; vosso pai já disse: Onde há poucos afazeres, há muito descanso. O mundo não passa de uma estrada, cheia de infortúnio; e, ao partirmos dela, nada levaremos conosco a não ser nossas boas ações e malfeitos".[6]

A ideia da morte devia, portanto, chegar-lhes num estalo. O velho Fastolf, assoberbado de riquezas e propriedades, teve uma visão de si mesmo no fogo do Inferno e berrou com os executores de seu testamento para que distribuíssem esmolas e providenciassem que fossem feitas orações *in perpetuum*, de modo que sua alma pudesse escapar das agonias do purgatório. William Paston, o juiz, também solicitou urgentemente que reservassem os monges de Norwich para rezarem pela sua alma "para sempre". A alma não era nenhum fiapo de ar, mas um corpo sólido sujeito ao sofrimento eterno, e o fogo que a destruía era tão implacável quanto os que ardiam em qualquer grelha mortal. Para sempre deveria haver monges e a cidade de Norwich, e para sempre a Capela de Nossa Senhora na cidade de Norwich. Existia qualquer coisa de pragmática, positiva e duradoura na concepção que eles possuíam tanto da vida quanto da morte.

Uma vez que o plano da existência era tão vigorosamente demarcado, as crianças eram, claro, surradas, e os meninos e as meninas, ensinados a conhecer seu lugar. Deviam adquirir terras; mas deviam obedecer aos pais. Uma mãe golpeava a cabeça da filha três vezes por semana até lhe abrir a pele caso ela não se comportasse segundo as regras. Agnes Paston, uma dama de nascimento e criação, batia na filha Elizabeth. Margaret Paston, mulher de coração um pouco mais mole, expulsou a filha de casa por amar o meirinho honesto Richard Calle. Os irmãos não toleravam que as irmãs se casassem mal, para "ir vender doce e mostarda em Framlingham".[7] Os pais brigavam com os filhos, e as mães, mais afeiçoadas aos meninos que às meninas, contudo obrigadas pelas leis e pelos costumes a obedecer aos maridos, despedaçavam-se por dentro no esforço de manter a paz. Com todas as suas dores, Margaret não conseguiu impedir os atos temerários do filho mais velho, John, nem as palavras amargas com que seu pai o denunciou. Ele era um "zangão entre as abelhas", explodiu o pai, "que trabalham para coletar o mel nos campos, enquanto o zangão nada faz a não ser apanhar a sua cota".[8] Tratava os pais com insolência, e, no entanto, não era talhado para nenhum cargo de responsabilidade fora dali.

Mas a briga se encerrou, de modo muito abrupto, com a morte (no dia 22 de maio de 1466) de John Paston, o pai, em Londres. O corpo foi trazido até Bromholm para ser enterrado. Doze pobres coitados arrastaram-se penosamente ao lado do caixão levando archotes. Distribuíram-se esmolas; rezaram-se missas e entoaram-se nênias. Tocaram-se sinos. Imensas quantidades de aves, carneiros, porcos, ovos, pães e creme foram devoradas, bebeu-se cerveja e vinho, velas foram acesas. Dois painéis foram retirados das janelas da igreja para aliviar o fedor dos archotes. Distribuíram-se tecidos pretos, e deixaram uma luz acesa no túmulo. Mas John Paston, o herdeiro, adiou as providências da lápide para o pai.

Era um rapaz jovem, com pouco mais de 24 anos de idade. A disciplina e a labuta da vida no campo o entediavam. Quando fugiu de casa, foi, aparentemente, para tentar integrar o círculo íntimo do rei. Apesar de toda a desconfiança que possa de fato ser lançada quanto ao sangue dos Pastons pelos seus inimigos, Sir John era sem dúvida um fidalgo. Herdara terras; dele era o mel que as abelhas tinham coletado com tanto suor. Possuía os instintos do desfrute e não os do acúmulo; e à parcimônia da mãe estranhamente se misturava um pouco à ambição do pai. No entanto, o seu próprio caráter indolente e suntuoso abrandava tanto um traço como o outro. Era atraente para as mulheres, gostava da alta sociedade e dos torneios, da vida na corte e de fazer apostas, e, às vezes, até mesmo de ler livros. E, portanto, a vida, agora que John Paston estava enterrado, recomeçava sob uma base diferente. Talvez de fato pouca coisa tenha mudado externamente. Margaret ainda ditava as ordens na casa. Ainda governava a vida dos filhos mais novos, da mesma maneira como governara a dos mais velhos. Os tutores ainda precisavam bater nos meninos para que estudassem, as meninas ainda se apaixonavam pelos homens errados e precisavam se casar com os certos. Era preciso coletar os aluguéis; o processo interminável da propriedade de Fastolf se arrastava. Batalhas eram travadas; as rosas de York e Lancaster alternadamente feneciam e floresciam. Norfolk estava repleta de gente pobre atrás de reparação para as injustiças cometidas contra eles, e Margaret trabalhava para o filho tal como trabalhara para o marido, com uma única mudança significativa: agora, em vez de fazer confidências ao marido, tomava conselhos ao padre.

Mas internamente houve uma mudança. Parecia que por fim a carapaça dura servira ao seu propósito, e algo sensível, grato e amante dos prazeres se formara por baixo. Seja como for, Sir John, em cartas ao seu irmão John, que estava em casa, desviava às vezes do assunto em pauta para fazer um gracejo, contar uma fofoca ou orientá-lo, cheio de conhecimento e sutileza, sobre como conduzir um caso amoroso. Sê "tão servil com a mãe quanto te aprouver, mas com a donzela não tão servil, nem tão afoito a se alegrar, nem tão triste em falhar. E hei de sempre ser o teu arauto tanto aqui, caso cá ela venha, quanto em casa, quando eu voltar, o que espero à pressa ser em XI dias no máximo".[9] E então era preciso mandar trazer um falcão, um chapéu ou enviar novos cadarços de seda para John em Norfolk, que cuidava do processo judicial, treinava seus falcões e dedicava considerável energia, mas não grande honestidade, aos assuntos das propriedades dos Pastons.

As luzes haviam se apagado há muito no túmulo de John Paston. Mesmo assim, Sir John adiava o assunto; nenhuma lápide as substituiu. Tinha lá as suas desculpas; ora, com as questões do processo judicial, e suas obrigações na corte, e o incômodo das guerras civis, todo o seu tempo se via tomado e seu dinheiro, empregado. Mas talvez algo estranho tenha acontecido com o próprio Sir John, e não apenas com o Sir John que flanava por Londres, mas com sua irmã Margery, que se apaixonara pelo meirinho, e com Walter, que compunha versos em latim em Eton, e com John, que treinava seus falcões em Paston. A vida era um pouco mais variada em seus prazeres. Eles não tinham mais tanta certeza quanto a geração anterior dos direitos do homem e dos deveres de Deus, dos horrores da morte e da importância das lápides. A pobre Margaret Paston farejou a mudança e buscou, inquieta, com a caneta que já marchara tão rigidamente por tantas páginas, cortar tais problemas pela raiz. Não era que o processo judicial a entristecesse; ela estava pronta a defender Caister com as próprias mãos se necessário fosse, "embora eu não saiba bem liderar ou comandar soldados",[10] mas é que havia algo estranho em sua família desde a morte do seu marido e senhor. Talvez seu filho tivesse falhado nas obrigações com Deus; sido orgulhoso demais ou extravagante demais nas suas despesas; ou talvez tivesse demonstrado misericórdia de menos para com os pobres. Seja qual fosse a culpa, ela sabia apenas que Sir John gastava duas vezes mais do que o pai dele gastara, e com menos resultados; que eles mal conseguiriam pagar suas dívidas sem precisar vender terras, lenha ou objetos da casa ("É a morte para mim pensar nisso"),[11] enquanto diariamente as pessoas os malziziam no campo por terem deixado John Paston sem lápide. O dinheiro que poderia pagar por ela, ou por mais terras e mais taças e tapeçarias, foi gasto por Sir John com relógios e bugigangas e um copista, para que copiasse tratados sobre a ordem da cavalaria e coisas do gênero. Lá estavam eles em Paston: onze volumes, entre eles os poemas de Lydgate e Chaucer, difundindo um ar estranho na casa desolada e sem luxos, convidando os homens à indolência e à vaidade, distraindo seus pensamentos dos negócios e levando-os não apenas a negligenciar seus próprios lucros, mas a menosprezar os deveres sagrados para com os mortos.

Pois de quando em quando, em vez de sair com seu cavalo a inspecionar suas plantações ou negociar com os arrendatários, Sir John sentava-se, em plena luz do dia, para ler. Ali, na cadeira dura do quarto sem confortos em que o vento erguia os tapetes e a fumaça ardia seus olhos, ele se sentava para ler Chaucer, desperdiçando o seu tempo com sonhos... ou que estranha intoxicação era aquela que ele obtinha dos livros? A vida era árdua, sem alegrias e frustrante. Os dias de um ano inteiro eram passados inutilmente às voltas com assuntos tediosos, tais como rajadas de chuva nas vidraças. Não havia razão de ser naquilo como houvera para seu pai; nenhuma necessidade imperativa de estabelecer família e adquirir uma posição destacada para filhos que ainda não haviam nascido, ou que, se haviam, não tinham direito a portar o nome do pai. Mas os poemas de Lydgate ou de Chaucer,[12] como um espelho onde as imagens se movem de maneira animada, silenciosa e compacta, mostravam-lhe os mesmos céus, campos e pessoas que ele conhecia, porém harmoniosos e completos. Em vez de aguardar, tomado de inquietação, por notícias de Londres, ou de inferir pelas fofocas da mãe alguma tragédia de amor e ciúmes que se passara no campo, ali, em poucas páginas, jazia a história completa diante dele. E então, ao cavalgar ou sentar-se à mesa, lembrava-se de alguma descrição ou citação que lhe apontava o momento presente e o fixava, ou alguma sequência de palavras o encantava, e, pondo de lado a pressão do momento, apressava-se a voltar para casa para sentar-se em sua cadeira e descobrir o final da história.

Descobrir o final da história... Chaucer ainda é capaz de nos fazer desejar isso. Nele se destaca esse dom dos contadores de histórias, praticamente o mais raro dom entre os escritores nos dias de hoje. Nada acontece conosco da maneira como acontecia com nossos ancestrais; os eventos raramente são importantes; se os recontamos, não acreditamos muito neles; temos, quem sabe, coisas mais interessantes a dizer, e, por tais motivos, os narradores que são naturalmente talentosos, como o sr. Garnett, e que precisamos diferenciar dos narradores tímidos, como o sr. Masefield,[13] tornaram-se uma raridade. Pois o narrador, além do tino indescritível para os fatos, deve contar a história com habilidade, sem ênfase ou empolgação indevidas, senão engoliremos o conjunto inteiro e misturaremos as partes; deve nos permitir pausar, dar-nos tempo para pensar e olhar ao redor, porém sempre nos persuadindo a seguir adiante. Em certa medida, Chaucer foi auxiliado nesse quesito pela época em que nasceu; mas, além disso, tinha outra vantagem em relação aos modernos, com a qual os poetas ingleses jamais toparão novamente. A Inglaterra era um país intocado. Os olhos dele repousavam sobre uma terra virgem, toda formada de grama e bosques sem outras interrupções que não as das cidadezinhas e de um ou outro castelo em construção. Nenhum teto de casarão despontava acima das copas das árvores de Kent; nenhuma chaminé de fábrica fumegava nas encostas. O estado dos campos, considerando-se como os poetas recorrem à Natureza e como dela se utilizam para compor suas imagens e seus contrastes, mesmo quando não a descrevem diretamente, é questão de certa importância. O cuidado ou a selvageria para com ela influenciam muito mais profundamente o poeta do que o prosador. Para o poeta moderno, com o tamanho que hoje têm Birmingham, Manchester e Londres, o campo é um santuário de excelência moral, em contraste com a cidade, que é o antro dos vícios. É um retiro, o refúgio da modéstia e da virtude, onde os homens vão se esconder e moralizar. Há algo de mórbido, quase como um distanciamento do contato humano, na adoração da Natureza de Wordsworth, e mais ainda na devoção microscópica que Tennyson[14] derramava sobre as pétalas das rosas e os botões das flores de limão. Mas eram grandes poetas. Nas suas mãos, o país não era uma mera joalheria ou museu de objetos curiosos que precisa ser descrito, de modo ainda mais curioso, com palavras. Poetas menos talentosos, uma vez que a paisagem está tão degradada e o jardim e a campina devem substituir a monótona urze e a encosta íngreme, agora se veem confinados a paisagenzinhas, a ninhos de aves, a bolotas de carvalho das quais cada traço é trazido à vida. A vastidão da paisagem se perdeu.

Mas, para Chaucer, o campo era amplo demais e selvagem demais para ser agradável. Como se houvesse tido uma experiência dolorosa com a natureza, voltou-se instintivamente das tempestades, dos rochedos, do dia ensolarado de maio e da paisagem prazenteira, do árduo e do misterioso, para o alegre e definido. Sem possuir um décimo do virtuosismo de pintar com as palavras, essa herança moderna, era capaz de retratar em poucas palavras, ou até mesmo, quando reparamos melhor, sem uma única palavra de descrição direta, a sensação do espaço aberto.

> Contempla as flores lindas e vicejantes
> ... e isso basta.[15]

A natureza, inflexível, indomada, não era nenhum espelho para rostos felizes, ou confessor para almas infelizes. Era ela mesma; às vezes, portanto, desagradável e tediosa, mas sempre apresentando, nas páginas de Chaucer, a consistência e o frescor de uma presença real. Contudo, logo percebemos algo mais relevante do que a superfície animada e pitoresca do mundo medieval: a solidez que o recheia, a convicção que anima as personagens. Há uma variedade imensa nos *Contos da Cantuária,* e, no entanto, por baixo, perdura um tipo consistente. Chaucer tem um mundo próprio; tem seus próprios rapazes; tem suas próprias moças. Se por acaso os encontrássemos perambulando pelo mundo de Shakespeare, saberíamos que eram de Chaucer e não de Shakespeare. Deseja descrever uma garota e assim o faz:

> Era só coração e piedade.
> Seu bem dobrado véu desce ao pescoço
> Porém deixa entrever o belo rosto.
> Cinzentos olhos, boca bem rosada,
> E um palmo tinha a testa delicada;
> Enfim: era mulher alta e vistosa,
> E a roupa que vestia, primorosa.[16]

Então ele assim continua, para desenvolvê-la; era uma garota, virgem, fria em sua virgindade:

Pertenço à tua virgem companhia:
A caça eu amo, ao bosque, à montaria;
Que nenhum homem no meu leito adentre;
Não quero carregar filhos no ventre,
Mas correr livre, agreste pelos bosques.[17]

Em seguida, reflete como

Modesta é no vestir e nas ações,
Sem vazias e vãs afetações.
Embora seja sábia como Palas
É simples e modesta em sua fala,
Sem termos de afetada erudição,
Seguindo sua modesta condição.
Em tudo o que ela faz ou jamais fez,
Demonstra a sua educação cortês.[18]

Cada uma dessas citações, em realidade, vem de um conto diferente, mas fazem parte, notamos, da mesma personagem, que ele tinha em mente, talvez inconscientemente, ao pensar em uma moça, e, por esse motivo, à medida que ela entra e sai dos *Contos da Cantuária* com nomes diferentes, possui uma estabilidade que só se encontra ali onde, é claro, o poeta estabeleceu como são as moças, mas também onde estabeleceu como é o mundo onde elas vivem, seus fins e sua natureza, bem como a sua própria habilidade e técnica de poeta, de modo que sua imaginação fique livre para empregar toda a força no seu objeto. Não lhe ocorre que a sua Griselda possa ser melhorada ou alterada. Nela não há indistinção, não há hesitação; ela não prova nada; está satisfeita em ser ela mesma. Portanto, o pensamento pode tranquilizar-se daquele modo inconsciente que lhe permite, a partir de pistas e sugestões, dar a ela muito mais características do que as que estão realmente expostas. Tal é o poder do convencimento, um talento raro, um talento compartilhado em nossos tempos por Joseph Conrad nos seus primeiros romances, e um talento de suprema importância, pois nele se apoia todo o peso da construção. Basta acreditar nos rapazes e moças de Chaucer e não teremos mais necessidade de pregações ou protestos. Sabemos o que ele considera bom, o que considera mau; quanto menos se disser, melhor. Que ele continue com a história, pintando escudeiros e cavaleiros, mulheres boas e más, cozinheiros, marinheiros, padres, enquanto nós suprimos a paisagem, damos credibilidade à sociedade criada por ele, a suas convicções em relação à vida e à morte, e fazemos da viagem à Cantuária uma peregrinação espiritual.

Essa crença simples nas próprias concepções era mais fácil naquela época do que hoje em pelo menos um aspecto, pois Chaucer podia escrever com franqueza sobre coisas ou em relação às quais devemos guardar silêncio, ou que devemos dizer de modo enviesado. Ele era capaz de fazer soar todas as notas da língua, em vez de descobrir que uma enorme quantidade das melhores delas emudeceu devido ao desuso e que, portanto, quando tocadas por dedos audaciosos, emitem um estrondo discordante fora de tom com as demais. Boa parte de Chaucer – talvez algumas linhas em cada um dos Contos – é imprópria e, ao lermos, temos a sensação de estar nus ao ar livre depois de andar encapotados em roupas velhas. E, como um certo tipo de humor depende de poder falar sem vergonha das partes e das funções do corpo, com o advento da decência, a literatura perdeu o uso de um de seus membros. Perdeu o poder de criar a Mulher de Bath, a ama de Julieta, e sua parente reconhecível, porém já desbotada, Moll Flanders. Sterne, temendo a grosseria, é forçado à indecência. Deve ser espirituoso, não cômico; deve sugerir em vez de dizer as coisas de modo direto. Tampouco podemos acreditar, com o *Ulysses*[19] do senhor Joyce à nossa frente, que a velha espécie de riso poderá ser ouvida novamente.

> Bom Deus! Quando recordo os jovens dias
> De minhas aventuras e euforias,
> De prazer me estremece o coração!
> Agora mesmo sinto a comoção:
> Fui dona do meu tempo e do meu mundo.[20]

O som da voz dessa velha é imóvel.

Mas há outra razão, mais importante, para a vivacidade surpreendente e a animação ainda eficaz dos *Contos da Cantuária*. Chaucer era um poeta; mas jamais recuava perante a vida que estava sendo vivida naquele exato instante diante dos seus olhos. Uma fazenda, com sua palha, seu estrume, suas galinhas e galos, não é (assim passamos a pensar) assunto para a poesia; os poetas ou parecem desconsiderar a fazenda completamente ou exigir que ela seja uma fazenda da Tessália, e seus porcos, de origem mitológica. Porém Chaucer diz sem rodeios:

Três porcas ela tinha em seu aprisco;
Três vacas e uma Molly (era uma ovelha)[21]

ou, novamente

Tem um terreiro, junto a sua casa,
Cercado por valado e paliçada[22]

Ele não tem medo nem pudor. Sempre se aproxima ao máximo do seu objeto – o queixo de um velho...

Qual pele de cação ou espinheira
É o rosto barbeado de Januário.
Os pelos novos são pontudos, ásperos[23]

ou o pescoço de um velho...

A pele murcha em volta à sua garganta
Balança e treme enquanto o velho canta.[24]

E irá lhe contar o que as suas personagens usavam, qual era sua aparência, e o que comiam e bebiam, como se a poesia pudesse tratar dos fatos comuns daquele exato momento da terça-feira, o décimo sexto dia de abril de 1387,[25] sem sujar as mãos. Se ele recua até o tempo dos gregos ou dos romanos, é apenas porque sua história o conduz até lá. Não tem nenhum desejo de se envolver na Antiguidade, de refugiar-se na idade ou de evitar as associações com o inglês do quitandeiro comum.

De modo que, quando dizemos que conhecemos o fim da viagem, é difícil citar as linhas específicas de onde extraímos esse conhecimento. Chaucer fixou os olhos na estrada à sua frente, não no mundo por vir. Não era muito dado à contemplação abstrata. Depreciava, com atrevimento típico, qualquer competição com os catedráticos e as divindades:

Aos adivinhos deixo a solução:
O nosso mundo chama-se aflição[26]

Que pode um pobre homem neste mundo?
Do amor à tumba vai-se num segundo,
À solitária e gélida vigília.[27]

[...] Deuses cruéis, vós, governantes
D'universo, que em tábuas de adamante
Inscrevem vossos mandos e decretos,
Impondo ao mundo escravo o Verbo eterno,
Os homens para vós – dizer arrisco –
Não são mais do que ovelhas num aprisco.[28]

As perguntas o pressionam; ele as faz, mas é tão poeta que não as responde; deixa-as sem solução, desobrigadas da solução do momento, e, portanto, novas para as gerações seguintes. Também na sua vida seria impossível catalogá-lo como um homem desse ou daquele partido, como um democrata ou um aristocrata. Era um frequentador assíduo da igreja, mas ria dos padres. Era um servidor público competente e um cortesão, mas suas opiniões sobre a moralidade sexual eram extremamente permissivas. Simpatizava com a pobreza, mas não fazia nada para melhorar a situação dos pobres. É seguro dizer que nem uma única lei foi concebida e nem uma única pedra assentada devido a nada do que Chaucer tenha dito ou escrito; e, contudo, quando o lemos, absorvemos moralidade por todos os poros. Pois entre os escritores existem dois tipos: existem os padres, que nos conduzem pela mão diretamente até o mistério; e existem os laicos, que embutem suas doutrinas em carne e sangue e criam um modelo completo do mundo sem excluir o ruim nem enfatizar o bom. Wordsworth, Coleridge e Shelley estão entre os padres; eles nos fornecem texto após texto para pendurarmos na parede, frase após frase para ser disposta no coração como um amuleto contra o desastre:

*Farewell, farewell, the heart that lives alone*
(tradução livre: Adeus, adeus, coração que vive só)[29]

*He prayeth best that loveth best*
*All things both great and small*
(tradução livre: Melhor reza quem melhor ama/ Todas as coisas pequenas ou grandes)[30]

Tais linhas de exortação e ordem saltam à lembrança instantaneamente. Mas Chaucer nos deixa viver nossa vida, fazendo coisas comuns com pessoas comuns. Sua moralidade reside na maneira como homens e mulheres se comportam uns com os outros. Nós os vemos comendo, bebendo, rindo e fazendo amor. E, sem que nenhuma palavra seja dita, intuímos quais são seus padrões, de modo que somos saturados sem cessar com a sua moralidade. Não pode haver pregação mais incisiva do que essa, em que todas as ações e paixões estão representadas, e, em vez de solenemente exortados, somos levados a vagar e olhar fixamente e forjar um sentido por nós mesmos. É a moralidade da conversa cotidiana, a moralidade do romance, que os pais e os bibliotecários consideram, com razão, muito mais persuasiva do que a moralidade da poesia.

E assim, ao terminar Chaucer, sentimos que, sem que nenhuma palavra seja dita, a crítica é completa; o que dizemos, pensamos, fazemos, foi comentado. Porém não ficamos apenas com a sensação, por mais poderosa que ela seja, de termos estado em boa companhia e nos familiarizado com as maneiras do bom convívio social. Pois enquanto seguíamos pelos campos reais e sem adornos, onde primeiro um bom camarada solta um gracejo ou canta uma canção e em seguida outro, sabemos que, apesar de semelhante, esse mundo não é, na verdade, o nosso mundo cotidiano. É o mundo da poesia. Tudo acontece ali com mais rapidez e mais intensidade, e de modo mais ordenado do que na vida ou na prosa; há um enfado formal, elevado, que faz parte da encantação da poesia; há versos que dizem com meio segundo de antecedência o que estávamos prestes a dizer, como se lêssemos os nossos pensamentos antes que as palavras os subjugassem; e versos que voltamos para ler novamente com aquela qualidade elevada, aquele encantamento, que os conserva em nosso espírito, resplandecentes, muito tempo depois. E o todo se vê fixo no lugar, e sua variedade e suas divagações ordenadas por um poder que se encontra entre os mais impressionantes de todos: o poder de dar forma, o poder do arquiteto. É uma peculiaridade de Chaucer, entretanto, que, apesar de sentirmos de imediato essa agitação, esse encantamento, não conseguimos demonstrá-los por meio de citações. Citar é algo fácil e óbvio no caso da maioria dos poetas; alguma metáfora subitamente floresce; algum trecho se destaca dos demais. Mas Chaucer é muito constante, muito pouco metafórico, de ritmo muito regular. Ao tomarmos seis ou sete versos na esperança de que a qualidade se veja retida neles, ela já escapou.

> Decerto te recordas, meu senhor,
> Que à porta do casebre, aquele dia
> Me fizeste despir, e no esplendor
> Tu me vestiste, em ouro e fidalguia.
> E nada eu trouxe à nova moradia,
> Somente o corpo nu, e a virgindade,
> A minha boa-fé e honestidade.[31]

No original, isso parecia não apenas memorável e tocante, mas digno a figurar ao lado das mais estonteantes belezas. Recortado e lido separadamente, parece comum e silencioso. Na arte de Chaucer, assim parece, as palavras mais comuns e os mais simples sentimentos, quando dispostos lado a lado, dão brilho uns aos outros; quando separados, perdem o lustro. De modo que o prazer que ele nos dá é diferente do prazer que outros poetas nos dão, pois está mais intimamente relacionado com o que nós mesmos já sentimos ou observamos. Comer, beber, o tempo bom, o mês de maio, galos e galinhas, moleiros, velhas camponesas, flores... há um estímulo especial em ver todas essas coisas ordenadas de tal modo que nos afetem como é próprio da poesia, mas ao mesmo tempo são brilhantes, sóbrias, precisas, como se as víssemos de fora. Existe uma pungência nessa linguagem não figurativa; uma beleza majestosa e memorável nas frases desenfeitadas que se seguem umas às outras, como mulheres com véus tão tênues que podemos ver os traços de seus corpos quando caminham:

> E ali está esse marquês, junto à cocheira.
> No chão Griselda põe o balde d'água[32]

E então, à medida que a procissão segue caminho, lá de trás espia o rosto de Chaucer, mancomunado com todos as raposas, burros e galinhas para zombar das pompas e cerimônias da vida: espirituoso, intelectual, francês, e ao mesmo tempo apoiado em uma ampla base de humor inglês.

De modo que Sir John lia seu Chaucer no quarto sem luxos com o vento soprando e a fumaça ardendo, e deixou por fazer a lápide de seu pai. Mas nenhum livro, nenhuma lápide, tinha o poder de segurá-lo por muito tempo. Ele foi uma dessas figuras ambíguas que habitam a linha fronteiriça em que uma era se funde à outra, mas não são capazes de habitar nenhuma. Em dado momento, comprar livros baratos era só o que pensava; no outro ruma para a França e diz à mãe, "Meu pensamento agora não se dedica tanto aos livros".[33] Na sua própria casa, onde sua mãe Margaret estava constantemente fazendo inventários ou confidenciando com o padre Gloys, não tinha paz nem consolo. Sempre a razão estava do lado dela; era uma mulher corajosa, por quem era preciso tolerar a insolência do padre e sufocar a raiva quando os resmungos se transformavam em agressões às claras, e "Seu padre orgulhoso" e "Seu Escudeiro orgulhoso" eram brandidos raivosamente pela sala. Tudo isso, somado aos desconfortos da vida e à fraqueza de seu próprio caráter, o levaram a perambular em lugares mais agradáveis, a adiar voltar, a adiar escrever, a adiar, ano após ano, colocar uma lápide no túmulo do pai.

No entanto, agora já se iam doze anos que John Paston jazia sob o chão descoberto. O prior de Bromholm mandou avisar que o tecido da sepultura estava em frangalhos e que ele mesmo havia tentado remendá-lo. Pior ainda, para uma mulher orgulhosa como Margaret Paston, os camponeses começaram a cochichar sobre a falta de piedade dos Paston, enquanto outras famílias, assim ela ouviu falar, com menos nobreza do que a deles, gastavam dinheiro na reforma piedosa da igreja onde seu marido jazia esquecido. Finalmente, deixando de lado torneios e Chaucer e a Amante Anne Hault, Sir John lembrou-se de um corte de tecido urdido a ouro que fora usado para cobrir o caixão do pai e que agora poderia ser vendido para custear as despesas da lápide. Margaret o guardava a salvo; ela o escondera e cuidara dele, e gastara vinte marcos para consertá-lo. Ressentiu-se; mas não havia outra maneira. Ela o enviou para o filho, ainda desconfiando das suas intenções e da capacidade dele de levá-las a cabo. "Se o venderes para qualquer outro fim", escreveu, "por minha palavra jamais confiarei em ti novamente enquanto eu viver."[34]

Mas este último ato, como tantos de Sir John no decurso da sua vida, permaneceu inconcluso. Uma disputa com o duque de Suffolk no ano de 1479 fez com que ele precisasse ir a Londres apesar da epidemia que assolava o mundo lá fora, e ali, em uma hospedaria suja, sozinho, ocupado com brigas até o final, até o fim exigindo dinheiro, Sir John morreu e foi enterrado em Whitefriars, em Londres. Deixou uma filha; deixou um número considerável de livros; porém a lápide de seu pai ficou inconclusa.

Os quatro grossos volumes de cartas dos Pastons, entretanto, engolem esse homem frustrado como o mar absorve uma gota de chuva. Pois, tal como todas as coletâneas de cartas, parecem sugerir que não precisamos nos importar muito com o destino dos indivíduos. A família continuará, quer Sir John viva ou morra. É seu método empilhar em montes de pó insignificante e tantas vezes deprimente as inumeráveis banalidades da vida cotidiana, à medida que ela segue em frente da mesma maneira, ano após ano. E então, de repente, elas se acendem; o dia cintila, completo, vivo, diante de nossos olhos. É manhãzinha, e homens estranhos andaram cochichando entre as mulheres enquanto elas ordenhavam. É fim de tarde, e, ali no cemitério da igreja, a esposa de Warne esbraveja contra a velha Agnes Paston: "Que todos os demônios do inferno carreguem a alma dela para o inferno."[35] Agora é outono em Norfolk, e Cecily Dawne vem choramingar por roupas a Sir John: "Além disso, senhor, gostaria que vossa maestria entendesse que o inverno e o tempo frio estão se aproximando e tenho poucas roupas que não as que o senhor doou."[36] Ali está o dia dos tempos antigos, espalhado à nossa frente, hora a hora.

Mas não existe em nada disso o escrever por escrever; nenhum uso da pena para transmitir prazer ou entretenimento, nem qualquer uma das milhões de gradações de afeto e intimidade que preencheram tantas cartas inglesas desde então. Apenas ocasionalmente, na maior parte das vezes quando sob pressão ou raiva, é que Margaret Paston se vale de algum provérbio astuto ou praga solene. "Aqui se talham grandes tiras do couro alheio... Açoitamos os arbustos, mas são os outros que ficam com as aves... A pressa se deplora... o que é uma verdadeira lança para o meu coração."[37] Esta é a eloquência e a angústia dela. Seus filhos, é verdade, curvam mais a pena à sua vontade. É com certa rigidez que gracejam; com certa atrapalhação que sugerem; forjam uma ceninha parecida com um espetáculo de bonecos malfeito e dizem uma ou duas frases diretamente, como se o dissessem em pessoa. Mas, quando viveu, Chaucer deve ter ouvido essa mesma linguagem, pragmática, nada metafórica, muito mais adequada para narrativas do que para a análise, capaz da solenidade religiosa ou do humor mais amplo, mas um material muito rígido para se colocar nos lábios de homens e mulheres enfrentando-se face a face. Ou seja, é fácil perceber, pelas cartas dos Pastons, por que Chaucer não escreveu nem *Lear* nem *Romeu e Julieta*, e sim os *Contos da Cantuária*.

Sir John foi enterrado; e John, o filho caçula, o sucedeu. As cartas dos Pastons permanecem; a vida em Paston prossegue praticamente sem alterações. Sobre tudo isso, paira a sensação de desconforto e nudez; de membros sujos cobertos por trajes esplêndidos; de tapeçarias sendo erguidas nas paredes cheias de correntes de ar; do banheiro com sua latrina; de ventos soprando diretamente sobre terras não mitigadas por sebe ou cidade; do castelo de Caister com seus acres de terra cobertos de rocha sólida, e dos Pastons, de rosto simples, acumulando riquezas incansavelmente, percorrendo as estradas de Norfolk, e persistindo, com uma coragem obstinada que lhes dá o crédito infinito de haverem contribuído para mobiliar a escassez da Inglaterra.

# Sobre não saber grego[1]

Pois é vão e tolo falar em saber grego, uma vez que em nossa ignorância deveríamos estar entre os últimos de qualquer turma de colegiais, uma vez que não sabemos como soavam as palavras, nem onde exatamente devemos rir, nem como atuavam os atores, e, entre esse povo estrangeiro e nós, não existe a mera diferença de raça e de língua, mas uma tremenda ruptura de tradição. Mais estranho ainda, portanto, é desejarmos aprender grego, tentarmos aprender grego, nos sentirmos sempre atraídos ao grego e estarmos sempre forjando alguma noção do significado do grego, pois quem saberá dizer a partir de que miudezas incongruentes e com que escassa semelhança ao verdadeiro sentido do grego o fazemos?

É óbvio, em primeiro lugar, que a literatura grega é a literatura impessoal. Essas poucas centenas de anos que separam John Paston de Platão, Norwich de Atenas, produzem um abismo que a ampla maré da tagarelice europeia jamais conseguirá atravessar. Quando lemos Chaucer, deslizamos imperceptivelmente até ele pela correnteza das vidas de nossos ancestrais e, mais tarde, à medida que os registros aumentam e as memórias se alongam, praticamente não resta nenhuma figura isenta de sua auréola de associação, sua vida e cartas, sua esposa e família, sua casa, seu caráter, sua feliz ou lúgubre catástrofe. Mas os gregos permanecem em uma fortaleza própria. Também nisso a fortuna foi gentil. Ela os preservou da vulgaridade. Eurípides foi devorado por cães; Ésquilo morto por uma pedrada; Safo saltou de um penhasco. Deles não sabemos mais nada. Temos sua poesia, e é tudo.

Mas isso não é, e talvez nunca possa vir a ser, completamente verdade. Basta apanhar qualquer peça de Sófocles, ler

Ó filho de Agamêmnon, estratego da ruína em Troia,[2]

e imediatamente a imaginação começa a formar um entorno. Cria um pano de fundo, ainda que provisório, para Sófocles; imagina alguma aldeia, numa região remota do país, à beira-mar. Mesmo nos dias de hoje, ainda se pode encontrar tais aldeias nas regiões mais ermas da Inglaterra, e, quando as visitamos, não conseguimos deixar de pensar que, naquele conjunto de casas, apartadas das linhas férreas ou da cidade, estão todos os elementos de uma existência perfeita. Aqui está o presbitério; ali a casa senhorial, o campo e as casinhas; a igreja para os cultos, o clube para as reuniões, o campo de críquete para os jogos. Aqui a vida é dividida simplesmente em seus elementos principais. Cada homem e mulher tem seu trabalho; cada um trabalha para a saúde ou a felicidade dos outros. E aqui, nessa pequena comunidade, as personagens se tornam parte do repertório comum; conhecem-se as excentricidades do sacerdote; os defeitos do temperamento das grandes senhoras; a rixa do ferreiro com o leiteiro, e os amores e namoros de meninos e meninas. Aqui a vida vem abrindo os mesmos sulcos há séculos; surgiram costumes; lendas se agarraram ao topo dos montes e às árvores solitárias, e a aldeia tem sua própria história, seus festivais e suas rivalidades.

Impossível é o clima. Se tentamos imaginar Sófocles aqui, temos de nos livrar da fumaça e da umidade e das neblinas espessas e ensopadas. Devemos aguçar as linhas dos morros. Devemos imaginar uma beleza de rocha e terra e não uma de bosque e vegetação. Com calor, sol e meses de tempo bom e radiante, a vida obviamente não é a mesma: transcorre externalizado, com o resultado, conhecido por todos os que visitam a Itália, de que qualquer pequeno incidente se discute na rua, não na sala de estar, e se faz dramático; torna as pessoas volúveis; inspira nelas aquela irônica e risonha rapidez de argúcia e língua própria das raças meridionais, que nada tem em comum com a reserva vagarosa, os cochichos baixos ou a melancolia introspectiva e reflexiva de quem está acostumado a viver em ambientes fechados mais da metade do ano.

Essa é a qualidade que primeiro nos impressiona na literatura grega: o modo de ser irônico, rápido como um raio, ao ar livre. É aparente tanto nos lugares mais augustos quanto nos mais triviais. As rainhas e princesas dessa mesma tragédia de Sófocles trocam palavras à porta como aldeãs, com a tendência, como se poderia esperar, de se regozijar com a linguagem, de cortar as frases em pedaços, de buscar decididas a vitória verbal. O humor das pessoas não era do tipo afável dos nossos carteiros e cocheiros. Os insultos dos homens que se demoravam nas esquinas das ruas tinham algo de cruel tanto quanto de arguto. Existe uma crueldade na tragédia grega bastante diversa da nossa brutalidade inglesa. Acaso não é Penteu, por exemplo, um homem respeitabilíssimo, ridicularizado em *As bacantes* antes de ser destruído?[3] Na verdade, sem dúvida, essas rainhas e princesas estavam ao ar livre, com as abelhas zumbindo ao passar, sombras caindo sobre elas e as vestes agitadas pelo vento. Falavam a uma enorme plateia disposta em semicírculos à sua volta em um daqueles dias meridionais radiantes em que o sol é intenso, mas, ainda assim, a atmosfera é muito empolgante. O poeta, portanto, precisava considerar não um tema para ser lido durante horas por pessoas em sua intimidade, mas algo enfático, familiar, breve, que pudesse afetar de modo instantâneo e direto uma plateia de quem sabe 17 mil pessoas, com ouvidos e olhos ávidos e atentos, com corpos cujos músculos se enrijeceriam caso ficassem sentados por tempo demais sem distração. De música e dança ele precisaria, e escolheria naturalmente uma dessas lendas, como nossa Tristão e Isolda, cujas linhas gerais todos conhecem, de modo que uma grande reserva de emoções já estivesse à disposição, mas pudesse ser enfatizada em um lugar novo a cada novo poeta.

Sófocles tomaria a antiga história de Electra, por exemplo, mas imediatamente imprimiria nela a sua marca. Disso, apesar de nossa fraqueza e distorção, o que permanece visível para nós? Que, em primeiro lugar, o gênio dele era de primeira categoria; que escolheu uma forma que, caso falhasse, evidenciaria seu fracasso na forma de rasgos e ruínas, não do borrão suave de algum detalhe insignificante; e que, fosse bem-sucedida, cortaria até o osso em cada talho, marcaria cada impressão digital no mármore. Sua Electra se apresenta a nós como uma figura tão fortemente acorrentada que só consegue se mover um centímetro para cá, outro centímetro para lá. Porém cada movimento deve expressar ao máximo; caso contrário, atada como ela está e privada do alívio de quaisquer sugestões, repetições e sugestões, ela não passará de um manequim, fortemente acorrentado. Suas palavras nos momentos críticos encontram-se, de fato, despidas de tudo; são meros gritos de desespero, alegria, ódio.

οἲ 'γὼ τάλαιν', ὄλωλα τῇδ' ἐν ἡμέρᾳ.
("Ah, eis o dia em que perdi a vida!")[4]

Mas esses gritos delineiam e dão perspectiva à obra. É assim, com mil diferenças de grau, que na literatura inglesa Jane Austen dá forma a um romance. Chega um instante – "Dançarei com o senhor",[5] diz Emma – que se ergue acima dos demais, que, embora não seja eloquente em si mesmo, nem violento, nem impressionante pela beleza da linguagem, carrega todo o peso do livro atrás de si. Também em Jane Austen temos a mesma sensação, muito embora as ligaduras sejam bem menos tensas, de que suas figuras estão atadas e restritas a uns poucos movimentos decisivos. Ela também, em sua prosa cotidiana e modesta, escolheu uma arte perigosa na qual um deslize significa a morte.

Mas não é tão fácil decidir o que confere a esses gritos angustiados de Electra o poder de cortar e ferir e emocionar. Em parte, é porque a conhecemos, porque captamos de pequenas reviravoltas e mudanças do diálogo indícios do seu caráter, de sua aparência, que ela, de modo característico, negligenciou; de algo que dói dentro dela, ultrajada e estimulada ao limite de sua capacidade, e contudo, como ela mesma sabe ("Esse modo de ser destoa de mim, tampouco faz sentido em minha idade"[6]), embotada e degradada pelo horror de sua posição, uma moça que não se casou e foi obrigada a testemunhar a vileza da mãe e denunciá-la com um alto clamor, quase vulgar, para o mundo inteiro. Em parte, também, é porque sabemos da mesma maneira que Clitemnestra não é uma vilã absoluta: δεινὸν τὸ τίκτειν ἐστίν', diz ela – "a maternidade é um duro fardo".[7] Não é uma assassina violenta e irredimível que Orestes mata dentro de casa e que Electra incita a destruir completamente – "Repete o golpe".[8] Não; os homens e mulheres de pé sob o sol diante da plateia sobre a encosta eram bastante vivos, bastante sutis, não meras figuras nem moldes ocos de seres humanos feitos de gesso.

Contudo, não é por conseguirmos analisar seus sentimentos que eles nos impressionam. Em seis páginas de Proust, podemos encontrar emoções mais variadas e complexas do que em toda *Electra*. Mas tanto em *Electra* quanto em *Antígona* o que nos impressiona é algo distinto, algo talvez ainda mais impressionante: o heroísmo em si, a fidelidade em si. Apesar do esforço e da dificuldade, é isso que nos atrai continuamente aos gregos: ali encontramos o ser humano estável, permanente, original. São necessárias emoções violentas para incitá-lo à ação, mas, quando assim atiçados pela morte, pela traição ou por alguma outra calamidade primitiva, Antígona e Ajax e Electra agem da mesma maneira que agiríamos caso fôssemos assim infligidos; da mesma maneira como todos têm agido desde sempre; e assim nós os compreendemos com mais facilidade e de modo mais direto do que aos personagens dos *Contos da Cantuária*. Eles são os originais, os de Chaucer são as variedades da espécie humana.

Claro, é verdade que esses tipos do homem e da mulher originais, esses reis heroicos, essas filhas fiéis, essas rainhas trágicas que percorrem as eras sempre fincando os pés nos mesmos lugares, retorcendo seus mantos com os mesmos gestos provenientes do hábito e não do impulso, são alguns dos maiores tédios e das companhias mais desmoralizantes do mundo. As peças de Addison, Voltaire e uma legião de outros estão aí para prová-lo. Mas veja como encontramos tais tipos entre os gregos. Até mesmo em Sófocles, cuja reputação pela parcimônia e maestria chegou filtrada até nós pelos eruditos, eles são decididos, implacáveis, diretos. Um fragmento destacado de seu discurso poderia, assim sentimos, colorir oceanos e mais oceanos de teatro respeitável. Aqui os encontramos antes de suas emoções terem sido gastas até o ponto da uniformidade. Aqui escutamos o rouxinol, cuja canção reverbera pela literatura inglesa, cantando em sua própria língua grega. Pela primeira vez, Orfeu com seu alaúde impele homens e animais a seguirem-no. Suas vozes ressoam claras e distintas; vemos os corpos peludos e morenos brincando sob o sol entre as oliveiras, e não posando graciosamente sobre alaques de granito nos corredores pálidos do Museu Britânico. E então, subitamente, no meio de tamanha distinção e compressão, Electra, como se ocultasse o rosto por trás do véu e nos proibisse de continuar pensando nela, fala desse mesmo rouxinol: "Espelho-me da ave Ítis,/ mensageira do Cronida,/ cujo canto – ítis! – multiplica-se no íntimo!/ Ó Níobe panlacrimal,/ tenho-te por diva,/ sempichorosa no sepulcro pétreo."[9]

E, ao silenciar sua própria queixa, ela nos deixa perplexos mais uma vez com a questão insolúvel da poesia e de sua natureza, e de por que, quando assim fala, suas palavras adquirem a garantia da imortalidade. Porque são gregas; não sabemos como soavam; ignoram as fontes mais óbvias da empolgação; nada do seu efeito se deve a nenhuma extravagância de expressividade; e certamente não lançam nenhuma luz sobre a personalidade do narrador ou do escritor. Mas permanecem; são algo que foi dito e há de perdurar eternamente.

E, no entanto, em uma peça, que perigosa deve necessariamente ser essa poesia, esse lapso do particular para o geral, com os atores ali de pé ao vivo, com seus corpos e rostos aguardando passivamente para serem usados! Por esse motivo, as últimas peças de Shakespeare, onde há mais poesia do que ação, são melhores de se ler do que de assistir, são mais bem compreendidas quando se deixa de fora o corpo real do que quando o corpo se faz visível, com todas as suas associações e movimentos. As restrições intoleráveis do drama poderiam ser afrouxadas, entretanto, caso fosse possível encontrar um meio através do qual o que era geral e poético, comentário, não ação, pudesse ser liberado sem interromper o movimento do conjunto. É isso o que o coro fornece: os anciãos e anciãs que não tomam parte ativa do drama, as vozes indiferenciadas que cantam como pássaros nas pausas do vento; que podem comentar, ou resumir ou permitir que o próprio poeta fale, ou fornecer, por contraste, outra faceta para a sua concepção. Sempre, na literatura imaginativa, quando os personagens falam por si mesmos e o autor não toma parte, a necessidade dessa voz se faz sentir. Pois embora Shakespeare (a menos que consideremos que seus bobos e loucos cumpram tal função) tenha dispensado o coro, os romancistas estão sempre criando algum substituto: Thackeray coloca a sua própria voz, Fielding sai e se dirige ao mundo antes que suba a cortina. De modo que para entender o significado da peça, o coro é de máxima importância. É preciso ser capaz de adentrar com facilidade esses êxtases, essas falas descontroladas e aparentemente irrelevantes, essas declarações por vezes óbvias e banais, para determinar sua relevância ou irrelevância e compreender sua relação com o conjunto da peça.

Devemos ser capazes de "adentrar com facilidade"; mas isso, claro, é exatamente o que não conseguimos fazer. Pois, na maioria das vezes, os coros, com todas as suas obscuridades, devem ser explicados e sua simetria, mutilada. Porém, podemos supor que Sófocles os utilizava não para expressar algo externo à ação da peça, mas para cantar elogios a alguma virtude ou às belezas de algum lugar ali mencionado. Ele seleciona o que deseja enfatizar e canta a branca Colono e seu rouxinol, ou o amor não conquistado em uma luta. Belos, altivos e serenos, seus coros nascem naturalmente das situações e modificam não o ponto de vista, mas o tom. Em Eurípides, no entanto, as situações não estão contidas em si mesmas; desprendem uma atmosfera de incerteza, de sugestão, de questionamento; mas, se recorrermos aos coros para perceber isso, com frequência, sairemos mais desorientados do que instruídos. De imediato em *As bacantes* nos encontramos em um mundo de psicologia e dúvida; o mundo onde a mente distorce os fatos e os modifica, e faz com que os aspectos familiares da vida pareçam inéditos e questionáveis. Quem é Baco, e quem são os deuses, e qual o dever do homem para com eles, e quais os direitos do seu cérebro sutil? A essas perguntas, o coro não oferece resposta, ou responde zombeteiramente, ou fala de modo obscuro, como se a rigidez da forma dramática houvesse tentado Eurípides a violá-la, a fim de aliviar seu espírito desse peso. O tempo é tão curto e tenho tanto a dizer que, a menos que me permitam colocar lado a lado duas afirmações aparentemente desconexas e lhes confie a tarefa de relacioná-las, devem se satisfazer com o mero esqueleto da peça que eu poderia lhes ter entregado. Esse é o raciocínio. Eurípides, portanto, sofre menos do que Sófocles e menos do que Ésquilo[10] quando lido na intimidade de um quarto, em vez de assistido numa encosta ensolarada. Pode ser representado na cabeça; pode comentar as questões do momento; mais do que os outros, sua popularidade irá variar de época para época.

Se, portanto, em Sófocles, a peça se concentra nas figuras em si, e em Eurípides devemos apreendê-la a partir de vislumbres de poesia e perguntas remotas, sem resposta, Ésquilo torna tremendas essas pequenas obras (*Agamêmnon* tem 1663 versos; *Lear*, cerca de 2600) ao alongar ao máximo cada frase, ao fazer com que voem envoltas em metáforas, ao obrigar que se ergam e caminhem, sem olhos e majestosas, pela cena. Para compreendê-lo, é menos necessário entender grego do que entender poesia. É necessário dar aquele salto perigoso pelos ares sem o apoio das palavras, coisa que Shakespeare também pede de nós. Pois as palavras, quando confrontadas com tamanha explosão de significado, devem ceder, devem desvanecer-se e, somente quando agrupadas, transmitem o sentido que cada uma delas, em separado, é fraca demais para expressar. Ao conectá-las em um arroubo do pensamento, percebemos instantânea e instintivamente o que significam, mas não poderíamos decantar aquele sentido de novo em quaisquer outras palavras. Há uma ambiguidade que é a marca da mais elevada poesia; não temos como saber exatamente o que significa. Tomemos esse verso de *Agamêmnon*, por exemplo:

$$\dot{o}\mu\mu\acute{a}\tau\omega\nu \; \delta' \; \dot{\epsilon}\nu \; \dot{a}\chi\eta\nu\acute{\iota}a\iota\varsigma \; \ddot{\epsilon}\rho\rho\epsilon\iota \; \pi\hat{a}\sigma' \; \text{'}A\phi\rho o\delta\acute{\iota}\tau a.$$

("e, na ausência de pupilas, se esvai, na íntegra, o afrodisíaco")[11]

O significado está justamente no mais distante extremo da linguagem. É o significado que, em momentos de assombrosa emoção e aflição, percebemos diretamente na mente, sem palavras; é o significado ao qual Dostoiévski (prejudicado que foi pela prosa e que somos pela tradução) nos conduz por meio de uma elevação assombrosa na escala das emoções, e que nos aponta, mas não indica; o significado que Shakespeare consegue captar.

Ésquilo, portanto, não entrega, como Sófocles, as próprias palavras que as pessoas poderiam ter dito, só que rearranjadas de modo a misteriosamente adquirirem uma força generalizada, um poder simbólico; nem, como Eurípides, combina incongruências e assim amplia seu pequeno espaço, da mesma maneira que um cômodo pequeno se amplia quando colocamos espelhos em cantos estranhos. Com o emprego ousado e contínuo da metáfora, amplifica e nos entrega não a coisa em si, mas as reverberações e reflexões que ela deixou em sua mente; perto o bastante do original para ilustrá-la, remota o bastante para aumentá-la, ampliá-la e torná-la esplêndida.

Pois nenhum desses dramaturgos teve a licença que pertence ao romancista, e, em certo grau, a todos os escritores de livros impressos, de modelar seu significado com uma infinidade de ligeiros ajustes que só podem ser apropriadamente aplicados lendo-se em silêncio, com cuidado e ocasionalmente duas ou três vezes. Cada frase devia explodir ao atingir o ouvido, não importa quão lenta ou belamente as palavras pudessem descer em seguida e quão enigmático seu sentido último pudesse ser. Nenhum esplendor ou riqueza de metáfora seria capaz de salvar o *Agamêmnon* caso imagens ou alusões do tipo mais sutil ou decorativo tivessem se interposto entre nós e o grito cru

ὀτοτοτοῖ πόποι δᾶ.   ὦ 'πολλον, ὦ 'πολλον.
("'APO... APO... APOLO!'")[12]

Elas precisavam ser dramáticas a qualquer custo.

Mas então o inverno caía sobre essas aldeias, a escuridão e o frio extremo desciam nas encostas. Deve ter existido algum lugar abrigado onde os homens pudessem se retirar, tanto nas profundezas do inverno quanto nos calores do verão, onde pudessem se sentar e beber, onde pudessem recostar-se e esticar o corpo à vontade, onde pudessem conversar. É Platão, claro, que revela a vida nos ambientes internos e descreve como, depois que um grupo de amigos se reunia, comia sem muito luxo e tomava um pouco de vinho, um belo rapaz aventurava uma pergunta ou citava uma opinião, e Sócrates a analisava, manuseava, virava-a de um lado a outro, olhava desse lado e daquele, rapidamente eliminava suas inconsistências e inexatidões, e fazia todo o grupo, pouco a pouco, contemplar com ele a verdade. É um processo exaustivo; concentrar-se dolorosamente no significado exato das palavras; julgar o que cada confissão envolve; seguir com determinação, e ao mesmo tempo criticamente, a opinião minguante e mutável à medida que se endurece e se transforma em verdade. O prazer e o bem são o mesmo? É possível ensinar a virtude? A virtude é um saber? A mente cansada e fraca pode equivocar-se com facilidade enquanto se desenrola o processo de questionamento; mas ninguém, não importa quão fraco, pode deixar, ainda que não aprenda nada mais de Platão, de amar com maior intensidade o conhecimento. Pois, à medida que o raciocínio vai se montando passo a passo, com Protágoras cedendo, Sócrates insistindo, o que importa não é tanto o fim que se atinge, mas nossa maneira de o atingirmos.[13] Isso todos podemos sentir – a honestidade indômita, a coragem, o amor pela verdade, que atraem Sócrates, e nós em seu encalço, até o ápice onde, se também nós pudermos ali ficar por um instante, desfrutaremos da maior felicidade de que somos capazes.

No entanto, tal expressão parece pouco apropriada para descrever o estado de espírito de um discípulo a quem, após dolorosa discussão, revela-se a verdade. Mas a verdade é diversa; a verdade chega até nós sob diferentes disfarces; não é somente com o intelecto que a percebemos. É uma noite de inverno; as mesas estão dispostas na casa de Agatão; a garota toca flauta; Sócrates se banhou e calçou as sandálias; estacou no corredor; recusa-se a se mover quando mandam chamá-lo. Agora Sócrates terminou; graceja com Alcibíades; Alcibíades apanha uma fita e a cinge em torno "da admirável cabeça deste homem".[14] Elogia Sócrates. "Sabei que nem a quem é belo tem ele a mínima consideração, antes despreza tanto quanto ninguém poderia imaginar, nem tampouco a quem é rico, nem a quem tenha qualquer outro título de honra, dos que são enaltecidos pelo grande número; todos esses bens ele julga que nada valem, e que nós nada somos – é o que vos digo – e é ironizando e brincando com os homens que ele passa toda a vida. Uma vez porém que fica sério e se abre, não sei se alguém já viu as estátuas lá dentro; eu por mim já uma vez as vi, e tão divinas me pareceram elas, com tanto ouro, com uma beleza tão completa e tão extraordinária que eu só tinha que fazer imediatamente o que me mandasse Sócrates."[15] Tudo isso flui sobre os argumentos de Platão: risos e movimento; pessoas levantando-se e saindo; a hora que passa; a paciência que se perde; piadas que se contam; o raiar da aurora. A verdade, ao que parece, é diversa; a verdade deve ser perseguida com todas as nossas faculdades. Devemos descartar todas as diversões, as ternuras, as frivolidades da amizade, por amarmos a verdade? Encontraremos a verdade com maior rapidez por negarmos música a nossos ouvidos e não bebermos vinho e dormirmos em vez de conversar durante a longa noite de inverno? Não é o disciplinador enclausurado que se mortifica na solidão o que devemos procurar, mas a natureza banhada de sol, o homem que pratica a arte de viver com seu melhor proveito, de maneira que nada se atrofie, mas algumas coisas tornem-se permanentemente mais valiosas do que outras.

De modo que, nesses diálogos, somos levados a buscar a verdade com cada parte de nosso ser. Pois Platão, é claro, tinha talento dramático. É por meio dele, de uma arte que transmite em uma ou duas frases o cenário e a atmosfera, e então, com perfeita competência, insinua-se nas volutas do argumento sem perder sua animação e seu encanto, e se contrai em uma declaração crua, e então, num crescendo, expande-se e assoma nas alturas que em geral só as medidas mais extremas de poesia alcançam – é essa arte que nos toma de muitas maneiras ao mesmo tempo e nos conduz a uma exaltação do espírito só alcançada ao se empregar todos os poderes para contribuir com sua energia ao conjunto.

Mas devemos ter cautela. Sócrates não se importava com a "mera beleza", o que, para ele, talvez significasse a beleza como ornamento. Um povo que julgava de ouvido tanto quanto os atenienses, sentado ao ar livre para assistir teatro ou ouvir uma discussão no mercado, era muito menos apto do que nós somos a destacar as frases e apreciá-las fora de seu contexto. Para eles, não existiam as belezas de Hardy, as belezas de Meredith, as frases de George Eliot. O escritor tinha de pensar mais no conjunto e menos no detalhe. Naturalmente que, vivendo ao ar livre, não era o lábio ou o olho que lhes chamava a atenção, mas o porte do corpo e as proporções entre suas partes. Portanto, quando citamos e destacamos trechos, causamos mais estrago aos gregos do que aos ingleses. Há um despojamento e uma brusquidão em sua literatura que irrita o gosto acostumado à complexidade e ao acabamento dos livros impressos. Somos obrigados a um esforço mental para compreender um todo destituído da beleza do detalhe ou da ênfase da eloquência. Acostumados a olhar de modo direto e amplo, e não detalhado e obliquamente, para eles era mais seguro adentrar as profundezas das emoções que cegam e desnorteiam uma época como a nossa. Na imensa catástrofe da guerra europeia, nossas emoções tiveram de ser desmanteladas e torcidas para nós, antes que pudéssemos nos permitir senti-las na poesia ou na ficção. Os únicos poetas que falavam do assunto o fizeram da maneira enviesada e satírica de Wilfred Owen e Siegfried Sassoon.[16] Não lhes era possível serem diretos sem ser desajeitados; ou falarem com simplicidade da emoção sem ser sentimentais. Mas os gregos podiam dizer, como se pela primeira vez: "Não morreram os que estão mortos."[17] Podiam dizer: "Se morrer com glória é o maior prêmio da virtude, a nós, entre todos, a sorte no-lo concedeu. Pois por procurar garantir a liberdade para a Hélade jazemos, gozando glória que não envelhece."[18] Podiam marchar em frente, de olhos abertos; e assim corajosamente afrontadas, as emoções se quedam imóveis e se deixam contemplar.

Mas uma vez mais (a questão não cessa de voltar): estamos lendo grego tal como foi escrito quando dizemos isso? Quando lemos essas poucas palavras talhadas em uma lápide, uma estrofe de um coro, o final ou a abertura de um diálogo de Platão, um fragmento de Safo, quando torturamos nossa mente para entender alguma metáfora tremenda do *Agamêmnon* em vez de no mesmo instante desnudar o ramo de suas flores, tal como fazemos ao ler *Lear*, não estamos lendo errado? Perdendo nossa perspectiva aguçada em uma névoa de associações? Interpretando na poesia grega não o que eles têm, mas o que nos falta? Não se acumula a Grécia inteira por detrás de cada verso de sua literatura? Eles nos apresentam uma visão da terra indevassada, do mar impoluto, da maturidade, posta à prova, mas ilesa, da humanidade. Cada palavra é reforçada por um vigor que se derrama da oliveira e do templo e dos corpos dos jovens. Basta Sófocles nomear o rouxinol, e ele canta; chamar o bosque de **ἄβατον**, "não trilhado", e imaginamos os ramos retorcidos e as violetas púrpuras.[19] De novo e de novo, somos atraídos até mergulhar no que, talvez, seja tão somente uma imagem da realidade, não a realidade em si, um dia de verão imaginado no coração de um inverno setentrional. O que existe de crucial entre essas fontes de fascínio e talvez de mal-entendidos é a língua. Jamais podemos esperar apreender todo o alcance de uma frase em grego do mesmo modo como o fazemos em inglês. Não podemos ouvi-la, ora dissonante, ora harmoniosa, lançando sonoridades de verso em verso sobre a página. Não podemos apanhar infalivelmente um a um todos os sinais minuciosos com que uma palavra é projetada para sugerir, para modificar, para viver. No entanto, é a linguagem o que mais nos mantêm reféns; o desejo por aquilo que nos seduz eternamente. Em primeiro lugar, há a compacidade da expressão. Shelley necessita de 21 palavras em inglês (*"for everyone, even if before he were ever so undisciplined, becomes a poet as soon as he is touched by love"*) para traduzir treze palavras de grego –

πᾶς γοῦν ποιητὴς γίγνεται, κἂν ἄμουσος
ᾖ τὸ πρίν, οὗ ἂν Ἔρως ἄψηται

("Qualquer um em todo caso torna-se poeta, 'mesmo que antes seja estranho às Musas', desde que lhe toque o Amor")[20]

Cada grama de gordura foi extirpado, restando apenas a carne firme. De modo que, assim parca e desnuda, nenhuma língua é capaz de se mover com maior rapidez, dançando, agitando-se, plenamente viva, porém controlada. Depois, há as palavras em si, com que, em tantas ocasiões, expressamos nossas próprias emoções, **θάλασσα, θάνατος, ἄνθος, ἀστήρ, σελήνη**[21] – para citar as primeiras que temos à mão; tão claras, tão duras, tão intensas, que para falar com simplicidade e ao mesmo tempo com propriedade, sem borrar a silhueta ou nublar as profundezas, o grego é a única expressão possível. É inútil, portanto, ler grego em traduções. Os tradutores só podem nos oferecer um vago equivalente; sua língua é necessariamente cheia de ecos e associações. O professor Mackail diz "pálido", e imediatamente se evoca a época de Burne-Jones e Morris.[22] Tampouco é possível conservar o acento sutil, o fluir e cair das palavras, nem mesmo por meio do mais habilidoso dos catedráticos –

sempichorosa no sepulcro pétreo[23]

não é

ἅτ' ἐν τάφῳ πετραίῳ
αἰεὶ δακρύεις.

Além disso, ao reconhecer as incertezas e dificuldades, surge um problema importante: onde devemos rir ao ler os gregos? Há uma passagem da *Odisseia* em que o riso começa a nos dominar, mas, se Homero estivesse olhando, provavelmente acharíamos melhor controlar nossa alegria. Para rir instantaneamente, quase se torna necessário (embora Aristófanes possa nos fornecer uma exceção) rir em inglês. O humor, afinal, está muito próximo da sensação do corpo. Quando rimos do humor de Wycherley,[24] estamos rindo com o corpo daquele camponês robusto que foi nosso ancestral comum no campo da aldeia. Os franceses, os italianos, os americanos, que descendem fisicamente de outra estirpe, pausam, da mesma maneira que pausamos ao ler Homero, para ter certeza de que estão rindo no lugar certo, e a pausa é fatal. De modo que o humor é o primeiro dos dons a perecer numa língua estrangeira, e, quando vamos da literatura grega à inglesa, é como se, após um longo silêncio, uma explosão de risos tivesse convocado a nossa grande época.

Essas são todas as dificuldades, fontes de mal-entendidos, de paixão distorcida e romântica, servil e esnobe. Mas, mesmo para os incultos, restam algumas certezas. O grego é a literatura impessoal; é também a literatura das obras-primas. Não há escolas; não há predecessores; não há herdeiros. Não podemos rastrear nenhum processo gradual operando-se em diversos homens de modo imperfeito até por fim se expressar adequadamente em um deles. Mais uma vez, sempre existe na literatura grega aquele ar de vigor que permeia uma "época", quer seja a época de Ésquilo, de Racine ou de Shakespeare. Ao menos uma geração dessa época afortunada está destinada a ser de escritores do mais alto nível; a atingir aquela inconsciência estimulada ao mais extremo grau; a ultrapassar os limites dos pequenos triunfos e experimentos hesitantes. Assim, temos Safo com suas constelações de adjetivos; Platão arriscando arroubos ousados de poesia em meio à prosa; Tucídides, restringido e contraído; Sófocles deslizando como um cardume de trutas, cheio de suavidade e silêncio, aparentemente imóvel, e então, com um agitar de barbatanas, disparando para longe; enquanto na *Odisseia* temos o que permanece sendo os remanescentes do triunfo da narrativa, a história mais clara e ao mesmo tempo mais romântica dos destinos de homens e mulheres.

A *Odisseia* é simplesmente uma história de aventuras, a narrativa instintiva de uma raça de marinheiros. Assim podemos começar a lê-la, rapidamente, com o mesmo espírito de crianças em busca de entretenimento para descobrir o que acontece em seguida. Só que aqui não há nada de imaturo; aqui há adultos, habilidosos, sutis e apaixonados. Tampouco o mundo é, em si, pequeno, uma vez que há que se cruzar o mar que separa ilha de ilha com barquinhos feitos pelos homens e medi-lo pelo voo das gaivotas. É verdade que as ilhas não são densamente povoadas, e que as pessoas, embora tudo seja feito à mão, não estão trabalhando a todo instante. Tiveram tempo de desenvolver uma sociedade bastante digna, bastante nobre, com uma antiga tradição de costumes às suas costas, o que torna cada narrativa ao mesmo tempo ordeira, natural e reservada. Penélope atravessa o quarto; Telêmaco vai se deitar; Nausícaa lava suas roupas; e suas ações parecem carregadas de beleza porque eles não sabem que são belas, que nasceram no centro de suas posses, não têm mais consciência de si do que as crianças; e, contudo, todos esses milhares de anos atrás, em suas ilhotas, sabem tudo o que há para saber. Com o som do mar em seus ouvidos, e as vinhas, campinas e regatos ao redor, têm ainda mais consciência do que nós de um destino implacável. Há uma tristeza no fundo da vida que eles não tentam mitigar. Inteiramente conscientes de sua própria posição à sombra, e ao mesmo tempo alertas para cada tremor e clarão de existência, ali permanecem, e é aos gregos que nos voltamos quando estamos fartos da vaguidão, da confusão, do cristianismo e suas consolações, da nossa própria época.

# O quarto de despejo elisabetano[1]

Talvez esses volumes magníficos, frequentemente, não sejam lidos de cabo a rabo. Parte do seu encanto consiste no fato de que *Hakluyt* não é tanto um livro quanto um grande conjunto de itens reunidos com displicência: um empório, um quarto de despejo repleto de grandes sacas, instrumentos navais obsoletos, enormes fardos de lã e minúsculos saquinhos de rubis e esmeraldas. Estamos eternamente desamarrando este embrulho aqui, provando desse monte ali, retirando a poeira de algum vasto mapa-múndi e sentando à meia-luz para sentir os estranhos odores de sedas e couros e âmbar gris, enquanto lá fora se agitam as ondas enormes do inexplorado mar elisabetano.

Pois essa miscelânea de sementes, sedas, chifres de unicórnio, presas de elefante, lã, pedras comuns, turbantes e barras de ouro, esses bricabraques de valor inestimável e inutilidade absoluta, foram o fruto de inumeráveis viagens, tráficos e descobertas por terras desconhecidas pelo reino da Rainha Elizabeth. As expedições foram comandadas por "rapazes habilidosos" do West Country[2] e financiadas em parte pela própria grande rainha. Os navios, diz Froude, não eram maiores do que os iates modernos.[3] Ali, no rio perto de Greenwich, reunia-se a frota, próxima ao palácio. "O Conselho Privado espiava pelas janelas da corte... os navios então disparam sua artilharia... e os fuzileiros bradavam de tal maneira que o céu retumbava uma vez mais com aquele barulho."[4] Então, enquanto os navios oscilavam maré abaixo, um marinheiro após o outro caminhava pelas escotilhas, subia nos ovéns e postava-se sobre as velas dos mastros principais para agitar os braços num último adeus aos amigos. Muitos não mais voltariam. Pois tão logo a Inglaterra e o litoral da França mergulhavam abaixo do horizonte, os navios velejavam rumo ao desconhecido; o ar adquiria suas vozes, os mares seus leões e serpentes, seus fumos de fogo e rodamoinhos tumultuosos. Mas Deus também estava muito próximo; as nuvens mal conseguiam esconder a Sua divindade; os braços e as pernas de Satã tornavam-se quase visíveis. Com familiaridade, os marinheiros ingleses atiravam o seu Deus contra o Deus dos turcos, que "nunca é capaz de dizer uma palavra por enfado, muito menos os ajudar em tamanha calamidade... Mas não importa como o Deus deles se comportava, o nosso Deus se mostrava de fato um Deus...".[5] Deus estava tão perto por mar quanto por terra, disse Sir Humfrey Gilbert,[6] navegando a tempestade. Uma luz desapareceu subitamente; Sir Humfrey Gilbert fora para baixo das ondas; quando raiou a manhã, em vão buscaram o seu navio. Sir Hugh Willoughby[7] navegou em busca da Passagem do Noroeste e nunca mais voltou. Os homens do conde de Cumberland,[8] detidos por ventos adversos na costa da Cornualha durante uma quinzena, lambiam a água lamacenta do convés, em agonia. E às vezes um homem esfarrapado e exaurido vinha bater à porta de alguma casa senhorial inglesa clamando ser o filho que partira anos atrás para navegar pelos mares. "Sir William, seu pai, e milady, sua mãe, somente o reconheceram como filho ao encontrarem um sinal secreto, uma verruga em um dos seus joelhos."[9] Mas ele trazia consigo uma pedra negra com veios de ouro, ou uma presa de marfim, ou um lingote de prata, e animava os jovens da aldeia contando como o ouro se espalhava pela terra tal como as pedras pelos campos da Inglaterra. Uma expedição podia falhar, mas e se a passagem para aquela terra lendária de riquezas incontáveis se encontrasse apenas um pouco mais acima, no litoral? E se o mundo conhecido não passasse de prelúdio para um panorama mais esplêndido? Quando, após a longa viagem, os navios fincavam âncora no grande rio da Prata e os homens saíam a explorar pelas terras ondulantes, assustando bandos de cervos que pastavam, vendo os braços e pernas dos selvagens por entre as árvores, enchiam os bolsos com pedrinhas que podiam tanto ser esmeralda quanto areia ou ouro; ou às vezes, ao rodear um promontório, avistavam, ao longe, uma fila de selvagens descendo devagar em direção à praia, levando sobre as cabeças ou os ombros unidos fardos pesados para o rei da Espanha.

Essas são as belas histórias que foram usadas com eficiência por toda a região do West Country para ludibriar os "rapazes habilidosos" e fazer com que abandonassem as redes para ir pescar ouro. Mas os viajantes eram mercadores sóbrios, ainda por cima, cidadãos que no fundo visavam ao sucesso do comércio inglês e ao bem-estar dos trabalhadores ingleses. Os capitães são lembrados da necessidade de encontrar um mercado estrangeiro para a lã inglesa; descobrir a erva com a qual se produz tinta azul; e acima de tudo pesquisar os métodos de produção de óleo, uma vez que todas as tentativas de o fabricar a partir de sementes de rábano fracassaram. São lembrados da miséria dos pobres ingleses, cujos crimes, ocasionados pela pobreza, fazem com que sejam "diariamente consumidos pela forca".[10] São lembrados de como o solo inglês se enriqueceu pelas descobertas dos viajantes do passado; como o dr. Linaker trouxe sementes de rosa damascena e tulipas, e como animais e plantas e ervas, "sem os quais nossa vida seria como a de bárbaros",[11] foram gradualmente trazidos do exterior para a Inglaterra. Em busca de mercados e de mercadorias, do sucesso e da fama imortal que ganhariam, os rapazes habilidosos içavam vela para o norte e ali ficavam, um pequeno grupo de ingleses isolados rodeados pela neve e pelas cabanas dos selvagens, para fazerem os negócios que pudessem e obter o conhecimento que fosse possível antes que os navios regressassem no verão para levá-los de volta para casa. Ali perduravam, um grupo isolado, ardendo à beira da escuridão. Um deles, portando um alvará da sua empresa em Londres, meteu-se pelo interior e chegou até Moscou, onde viu o imperador "sentado em seu trono com a coroa na cabeça, e um cetro trabalhado em ouro na mão esquerda".[12] Toda a cerimônia que ele viu está cuidadosamente descrita, e a visão em que o mercador inglês pousou os olhos tem o brilho de um vaso romano que, depois de escavado, é deixado por um instante ao sol, até que, exposto ao ar, visto por milhões de olhos, torna-se opaco e se despedaça. Ali, ao longo de todos esses séculos, nas margens do mundo, as glórias de Moscou, as glórias de Constantinopla floresceram invisíveis. Trajado corajosamente para a ocasião, o inglês levava "três mastins de cor clara em mantos de tecido vermelho" e portava uma carta de Elizabeth, "cujo papel cheirava mui fragrantemente a cânfora e âmbar gris, e a tinta a perfeito almíscar". E, às vezes, como se aguardavam ansiosamente os troféus do admirável mundo novo na terra natal, junto com chifres de unicórnio e bolotas de âmbar gris e as belas histórias de ameaça às baleias e "embates" de elefantes e dragões cujo sangue, misturado, se solidificava em cinabre, enviavam uma amostra viva, um selvagem com vida capturado nalgum ponto da costa do Labrador, levado à Inglaterra e exibido como uma fera. No ano seguinte, o levaram de volta, com uma mulher selvagem a bordo para lhe fazer companhia. Quando os dois se viram, coraram; coraram profundamente, mas os marinheiros, apesar de o notarem, não souberam o porquê. Mais tarde os dois selvagens fizeram do navio o seu lar, ela atenta às necessidades dele, ele cuidando dos enjoos dela. Mas, conforme os marinheiros mais uma vez notaram, os selvagens viviam juntos em perfeita castidade.

Tudo isso, as novas palavras, as novas ideias, as ondas, os selvagens, as aventuras, encontraram caminho natural até as peças que então se encenavam nas margens do Tâmisa. Existia uma plateia ávida pelo colorido e pelo estrépito; para associar aquelas

Fragatas com fundos de ricas tábuas de Sethin,
Cobertas com os pinheiros altivos do Líbano,[13]

com as aventuras de seus próprios filhos e irmãos em terras estrangeiras. Os Verneys,[14] por exemplo, tinham um filho indomável que virou pirata, tornou-se turco e morreu por lá, enviando para Claydon sedas, um turbante e um cajado de peregrino como relíquias. Havia um abismo entre o lar espartano das mulheres dos Pastons e os gostos refinados das damas da corte elisabetana, que, quando velhas, segundo Harrison,[15] passavam o tempo lendo histórias ou "escrevendo seus próprios volumes, ou traduzindo os de outros homens para o nosso inglês e latim", enquanto as damas mais jovens tocavam o alaúde e a cítara e folgavam deleitando-se com música. Assim, com canto e com música, ganha existência a extravagância característica dos elisabetanos; os golfinhos e as voltas de Greene; a hipérbole, mais surpreendente num autor tão sucinto e muscular, de Ben Jonson.[16] Assim, encontramos toda a literatura elisabetana salpicada de ouro e prata; de conversas sobre as raridades da Guiana e referências àquela América – "Ah minha América! Minha terra recém-descoberta"[17] – que não era simplesmente uma localidade no mapa, mas simbolizava os territórios desconhecidos da alma. Assim, por sobre as águas, a imaginação de Montaigne refletia cheia de fascínio sobre selvagens, canibais, sociedade e governo.

Mas a menção a Montaigne sugere que, embora a influência do mar e das viagens, do quarto de despejo atulhado de bestas marinhas e chifres e antigos mapas e marfim e instrumentos náuticos, tenha ajudado a inspirar a era de ouro da poesia inglesa, seus efeitos não foram absolutamente tão benéficos para a prosa inglesa. A rima e o metro ajudaram os poetas a ordenar o tumulto das suas percepções. Mas o prosista, sem tais restrições, acumulava orações subordinadas, esvaía-se em catálogos intermináveis, tropeçava e caía sobre as convoluções das suas próprias vestes luxuosas. Quão pouco a prosa elisabetana estava preparada para a tarefa, e quão maravilhosamente a prosa francesa já se adaptara fica evidente ao se comparar um trecho de *Defense of Poesie* [Defesa da poesia] de Sidney e outro dos *Ensaios* de Montaigne.

> Ele inicia não com definições obscuras, que mancham a margem de interpretações e enchem a memória de desconfiança: mas chega até ti com palavras organizadas em deleitosa proporção, acompanhadas pela encantadora arte da música ou para ela preparadas, e com uma história (de fato) ele chega até ti, com uma história que faz as crianças interromperem suas brincadeiras e atrai os homens idosos do seu canto junto à lareira; e sem fingir nada mais, tenciona resgatar o espírito da perversidade para a virtude; do mesmo modo como frequentemente levamos uma criança a consumir itens saudáveis escondendo-os em outros com gosto agradável: pois se começarmos a pregar-lhes sobre a natureza do aloé ou do ruibarbo que irão tomar, receberão aquilo pelos ouvidos em vez de pela boca, e da mesma maneira os homens (a maioria dos quais são infantis no melhor dos casos, até irem se aninhar nos seus túmulos) sentem-se felizes ao escutarem os trabalhos de Hércules...[18]

E assim continua por mais setenta e seis palavras. A prosa de Sidney é um monólogo ininterrupto, com súbitos lampejos felizes e frases esplêndidas, que se abre a lamentações e moralidades, a longos acúmulos e catálogos, mas jamais é ágil, jamais coloquial, incapaz de analisar uma ideia de perto e com firmeza, ou de se adaptar com flexibilidade e exatidão às interrupções e mudanças do raciocínio. Em comparação, Montaigne é mestre de um instrumento que conhece seus próprios poderes e limitações, e é capaz de se insinuar em fissuras e frestas que a poesia jamais consegue atingir; capaz de cadências diferentes, mas não menos belas; de sutilezas e intensidades que a prosa elisabetana ignora por completo. Ele está considerando o modo como certos antigos enfrentaram a morte:

[...] tornaram a morte quase insensível graças aos requintes empregados e introduzindo-a sub-repticiamente nos seus divertimentos habituais, em meio às cortesãs e aos alegres companheiros. Assim, atentos a seus jogos, seus ditos chistosos, suas discussões acerca da música ou da poesia erótica, deixaram-se surpreender por ela sem pensar em testamentos nem se preocupar com atitudes.[19]

Toda uma era parece separar Sidney de Montaigne. Os ingleses comparados aos franceses são como garotos comparados a homens.

Mas, se os prosistas elisabetanos têm a ausência de forma da juventude, também têm seu frescor e audácia. No mesmo ensaio, Sidney molda a linguagem como quer, com maestria e facilidade; livre e naturalmente estende a mão em busca de uma metáfora. Para levar tal prosa à perfeição (e a prosa de Dryden chega muito perto da perfeição), foram necessários apenas a disciplina do palco e o aumento da consciência de si. É nas peças de teatro, e principalmente nos trechos cômicos das peças de teatro, que se pode encontrar o melhor da prosa elisabetana. O palco foi o quarto de criança onde a prosa aprendeu a se pôr de pé. Pois, no palco, as pessoas precisavam se encontrar, gracejar e rabujar, ser interrompidas, falar de assuntos comuns.

NED CLERIMONT: As marcas no rosto outonal dela, sua beleza arrumada! Nenhum homem hoje em dia é admitido à sua presença até que ela esteja pronta, até que esteja pintada, e perfumada, e lavada, e esfregada, exceto este garoto aqui; em que ela limpa os lábios untados, como uma esponja. Escrevi uma canção (rogo-te que a escutes) a respeito.

[PAJEM canta]: É imperioso se arrumar, é imperioso se vestir [...]

TRUEWIT: Já eu estou claramente do outro lado. Amo uma bela vestimenta mais do que qualquer beldade do mundo. Ah, uma mulher é então como um delicado jardim: tampouco existe somente uma espécie; ela pode variar a cada hora; aconselhar-se sempre com seu espelho e escolher o melhor. Se tem belas orelhas, que as mostre; belos cabelos, que os solte; belas pernas, que use roupas curtas; belas mãos, deixe-as descoberta com frequência: pratique qualquer arte que dê um jeito no hálito, limpe os dentes, ajeite as sobrancelhas; que se pinte e disso seja adepta.[20]

Assim se passa o diálogo em *Silent Woman* [Mulher silenciosa], de Ben Jonson, modelado por interrupções, aguçado por colisões e nunca tendo a chance de se acomodar na estagnação ou inflar-se até a turvação. Porém a publicidade do palco e a eterna presença de uma segunda pessoa eram hostis para essa crescente consciência de si, essa reflexão a sós sobre os mistérios da alma, que, à medida que se passavam os anos, buscou expressão e encontrou um paladino no gênio sublime de Sir Thomas Browne. Seu imenso egotismo preparou o caminho para todos os romancistas psicológicos, autobiógrafos, confessores e os que lidam com os estranhos tons da nossa vida íntima. Foi ele que primeiro se voltou das relações entre os homens para a sua vida interior solitária. "O mundo que contemplo é meu próprio ser; é ao microcosmo da minha própria estrutura que lanço o meu olhar; enquanto ao outro, eu o uso apenas como meu globo, e o faço girar às vezes por diversão."[21] Tudo era mistério e escuridão quando o primeiro explorador caminhou pelas catacumbas agitando seu lampião. "Às vezes sinto um inferno dentro de mim, Lúcifer reúne sua corte em meu peito, a legião revive em mim."[22] Nesses ermos, não havia guias nem companheiros. "Para todo o mundo estou na escuridão, e meus amigos mais íntimos não me enxergam senão numa nebulosa."[23] Os mais estranhos pensamentos e fantasias brincam com ele à medida que se lança ao seu trabalho, por fora o mais sóbrio entre os homens e tido como o maior médico de Norwich. Desejou a morte. Duvidou de todas as coisas. E se estivermos dormindo neste mundo e os conceitos da vida forem meros sonhos? A música das tavernas, o sino da Ave Maria, o vaso quebrado que o camponês desencavou no prado – ante tais visões e sons, ele estaca, como se transfigurado pela paisagem estupefaciente que se abre diante da sua imaginação. "Dentro de nós guardamos as maravilhas que buscamos fora; a África inteira e seus prodígios estão em nós."[24] Uma aura de deslumbramento rodeia tudo aquilo que ele vê; ele volta a sua luz de pouco em pouco para as flores e insetos e gramas a seus pés, de modo a não perturbar nada nos processos misteriosos de sua existência. Com o mesmo maravilhamento, misturado a uma sublime complacência, ele registra a descoberta de suas próprias qualidades e conquistas. Ele foi caridoso e corajoso e impiedoso consigo mesmo. "Pois minha conduta é como a do sol com todos os homens, com simpatia ao bem e ao mal."[25] Ele conhece seis idiomas, as leis, os costumes e as políticas de diversos estados, os nomes de todas as constelações e da maioria das plantas do seu país, e, no entanto, tão abrangente é sua imaginação, tão amplo o horizonte em que ele enxerga essa pequena figura caminhando, que "me parece não conhecer tanto como nos tempos em que só conhecia uma centena e mal me aventurara para mais além de Cheapside".[26] Ele foi o primeiro dos autobiógrafos. Precipitando-se e assomando às mais elevadas alturas, inclina-se subitamente com bela particularidade sobre os detalhes do próprio corpo. Sua altura era moderada, ele nos conta, seus olhos grandes e luminosos; sua pele morena, mas constantemente coberta de rubores. Vestia-se com grande simplicidade. Raramente ria. Colecionava moedas, guardava larvas em caixas, dissecava os pulmões das rãs, enfrentava o fedor do espermacete de baleia, tolerava os judeus, tinha uma boa palavra para a deformidade do sapo e combinava uma atitude científica e cética em relação à maioria das coisas com uma crença infeliz nas bruxas. Em resumo, como dizemos quando não conseguimos deixar de rir ante as bizarrices das pessoas que mais admiramos, era uma figura, e o primeiro a nos fazer sentir que as especulações mais sublimes da imaginação humana vêm de um homem específico, que podemos amar. Em meio às solenidades de *Urn Burial* [Sepulcro das urnas], sorrimos quando ele comenta que as aflições causam calosidades.[27] O sorriso se alarga em uma risada quando murmuramos as pompas esplêndidas, as conjecturas assombrosas do *Religio Medici*. Tudo o que ele escreve traz estampada a sua própria idiossincrasia, e tomamos consciência pela primeira vez de impurezas que a partir de então começam a manchar a literatura com tantas cores aberrantes que, por maior que seja nosso esforço, é difícil saber ao certo se estamos olhando para um homem ou para a sua escrita. Num instante, estamos diante da imaginação sublime; no outro, errando por um dos mais belos quartos de despejo do mundo – um cômodo atulhado do chão ao teto com marfim, ferro antigo, vasos quebrados, urnas, chifres de unicórnios e vidros mágicos repletos de luzes cor de esmeralda e mistérios azuis.

# Notas sobre uma peça elisabetana[1]

Existem, devemos admitir, algumas paisagens bastante formidáveis na literatura inglesa, e entre elas é central aquela selva, aquela floresta, aquele ermo que é o teatro elisabetano. Por diversas razões que não examinaremos aqui, Shakespeare se destaca, Shakespeare, que a tudo ilumina desde os seus dias até os nossos, Shakespeare, o que assoma mais alto entre os seus contemporâneos. Mas as peças dos elisabetanos menores – Greene, Dekker, Peele, Chapman, Beaumont e Fletcher[2] –, ora, aventurar-se nesses ermos é para o leitor comum um suplício, uma experiência frustrante que o bombardeia de perguntas, que o atormenta de dúvidas, que alternadamente o deleita ou aflige com prazeres e agonias. Pois, inclinados que somos a ler apenas as obras-primas de uma época passada, tendemos a nos esquecer do imenso poder de se impor que tem um corpo de obras literárias: como não se deixa ler passivamente, mas nos toma pela mão e em vez disso nos lê; como desdenha de nossos preconceitos; questiona princípios que nos habituamos a ter como certos, e, sem dúvida, nos deixa divididos quando lemos, levando-nos (mesmo em nosso desfrute) ou a ceder ou a não arredar pé das nossas convicções.

Logo de início, ao ler uma peça elisabetana, somos dominados pela discrepância extraordinária entre o ponto de vista elisabetano e o nosso. A realidade com a qual estamos acostumados se baseia, grosso modo, na vida e na morte de um cavaleiro chamado Smith, que herdou do pai o negócio da família de importação e comércio de madeira e exportação de carvão, era bem conhecido nos círculos políticos, antiálcool e da igreja, fez muito pelos pobres de Liverpool e morreu na quarta-feira passada de pneumonia enquanto visitava o filho em Muswell Hill. Esse é o mundo que conhecemos. Essa é a realidade que nossos poetas e romancistas precisam expor e iluminar. Então, abrimos a primeira peça de teatro elisabetana que temos à mão e lemos como

>   Certa vez vi
>   Em minhas viagens de juventude pela Armênia
>   Um furioso unicórnio a toda velocidade
>   Arremeter, célere, sobre um joalheiro
>   Que o observava pelo tesouro em sua testa,
>   E antes que pudesse abrigar-se numa árvore
>   Fincou-o com seus ricos cornos no chão.[3]

Onde está Smith, perguntamos; onde está Liverpool? E os bosques do teatro elisabetano ecoam: "Onde?" Delicioso é o prazer, sublime o alívio de ver-se livre para vagar nas terras do unicórnio e do joalheiro entre duques e nobres, Gonzalos e Bellimperias, que passam a vida entre assassinatos e intrigas, vestem-se como homens se são mulheres e como mulheres se são homens, veem fantasmas, enlouquecem e morrem em grande profusão ante a menor provocação, murmurando ao caírem imprecações de vigor soberbo ou elegias do mais louco desespero. Mas logo pergunta a vozinha incansável, que, se queremos identificar, devemos supor que seja a de um leitor nutrido pela literatura inglesa moderna, e russa e francesa: por que então, com tanto para nos estimular e encantar, essas velhas peças de teatro são tão insuportavelmente enfadonhas durante trechos tão longos? Acaso a literatura, se quer manter nossa atenção durante cinco atos ou 32 capítulos, deve de alguma maneira basear-se em Smith, ter um dos pés em Liverpool e se lançar às alturas que desejar da realidade? Não somos tão míopes a ponto de supor que um homem é "real" só porque se chama Smith e mora em Liverpool. Sabemos, sem dúvida, que essa realidade tem qualidade camaleônica: o fantástico se torna, à medida que com ele nos acostumamos, frequentemente mais próximo da verdade, e o sério mais distante dela, e nada comprova melhor a grandeza de um escritor do que sua capacidade de consolidar uma cena usando o que mais pareciam ser fiapos de nuvens e finas teias de aranha antes que ele os tocasse. Argumentamos apenas que existe um lugar, em algum ponto a meio caminho das alturas, onde se pode ver Smith e Liverpool de maneira mais vantajosa; que o grande artista é aquele que sabe onde se posicionar acima do cenário em permanente mudança; e que, embora jamais perca Liverpool de vista, ele nunca a enxerga sob a perspectiva errada. Os elisabetanos nos entediam, portanto, porque seus Smiths foram todos transformados em duques, e suas Liverpools em ilhas fabulosas e palácios em Gênova. Em vez de conservar uma postura apropriada acima da vida, eles assomam no empírico a quilômetros de altura, onde nada se enxerga por horas a fio a não ser as nuvens que farreiam com eles – e uma paisagem de nuvens, no fim das contas, não satisfaz o olho humano. Os elisabetanos nos entediam porque sufocam a nossa imaginação, em vez de estimulá-la.

Seja como for, embora bastante potente, o tédio que uma peça elisabetana inflige é de uma qualidade muito diversa do tédio de uma peça do século XIX, de Tennyson ou Henry Taylor. A rebelião de imagens, a volubilidade violenta da linguagem, tudo o que satura e sacia nos elisabetanos desaparece num sopro, tal como o fogo tênue consome o papel de um jornal. Mesmo nas piores peças, existe o vigor de uma gritaria intermitente que nos faz pensar, lá das nossas poltronas tranquilas, nos cavalariços e nas vendedoras de laranja apanhando os versos e repetindo-os, assoviando ou aplaudindo com alarde. Mas o teatro calculado da era vitoriana é evidentemente escrito em gabinetes. Tem como plateia o tique-taque dos relógios e as estantes de clássicos encadernados em couro. Não há pisões de pé nem aplausos. Não fermenta o fogo nas massas, tal como, apesar de todos os seus defeitos, fazia o teatro elisabetano. Retóricos e bombásticos, os versos são velozes e atingem as mesmas felicidades improvisadas, têm a mesma profusão inesperada que por vezes o discurso alcança, mas raramente a pena solitária e cuidada dos nossos dias. Decerto, sentimos que metade do trabalho do dramaturgo era feito pelo público na época elisabetana.

Em compensação, devemos ressaltar o fato de que a influência do público era em muitos aspectos detestável. A ela devemos o maior castigo que o drama elisabetano nos inflige: o enredo – as reviravoltas incessantes, improváveis e quase ininteligíveis que supostamente deliciavam o espírito de uma plateia excitável e analfabeta que estava de corpo presente no teatro, mas apenas confundem e fatigam o leitor diante do livro. Sem dúvida algo precisa acontecer; sem dúvida uma peça onde nada acontece é impossível. Mas temos o direito de exigir (uma vez que os gregos já mostraram que isso é perfeitamente possível) que o que acontece tenha um objetivo em vista. Que agite grandes emoções; traga à existência cenas memoráveis; incite os atores a dizer o que não poderia ser dito sem esse estímulo. Ninguém é capaz de esquecer o enredo de *Antígona*, porque o que acontece está tão intimamente amarrado às emoções dos atores que nos lembramos das pessoas e do enredo a um e só tempo. Mas quem é capaz de nos dizer o que acontece em *White Devil* [Diabo branco] ou *Maid's Tragedy* [Tragédia de uma criada], senão lembrando a história de modo destacado das emoções que ela suscitou? Quanto aos elisabetanos menores, como Greene e Kyd,[4] a complexidade dos enredos é tão grande, e a violência que demandam tão terrível, que os próprios atores acabam ofuscados, e as emoções que merecem, ao menos segundo as nossas convenções, a mais cuidadosa investigação e a mais delicada análise são apagadas da lousa por completo. E o resultado é inevitável. Com exceção de Shakespeare e talvez Ben Jonson, não existem personagens no teatro elisabetano, somente violências que conhecemos tão pouco que se torna quase impossível fazer caso do seu desfecho. Tome qualquer herói ou heroína dessas primeiras peças – Bellimperia da *Tragédia espanhola* servirá tão bem quanto qualquer outra: será que podemos sinceramente dizer que damos a mínima para a dama desafortunada que percorre toda a gama de sofrimentos humanos até se matar no final? Não mais do que nos importamos com uma vassoura animada, somos obrigados a responder, e, numa obra que lida com homens e mulheres, a prevalência de vassouras é uma desvantagem. Mas *A tragédia espanhola* é admitidamente uma antecessora grosseira, cujo valor advém principalmente do fato de que tais esforços primitivos revelam a estrutura que os dramaturgos de maior gênio podiam modificar, mas ainda assim precisavam utilizar. Ford, segundo dizem, é da escola de Stendhal e Flaubert; Ford é um psicólogo. Ford é um analista. "Esse homem", diz o sr. Havelock Erris, "escreve sobre as mulheres não como um dramaturgo ou um amante, mas como alguém que pesquisou intimamente e sentiu com empatia instantânea as fibras de seus corações".[5]

A peça em que fundamentalmente se baseia esse juízo – *'Tis Pity She's a Whore* [Pena que ela é uma puta] – nos mostra por inteiro a natureza de

Annabella desenrolada de um extremo a outro em uma série de vicissitudes tremendas. Primeiro, seu irmão revela que ele a ama; depois ela confessa seu amor por ele; depois se vê esperando um filho seu; depois obriga-se a desposar Soranzo; depois é desmascarada; depois se arrepende; por fim é morta, e quem a mata é seu irmão e amante. Volumes inteiros poderiam ser preenchidos com a trilha de emoções que se espera que tais crises e calamidades gerem em uma mulher de sensibilidade comum. Um dramaturgo, claro, não tem como preencher volumes. É obrigado a comprimir. Apesar disso, pode iluminar; pode revelar o bastante para que adivinhemos o resto. Mas o que sabemos da personagem Annabella sem recorrer a microscópios e exames minuciosos? Tateando, percebemos que é uma garota vivaz, com seu jeito de desafiar o marido quando ele a maltrata, seus trechos de canções italianas, seus chistes sempre a postos, a maneira simples e alegre de fazer amor. Mas da personagem, do modo como entendemos o termo, não há nem vestígio. Não sabemos como ela chega às suas conclusões, somente que chega. Ninguém a descreve. Ela está sempre no ápice da paixão, jamais no movimento de aproximação. Compare-a com Anna Karenina. A mulher russa é de carne e osso, fibra e temperamento, tem coração, cérebro, corpo e espírito, enquanto a garota inglesa é plana e tosca como um rosto pintado numa carta de baralho; não tem profundidade, não tem escopo, não tem complexidade. Mas, ao dizermos isso, bem sabemos que deixamos algo de fora. Deixamos o significado da peça escorrer pelas nossas mãos. Ignoramos as emoções que iam se acumulando, porque se acumularam em pontos onde não esperávamos. Comparamos teatro e prosa – e o teatro é, afinal, poesia.

Teatro é poesia, dizemos, e o romance prosa. Tentemos esquecer os detalhes e colocar os dois lado a lado, percebendo, tanto quanto nos for possível, os ângulos e arestas de cada um, considerando cada qual, o máximo que conseguirmos, como um todo. Então as principais diferenças emergem de imediato; o longo romance acumulado lentamente; a pequena peça compacta; as emoções separadas, dissipadas e depois mais uma vez entrelaçadas, lenta e gradualmente amalgamadas em um todo no romance; a emoção concentrada, generalizada e amplificada na peça. Que momentos de intensidade, que frases de beleza surpreendente a peça derramou sobre nós!

Oh senhores,

Só enganei seus olhos com cabriolas,

Enquanto uma notícia se acumulava atrás da outra

de morte! e morte! e morte!

ainda assim eu seguia bailando.[6]

ou

A esses lábios hás muito negado

a cássia e a doce violeta

primaveril: pouco murcharam.[7]

Com toda a sua realidade, Anna Karenina jamais poderia dizer

A esses lábios hás muito negado

a cássia e a doce violeta.[8]

De modo que algumas das emoções humanas mais profundas estão além do alcance dela. Os extremos da paixão não são para o romancista; os casamentos perfeitos de som e sentido não são para ele, que deve amansar sua ligeireza em lentidão; manter os olhos na terra e não no céu: sugerir pela descrição e não revelar pela iluminação. Em vez de cantar

Com uma guirlanda enfeitem meu caixão

De lúgubre teixo;

Donzelas, que levam ramos de salgueiro;

Digam que morri fiel.[9]

deve enumerar os crisântemos murchando no túmulo e os homens da funerária fungando enquanto passam em suas carroças. Como então podemos comparar essa arte desengonçada e arrastada com a poesia? Se, por uma série de pequenas engenhosidades, o romancista nos faz conhecer o indivíduo e reconhecer a realidade, o dramaturgo vai mais além do singular e do separado, e nos mostra não Annabella apaixonada, mas o amor em si; não Anna Karenina atirando-se embaixo de um trem, mas a ruína e a morte e a

... alma, como um navio na negra tempestade

... arrastado, não sei para onde.[10]

De modo que com impaciência perdoável podemos soltar uma exclamação qualquer ao fecharmos nossa peça elisabetana. Mas que espécie de exclamação soltaríamos ao encerrar *Guerra e paz*? Não alguma de decepção; não saímos lamentando a superficialidade, censurando a trivialidade da arte do romancista. Ao contrário, mais do que nunca ficamos conscientes da riqueza inexaurível da sensibilidade humana. Na peça, encontramos o geral; no romance, o específico. Em uma, reunimos todas as nossas energias em um ramo. Na outra, ampliamos e expandimos e lentamente deixamos vir de todos os lugares impressões deliberadas, mensagens acumuladas. O espírito se vê tão saturado de sensibilidade, a linguagem é tão inadequada para tal experiência que, longe de descartar uma forma de literatura ou decretar sua inferioridade em relação a outras, reclamamos que elas ainda não dão conta da riqueza do material e esperamos impacientes pelo surgimento do que ainda poderá ser inventado para nos libertar do fardo enorme do inexpresso.

Assim, a despeito do tédio, do bombástico, do retórico e da confusão, ainda lemos os elisabetanos menores, ainda nos aventuramos na terra do joalheiro e do unicórnio. As empresas familiares de Liverpool dissolvem-se no ar, e mal reconhecemos qualquer semelhança entre o cavaleiro que importava madeira e morreu de pneumonia em Muswell Hill e o duque armênio que caiu como um romano sobre a própria espada enquanto a coruja piava na hera e a duquesa dava à luz um bebê natimorto em meio a mulheres soltando gritos de lamentação. Para unir esses territórios e reconhecer o mesmo homem em diferentes disfarces, devemos fazer ajustes e revisões. Mas basta nos lançar às alterações necessárias de perspectiva, invocar os filamentos de sensibilidade que os modernos desenvolveram tão maravilhosamente, usar em vez disso o olho e o ouvido que os modernos deixaram à míngua com desdém, escutar as palavras sendo gargalhadas e berradas, em vez de vê-las como estão impressas em letras pretas sobre a página, enxergar diante dos olhos os rostos se transformando e os corpos vivos de homens e mulheres – em suma, basta nos colocarmos em um estágio diferente, mas não mais rudimentar, do nosso desenvolvimento como leitores, que os verdadeiros méritos do teatro elisabetano se afirmarão. O poder do conjunto é inegável. A eles também pertence o gênio de cunhar palavras, como se o pensamento mergulhasse em um mar de palavras e dele saísse gotejando. A eles pertence o amplo senso de humor que se baseia na nudez do corpo e é impossível para o altruísta, por mais árduo que seja seu esforço, uma vez que o corpo está vestido. Então, no fundo disso tudo, impondo não uma unidade mas uma espécie de estabilidade, se encontra o que podemos chamar brevemente de presença dos Deuses. Somente um crítico ousado tentaria impor algum credo sobre a multidão e a variedade de dramaturgos elisabetanos, e, contudo, isso implica também certa timidez, se tomarmos como verdade que toda uma literatura com características comuns não passa de uma sublimação de empolgações, uma empreitada comercial, um golpe do acaso que, graças a circunstâncias favoráveis, teve êxito. Mesmo na selva e nos ermos, a bússola ainda aponta.

Senhor, Senhor, antes a morte![11]

estão continuamente a clamar.

Ah tu, suave morte natural,
que unida estás ao mais doce sono...[12]

O espetáculo do mundo é maravilhoso, mas o espetáculo do mundo é vaidade.

as glórias
da grandeza humana não passam de agradáveis sonhos
e sombras que logo fenecem: no palco
da minha mortalidade minha juventude viveu
algumas cenas de vaidade...[13]

Morrer e escapar de tudo isso é o que desejam; o sino que dobra ao longo da peça é o da morte e do desencanto.

Toda a vida não passa de perambulação em busca do lar
Quando tivermos ido, lá chegaremos.[14]

A ruína, a exaustão, a morte, perpetuamente a morte, posicionam-se de modo lúgubre para enfrentar a outra presença do teatro elisabetano, que é a vida: a vida que se condensa em fragatas, abetos e marfim, em golfinhos e no néctar das flores de julho, no leite dos unicórnios e no hálito das panteras, nos colares de pérolas, cérebros de pavão e vinho cretense. A ela, a vida em seu máximo de inconsequência e abundância, assim respondem eles:

> O homem é uma árvore cuja copa não tem cuidados,
> nem raiz nos confortos; toda a sua força de vida
> é entregue sem outro fim que não o de ter forças para sofrer.[15]

É esse eco que, atirado sem parar do reverso da peça, exerce o efeito da presença dos deuses, ainda que não tenha esse nome. Assim perambulamos pela selva, pela floresta e pelos ermos do teatro elisabetano. Assim nos unimos a imperadores e bobos da corte, a joalheiros e unicórnios, e rimos e exultamos e nos deslumbramos com o esplendor e o humor e a fantasia. Uma raiva ilustre nos consome quando cai a cortina; mas também sentimos tédio, e náusea, devido aos velhos truques cansativos e floreios bombásticos. Uma dúzia de mortes de homens e mulheres adultos nos comove menos do que o sofrimento de uma mosca em Tolstói. Vagando pelo labirinto da história impossível e tediosa, uma intensidade apaixonada de súbito toma conta de nós; uma sublimidade nos exalta ou um trecho melodioso de canção nos encanta. É um mundo cheio de tédio e deleite, prazer e curiosidade, de riso extravagante, poesia e esplendor. Mas aos poucos nos damos conta: o que, então, nos está sendo negado? O que passamos a desejar com uma insistência tal que, se não o conseguirmos de imediato, seremos obrigados a procurar noutra parte? É a solidão. Aqui não há privacidade. A porta sempre se abre e alguém sempre entra. Tudo é compartilhado, posto à vista, audível, dramático. Enquanto isso, como se exausta de tanta companhia, a alma sai sorrateira para meditar em solidão; para refletir, e não agir; para comentar, e não compartilhar; para explorar sua própria escuridão, e não iluminar as superfícies alheias. Volta-se para Donne, para Montaigne, para Sir Thomas Browne,[16] os guardiães das chaves da solidão.

# Montaigne[1]

Certa vez, em Bar-le-Duc, Montaigne viu um retrato que René, rei da Sicília, pintara de si mesmo e perguntou: "Por que não seria permitido a alguém retratar-se com a pena do mesmo modo que o rei René fez com o lápis?"[2] De pronto, poderíamos responder: ora, não apenas é permitido, como nada poderia ser mais fácil. Outras pessoas podem nos escapar, mas nossos próprios traços são quase familiares demais. Comecemos. E então, ao nos lançarmos à tarefa, a pena escorrega de nossos dedos: é uma questão de dificuldade profunda, misteriosa e assoberbante.

Afinal, na literatura como um todo, quantas pessoas tiveram êxito em retratarem a si mesmas com a pena? Somente Montaigne, Pepys e Rousseau, talvez. O *Religio Medici* é um vidro colorido através do qual vemos sombriamente estrelas cadentes e uma alma estranha e turbulenta.[3] Um espelho luminoso e polido reflete o rosto de Boswell espiando por entre os ombros dos outros na famosa biografia. Mas aquele falar de si, seguindo as próprias divagações, entregando todo o mapa e todo o peso, a cor e a circunferência da alma em sua confusão, sua variedade e sua imperfeição – essa arte pertenceu a um único homem: a Montaigne. Passam-se os séculos e existe sempre uma multidão diante desse retrato, olhando suas profundezas, vendo seu próprio rosto nele refletido, vendo cada vez mais coisas quanto mais tempo olha, sem jamais conseguir dizer exatamente o que vê. Novas edições comprovam esse eterno fascínio. Temos a

Navarre Society na Inglaterra reimprimindo a tradução de Cotton em cinco finos volumes; enquanto, na França, a editora de Louis Conard lança as obras completas de Montaigne com as diversas leituras numa edição à qual o dr. Armaingaud dedicou uma vida inteira de pesquisa.[4]

Dizer a verdade sobre si mesmo, descobrir-se tão de perto, não é fácil.

> Não conhecemos senão dois ou três filósofos antigos que assim tenham agido, e, como os conhecemos apenas de nome, ignoramos se o fizeram do mesmo modo. Desde então ninguém os imitou. É mais difícil do que parece acompanhar o espírito na sua marcha insegura, penetrar-lhe as profundezas opacas, selecionar e fixar tantos incidentes miúdos e agitações diversas. É uma ocupação inédita e excepcional, mas das mais recomendáveis, que nos afasta das ocupações habituais a que se entrega em geral a gente.[5]

Temos, em primeiro lugar, a dificuldade de expressão. Todos nós nos permitimos esse estranho e agradável processo chamado pensamento, mas quando se trata de dizer, mesmo a alguém à nossa frente, o que pensamos, quão pouco somos capazes de transmitir! O fantasma já cruzou nosso raciocínio e saiu pela janela antes mesmo de o podermos agarrar, ou então afunda lentamente de volta à escuridão profunda que iluminou por um instante com brilho tremeluzente. Na fala, o rosto, a voz e a ênfase poupam nossas palavras e dão força à sua debilidade. Mas a pena é um instrumento rígido; pode dizer muito pouco; tem toda espécie de hábitos e cerimônias só suas. É também ditatorial: está sempre transformando homens comuns em profetas; e o cambaleio natural da fala humana, na marcha solene e suntuosa das penas. É por essa razão que Montaigne se destaca das legiões de mortos com tamanha vivacidade irreprimível. Não temos dúvida nem por um instante de que seu livro era ele mesmo. Ele se recusou a ensinar; se recusou a pregar; seguiu afirmando que era exatamente como qualquer outra pessoa. Todo esse esforço era para escrever a si mesmo, para se comunicar, dizer a verdade – e essa "marcha insegura" é "mais difícil do que parece".

Pois, para além da dificuldade de expressar a si mesmo, existe a suprema dificuldade de ser si mesmo. Essa alma, ou vida dentro de nós, não concorda de modo nenhum com a vida fora de nós. Se tivermos a coragem de perguntar o que ela pensa, ela sempre dirá exatamente o contrário do que dizem os outros. Os outros, por exemplo, tempos atrás decidiram que os cavalheiros velhos e meio adoentados devem ficar em casa e edificar o resto de nós com o espetáculo da sua fidelidade conjugal. A alma de Montaigne dizia, ao contrário, que é na velhice que devemos viajar, e o casamento que, decerto, muito raramente se baseia no amor, no fim da vida tende a se tornar um laço formal que é melhor romper. Da mesma maneira, na política, os estadistas estão sempre louvando a grandeza do Império e pregando o dever moral de civilizar os selvagens. Mas vejam os espanhóis no México, bradou Montaigne num acesso de raiva. "Quantas cidades arrasadas, quantos povos exterminados! Milhões de indivíduos trucidados, em tão bela e rica parte do mundo, e tudo por causa de um negócio de pérolas e pimenta! Miseráveis vitórias!"[6] E, quando os camponeses vieram lhe contar que haviam encontrado um homem ferido e moribundo e o abandonado à própria sorte por medo de que a justiça os incriminasse, Montaigne perguntou:

> Que podia censurar-lhes? É certo que, atendendo a seu dever de humanidade, se teriam comprometido. […] Nada há tão grave, ampla e comumente defeituoso quanto as leis […][7]

Aqui a alma, inquietando-se, ataca as formas mais palpáveis dos grandes estorvos de Montaigne, a convenção e a cerimônia. Mas observe-a ruminando diante da lareira no cômodo daquela torre, que, apesar de separado do prédio principal, possui uma vista tão ampla da propriedade. Ela é sem dúvida a mais estranha criatura do mundo; nada heroica, inconstante como um galo dos ventos, tal como Montaigne, que se diz "envergonhado, insolente, casto, libidinoso, tagarela, taciturno, trabalhador, requintado, engenhoso, tolo, aborrecido, complacente, mentiroso, sincero, sábio, ignorante, liberal e avarento e pródigo".[8] Em suma, ela é tão complexa, tão indefinida, tão pouco semelhante à versão que a substitui em público, que um homem poderia passar a vida inteira simplesmente tentando encontrá-la. O prazer da busca mais do que compensa qualquer dano que possa causar às nossas perspectivas mundanas. O homem que tem consciência de si é, portanto, independente; e jamais se entedia, e a vida é simplesmente curta demais, e ele se vê mais e mais imerso em uma felicidade profunda, porém ponderada. Somente ele vive, enquanto as outras pessoas, escravas da cerimônia, deixam a vida passar por elas em uma espécie de sonho. Basta se conformar, basta fazer o que as outras pessoas fazem somente porque elas o fazem, e uma letargia toma conta de todos os mais refinados nervos e faculdades da alma. Toda ela se torna manifestação exterior e vazio interior; tediosa, cruel e indiferente.

Certamente, então, se perguntarmos a esse grande mestre da arte da vida qual o seu segredo, ele nos aconselhará a nos recolher ao quarto retirado da nossa torre e ali folhear os livros, perseguir uma fantasia atrás da outra à medida que elas se perseguem chaminé acima e deixar o governo do mundo para os outros. Recolhimento e contemplação: esses devem ser os principais elementos da receita dele. Mas não; Montaigne não é de modo algum explícito. É impossível extrair uma resposta simples desse homem sutil, meio melancólico, com um meio sorriso nos lábios e de olhos pesados e expressão sonhadora e zombeteira. A verdade é que a vida no campo, com seus livros e legumes e flores, com frequência é extremamente monótona. Ele jamais conferia se suas ervilhas-tortas eram muito melhores do que as dos outros. Paris era o lugar que ele mais amava no mundo inteiro – *"jusques à ses verrues et à ses taches"* ["até em suas imperfeições e seus vícios"].[9] Quanto à leitura, raramente conseguia ler qualquer livro durante mais de uma hora seguida, e sua memória era tão ruim que ele esquecia o que lhe ia pela cabeça assim que passava de um cômodo a outro. A sabedoria livresca não é nada do que se orgulhar, e quanto às conquistas científicas, a que se reduzem? Ele sempre convivera com homens inteligentes, e seu pai decerto nutria uma veneração por eles, mas ele observara que, embora tivessem seus bons momentos, suas rapsódias, suas visões, mesmo os mais inteligentes oscilavam à beira da estupidez. Observe a si mesmo: num instante você se exalta; no outro um copo quebrado o leva à beira de um colapso nervoso. Todos os extremos são perigosos. Melhor permanecer no meio da estrada, nas trilhas comuns, por mais enlameadas que sejam. Na escrita, escolha as palavras comuns; evite a rapsódia e a eloquência – no entanto, é verdade, a poesia é deliciosa; a melhor prosa é aquela que mais está repleta de poesia.

Portanto, parece que devemos almejar uma simplicidade democrática. Podemos até desfrutar do nosso quarto na torre, com as paredes pintadas e as estantes espaçosas de livros, mas lá embaixo, no jardim, há um homem cavando que enterrou o pai esta manhã, e é ele e os seus semelhantes que vivem a vida real e falam a língua real. Com certeza, há alguma verdade nisso. As coisas são ditas com muita exatidão entre os de baixa estirpe. Existe, talvez, mais das qualidades que importam entre os ignorantes do que entre os letrados. Mas, de todo modo, que coisa mais desagradável é a gentalha! "Ao passo que para julgar nossas intenções e ações, coisa mais difícil, e importante, reportamo-nos à opinião pública, à apreciação ignorante, injusta e inconstante. Será razoável entregar ao juízo dos loucos a vida de um sábio?"[10] O raciocínio deles é fraco, mole e sem poder de resistência. É necessário dizer-lhes o que é importante que saibam. Não conseguem enfrentar os fatos como são. A verdade só pode ser conhecida pela alma bem-nascida – *"l'âme bien née"*.[11] Quem então são essas almas bem-nascidas que imitaríamos, caso Montaigne nos esclarecesse com maior precisão?

Mas não. *"Je n'enseigne poinct; je raconte"* ["Não ensino, conto"].[12] Afinal, como ele poderia explicar as almas dos outros quando não podia dizer nada "completo, simples, sólido, sem confusão nem mistura, nem o exprimir com uma só palavra"[13] acerca da sua própria, quando na verdade ela se tornava dia a dia cada vez mais opaca para ele mesmo? Talvez exista uma qualidade ou princípio: o de que não se deve estabelecer regras. As almas de quem poderíamos desejar parecença, como, por exemplo, a de Etienne de la Boétie,[14] são sempre as mais flexíveis. *"C'est estre, mais ce n'est pas vivre, que de se tenir attaché et obligé par necessite a um seul train"* ["Prender-se a uma só ocupação é ser mas não é viver, e os espíritos mais bem-dotados são os mais versáteis e flexíveis"].[15] As leis não passam de convenções, completamente incapazes de qualquer contato com a vasta variedade e o turbilhão dos impulsos humanos; os hábitos e costumes são uma conveniência inventada para apoiar as naturezas tímidas que negam às suas almas o brincar livremente. Mas nós, que temos uma vida íntima e a consideramos infinitamente a mais cara das nossas posses, desconfiamos acima de tudo da afetação. Tão logo começamos a protestar, a agir com afetação, a criar leis, perecemos. Vivemos para os outros, não para nós mesmos. Devemos respeitar os que se sacrificam pelo serviço público, enchê-los de honrarias e ter pena deles por permitirem, como é seu dever, as concessões inevitáveis; mas, para nós mesmos, deixemos de lado a fama, as honras e todos os cargos que nos ponham em obrigação para com os outros. Que nos deixem ferver em nosso caldeirão incalculável a nossa confusão fascinante, a nossa mescla de impulsos, o nosso milagre perpétuo – pois a alma vomita maravilhas a cada segundo. Movimento e mudança são a essência de nosso ser; rigidez é morte; conformismo é morte: vamos dizer o que nos vem à cabeça, nos repetir, nos contradizer, atirar o disparate mais absurdo e seguir as mais fantásticas fantasias sem nos importarmos com o que o mundo faz ou pensa ou diz. Pois nada importa mais do que a vida; e, é claro, a ordem.

Essa liberdade, portanto, que é a essência de nosso ser, deve ser controlada. Mas é difícil enxergar que poder devemos invocar em nosso auxílio, uma vez que todas as restrições da opinião privada ou da lei pública foram ridicularizadas e Montaigne nunca cessa de derramar desdém sobre a miséria, a fraqueza e a vaidade da natureza humana. Talvez, então, seja desejável nos voltarmos à religião para nos guiar? "Talvez" é uma de suas expressões favoritas; "talvez" e "acho" e todas as palavras que suavizam as suposições precipitadas da ignorância humana. Tais palavras nos ajudam a abrandar opiniões que seria extremamente inoportuno manifestar em alto e bom tom. Pois não se diz tudo: existem coisas que, no momento, é aconselhável apenas sugerir. Escreve-se para pouquíssimas pessoas, que compreendem. Sim, decerto busque a orientação divina, mas nesse meio tempo existe, para os dotados de vida íntima, um outro monitor, um censor invisível interno, *"un patron au dedans"* ["o chefe (...) por dentro"],[16] cuja censura deve ser muito mais temida do que qualquer outra porque ele conhece a verdade; e, no entanto, não há nada mais doce do que o som da sua aprovação. Esse é o juiz a quem devemos nos submeter; é o censor que nos ajudará a alcançar aquela ordem que é a graça de uma alma bem-nascida. Porque *"c'est une vie exquise, celle qui se maintient en ordre jusques en son privé"* ["deliciosa é a vida de quem obedece a regra, mesmo na intimidade"].[17] Mas ele agirá sob sua própria razão; graças a um equilíbrio interno, alcançará aquela estabilidade precária e sempre cambiante que, embora controle, de modo algum freia a liberdade da alma para explorar e experimentar. Sem outro guia, e sem precedentes, sem dúvida é muito mais difícil viver bem a vida íntima do que a pública. É uma arte que devemos aprender sozinhos, apesar de haver talvez dois ou três homens, como Homero, Alexandre, o Grande e Epaminondas[18] entre os antigos, e Etienne de La Boétie entre os modernos, cujo exemplo pode nos ajudar. Mas é uma arte; e o próprio material com que ela trabalha é variável e complexo e infinitamente misterioso: a natureza humana. Com a natureza humana devemos manter proximidade, *"... if faut vivre entre les vivants"* [... afinal cumpre-nos viver com os vivos"].[19] Devemos temer qualquer excentricidade ou refinamento que nos isole dos nossos pares. Abençoados são os que tagarelam livremente com seus vizinhos sobre seu esporte ou seus edifícios ou suas brigas, e desfrutam verdadeiramente da conversa dos carpinteiros e jardineiros. Pois comunicar-se é nossa principal tarefa; o convívio social e a amizade, nossos principais prazeres; e ler, não para adquirir conhecimento, não para ganhar a vida, mas para ampliar nossas relações para além da nossa época e da nossa província. Tantas maravilhas existem no mundo; alcíones e terras intocadas, homens com cabeças de cachorro e olhos no peito, e, é muito possível, leis e costumes melhores que os nossos.

Provavelmente estamos adormecidos neste mundo; provavelmente existe algum outro que é visível apenas para seres dotados de um sentido que hoje nos falta.

Eis aqui, portanto, apesar de todas as contradições e todas as qualificações, algo de definido. Esses ensaios são a tentativa de comunicar uma alma. Pelo menos nesse ponto ele é explícito. Não é a fama o que ele deseja; não é ser citado nos anos por vir; ele não deseja uma estátua na praça do mercado; deseja apenas comunicar sua alma. Comunicação é saúde; comunicação é verdade; comunicação é felicidade. Compartilhar é nosso dever; mergulhar corajosamente e trazer à luz esses pensamentos escondidos que são os mais doentios; nada esconder; nada fingir; se ignoramos algo, admiti-lo; se amamos nossos amigos, deixar que saibam.

> Bem o sei, por experiência, que nada suaviza mais a tristeza que sentimos com a perda de um amigo quanto a certeza de não havermos omitido o que quer que fosse do que cumpria dizer-lhe, e de ter estado com ele em comunicação perfeita de ideias e emoções.[20]

Há indivíduos que, ao viajarem, se fecham em si mesmos em silêncio e desconfiança, *"se défendans de la contagion d'un air incogneu"* ["desejosos de escapar ao contágio de um ar que lhes é desconhecido"].[21] Quando jantam, precisam comer o mesmo tipo de comida que comem em casa. Todas as visões e costumes são ruins, a menos que semelhantes àqueles de sua cidade. Viajam apenas para retornar. É precisamente a maneira errada de ver as coisas. Devemos partir sem nenhuma ideia fixa de onde passaremos a noite ou quando voltaremos; a jornada é tudo. Mais necessário ainda, mas uma sorte das mais raras: devemos encontrar, antes de partir, um homem parecido conosco, que nos acompanhe e a quem possamos dizer a primeira coisa que nos vier à cabeça. Pois o prazer não tem desfrute a menos que compartilhado. Quanto aos riscos – pegar um resfriado ou ter uma dor de cabeça –, sempre vale a pena arriscar um pouco de doença por prazer. *"Le plaisir est des principales espèces du profit"* ["O prazer constitui uma das principais formas do proveito"].[22] Além do mais, se fazemos o que gostamos, faremos sempre o que é bom para nós. Os médicos e sábios podem objetar, mas que fiquem os médicos e sábios com sua própria filosofia deprimente. Nós, que somos homens e mulheres comuns, vamos dar graças à natureza pela sua abundância usando cada um dos sentidos que ela nos deu; variando nosso estado o máximo possível; virando ora para esse lado, ora para aquele, em busca do calor, e gozar ao máximo antes que se ponha o sol dos beijos da juventude e dos ecos de uma bela voz cantando Catulo. Toda estação é agradável, os dias bonitos e os de chuva, o vinho tinto e o branco, a companhia e a solidão. Até mesmo o sono, esse encurtamento lamentável da alegria de viver, pode estar repleto de sonhos, e as ações mais comuns – um passeio, uma conversa, a solidão em seu próprio pomar – podem ser intensificadas e iluminadas pelo pensamento. A beleza está em toda parte, e a beleza está a meros dois dedos de distância da bondade. Então, em nome da saúde e da sanidade, não nos detenhamos apenas no fim da jornada. Que a morte chegue enquanto plantamos nossos repolhos, ou no lombo de um cavalo, ou retirados em alguma casinha onde pessoas estranhas fecharão nossos olhos, uma vez que o soluçar de uma criada ou o toque de uma mão poderiam nos despedaçar. Melhor ainda, que a morte nos encontre em meio a nossas ocupações habituais, entre garotas e bons camaradas que não protestam, não se queixam; que ela nos encontre *"parmy les jeux, les festins, faceties, entretiens comuns et populares, et la musique, et des vers amoureux"* [em meio "a seus jogos, seus ditos chistosos, suas discussões acerca da música ou da poesia erótica"].[23] Mas basta de morte; é a vida o que importa.

É a vida que emerge com cada vez mais clareza à medida que esses ensaios chegam não a um fim, mas a uma suspensão em plena disparada. É a vida que se torna cada vez mais absorvente à medida que a morte se aproxima, é o ser, a alma, cada fato da existência: o fato de alguém usar meias de seda no verão e no inverno; de colocar água no vinho; de que lhe cortem o cabelo após o jantar; de precisar beber com um copo; de nunca ter usado óculos; de falar alto; de carregar uma vara numa das mãos; de morder a língua; de remexer o pé; de tender a coçar as orelhas; de gostar do bife alto; de esfregar os dentes com um guardanapo (graças a Deus são bons!); de precisar de cortinas na cama; e, o que é bastante curioso, de começar gostando de rabanetes, depois desgostar deles, e então gostar novamente. Nenhum fato é diminuto demais para escapar por entre os dedos e, além do interesse pelos fatos em si, existe o estranho poder que temos de transformar os fatos com a imaginação. Observe como a alma está sempre lançando suas próprias luzes e sombras; como torna o substancial vazio e o frágil substancial; como enche a plena luz do dia com sonhos; empolga-se tanto com fantasmas quanto com a realidade; e no instante da morte desdenha das ninharias. Observe também a sua duplicidade, sua complexidade. Ela ouve falar da perda de um amigo e se compadece, e, no entanto, sente um prazer agridoce com as dores alheias. Acredita; e ao mesmo tempo não acredita. Observe sua extraordinária suscetibilidade às impressões, principalmente na juventude. Um homem rico rouba porque seu pai não lhe dava dinheiro quando criança. Alguém constrói esse muro não para si mesmo, mas porque seu pai amava construir. Em suma, a alma se vê completamente entremeada de enervações e simpatias que afetam cada uma das suas ações e, entretanto, mesmo agora em 1580, ninguém tem nenhum conhecimento claro – covardes que somos, adoradores das maneiras gentis e convencionais – de como ela funciona ou o que é, salvo que dentre todas as coisas ela é a mais misteriosa, e o nosso maior monstro e milagre no mundo. "… *plus je me hante et connois, plus ma difformité m'estonne, moin je m'entens en moy*" ["… quanto mais me analiso e conheço, tanto mais minha deformidade me espanta e menos eu me compreendo"].[24] Observe, observe perpetuamente, e, enquanto houver papel e tinta, "*san cesse et sans travail*" ["seguirei sem parar o caminho que adotei"],[25] escreve Montaigne.

Mas permanece uma última questão que, caso pudéssemos fazê-lo erguer os olhos da sua tarefa fascinante, gostaríamos de perguntar para esse grande mestre da arte de viver. Nesses volumes extraordinários de declarações breves e interrompidas, longas e sábias, lógicas e contraditórias, escutamos o próprio pulso e ritmo da alma, batendo dia após dia, ano após ano, através de um véu que, com o passar do tempo, se afina até quase a transparência. Aqui está alguém que teve êxito na empreitada arriscada de viver; que serviu seu país e viveu retirado; foi senhor de terras, marido, pai; divertiu reis, amou mulheres e refletiu sobre antigos livros durante horas. Por meio da perpétua experimentação e da observação do que é mais sutil, alcançou por fim um ajuste milagroso de todas essas partes erráticas que constituem a alma humana. Segurou a beleza do mundo com todos os seus dedos. Alcançou a felicidade. Se tivesse de viver novamente, disse ele, teria vivido a mesma vida mais uma vez. Mas, enquanto o observamos com interesse absorto em meio ao espetáculo fascinante de uma alma vivendo abertamente diante dos nossos olhos, a questão toma forma: o prazer é o objetivo final? Por que então esse interesse assoberbante na natureza da alma? Por que esse desejo absorvente de se comunicar com os outros? Será a beleza desse mundo o bastante ou existirá, nalguma outra parte, uma explicação para o mistério? A isso, que resposta pode haver? Não há nenhuma. Há apenas mais uma questão: "*Que sais-je?*" [Que sei eu?].[26]

# A duquesa de Newcastle[1]

"Tudo o que desejo é fama", escreveu Margaret Cavendish, duquesa de Newcastle. E, ao longo da sua vida, esse desejo lhe foi concedido. Espalhafatosa nos trajes, excêntrica nos costumes, casta na conduta, áspera no discurso, conseguiu, em vida, atrair a zombaria dos grandes e o aplauso dos cultos. Mas agora se extinguiram os últimos ecos de tal clamor, e ela vive tão somente das poucas frases esplêndidas que Lamb espargiu sobre seu túmulo;[2] seus poemas, suas peças, suas filosofias, suas orações, seus discursos – todos os fólios e quartos nos quais, garantia ela, estava preservada sua verdadeira vida – emboloram no breu das bibliotecas públicas, ou decantam em dedais diminutos que abrigam somente seis gotas daquela profusão. Até o teórico curioso, inspirado pelas palavras de Lamb, estremece diante da imensidão do seu mausoléu, espia lá dentro, olha em torno e sai correndo, não sem antes cerrar a porta.

Mas aquela olhadela apressada lhe revelou os contornos de uma figura memorável. Nascida (assim se presume) em 1624, Margaret foi a filha mais nova de um certo Thomas Lucas, morto quando ela era ainda criancinha, e sua criação ficou a cargo da mãe, mulher de caráter admirável, de majestosa grandeza e de beleza "que desafiava os estragos do tempo". "Tinha grande habilidade em tratar de aluguéis, delimitação de terras e manutenção da casa, em dar ordens aos criados e assuntos do tipo." A riqueza que assim acumulou gastou não em dotes matrimoniais, mas em prazeres generosos e deleitosos, "na opinião de que, se nos criasse com grandes necessidades, maiores seriam as chances de gerar em nós qualidades inescrupulosas". Seus oito filhos e filhas nunca recebiam açoites, e sim argumentos, eram bela e elegantemente vestidos, e não podiam conversar com os serviçais, não por estes serem serviçais, mas porque os serviçais "são quase sempre malcriados e de mau nascimento". Às filhas, foram ensinadas as artes habituais, "mais por formalidade que por utilidade", sendo opinião da mãe de que o caráter, a felicidade e a honestidade possuíam maior valor para uma mulher que o violino e o canto ou "a tagarelice em diversas línguas".

Já naquela época, Margaret ansiava em se aproveitar de tamanha indulgência para satisfazer certos gostos. Já gostava de ler mais do que do trabalho com a agulha, de trajes e de "inventar modas" mais do que de ler, e de escrever acima de tudo. Dezesseis cadernos de papel sem título, escritos em frouxa caligrafia, pois a impetuosidade de seu raciocínio sempre superou o ritmo de seus dedos, comprovam o uso que ela fez da liberalidade da mãe. A felicidade da vida doméstica surtiu ainda outros resultados. Eram uma família unida. Mesmo bem depois de casados, segundo Margaret, aqueles belos irmãos e irmãs, com seus corpos bem proporcionados, compleição clara, cabelos castanhos, dentes bons, "vozes afinadiças" e fala direta, seguiram "agrupados em um bando". A presença de estranhos os silenciava. Mas, quando estavam a sós, fosse caminhando em Spring Gardens ou no Hyde Park, fosse tocando música ou jantando em barcas, suas línguas se soltavam e eles "eram tomados de grande alegria... criticando, condenando, aprovando, elogiando, tal como lhes aprouvesse".

A feliz vida familiar produziu seus efeitos sobre o caráter de Margaret. Quando criança, caminhava sozinha durante horas, refletindo, contemplando e falando consigo mesma sobre "tudo aquilo que lhe ofereciam seus sentidos". Não sentia prazer em atividade de nenhuma espécie. Os brinquedos não a divertiam, e ela não era capaz de aprender línguas estrangeiras ou vestir-se como as outras pessoas. Seu maior prazer era criar vestidos para si mesma que ninguém mais pudesse copiar, "pois", comenta ela, "sempre me deleitei em ser singular, até mesmo nos acessórios".

Tal educação, tão recatada e tão livre ao mesmo tempo, deveria ter gerado uma solteirona erudita, satisfeita com sua vida retirada, e autora, quem sabe, de alguns volumes de cartas ou de traduções dos clássicos, que ainda hoje citaríamos como homenagem a nossas antepassadas. Mas havia qualquer coisa de desgarrado em Margaret, um certo amor pelo luxo, pela extravagância e pela fama, que sempre frustrava os arranjos ordeiros da natureza. Quando ouviu dizer que a Rainha, desde o início da Guerra Civil, tinha menos damas de companhia do que o usual, sentiu "um grande desejo" de tornar-se uma delas. Sua mãe a deixou partir, indo contra a opinião do restante da família, que, sabendo que Margaret jamais saíra de casa e mal se ausentara das vistas deles, com razão imaginaram que ela se comportaria na corte de modo muito desvantajoso para si mesma. "E realmente foi o que aconteceu", confessou Margaret; "pois meu acanhamento longe das vistas de minha mãe, de meus irmãos e de minhas irmãs era tamanho que [...] eu não me atrevia a levantar os olhos, nem a falar, nem a socializar de nenhuma maneira, de modo que me consideraram uma idiota nata." Os membros da corte riram dela; e ela lhes deu o troco da maneira mais óbvia. As pessoas eram dadas a censurar; os homens invejavam a inteligência das mulheres; as mulheres desconfiavam da existência de intelecto entre seu próprio sexo; e que outra dama ao caminhar, ela poderia perguntar com justiça, ponderava sobre a natureza da matéria e se as lesmas possuem dentes? Mas todo aquele riso a irritava, e ela implorou à mãe que a deixasse voltar para casa. Como o pedido foi recusado, aliás sabiamente, como se veria mais tarde, ela permaneceu na corte por dois anos (1643-5), terminando por acompanhar a rainha até Paris, e lá, entre os exilados que foram render seus respeitos à corte, estava o marquês de Newcastle.[3] Para espanto generalizado, o principesco nobre, que com coragem indômita, mas pouquíssima habilidade tinha liderado as tropas do rei ao desastre, apaixonou-se pela dama de companhia tímida, taciturna e de trajes estranhos. Não se tratava de um "amor amoroso, e sim honesto e honrado", segundo Margaret. Ela não era um partido brilhante; conquistara reputação de puritana e excêntrica. O que, então, teria feito nobre tão grandioso cair a seus pés? Os curiosos encheram-se de desprezo, depreciação e difamação. "Desconfio", Margaret escreveu ao marquês, "que os outros presumem que seremos desafortunados, embora nós mesmos não vejamos a coisa assim, de outro modo tanta dificuldade não haveria em desfazer o nó de nossa afeição." Também: "Saint Germains é lugar de muita maledicência, e crê que te procuro demais." "Rogo-te para que leves em consideração", ela o advertiu, "que possuo inimigos." No entanto, formavam um par evidentemente perfeito.

O duque, com seu amor pela poesia, pela música e pela dramaturgia, com seu interesse pela filosofia, sua crença de que "ninguém conhecia ou poderia conhecer a causa de nada", seu temperamento romântico e generoso, naturalmente viu-se atraído por uma mulher que também escrevia poesia, que era também uma filósofa e partilhava do seu mesmo modo de pensar, e que lhe oferecia não apenas a admiração de uma companheira artista como também a gratidão de uma criatura sensível que fora protegida e socorrida pela extraordinária magnanimidade do duque. "Ele aprovava", escreve ela, "os medos acanhados que muitos condenavam, [...] e muito embora eu temesse o matrimônio e evitasse a companhia dos homens tanto quanto podia, não tive forças para rechaçá-lo." Ela o acompanhou nos longos anos de exílio; familiarizou-se com empatia, ainda que não de modo compreensivo, com o comportamento e as habilidades dos cavalos que o duque adestrava com tamanha perfeição que os espanhóis se benziam e gritavam "*Miraculo*!" ao testemunharem suas corvetas, saltos e piruetas; chegava mesmo a acreditar que os cavalos faziam um alegre "espetáculo de pateadas" quando o duque ia aos estábulos; durante o Protetorado, advogou pela causa dele na Inglaterra; e, quando a Restauração possibilitou que retornassem à Inglaterra, os dois moraram juntos nos fundões do país, em grande reclusão e perfeito contentamento, escrevendo peças teatrais, poemas e filosofias, cumprimentando um ao outro com laivos de alegria e confabulando, sem a menor dúvida, sobre as maravilhas do mundo natural à medida que o acaso as atirava em seu caminho. Eram motivo de chacota dos seus contemporâneos; Horace Walpole os desdenhava.[4] Mas não há a menor dúvida de que eram perfeitamente felizes.

Pois, agora, Margaret podia dedicar-se sem interrupções à escrita. Podia criar trajes para si e suas criadas. Podia escrevinhar cada vez mais furiosamente com dedos que iam se tornando cada vez mais incapazes de formar letras legíveis. Podia até mesmo realizar o milagre de ter suas peças encenadas em Londres e suas filosofias humildemente analisadas por homens letrados. Lá estão elas, no Museu Britânico, volume após volume, vibrando com uma vitalidade difusa, incômoda e inquieta. Ordem, continuidade e o desencadeamento lógico do argumento são todas coisas desconhecidas para ela. Nenhum medo a restringe. Tem a irresponsabilidade de uma criança e a arrogância de uma duquesa. As ideias mais desvairadas lhe vêm, e ela as cavalga. Temos a sensação de ouvi-la, enquanto seus pensamentos fervem e borbulham, chamando John, que se sentava com uma pena na mão no cômodo ao lado, para que viesse depressa: "John, John, concebi!" E lá vinha o que quer que seja – razoável ou absurdo: alguma teoria sobre a educação das mulheres – "As mulheres vivem como morcegos ou corujas, trabalham como bestas e morrem como vermes… as mulheres mais educadas são aquelas cuja mente é mais civilizada"; alguma especulação que lhe ocorrera, talvez, quando caminhava sozinha naquela tarde – por que "os porcos têm sarampo", por que "os cães exultantes agitam a cauda", de que são feitas as estrelas ou do que seria a crisálida que sua criada lhe trouxera e que ela mantinha aquecida num canto do seu quarto. E assim ia ela, voando de assunto em assunto, jamais parando para se emendar, "pois há mais prazer em criar que em corrigir", falando sozinha, para sua perpétua diversão, de todos os temas que lhe atulhavam a cabeça – de guerras, internatos, derrubada de árvores, de gramática e de moral, de monstros e de britânicos, se o ópio em pequenas quantidades seria bom para os lunáticos e por que os músicos são loucos. Olhando para o alto, especula mais ambiciosamente ainda sobre a natureza da lua e se as estrelas são gelatina incandescente; olhando para baixo, conjectura se os peixes sabem que o mar é salgado; opina que nossas cabeças são repletas de fadas, "tão amadas por Deus quanto nós somos"; indaga se haveria outros mundos além do nosso e imagina que o navio seguinte poderia trazer a notícia de um novo mundo. Em suma, "estamos na completa escuridão". Enquanto isso, que êxtase é o pensar!

À medida que os grossos livros surgiam do retiro majestoso em Welbeck, os censores de sempre faziam as objeções de sempre, que deviam ser contestadas, desprezadas ou debatidas conforme a variação do humor dela, no prefácio de cada uma de suas obras. Disseram, entre outras coisas, que seus livros não eram dela, porque ela usava termos eruditos, e "escrevia de diversos temas alheios a seu conhecimento". Margaret correu ao marido em busca de socorro, e ele respondeu, de modo característico, que a duquesa "nunca conversara com nenhum estudioso erudito, exceto meu irmão e eu mesmo". Além disso, a formação do duque era de natureza peculiar. "Vivi por grande tempo no vasto mundo e refleti sobre o que me foi oferecido pelos sentidos mais do que sobre o que me foi incutido pelo discurso; portanto não morro de amores em ser conduzido pelo cabresto, pela autoridade e pelos velhos autores; *ipse dixit* não me tem serventia." E então Margaret toma a pena e se põe a garantir ao mundo, com a insistência e a indiscrição de uma criança, que sua ignorância é da mais fina qualidade que se possa imaginar. Com Descartes e Hobbes, ela apenas travara contato, mas não lhes fizera perguntas; sim, chegou a convidar sr. Hobbes para jantar, mas ele não pôde comparecer; quase nunca escuta nenhuma palavra do que lhe é dito; nada sabe de francês, apesar de ter morado cinco anos no estrangeiro; somente leu os antigos filósofos por meio do estudo do sr. Stanley;[5] de Descartes, leu apenas metade da sua obra sobre a paixão; e de Hobbes apenas o "livrinho chamado *De Cive*"; tudo isso serve como prova do valor infinito de sua sagacidade nata, tão abundante que o auxílio exterior lhe era um tormento, tão honrada que não aceitava ajuda alheia. Da planície da completa ignorância, dos campos não cultivados da sua própria consciência, é que ela se propunha a erigir um sistema filosófico capaz de superar todos os outros. Os resultados não foram muito felizes. Sob a pressão de tão vastas estruturas, seu dom natural, a fresca e delicada fantasia que no primeiro volume a fizera escrever de modo tão encantador sobre a rainha Mab e a terra das fadas, foi esmagado até a destruição.

> O palácio da Rainha onde ela mora
> De conchas de caracóis é formado;
> Os adornos de um Arco-íris muito fino
> Exibem maravilhas ao ingressado;
> Os aposentos de Âmbar bem claro
> Perto do fogo doce olor exalam;
> Seu leito, um caroço de cereja todo entalhado,
> Por um dossel de asa de borboleta é encimado;
> Nos lençóis de pele de olhos de Pomba
> sobre um botão de violeta seu travesseiro tomba.[6]

Assim ela conseguia escrever, quando jovem. Mas suas fadas, se sobreviveram, transformaram-se em hipopótamos. Muito generosamente, suas orações foram ouvidas:

> Dá-me estilo nobre e livre
> Que apesar de selvagem, parece desarreado.[7]

Ela tornou-se capaz de involuções, além de contorções e conceitos dos quais o seguinte exemplo é um dos mais breves, porém não o mais terrível:

A cabeça humana pode ser comparada a uma cidade:
A boca quando cheia é dia da feira; quando vazia, a feira se foi;
Os dutos da cidade, por onde a água flui,
É com duas calhas as narinas e o nariz.[8]

Fazia comparações de modo enérgico, incôngrua e eternamente; o mar tornava-se campina; os marinheiros, pastores; o mastro, um pau enfeitado para danças. A mosca era o pássaro do verão, as árvores eram senadores, as casas navios, e até mesmo as fadas, que ela amava mais que qualquer outra coisa na face da Terra exceto o duque, transformam-se em átomos cegos e átomos cortantes e participam de algumas das horríveis manobras por meio das quais Margaret se deleitava em conduzir o universo. Realmente, "minha Lady Sanspareille[9] possui uma estranha inteligência em expansão". O que é pior, sem ter um pingo de força dramática, Margaret abraçou a dramaturgia. Foi um processo muito simples. As ideias desajeitadas que se reviravam e se revolviam dentro dela foram batizadas de Sir Golden Riches, Moll Meanbred, Sir Puppy Dogman e outros tantos nomes, e então despachadas para debater, tediosamente, sobre as partes da alma ou se a virtude é melhor que as riquezas, ao redor de uma mulher sábia e erudita que respondia suas perguntas e corrigia seus enganos de modo consideravelmente lento e num tom que nos dá a impressão de já termos ouvido antes.

Uma vez ou outra, no entanto, a duquesa saía de casa. Exibia sua pessoa, trajando adornos e mil pedras preciosas, para ir visitar as casas dos nobres da região. Sua pena instantaneamente relatava aquelas excursões. Registrou que Lady C. R. "bateu no marido em uma reunião pública"; que Sir F. O., "tive o desgosto de saber, rebaixou tanto o seu berço e a sua riqueza que se casou com a criada da cozinha"; que "a senhorita P. I. tornou-se uma alma santa, uma irmã espiritual, deixou de cachear o cabelo, os emblemas de tecido tornaram-se abomináveis para ela, os sapatos de cadarços e de sola grossa são motivos de orgulho [...] ela me perguntou qual a minha posição preferida para rezar". A resposta de Margaret foi provavelmente inaceitável. "Não devo ir tão cedo até lá", diz ela sobre uma certa "fofoqueira". Podemos arriscar que a duquesa não era uma visita bem-vinda nem uma anfitriã muito hospitaleira. Tinha um costume de "gabar-se" que assustava as visitas e logo as fazia ir embora, porém Margaret não o lamentava. Realmente, Welbeck era o lugar ideal para ela, e a companhia de sua própria pessoa, a mais adequada, com o bom duque indo e vindo, entretido com suas peças teatrais e especulações, sempre pronto a responder uma pergunta ou rechaçar uma calúnia. Talvez tenha sido essa solidão que levou Margaret, casta como era, a usar uma linguagem que tempos depois muito incomodou Sir Egerton Brydges.[10] Ela usava, queixou-se ele, "expressões e imagens de extraordinária aspereza, vindas de uma mulher de tão alta posição e educada nas cortes". Sir Egerton Brydges se esqueceu que aquela mulher específica há tempos não frequentava a corte; que conversava basicamente com fadas; e que seus amigos estavam entre os mortos. Natural, portanto, que sua linguagem fosse áspera. Contudo, embora suas filosofias sejam fúteis, suas peças teatrais, intoleráveis e seus versos, em geral, tediosos, a grande maioria das obras da duquesa é tomada por um fogo autêntico. É impossível não abocanhar a isca de sua personalidade errática e adorável à medida que ela vagueia e cintila, página após página. Há nela algo de nobre, quixotesco e alvoroçado, e ao mesmo tempo desvairado e volúvel. Sua simplicidade é tão evidente; sua inteligência tão ativa; sua simpatia por fadas e animais tão autêntica e terna. Ela tem a excentricidade de um elfo; a irresponsabilidade, a crueza e o encanto de uma criatura não humana. E muito embora "eles" continuassem a ridicularizá-la, os críticos terríveis que zombavam e debochavam dela desde que, quando garota acanhada, ela não ousava encarar seus carrascos na corte, poucos desses críticos, no fim das contas, tinham inteligência o bastante para se perturbar com a natureza do universo ou dar a mínima para os sofrimentos da lebre caçada, nem ansiavam, como Margaret, em conversar com "um dos bobos de Shakespeare". Agora, pelo menos, nem todos riem dela.

Mas, sim, eles riam. Quando se espalhava o rumor de que a duquesa maluca deixaria Welbeck para render seus respeitos na corte, as pessoas lotavam as ruas para olhá-la, e duas vezes a curiosidade do sr. Pepys o levou a esperar no parque para vê-la passar.[11] Mas a pressão da multidão ao redor do coche da duquesa era enorme. Ele só conseguiu olhá-la de relance em seu coche prateado, usando um chapéu de veludo e o cabelo na altura das orelhas, com seus lacaios vestidos de veludo. Só pôde vislumbrar por um instante, por entre as cortinas brancas, o rosto de "uma mulher bastante graciosa", e lá seguiu ela pela multidão de cockneys[12] curiosos, todos amontoados para dar uma espiadela naquela dama romântica que, no quadro de Welbeck, está de pé com grandes olhos melancólicos, numa pose um tanto fantástica e metódica, tocando a mesa com a ponta de seus dedos longos e afilados, na convicção tranquila da fama imortal.

# Em torno de Evelyn[1]

Se deseja garantir que seu aniversário seja celebrado daqui a trezentos anos, a melhor providência a tomar, sem dúvida, é manter um diário. Mas primeiro garanta a coragem de trancar seu gênio em um caderno íntimo e a disposição para gabar-se de uma fama que só lhe chegará na cova. Pois quem escreve diários os escreve ou para si mesmo, ou para uma posteridade tão longínqua que seja capaz de ouvir impassível cada segredo e de sopesar com imparcialidade cada motivo. Para tal audiência, não há necessidade de afetação nem de restrições. Sinceridade é o que ela pede, detalhes e intensidade; o jeito com as palavras vem a calhar, mas o brilhantismo não é necessário; o gênio é até um obstáculo; e, se conhecer bem o seu ofício e o exercer com hombridade,[2] a posteridade o incluirá entre os grandes homens, que relataram casos famosos ou se deitaram com as mulheres mais notáveis da terra.

O diário, motivo de relembrarmos o aniversário de trezentos anos do nascimento de John Evelyn,[3] é exemplo disso. Algumas vezes, ele é escrito em forma de memórias, noutras de anotações como uma agenda; mas ele jamais usa essas páginas para revelar os segredos de seu coração, e tudo o que escreveu poderia muito bem ser lido em voz alta à noite para seus filhos, com a consciência tranquila. Se nos perguntarmos, então, por que ainda nos damos ao trabalho de ler o que consideramos a obra enfadonha de um homem bom, devemos confessar, primeiro, que diários são apenas diários, isto é, livros que lemos na convalescência, passeando a cavalo ou à beira da morte; segundo, que essa leitura, sobre a qual já se disseram tantas coisas primorosas, é em sua maior parte mero devaneio e ociosidade; recostar-se em uma poltrona com um livro, observar as borboletas sobre as dálias; uma ocupação inútil que nenhum crítico se deu ao trabalho de investigar e sobre a qual apenas o moralista consegue encontrar algo bom a dizer. Pois ele fará com que seja vista como uma ocupação inocente; e haverá de acrescentar que a felicidade, embora derive de fontes banais, provavelmente tem feito mais para impedir os seres humanos de trocar de fé ou matar seus reis do que a filosofia ou o púlpito.

Com efeito, antes de continuar a leitura dos livros de Evelyn, talvez seja proveitoso determinar em que a nossa visão moderna de felicidade difere da dele. A ignorância, certamente, a ignorância está na base de tudo; a ignorância dele e a nossa comparativa erudição. Ninguém é capaz de ler o relato das viagens ao estrangeiro de Evelyn sem invejar, em primeiro lugar, a simplicidade de seu espírito, e em segundo sua disposição. Para citar um exemplo simples da diferença entre nós – aquela borboleta ficará imóvel sobre a dália enquanto o jardineiro passa por ela ruidosamente com seu carrinho de mão, mas basta que ele toque de leve suas asas com a sombra de um rastelo para que ela voe para longe, para o alto, instantaneamente alerta. Assim, podemos refletir, uma borboleta vê, mas não ouve, e nisso sem dúvida estamos no mesmo pé que Evelyn. Mas entrar em casa para apanhar uma faca e com essa faca dissecar a cabeça de uma almirante-vermelho,[4] como faria Evelyn, ninguém em sã consciência no século XX se dedicaria a tal empreitada nem por um segundo. Individualmente talvez saibamos tão pouco quanto Evelyn, mas coletivamente conhecemos tanto que há pouco estímulo para se aventurar em descobertas particulares. Buscamos a enciclopédia, não a tesoura; e em dois minutos sabemos não apenas mais do que Evelyn soube em toda a sua vida, como também que a massa de conhecimento é tão vasta que mal vale a pena possuir uma mísera migalha. Ignorante, porém legitimamente convencido de que com suas próprias mãos ele seria capaz de fazer avançar não apenas o próprio conhecimento, mas também o de toda a humanidade, Evelyn arriscou-se em todas as artes e ciências, percorreu o continente durante dez anos, observou com sofreguidão incansável mulheres cabeludas e cachorros racionais, e disso extraiu deduções e especulações que hoje só se equiparam à conversa de velhas senhoras em torno da bica d'água da cidade. A lua, dizem elas, está tão maior que o normal neste outono que os cogumelos não irão vingar, e a mulher do carpinteiro dará à luz a gêmeos. Desse modo, Evelyn, membro da Royal Society, um cavalheiro da mais alta cultura e inteligência, anotava com o maior cuidado todos os cometas e augúrios, e considerou um presságio sinistro quando uma baleia apareceu no Tâmisa. Também em 1658 uma baleia fora encontrada. "Naquele ano, morreu Cromwell."[5] Ao que parece, a natureza estava determinada a estimular a devoção de seus admiradores do século XVII com mostras de violência e excentricidade que hoje ela prefere evitar. Havia tempestades, enchentes e secas; o Tâmisa se congelava intensamente; cometas rasgavam os céus. Se uma gata desse à luz na cama de Evelyn, o gatinho inevitavelmente viria presenteado com oito pernas, seis orelhas, dois corpos e duas caudas.

Mas voltando à felicidade. Por vezes parece que, se existe alguma diferença insolúvel entre nós mesmos e nossos ancestrais, é que extraímos felicidade de fontes diferentes. Damos valores diferentes às mesmas coisas. Podemos atribuir parte disso à ignorância deles e ao nosso conhecimento. Mas devemos supor que a ignorância altera os nervos e afetos? Devemos crer que seria uma penitência intolerável para nós viver de modo semelhante aos elisabetanos? Teríamos considerado necessário sair da sala por causa dos hábitos de Shakespeare e recusar o convite da rainha Elizabeth para jantar? Talvez. Pois Evelyn era um homem sóbrio de refinamento incomum, e, no entanto, enfiou-se em uma câmara de tortura do mesmo modo que nos acotovelamos para ver os leões serem alimentados.

> [...] primeiro prenderam seus pulsos com uma corda forte ou pequeno cabo, e uma de suas pontas a uma argola de ferro que estava presa à parede a cerca de um metro de altura, depois amarraram seus pés com outro cabo, que foi preso a uma distância aproximadamente um metro e meio maior do que o comprimento máximo de seu corpo a outra argola no chão da câmara. Assim suspenso, e em posição deitada, porém na diagonal, deslizaram um cavalete de madeira sob a corda que amarrava seus pés, o que a retesou extremamente, bem como quebrou suas juntas de modo horrível, esticando-o de maneira extraordinária, ele tendo apenas um par de ceroulas de linho a cobrir seu corpo nu [...][6]

E assim segue. Evelyn assistiu tudo até o final, comentando em seguida que "o espetáculo era tão incômodo que fui incapaz de suportar a vista de outro", do mesmo modo como podemos dizer que os leões rugem alto demais e que a visão da carne crua é tão desagradável que agora iremos ver os pinguins. À parte o incômodo de Evelyn, há discrepância suficiente entre a visão dele do sofrimento e a nossa para nos fazer duvidar se observamos qualquer fato que seja com os mesmos olhos, casamo-nos com uma mulher pelos mesmos motivos ou julgamos qualquer conduta pelos mesmos critérios. Assistir passivamente enquanto dilaceram-se músculos e quebram-se ossos, não titubear quando o cavalete de madeira foi levantado mais ainda e o carrasco apanhou um chifre e despejou dois baldes d'água goela do homem abaixo, tolerar tal iniquidade por causa da suspeita de um roubo que o homem negava... tudo isso parece colocar Evelyn em uma daquelas prisões onde, ainda hoje, isolamos mentalmente a ralé de Whitechapel. Com a diferença de ser óbvio que de certa maneira entendemos errado. Se pudéssemos afirmar que a nossa suscetibilidade ao sofrimento e o nosso amor à justiça provam que todos os nossos instintos humanos são tão elevados quanto esses, então poderíamos dizer que o mundo avança, e nós com ele. Mas voltemos ao diário.

Em 1652, quando parecia que as coisas haviam desgraçadamente se acomodado, pois "tudo estava inteiramente nas mãos dos rebeldes",[7] Evelyn retornou à Inglaterra com sua mulher, seus gráficos de veias e artérias, sua lente veneziana e o restante de seus artefatos para levar a vida de um cavalheiro do interior, de forte inclinação monárquica, em Deptford. Entre ir à igreja e ir à cidade, resolver seus negócios e cultivar seu jardim – "semeei o pomar em Sayes Court; lua nova, vento oeste"[8]... –, seu tempo era gasto de modo bastante parecido com o nosso. Mas havia uma diferença difícil de ilustrar com uma única citação, pois tal evidência se encontra espalhada em toda parte, em frasezinhas insignificantes. A impressão geral que eles dão é que Evelyn usava os olhos. O mundo visível lhe era sempre próximo. O mundo visível recuou tanto de nós que parece estranha essa conversa de prédios e jardins, estátuas e entalhes, como se a aparência das coisas tomasse alguém de assalto tanto nos ambientes abertos quanto nos fechados, e não estivesse confinada em uns quadrinhos pendurados na parede. Sem dúvida temos mil justificativas à nossa disposição; mas até aqui buscamos justificativas para Evelyn. Sempre que havia um quadro à vista de Julio Romano, Polydore, Guido, Rafael ou Tintoretto, uma casa de bela arquitetura, uma paisagem ou um jardim de paisagismo sublime, ele estacava seu coche para admirá-lo e abria o diário para registrar sua opinião. Em 27 de agosto, Evelyn, com o dr. Wren e outros, esteve na Catedral de São Paulo observando "a decadência generalizada de tal igreja antiga e venerável",[9] teve com dr. Wren um juízo diferente dos demais; e colocou na cabeça que haveria de construí-la com "uma nobre cúpula, num formato de igreja que ainda não era conhecido na Inglaterra, mas possui maravilhoso encanto", no que o dr. Wren concordou.[10] Seis dias depois, o Grande Incêndio de Londres alterou tais planos. Novamente foi Evelyn que, caminhando sozinho, por acaso, olhou pela janela de "uma choupana de teto de palha num campo de nossa paróquia",[11] avistou ali dentro um rapaz entalhando um crucifixo, foi tomado de um entusiasmo que o torna alguém mais que louvável, e levou Grinling Gibbons e seu trabalho para a corte.

Sim, está mais do que bem ser escrupuloso em relação ao sofrimento das minhocas e sensível aos direitos das criadas, mas como seria agradável se também fosse possível, de olhos fechados, visualizar rua após rua de belas casas! Uma flor é vermelha; as maçãs, douradas de cor-de-rosa ao sol vespertino; um quadro tem encanto, especialmente se transmite a personalidade de um avô e dignifica a família que descende de tal carranca; mas esses são fragmentos dispersos – pequenas relíquias de beleza em um mundo que se tornou indescritivelmente insosso. À nossa acusação de crueldade, Evelyn poderia muito bem responder apontando Bayswater e os arredores de Clapham; e, se argumentasse que nada hoje possui personalidade ou convicção, que nenhum fazendeiro na Inglaterra dorme com um caixão aberto ao lado da cama para lembrar-se da morte, não conseguiríamos contestar de imediato e com eficiência. Verdade, gostamos do campo. Evelyn jamais olhou para o céu.

Mas voltando. Após a Restauração, Evelyn emerge em plena posse de uma variedade de conquistas que, em nossa época de especialistas, parece um tanto admirável. Cuidou de assuntos públicos; foi secretário da Royal Society; escreveu peças de teatro e poemas; foi a primeira autoridade em árvores e jardins da Inglaterra; submeteu um projeto para a reconstrução de Londres; envolveu-se na questão da fumaça e sua redução – os limoeiros do parque St. James foram, dizem, o resultado de suas cogitações; foi contratado para escrever um relato histórico da guerra com a Holanda – em suma, superou completamente o senhor de terras de "*The Princess*",[12] que de muitas maneiras ele antecipou:

*A lord of fat prize-oxen and of sheep,/ A raiser of huge melons and of pine,/ A patron of some thirty charities,/ A pamphleteer on guano and on grain,/ A quarter-sessions chairman abler none.* [Um senhor de gordos bois premiados e de ovelhas,/ Cultivador de enormes melões e de pinheiros/ Patrono de umas trinta causas caridosas/ Panfletário do guano e dos grãos/ O mais hábil juiz de tribunais trimestrais.][13]

Tudo isso ele foi, e compartilhava com Sir Walter outra característica que Tennyson não menciona. Ele era, não há como não desconfiar, um tanto enfadonho, meio reprovador, meio condescendente, meio convencido demais de seus próprios méritos e meio intolerante em relação aos dos outros. Ou qual é a qualidade, ou ausência de qualidade, que verifica nossas simpatias? Talvez, em parte, isso se deva a certa inconsistência que seria severo demais chamar por um termo tão forte quanto hipocrisia. Apesar de Evelyn deplorar os vícios de sua época, jamais conseguia manter distância do centro deles. "O perambular suntuoso e a depravação"[14] da corte, a visão da "sra. Nelly" olhando por sobre o muro de seu jardim e travando uma "conversa bastante íntima" com o rei Charles no gramado lá embaixo causaram-lhe extrema aversão; no entanto, ele jamais decidiu romper com a corte e retirar-se a "meu pobre, mas tranquilo sítio", que obviamente era a menina de seus olhos, além de uma das atrações da Inglaterra. Ademais, embora amasse sua filha Mary, o pesar que sentiu com a sua morte não o impediu de contar o número de carruagens vazias conduzidas por seis cavalos que compareceram ao seu funeral. As amigas de Evelyn combinavam virtude e beleza numa tal extensão que mal podemos supor que havia inteligência no pacote. Pelo menos é o caso da pobre sra. Godolphin, que ele homenageou em uma biografia sincera e tocante e que "adorava ir a funerais" e costumava escolher "os pedacinhos mais secos e magros de carne", o que podia ser o hábito de um anjo, mas não apresentava sua amizade com Evelyn de maneira muito lisonjeira.[15] Mas é Pepys que resume nosso argumento contra Evelyn; Pepys que disse a seu respeito, após as diversões de uma longa manhã: "Em suma, é ele uma pessoa da maior excelência; e deve-se dar um pequeno desconto ao seu pequeno quinhão de vaidade; pois talvez ele o merecesse, sendo um homem tão superior aos demais".[16] Essas palavras acertam na mosca: "Era ele uma pessoa da maior excelência"; porém um pouco vaidoso.

É Pepys que nos conduz a outra reflexão, inevitável, dispensável, talvez inclemente. Evelyn não era nenhum gênio. Seu texto é opaco, em vez de transparente; não enxergamos nele nenhuma profundidade, tampouco alguma atividade muito secreta do espírito ou do coração. É incapaz de nos fazer odiar um regicida ou amar a sra. Godolphin com loucura. Mas escreve um diário; e o escreve supremamente bem. Quando estamos quase cochilando, de alguma maneira, o cavalheiro de outrora lança, através de três séculos, um frêmito perceptível de comunicação, de modo que, sem enfatizar nada especificamente, ao parar para sonhar, para rir, para simplesmente olhar, continuamos atentos o tempo inteiro. Seu jardim, por exemplo – como é encantador o modo como ele o deprecia, e como é ácida sua crítica dos jardins alheios. Logo, podemos ter certeza, as galinhas de Sayes Court punham os melhores ovos de toda a Inglaterra; e quando o czar[17] passava com um carrinho de mão perto da cerca-viva dele, era uma catástrofe, e podemos adivinhar como a sra. Evelyn limpava e polia; e como o próprio Evelyn resmungava; e o quão meticuloso e confiável ele era; quão pronto a dar um conselho; quão pronto a ler suas próprias obras em voz alta; e quão afetivo, contudo, ao lamentar amargamente, mas não de modo efusivo – pois isso o homem de rosto sensível por tempo em demasia nunca era –, a morte do pequeno prodígio Richard, e registrando que "após minhas preces noturnas foi meu filho enterrado ao lado dos seus outros irmãos – meus filhos tão queridos".[18] Ele não era um artista; nenhuma de suas frases queda na mente; nenhum parágrafo finca pé na lembrança; mas, enquanto método artístico, esse perambular circunstancialmente com a história do dia, trazendo pessoas que nunca mais serão mencionadas novamente, conduzindo a crises que jamais ocorrem, apresentando Sir Thomas Browne[19] mas nunca lhe dando voz, tem lá sua fascinação. Ao longo de suas páginas, homens bons, homens maus, celebridades e zé-ninguéns adentram a sala e de novo se vão. Mal nos damos conta do seu imenso número; a porta se fecha à sua passagem e eles desaparecem. Mas de vez em quando a visão da cauda de um fraque fugidio sugere mais do que um indivíduo inteiro sentado imóvel sob a luz intensa. Talvez seja porque os surpreendemos distraídos. Mal sabem eles que, durante trezentos anos ou mais, serão observados enquanto saltam um portão ou observam, como o marquês de Argyle,[20] que as rolas-bravas no aviário são corujas. Nossos olhos vagam de um para outro; nossos afetos se acomodam aqui ou ali – no esquentado capitão Wray, por exemplo, que era irascível, tinha um cão que matou um bode, deu um tiro no dono do bode, deu um tiro em seu cavalo quando este caiu de um precipício; no sr. Saladine; na filha do sr. Saladine; no capitão Wray que se demora em Genebra para fazer amor com a filha do sr. Saladine;[21] e principalmente no próprio Evelyn, já idoso, caminhando pelo seu jardim em Wotton, as tristezas amansadas, sendo motivo de orgulho para o neto, as citações em latim saindo triviais de seus lábios, as árvores florindo, e as borboletas voando e exibindo-se também em suas dálias.

# Defoe[1]

O medo que assalta quem celebra centenários, de descobrir-se analisando um espectro moribundo e ver-se obrigado a prever seu fim próximo, não só está ausente no caso de *Robinson Crusoé* como a mera ideia já é ridícula. É verdade que *Robinson Crusoé* completa duzentos anos de idade no dia 25 de abril de 1919, mas, longe de levantar as especulações de sempre quanto a se as pessoas de hoje o leem ou se o continuarão a ler, seu bicentenário nos maravilha pelo fato de que *Robinson Crusoé*, o perene e imortal, exista há tão pouco tempo. Esse livro mais parece uma das produções anônimas da humanidade do que o esforço de um único intelecto; e, ao comemorar seu centenário, deveríamos igualmente pensar em celebrar os centenários de Stonehenge. Em parte, isso se deve ao fato de nos terem lido *Robinson Crusoé* em voz alta quando crianças, e, portanto, deslizamos para o mesmo estado de espírito em relação a Defoe e à sua história que os gregos deslizavam em relação a Homero. Nunca nos ocorreu pensar que um dia possa ter existido alguém chamado Defoe e, caso nos dissessem que *Robinson Crusoé* era obra de um homem com uma pena na mão, ou isso nos desagradaria, ou não significaria absolutamente nada. As impressões da infância são as que mais duram e as que gravam mais fundo. Ainda hoje, é como se o nome de Daniel Defoe não tivesse o direito de estar estampado na página de rosto de *Robinson Crusoé*, e, ao celebrarmos seu bicentenário, fizéssemos uma alusão ligeiramente desnecessária ao fato de que, como Stonehenge, ele ainda existe.

A grande fama do livro trouxe certa injustiça ao seu autor; pois, apesar de lhe ter conferido uma espécie de glória anônima, obscureceu o fato de ter escrito outras obras que, decerto, não foram lidas em voz alta para nós quando crianças. Assim, quando o editor do *Christian World* lançou um apelo, no ano de 1870, aos "garotos e garotas da Inglaterra" para erigirem um monumento no túmulo de Defoe, que fora avariado por um raio, eles gravaram no mármore uma inscrição à memória do autor de *Robinson Crusoé*.[2] Nenhuma menção foi feita a *Moll Flanders*. Considerando os temas tratados nesse livro, e em *Roxana, Capitão Singleton, Coronel Jack* e os demais, tal omissão não nos deveria surpreender, embora talvez provoque indignação. Podemos concordar com o sr. Wright, o biógrafo de Defoe, que essas "não são obras para a mesa de centro". Mas, a menos que aceitemos fazer desse móvel útil o árbitro decisivo do bom gosto, devemos deplorar o fato de que a aspereza superficial dessas obras, ou a celebridade universal de *Robinson Crusoé*, as tornou bem menos famosas do que merecem. Em qualquer monumento digno do título, pelo menos os nomes *Moll Flanders* e *Roxana* deveriam estar entalhados tão profundamente quanto o de Defoe. Eles estão entre os poucos romances ingleses que incontestavelmente chamamos de grandes. A ocasião do bicentenário de seu companheiro de maior fama pode muito bem nos levar a refletir sobre o que constitui sua grandeza, que tanto tem em comum com a de seu autor.

Defoe já era um ancião ao tornar-se romancista, muitos anos antes de Richardson ou Fielding, e sem dúvida um dos primeiros a dar forma e impulso ao romance. Mas é desnecessário demorar-se sobre sua precedência, exceto para mencionar que começou a escrever romances com determinadas concepções sobre essa arte advindas, em parte, do fato de ele mesmo haver sido um dos primeiros a praticá-la. O romance precisava justificar sua existência contando uma história verdadeira e pregando uma moral sensata. "A atitude de emprestar ficção a uma história é certamente um crime dos mais escandalosos", escreveu. "É uma espécie de mentira que abre um buraco gigantesco no coração, por onde pouco a pouco adentra o hábito de mentir."[3] Quer no prefácio, quer no texto de cada uma de suas obras, portanto, ele se esforça em insistir que não recorreu absolutamente à ficção, mas baseou-se em fatos, e que seu propósito era o desejo altamente moral de converter os desencaminhados ou advertir os inocentes. Felizmente eram princípios que combinavam muito bem com sua inclinação e seus talentos naturais. Os fatos haviam aberto caminho dentro dele ao longo de sessenta anos de sorte diversa antes de ele recorrer à sua experiência para escrever relatos de ficção. "Algum tempo atrás, resumi as cenas de minha vida nesse dístico", escreveu:

Nenhum homem provou sorte mais dessemelhante,
E treze vezes fui rico e mendicante[4]

Passara dezoito meses em Newgate e conversara com ladrões, piratas, salteadores e falsários antes de escrever a história de Moll Flanders.[5] Mas uma coisa é ter os fatos atirados sobre si pela vida e pelo acaso; outra é engoli-los vorazmente e reter sua impressão de modo indelével. Não se trata apenas de que Defoe tinha conhecido as agruras da pobreza e conversara a esse respeito com suas vítimas, mas que a vida em desamparo, exposta às circunstâncias e obrigada a seguir por conta própria, exercia sobre ele o apelo criativo de ser o assunto mais apropriado para sua arte. Nas primeiras páginas de cada um de seus grandes romances, ele reduz seu herói ou heroína a tal estado de miséria desvalida que a existência se torna para eles uma luta constante, e sua sobrevivência depende dos seus próprios esforços e da sorte. Moll Flanders nasceu em Newgate de uma mãe criminosa; o Capitão Singleton foi raptado quando criança e vendido aos ciganos; o Coronel Jack, apesar de "fidalgo de nascimento, foi levado a ser 'aprendiz de um batedor de carteiras'";[6] Roxana começa sob melhores auspícios, mas, tendo se casado aos quinze anos, vê o marido ir à falência e é abandonada com cinco filhos "na situação mais deplorável que as palavras podem exprimir".[7]

De modo que cada um desses garotos e garotas tem de encarar o mundo desde cedo e ir à luta por conta própria. A situação assim criada era inteiramente do gosto de Defoe. Desde o nascimento ou com seis meses de folga no máximo, Moll Flanders, a mais famosa deles, se vê acossada por aquele que é "o pior dos demônios, a pobreza"[8] e obrigada a ganhar a vida tão logo aprende a costurar, sendo arrastada de um lugar a outro, sem fazer nenhuma exigência a seu criador quanto a uma atmosfera doméstica gentil que ele não era capaz de lhe fornecer, mas recorrendo a tudo o que ele sabia sobre pessoas e costumes estranhos. Desde o início, pesa sobre ela o fardo de provar seu direito de existir. Deve depender inteiramente da própria inteligência e discernimento para lidar com cada emergência à medida que surge, segundo uma moralidade forjada por ela mesma. O vigor da história se deve em parte ao fato de que ela, tendo transgredido as leis aceitas desde uma idade tão tenra, adquire, por conseguinte, a liberdade dos marginais. O único evento impossível seria ela conseguir assentar-se no conforto e na segurança. Mas, desde o princípio, o gênio peculiar do autor se afirma e evita o risco óbvio do romance de aventura. Ele nos leva a compreender que Moll Flanders era uma mulher com valor em si mesma, não simples material para uma sucessão de aventuras. Prova disso é que no começo, tal como Roxana, ela se apaixona perdidamente, ainda que de modo desgraçado. Que ela precise se erguer sozinha e casar-se com outro e estar muito atenta à sua situação e suas perspectivas não desmerece as suas paixões, mas decorre da sua origem; e, como todas as mulheres de Defoe, ela é uma pessoa de sólida compreensão. Uma vez que não tem escrúpulos de contar mentiras quando lhe convém, há algo inegável em relação à sua verdade, quando ela a expressa em palavras. Não tem tempo a perder com os refinamentos da afeição pessoal: deixa cair uma lágrima, permite-se um momento de desespero, mas logo volta "à história". Seu espírito ama abraçar as tormentas. Ela se delicia em exercer os seus próprios poderes. Quando descobre que o homem com quem se casou na Virginia é seu irmão, sente violenta repulsa; insiste em deixá-lo; mas, assim que pisa em Bristol, "permiti-me o prazer de uma visita a Bath, pois ainda me achava longe da velhice, e meu espírito, que sempre fora folgazão, continuava assim ao extremo".[9] Sem coração ela não é, tampouco podemos acusá-la de leviandade; mas a vida a deleita, e uma heroína que vive nos arrebata consigo. Além do mais, sua ambição possui aquela ligeira tensão da fantasia que a situa na categoria das nobres paixões. Conquanto astuta e pragmática por necessidade, ela se vê obcecada pelo desejo de romance e pela qualidade que, a seu ver, faz de um homem um cavalheiro. "Era um homem de espírito verdadeiramente nobre, e era isso que mais me doía; no fundo, há até certo consolo em ser arruinada por um homem honrado, e não por um pulha",[10] escreve ela quando mente a um salteador sobre a extensão da sua fortuna. Muito de acordo com esse caráter é que ela se orgulha do seu último companheiro quando, ao chegarem à região das monoculturas, ele se recusa a trabalhar e prefere caçar, e que lhe agrada comprar para ele perucas e espadas com cabo de prata, "que poderia aprazer-lhe e fazê-lo se mostrar como o que realmente era, um perfeito cavalheiro".[11] Estão de acordo com isso até mesmo o amor que ela sente pelo calor, e a paixão com que beija o chão pisado pelo seu filho, e a nobre tolerância em relação a qualquer espécie de defeito, desde que não seja uma "absoluta baixeza de espírito, antipatia, crueldade e infâmia quando em situação de superioridade, [e] em seu momento de submissão [...] um modelo de degradação e pusilanimidade".[12] Para o restante do mundo, ela nada possui além de boa vontade.

Uma vez que não esgotamos de modo algum o rol de qualidades e encantos dessa velha e experiente pecadora, bem podemos entender por que a vendedora de maçãs de Borrow[13] na Ponte de Londres a chama de "Santa Maria" e valoriza o livro dela acima de todas as maçãs da sua banca; e como Borrow, levando o livro para os fundos, o lê até os olhos doerem. Mas nos detemos em tais características somente para demonstrar que o criador de Moll Flanders não era, como foi acusado de ser, um mero jornalista que registrava os fatos ao pé da letra, sem nenhuma noção da natureza da psicologia. É bem verdade que seus personagens adquirem forma e substância por vontade própria, como se à revelia do autor e não totalmente ao seu agrado. Ele jamais enfatiza qualquer aspecto de sutileza ou emoção nem se demora neles, seguindo de modo imperturbável, como se houvessem ido parar ali sem o seu conhecimento. Um toque de imaginação, como quando o príncipe se senta ao lado do berço do filho e Roxana observa que "gostava de contemplá-la [a criança] longamente, sobretudo quando dormia",[14] parece significar muito mais para nós do que para ele. Após discorrer de maneira curiosamente moderna sobre a necessidade de dividir assuntos importantes com outra pessoa, a fim de não os mencionar durante o sono tal como o ladrão em Newgate, o autor se desculpa por sua digressão. Parece aprofundar-se interiormente em seus personagens de tal maneira que os viveu sem saber exatamente como; e, como todos os artistas inconscientes, deixa mais ouro espalhado em suas obras do que a sua própria geração foi capaz de trazer até a superfície.

O modo como interpretamos suas personagens, portanto, talvez o deixasse intrigado. Encontramos significados que ele teve o cuidado de esconder até dos próprios olhos. Assim, acabamos por admirar Moll Flanders muito mais do que a culpamos. Tampouco podemos crer que Defoe tenha determinado com precisão o grau da sua culpa ou que ignorasse que, ao deter-se sobre as vidas dos relegados, terminava por levantar diversas questões profundas e sugerir, conquanto não explicitamente, respostas bastante diferentes da sua profissão de fé. A partir das evidências encontradas em seu ensaio "Education of Women" [Educação das mulheres],[15] sabemos que refletiu profundamente, e muito à frente do seu tempo, sobre a capacidade das mulheres, que considerava elevadíssima, e as injustiças praticadas contra elas, que considerava duríssimas.

> Frequentemente considerei um dos mais bárbaros costumes do mundo, tendo em vista que somos um país civilizado e cristão, o fato de negarmos às mulheres as vantagens da educação. Todos os dias, repreendemos seu sexo por tolice e impertinência – das quais seriam menos culpadas do que nós mesmos, tenho certeza, caso tivessem as mesmas vantagens da educação que temos.

As defensoras dos direitos das mulheres talvez dificilmente se disporiam a reputar Moll Flanders ou Roxana como uma de suas padroeiras; contudo, é evidente que Defoe não apenas desejava que elas professassem doutrinas bastante modernas sobre a questão como também as colocou em circunstâncias tais que seus apuros peculiares são retratados de maneira a incitar nossa compaixão. Era de coragem, disse Moll Flanders, que as mulheres necessitavam, e da capacidade de "defender seus direitos";[16] e forneceu a seguir demonstrações práticas dos benefícios que disso resultariam. Roxana, dama da mesma convicção, argumenta com um pouco mais de sutileza contra a escravidão do casamento. Ela "tinha inventado uma coisa nova no mundo"; disse-lhe o negociante; uma "maneira de raciocinar" que "era contrária à experiência e ao bom senso".[17] Porém Defoe é o último escritor que podemos acusar de pregação simplória. Roxana prende nossa atenção porque afortunadamente não tem consciência de ser um exemplo para seu próprio sexo, em qualquer bom sentido, e, portanto, tem a liberdade de reconhecer que parte da sua argumentação fora tomada em "um tom grave, que não me era costumeiro".[18] O conhecimento das próprias fragilidades e o questionamento sincero das próprias motivações, que tal conhecimento gera, forjam o feliz resultado de mantê-la sempre vibrante e humana, ao passo que os mártires e pioneiros de tantos romances problemáticos acabaram se encolhendo, reduzidos a cabides e suportes dos seus respectivos credos.

Mas o motivo da nossa admiração por Defoe não reside somente no fato de podermos demonstrar que ele antecipou alguns dos pontos de vista de Meredith ou escreveu cenas (ocorre-nos essa estranha sugestão) que Ibsen poderia ter transformado em peças de teatro. Quaisquer que sejam as ideias de Defoe quanto à posição das mulheres, elas são resultado incidental da sua principal virtude, que é lidar com o lado importante e duradouro das coisas, não com o passageiro e trivial. Com frequência, ele é enfadonho. É capaz de imitar a precisão pragmática de um cientista em viagem ao ponto de nos espantarmos que sua pena tenha sido capaz de traçar, ou seu cérebro conceber, o que não possui sequer o pretexto da verdade para suavizar sua secura. Deixa de fora toda a natureza vegetal, assim como boa parte da natureza humana. Tudo isso podemos admitir, embora tenhamos de admitir defeitos igualmente graves em muitos dos autores que consideramos grandes. Mas isso não diminui o mérito peculiar daquilo que resta. Tendo de saída limitado seu escopo e restringido suas ambições, ele alcança uma percepção da verdade muito mais rara e mais duradoura do que a verdade factual que ele professava ter como objetivo. Moll Flanders e seus amigos lhe resultam atrativos não porque fossem, digamos, "pitorescos"; nem por serem, segundo ele mesmo afirmava, exemplos de má conduta que poderiam instruir o público. O que animava o seu interesse era a veracidade natural desses personagens, gerada por uma vida de adversidades. Para eles, não existiam desculpas; nenhum amparo gentil obscurecia suas motivações. A pobreza era seu capataz. Defoe se pronunciava da boca para fora sobre as falhas deles, mas sua coragem, seus recursos e sua tenacidade o encantavam. Considerava sua companhia repleta de boas conversas, de histórias agradáveis, de confiança mútua e de uma moralidade do tipo caseira. Seus destinos tinham a variedade infinita que ele tanto elogiava e admirava e observava com assombro na sua própria vida. Acima de tudo, aqueles homens e mulheres eram livres para falar abertamente sobre as paixões e os desejos que movem os homens e as mulheres desde o início dos tempos, e, portanto, conservam intacta sua vitalidade ainda hoje. Em tudo o que se encara abertamente, há certa dignidade. Até mesmo o tema sórdido do dinheiro, que desempenha um enorme papel em suas histórias, torna-se, em vez de sórdido, trágico quando visa não à tranquilidade e importância, mas sim à honestidade, honra e à própria vida. Pode-se objetar que Defoe seja tedioso, mas nunca que se ocupe de banalidades.

Com efeito, ele pertence à escola dos grandes escritores diretos, cujo trabalho se fundamenta no conhecimento daquilo que é mais persistente na natureza humana, ainda que não no que é mais sedutor. A visão de Londres que se tem da ponte de Hungerford, cinzenta, séria, imensa e tomada pelo burburinho abafado do trânsito e do comércio, prosaica não fosse pelos mastros dos navios e pelas torres e domos da cidade, o traz à mente. As garotas em farrapos com violetas nas mãos pelas esquinas, e as velhas castigadas pela vida que vendem pacientemente seus fósforos e cadarços de botas sob o abrigo dos pórticos, parecem personagens dos seus livros. Ele é da escola de Crabbe e de Gissing; não apenas um colega vindo do mesmo lugar severo de aprendizagem, mas sim o seu fundador e mestre.

# Addison[1]

Em julho de 1843, Lord Macaulay proferiu a opinião de que Joseph Addison enriqueceu nossa literatura com obras "que viverão tanto quanto a língua inglesa".[2] Quando Lord Macaulay proferia uma opinião, no entanto, não se tratava meramente de uma opinião. Mesmo hoje, decorridos 76 anos, tais palavras mais parecem vir da boca de um representante do povo. Há nelas uma autoridade, uma sonoridade, um senso de responsabilidade, que evocam um primeiro-ministro proclamando em favor de um grandioso império, e não um jornalista escrevendo um artigo de revista sobre um falecido homem das letras. O artigo sobre Addison é, de fato, um dos mais vigorosos dentre os seus famosos ensaios. Rebuscadas, porém extremamente sólidas, as frases parecem erigir um monumento, a um só tempo austero e prodigamente ornamentado, que deverá servir de abrigo a Addison enquanto houver pedra sobre pedra na Abadia de Westminster. Contudo, embora possamos ter lido e admirado esse ensaio específico vezes sem conta (como dizemos ao lermos algo três vezes), estranhamente jamais nos ocorreu que ele seja verdadeiro. É algo provável de acontecer a um admirador dos ensaios de Macaulay. Ao mesmo tempo que nos deleitamos com sua riqueza, força e variedade, e consideramos que cada juízo, por mais empático, está onde deve, raramente nos ocorre relacionar tais declarações abrangentes e convicções incontestáveis com algo tão detalhado quanto um ser humano. Assim é no caso de Addison. "Se desejarmos encontrar algo mais vívido do que os melhores retratos de Addison", escreve Macaulay, "devemos buscar Shakespeare ou Cervantes." "Não temos a menor dúvida sequer de que, houvesse Addison escrito um romance calcado em um tema abrangente, seria superior a qualquer um que possuímos." Seus ensaios, mais uma vez, "o qualificam absolutamente ao nível do grande poeta"; e, para completar o edifício, temos Voltaire sendo proclamado "o príncipe dos bufões" e, juntamente com Swift, forçado a curvar-se tanto que Addison eleva-se acima de ambos como humorista.

Analisados em separado, tais floreios ornamentais parecem um tanto grotescos, mas, quando em seus respectivos lugares – tal é o poder convincente do projeto artístico –, integram a decoração; completam o monumento. É um belíssimo túmulo, esteja Addison ou algum outro enterrado ali dentro. Mas, agora que dois séculos se passaram desde que o corpo real de Addison foi sepultado à noite sob o chão da Abadia, sentimos que, por um mérito que não é nosso, temos qualificação parcial para testar o primeiro dos floreios na lápide fictícia à qual prestamos homenagem formalmente ao longo desses 76 anos, apesar da possibilidade de que ela esteja vazia. As obras de Addison viverão tanto quanto a língua inglesa. Uma vez que a todo momento se comprova que nossa língua materna é mais licenciosa e lépida do que amante do absoluto decoro ou castidade, devemos nos preocupar apenas com a vitalidade de Addison. Lépida ou licenciosa não seriam adjetivos que empregaríamos à situação atual dos periódicos *Tatler* e *Spectator*.[3] A título de teste improvisado, podemos averiguar quantas pessoas no decorrer de um ano emprestam obras de Addison das bibliotecas públicas, uma das quais nos fornece o dado não muito encorajador de que, ao longo de nove anos, uma média anual de duas pessoas tomou emprestado o primeiro volume da *Spectator*. O segundo volume foi ainda menos requisitado do que o primeiro. Tal descoberta não é muito animadora. A julgar por determinados comentários à margem e anotações a lápis, parece que esses raros fãs buscam apenas as passagens famosas e, como é seu hábito, sublinham frases que temos audácia suficiente para considerar as menos admiráveis. Não; se de fato Addison vive, não é nas bibliotecas públicas. É nas bibliotecas sabidamente particulares, isoladas, à sombra dos lilases e banhadas pelos tons castanhos dos fólios, que ele ainda emite a sua respiração fraca e regular. Se algum homem ou mulher for se consolar com uma página de Addison antes que o sol de junho surja no céu de hoje, será em algum agradável refúgio como esse.

Contudo por toda Inglaterra, a intervalos, talvez espaçados, podemos ter certeza de que existem pessoas dedicadas a ler Addison, seja qual for o ano ou a estação. Pois vale muitíssimo a pena ler Addison. Deve-se resistir à tentação de ler o que Pope escreveu sobre Addison, Thackeray sobre Addison e Johnson sobre Addison[4] em vez de ler o próprio Addison, pois, se analisarmos o *Tatler* e o *Spectator*, passarmos o olho por *Cato*[5] e percorrermos o que restou dos seis volumes de tamanho moderado, descobriremos que Addison não é nem o Addison de Pope nem o Addison de ninguém, e sim um indivíduo distinto, independente, ainda capaz de lançar uma impressão nítida de si mesmo na consciência do ano de 1919, por mais turbulenta e distraída que seja. É verdade que o destino das nuanças menores é sempre um pouco precário. São facilmente obscurecidas ou distorcidas. Com grande frequência, mal parece valer a pena passar pelo processo de valorização e humanização necessário para se travar contato com um escritor de segunda classe que, no fim das contas, talvez tenha pouco a nos oferecer. A terra sobre eles se encontra repleta de crostas; seus traços estão obliterados, e talvez o que estejamos desencavando não seja um busto do melhor período, mas tão somente a lasca de uma velha tigela. A principal dificuldade no caso dos escritores menores, no entanto, não é apenas o esforço. É o fato de que os nossos padrões mudaram. As coisas que eles apreciam não são as mesmas que nós; e, uma vez que o encanto das suas obras depende muito mais de gosto do que de convicção, uma mudança de costumes é amiúde o bastante para nos afastar completamente. Eis aí uma das barreiras mais problemáticas entre nós e Addison. Ele conferia grande importância a certas qualidades. Possuía uma noção bastante precisa daquilo que costumamos chamar de "refinamento" em um homem ou uma mulher. Agradava-lhe sobremaneira dizer que os homens não deveriam ser ateus e que as mulheres não deveriam usar anáguas avantajadas. Isso imediatamente inspira em nós uma noção não tanto de desapreço quanto de diferença. Obedientemente, se é que o fazemos, obrigamos nossa imaginação a conceber uma espécie de público a quem se endereçavam tais preceitos. O *Tatler* foi lançado em 1709; o *Spectator*, um ou dois anos mais tarde.[6] Em que estado se encontrava a Inglaterra naquela ocasião específica? Por que Addison se via tão ansioso em insistir na necessidade de uma fé religiosa decente e aprazível? Por que com tanta frequência, e em geral com gentileza, enfatizava as fraquezas das mulheres e sua reforma? Por que se impressionava tão profundamente com os males do modelo partidário? Qualquer historiador é capaz de explicar; mas é sempre uma infelicidade precisar recorrer aos serviços de qualquer historiador. Um escritor deveria fornecer certeza sem rodeios; as explicações nada mais são do que água que se mistura ao vinho. Assim como está, podemos apenas sentir que tais conselhos se dirigem a damas de crinolina e cavalheiros de peruca – um público de outrora que aprendeu sua lição e desapareceu, juntamente com o seu pregador. Podemos apenas sorrir e nos maravilhar, e talvez admirar suas roupas.

E essa não é a maneira de ler. Pensar que os mortos mereciam tais censuras e admiravam essa moralidade; julgavam a eloquência que consideramos tão frígida, sublime; a filosofia que nos parece tão superficial, profunda; sentir a mesma alegria de um colecionador diante de tais indícios de antiguidade, é tratar a literatura como se esta fosse um jarro quebrado de idade incontestável e beleza duvidosa, que deve ser conservado atrás das portas de vidro de uma cristaleira. O encanto que ainda torna *Cato* bastante legível é basicamente dessa natureza. Ora, Syphax exclama,

> Assim, onde se estendem nossos vastos ermos numídios,
> Subitamente descem vossos furacões impetuosos,
> Redemoinhando pelos ares, brincando em turbilhões rodopiantes,
> Arrasando areias e arrebatando planícies inteiras;
> O viajante indefeso, com louco espanto,
> Vê o seco deserto erguer-se à sua volta,
> E asfixiado no redemoinho de pó, perece,[7]

e não há como não imaginar a empolgação no teatro apinhado, as penas assentindo enfaticamente nas cabeças das damas, os cavalheiros inclinando-se para frente para tamborilar suas bengalas, e todos exclamando à pessoa ao lado quão amplamente magnífico aquilo era e gritando, "Bravo!". Mas como *nós* podemos sentir tal empolgação? O mesmo se passa em relação ao bispo Hurd[8] e suas anotações – seu "primorosamente observado", seu "maravilhosamente preciso, tanto em termos de sentimento quanto de expressão", sua confiança tranquila de que, quando "a disposição atual de idolatrar Shakespeare terminar", chegará o tempo em que *Cato* será "supremamente admirada por todos os críticos cândidos e sensatos". Tudo isso é muito divertido e enceta conjecturas agradáveis, tanto em relação às quinquilharias desbotadas do espírito de nossos ancestrais quanto à opulência ousada do nosso. Mas não se trata de um intercurso entre iguais, muito menos do outro tipo de intercurso que, ao mesmo tempo que nos torna contemporâneos do autor, nos convence de que o objeto dele e o nosso são um só. Em *Cato*, ocasionalmente é possível destacar algumas falas que não são obsoletas; mas, em sua maior parte, a tragédia que dr. Johnson considerou "sem sombra de dúvida o mais nobre fruto do talento de Addison" tornou-se literatura para colecionadores.

Talvez a maioria dos leitores também aborde os seus ensaios um tanto desconfiados da necessidade de serem condescendentes. A questão a se colocar é se Addison, preso como estava a determinados ideais de requinte, moralidade e gosto, não se tornou uma daquelas pessoas de caráter exemplar e urbanidade encantadora com quem nunca se deve conversar sobre nada mais empolgante que o tempo. Temos a ligeira desconfiança de que o *Spectator* e o *Tatler* não passavam de uma conversa, discorrida em um inglês perfeito, sobre a quantidade de dias bons deste ano em comparação com a quantidade de dias chuvosos do anterior. A dificuldade de nos sentirmos próximos a Addison se evidencia com a pequena fábula que ele apresenta em um dos primeiros números da *Tatler*, a respeito de um "jovem cavalheiro de moderada inteligência, mas grande vivacidade, que [...] obteve um pouco de conhecimento, apenas o suficiente para se tornar um ateu ou livre pensador, mas não um filósofo, tampouco um erudito".[9] Esse jovem cavalheiro visita seu pai no interior e começa "a alargar a estreiteza das noções interioranas; no que se saiu tão bem que seduziu o mordomo com sua conversa generalista e chocou sua irmã mais velha [...] Até que um dia, falando do seu cão perdigueiro, disse que 'não questionava, porém Tray era um imortal tanto quanto qualquer um da família'; e no calor da discussão contou ao pai que, de sua parte, ele 'torcia para morrer como um cão'. Ao que o velho, em grande cólera, gritou, 'Pois então, tratante, viverás como um!'; e brandindo a bengala, deu nele até que saísse da sua vista. Isso exerceu um efeito tão benéfico sobre o rapaz que daquele dia em diante se endireitou, pôs-se a ler bons livros, e hoje é juiz no Middle-Temple".[10] Há muito de Addison nessa história: o desgosto por "perspectivas sombrias e incômodas"; o respeito por "princípios que constituem o apoio, a felicidade e a glória de todas as sociedades públicas, bem como das pessoas privadas"; a solicitude para com o mordomo; e a convicção de que ler bons livros e terminar como um juiz no Middle-Temple é o desfecho adequado para um jovem cavalheiro de grande vivacidade. Este sr. Addison casou-se com uma condessa,[11] "passa leis em seu pequeno senado",[12] e, após mandar chamar o jovem Lorde Warwick, teceu aquela famosa advertência sobre assistir à morte de um cristão,[13] a qual foi tão mal recebida que nossas simpatias vão para o jovem tolo, e talvez grogue, em vez de para o cavalheiro frio sobre a cama, que há pouco soltara o seu último espasmo de autocomplacência.

Livremo-nos de tais incrustações, pois estas se devem à sagacidade corrosiva de Pope ou ao depósito lacrimoso de meados do período vitoriano, e vejamos o que, em nossa época, ainda permanece. Em primeiro lugar, permanece a virtude nada desprezível, após dois séculos de existência, da legibilidade. Addison tem todo o direito de reclamá-la; e depois, em meio à maré de prosa fluida e bem-elaborada, há pequenas marolas, diminutas cascatas, que diversificam agradavelmente a superfície refinada. Começamos a reparar em extravagâncias, sofisticações, peculiaridades do ensaísta que iluminam o semblante pudico e impecável do moralista e nos convencem de que, por mais que ele franzisse os lábios, no fim das contas, seus olhos são muito brilhantes e nem um pouco superficiais. Ele é atento até a ponta dos dedos. Pequenos regalos, garreteiras prateadas e luvas franjadas chamam sua atenção; ele observa com um olhar interessado e rápido, nada grosseiro, repleto de divertimento e não de censura. Decerto aquela era uma época de tolices. Havia os cafés lotados de políticos que conversavam sobre reis e imperadores enquanto seus pequenos negócios se desgraçavam. Multidões aplaudiam as óperas italianas todas as noites sem delas compreender uma única palavra. Críticos discursavam sobre as unidades. Homens pagavam mil libras por um punhado de raízes de tulipa.[14] Quanto às mulheres – o "belo sexo", como Addison gostava de chamá-las –, suas tolices eram incontáveis. Ele fazia o melhor que podia para narrá-las, com uma particularidade que chegou a despertar a antipatia de Swift. Mas o fazia de modo encantador, com um prazer natural pela tarefa, como demonstra o seguinte trecho:

> Considero as mulheres um animal romântico de grande beleza, que pode ser adornado de pelos e penas, pérolas e diamantes, metais e sedas. O lince deveria lançar a própria pele a seus pés para lhe fazer um cachenê; o pavão, o papagaio e o cisne deveriam oferecer contribuições para seu regalo; o mar, vasculhado em busca de conchas, e as rochas, por pedras preciosas; e cada parte da natureza fornecer seu quinhão para embelezar a criatura que constitui sua obra mais bem consumada. Com tudo isso lhes farei a vontade; mas, quanto à anágua de que vinha falando, não posso nem irei admiti-la.[15]

Em todas essas questões, Addison punha-se ao lado do bom senso, do bom gosto e da civilização. Dentre aquela pequena fraternidade, com frequência tão obscura e, contudo, tão indispensável, que em todas as épocas se conserva viva graças à importância da arte, das letras e da música, observando, discriminando, denunciando e deleitando, Addison era singular – distinto e estranhamente um contemporâneo nosso. Teria sido, assim imaginamos, um grande prazer submeter um manuscrito a ele; e um imenso esclarecimento, bem como uma imensa honra, obter sua opinião. A despeito de Pope, julgamos que esta constituiria uma crítica de primeiríssimo nível, aberta e generosa à novidade, e ao mesmo tempo, em última análise, resoluta no tocante a seus ideais. A ousadia, que é uma prova de vigor, vê-se demonstrada na defesa a "Chevy Chase".[16] Ele tinha uma noção tão clara do que queria dizer com "o exato espírito e a alma da boa literatura" que era capaz de a encontrar tanto numa antiga balada bárbara quanto de a redescobrir "na maravilhosa obra" *Paraíso perdido*.[17] Além disso, longe de conhecer apenas as belezas inertes e já instituídas dos mortos, tinha ciência do presente; era um crítico severo do "gosto pelo gótico" da época, protetor dos direitos e das honras da língua, e completamente a favor da simplicidade e da brandura. Aqui temos o Addison do Will's e Button's[18] que, varando a noite bebendo mais do que lhe seria benéfico, aos poucos superou sua taciturnidade e começou a falar. Então, "atraiu a atenção de todos para si". "A conversa de Addison", disse Pope, "possuía um encanto que jamais encontrei na de qualquer outro homem."[19] Nisso bem podemos acreditar, pois seus melhores ensaios preservam a cadência exata da conversa fácil, porém maravilhosamente modulada – o sorriso percebido antes que se transforme em risada, o pensamento ligeiramente distanciado da frivolidade e da abstração, as ideias brotando, resplandecentes, novas, variadas, com a máxima espontaneidade. Ele parece falar o que lhe vem à cabeça e jamais sentir dificuldade em erguer a voz. Mas descreveu a si próprio como um alaúde melhor do que qualquer um poderia fazer.

> O alaúde tem personalidade exatamente oposta à do tambor, e soa muito lindamente tanto sozinho quanto em um diminuto concerto. Suas notas, de maravilhosa doçura e imensa gravidade, veem-se abafadas com facilidade por uma multidão de instrumentos ou até chegam a se perder em meio a alguns deles, a menos que nelas se preste atenção específica. Raramente se escuta um alaúde em um conjunto de mais de cinco, enquanto um tambor se destacará com vantagem em uma reunião de 500. Os alaudistas, portanto, são homens

de talento refinado, reflexão incomum e grande afabilidade, e estimados mormente pelas pessoas de bom gosto, os únicos juízes apropriados para uma tal melodia de tamanho deleite e suavidade.[20]

Addison era alaudista. Nenhum elogio, certamente, poderia ser menos apropriado do que o de Lorde Macaulay. Chamar Addison, no auge de seus ensaios, de grande poeta ou profetizar que, caso houvesse escrito um romance de tema abrangente, teria sido "superior a qualquer um que possuímos" é confundi-lo com os tambores e os trompetes; não simplesmente exagerar seus méritos, mas desconsiderá-los. Dr. Johnson resumiu soberbamente, e, como é de seu feitio, de modo definitivo, a qualidade do gênio poético de Addison:

> Deve-se primeiro considerar sua poesia; sobre a qual devemos confessar que com frequência não dispõe das felicidades da dicção que conferem lustre aos sentimentos, nem do vigor do sentimento que anima a dicção; há pouco ardor, veemência e êxtase; apenas raramente verifica-se o horror da grandiosidade, e escassas vezes o esplendor da elegância. Ele raciocina com justeza; mas raciocina com frouxidão.

Os escritos de Sir Roger de Coverley[21] são os que mais se assemelham, na superfície, a um romance. Mas seu mérito consiste no fato de nada adumbrarem, iniciarem ou anteciparem; existem, perfeitos, completos, inteiros em si mesmos. Lê-los como se fossem um hesitante experimento inicial que abriga a semente da grandeza por vir é não entender sua distinção peculiar. Trata-se de estudos realizados de fora por um espectador silencioso. Lidos em conjunto, compõem um retrato do nobre e de seu círculo, todos em suas posições características – um com seu bastão, outro com seus cães de caça –, porém cada um pode ser destacado dos demais sem prejuízo ao projeto ou inconveniência a si mesmo. Em um romance, onde cada capítulo toma proveito do anterior ou acrescenta ao seguinte, tais separações seriam intoleráveis. A velocidade, a complexidade, o projeto acabariam mutilados. Talvez tais qualidades específicas estejam ausentes, mas, seja como for, o método de Addison possui grandes vantagens. Cada um desses ensaios é extremamente bem-acabado. As personagens são definidas por uma sucessão de pinceladas sobremodo cuidadosas e precisas. Quando a esfera é assim tão estreita – cada ensaio conta com somente três ou quatro páginas de extensão –, é inevitável que não haja espaço para grande profundidade ou sutileza intricada.

Aqui, no *Spectator*, temos um bom exemplo da maneira sagaz e decisiva com que Addison delineia um retrato capaz de preencher moldura tão restrita:

> Sombrius é um dos tais filhos do pesar. Acredita que por dever e obrigação deve ser triste e desconsolado. Enxerga qualquer ataque súbito de riso como um rompimento de seu voto batismal. Um gracejo inocente o horroriza como uma blasfêmia. Se lhe falares de alguém que recebeu um título de honra, ele erguerá mãos e olhos; se descreveres uma cerimônia pública, balançará a cabeça; se lhe mostrares uma carruagem alegre, se benzerá. Todos os menores ornamentos da vida são pompas e vaidades. O júbilo é imoral, e a sagacidade profana. Escandalizam-no a animação da juventude e a galhofa da infância. Comparece a um batizado ou banquete de casamento como se a um funeral; suspira ante o desfecho de uma história feliz e faz-se mais devoto quando o restante do grupo se faz mais galhardo. Afinal, Sombrius é um homem religioso, e teria se comportado de modo assaz pertinente tivesse ele vivido nos tempos em que a Cristandade se encontrava sob generalizada perseguição.[22]

O romance não é um desdobramento desse modelo, pelo bom motivo de que nenhum desdobramento nessa linha é possível. Um retrato assim é perfeito à sua maneira; e ao encontrarmos, espalhados aqui e ali pelo *Spectator* ou pelo *Tatler*, números com pequenas obras-primas como essa, contendo ideações e anedotas do mesmo estilo, é inevitável sentir certa dúvida quanto à limitação dessa esfera. A forma do ensaio admite sua própria perfeição particular; e, se algo é perfeito, as dimensões exatas da sua perfeição se tornam imateriais. A pessoa mal consegue decidir se, no geral, prefere uma gota de chuva ao rio Tâmisa. Mesmo após dizermos tudo o que é possível dizer contra eles – que muitos são tediosos, outros, superficiais, as alegorias, gastas, a piedade, convencional, a moralidade, banal –, permanece o fato de que os ensaios de Addison são ensaios perfeitos. No auge de qualquer arte, sempre chega um momento em que tudo parece conspirar para ajudar o artista, e sua conquista torna-se uma graça natural sua, da qual, para uma era posterior, ele parece não ter muita consciência. É assim que Addison, escrevendo dia após dia, ensaio após ensaio, sabia instintiva e precisamente como fazê-lo. Se era algo elevado ou algo banal, se um épico é mais profundo ou uma poesia mais apaixonada, não importa; sem dúvida é graças a Addison que hoje a prosa é prosaica: o meio que possibilita que pessoas de inteligência comum comuniquem suas ideias ao mundo. Addison é o augusto ancestral de uma prole inumerável. Basta apanhar o primeiro jornal semanal e o artigo sobre os "Deleites do verão" ou "A chegada da velhice" demonstrarão a sua influência. Mas, a menos que relacionemos a eles o nome de sr. Max Beerbohm, nosso ensaísta solitário, também demonstrarão que perdemos a arte de escrever ensaios. Ora, com nossas visões e virtudes, nossas paixões e profundidades, o harmonioso ciclorama prateado que abrigava o céu e tantas pequenas visões iluminadas da vida humana agora não passa de uma mala de viagem protuberante, cheia de bagagem arrumada às pressas. Ainda assim, o ensaísta fará um esforço, talvez sem o saber, para escrever como Addison.

À sua maneira moderada e sensata, Addison mais de uma vez divertiu-se com especulações a respeito do destino de seus escritos. Tinha uma ideia justa em relação à sua natureza e valor. "Afiei todas as artilharias do ridículo", escreveu.[23] Entretanto, uma vez que muitos de seus dardos tinham se dirigido contra tolices efêmeras, "modas absurdas, costumes ridículos e formas de discurso afetadas", chegaria o tempo, talvez dali a cem anos, em que seus ensaios, acreditava ele, seriam "como pequenos pedaços de uma antiga chapa, que valorizamos pelo peso, mas cujo estilo é ignorado".[24] Duzentos anos se passaram; a chapa tornou-se lisa e gasta; a estampa, quase apagada; mas o metal é pura prata.

# A vida dos obscuros[1]

Uns cinco xelins bastam para garantir a assinatura vitalícia dessa biblioteca datada, desbotada e obsoleta que, com uma ajudinha dos impostos, é subsidiada sobretudo pelas prateleiras das viúvas dos párocos e dos cavalheiros interioranos que herdam mais livros do que suas mulheres desejariam espanar. No meio da sala ampla e iluminada, com janelas de frente para o mar que trazem os gritos dos homens vendendo sardinhas na rua de calçamento de pedra mais abaixo, há uma fileira de vasos onde pendem espécimes das flores locais, cada qual com seu nome inscrito. Os idosos, os isolados e os entediados vagam de um jornal para o outro ou sentam-se com a cabeça voltada para números antigos de *The Illustrated London News* e de *Wesleyan Chronicle*. Ninguém jamais falou em voz alta aqui desde a inauguração desta sala em 1854. Os obscuros dormem nas paredes, inclinados uns sobre os outros como se sonolentos demais para se manterem de pé. Suas capas estão descascando; seus títulos, muitas vezes apagados. Por que perturbar seu sono? Por que reabrir essas tranquilas sepulturas, é o que parece perguntar o bibliotecário, espiando por cima dos óculos e ressentindo-se da tarefa, que realmente se tornou laboriosa, de retirar do meio das lápides sem nome os números 1763, 1080 e 606.

# I
# Os Taylors e os Edgeworths

Pois, romanticamente, gostamos de sentir-nos como um salvador que avança com suas luzes através da vastidão dos anos ao resgate de um fantasma encalhado – uma sra. Pilkington, um Rev. Henry Elman, uma sra. Ann Gilbert – que aguarda, que implora, esquecido, na escuridão crescente. É possível que escutem quando alguém se aproxima. Remexem-se, aprumam-se, refreiam-se. Antigos segredos brotam e acumulam-se em seus lábios. O alívio divino da comunicação em breve será novamente deles. O pó se move, e a sra. Gilbert... mas o contato com a vida é instantaneamente salutar.[2] Seja lá o que esteja fazendo a sra. Gilbert, não está pensando em nós. Longe disso. Colchester, por volta de 1800, era para os jovens Taylors, assim como Kensington o fora para sua mãe, "verdadeiros Campos Elísios". Lá estavam os Strutts, os Hills, os Stapletons; lá estavam a poesia, a filosofia, a gravura. Pois os jovens Taylors foram criados para trabalhar duro, e se, após um longo dia de labuta com os quadros do pai, escapavam para jantar com os Strutts, tinham direito ao prazer. Já tinham ganhado prêmios no *Pocket Book* de Darton e Harvey.[3] Um dos Strutts conhecia James Montgomery,[4] e havia conversa, naqueles eventos felizes, em meio às decorações mouriscas e todos os gatos – pois o velho Ben Strutt era um tanto excêntrico: não se comunicava; não permitia que as filhas comessem carne, portanto não admira que elas tenham morrido de tuberculose –, havia conversa sobre imprimir um volume colaborativo a ser intitulado *The Associate Minstrels* [Sociedade dos Menestréis], com o qual James, se não o próprio Robert, talvez viesse a contribuir. Os Stapletons eram poéticos também. Moira e Blithia perambulavam ao longo da antiga muralha da cidade, em Balkerne Hill, lendo poesia ao luar. Talvez houvesse um pouco de poesia demais em Colchester em 1800. Olhando em retrospecto, em meio a uma vida próspera e vigorosa, Ann tinha muitas carreiras interrompidas e muitas promessas não cumpridas a lamentar. Os Stapletons morreram jovens, pervertidos, miseráveis; Jacob, com seu "semblante negro, de palavras desdenhosas", que jurara passar a noite procurando a pulseira perdida de Ann na rua, desapareceu, "e a última notícia que tive foi dele vegetando entre as ruínas de Roma – ele mesmo em grande parte uma ruína"; quanto aos Hills, seu destino foi o pior de todos. Submeter-se ao batismo público foi leviano, mas desposar o Capitão M.! Qualquer um poderia ter advertido a bela Fanny Hill sobre o Capitão

M. Contudo, lá se foi ela na linda faetonte[5] dele. Durante anos, não se ouviu mais notícias da moça. Então certa noite, depois que os Taylors se mudaram para Ongar e os velhos sr. e sra. Taylor estavam sentados à lareira, pensando que, como eram nove horas e a Lua estava cheia, poderiam, segundo prometeram, olhá-la e pensar nos filhos ausentes, ouviram uma batida à porta. A sra. Taylor desceu para atender. Mas quem era aquela lamentável mulher de aparência esfarrapada? "Ah, não se lembram dos Strutts e dos Stapletons, e de como me advertiram em relação ao Capitão M.?", chorou Fanny Hill, pois era Fanny Hill – a pobre Fanny Hill, desgastada e encovada; a pobre Fanny Hill, antes sempre tão cheia de vida. Estava morando em uma casa solitária não muito distante da dos Taylors, obrigada a trabalhar como criada da amante do marido, pois o Capitão M. gastara toda a fortuna dela, arruinara toda a sua vida.

Ann casou-se com o sr. G., claro… claro. As palavras soam persistentemente através desses volumes obscuros. Pois, no vasto mundo onde os autores de memórias nos recebem, há a sensação solene de algo inescapável, de uma onda que se levanta sob a frágil flotilha e a carrega consigo. Pensamos em Colchester em 1800. Rabiscando versos, lendo Montgomery – assim começam eles; os Hills, os Stapletons e os Strutts dispersam-se e desaparecem, como bem sabíamos que aconteceria; mas aqui, após longos anos, está Ann, ainda escrevendo, e finalmente aqui está o poeta Montgomery em pessoa na casa dela, e ela lhe implora para que consagre o filho dela à poesia simplesmente segurando-o nos braços, e ele recusa-se (pois é solteiro), mas a leva para um passeio, e os dois escutam um trovão, e ela pensa que é a artilharia, e ele diz numa voz que ela jamais, jamais esquecerá: "Sim! A artilharia do Paraíso!" É um dos encantos dos desconhecidos, sua abundância, sua vastidão; pois, em vez de conservar sua identidade distinta, como as pessoas notáveis, parecem fundir-se uns nos outros; as próprias capas, folhas de rosto e frontispícios parecem dissolver-se, e suas inumeráveis páginas derreterem-se nos anos contínuos, de modo que podemos nos recostar e contemplar a fina substância semelhante à névoa dessas incontáveis vidas e passear desimpedidos de um século a outro, de uma vida a outra. Cenas destacam-se. Observamos grupos. Aqui está o jovem sr. Elman conversando com a srta. Biffen em Brighton. Ela não tem braços nem pernas; um lacaio a transporta para dentro e para fora. Ela ensina iluminura à irmã dele. A seguir, ele está em uma carruagem a caminho de Oxford com Newman. Newman nada diz. Contudo, Elman reflete que conheceu todos os grandes homens da sua época. E então, de um lado a outro, caminha eternamente pelos campos de Sussex até que, após atingir uma idade avançadíssima, está sentado em seu presbitério lembrando-se de Newman, lembrando-se da srta. Biffen e confeccionando – este é seu grande consolo – sacos com cordões para os missionários. E depois? Continue procurando. Nada de mais acontece. Mas a luz tênue é maravilhosamente revigorante para os olhos. Observemos então a srta. Frend trotando ao longo da Strand com seu pai. Encontram um homem de olhos bastante brilhantes. "Sr. Blake", diz o sr. Frend. É a sra. Dyer que lhes serve o chá em Clifford's Inn.[6] O sr. Charles Lamb acaba de sair do salão. A sra. Dyer conta que se casou com George porque a lavadeira dele o enganava demais. Quanto acha que George pagava pelas suas camisas, ela pergunta? Gentilmente, lindamente, como as nuvens de uma tarde branda, a obscuridade mais uma vez atravessa o céu, uma obscuridade que não é vazia, mas espessa com a poeira das estrelas de inumeráveis vidas. E de repente há uma fissura, e vemos um paquete lançando-se da costa irlandesa em meados do século XIX. Há um ar inconfundível de 1840 nos oleados e nos monstros peludos de suestes que cambaleiam e cospem nos conveses inclinados, mas que tratam com gentileza a solitária moça de xale e chapeuzinho toucado, que olha e olha sem parar. Não, não, não! Ela não deixará o convés. Ficará ali de pé até que esteja bem escuro, muito obrigada! "O imenso amor pelo mar [...] de tempos em tempos conduzia irresistivelmente essa mãe e esposa exemplar para longe de casa. Ninguém a não ser seu marido sabia onde ela estava, e apenas depois seus filhos descobriram que naquelas ocasiões em que ela subitamente desaparecia por alguns dias era porque estava fazendo curtas viagens marítimas [...]", um crime que expiava ajudando os pobres de Midland durante meses. Então a vontade irresistível a atacava, ela a confessava em segredo ao marido, e lá se ia mais uma vez – a mãe de Sir George Newnes.[7]

Pode-se concluir que os seres humanos eram felizes, dotados de tamanha cegueira quanto ao destino, de tamanho interesse incansável por suas próprias atividades, não fossem essas aparições súbitas e surpreendentes que nos encaram, rígidas e pálidas na determinação de jamais serem esquecidas, homens que por pouco não alcançaram a fama, homens que intensamente desejaram retificações – homens como Haydon, e Mark Pattison, e o Rev. Blanco White.[8] E no mundo inteiro provavelmente existe apenas uma pessoa que levanta o olhar por um instante e tenta interpretar o rosto ameaçador, o punho furioso que gesticula, antes que a nossa atenção seja desviada para sempre na profusão de assuntos humanos, fragmentos de rostos, ecos de vozes, caudas de fraque esvoaçantes e fitas de toucados que desaparecem pelos passeios ladeados por arbustos. O que é essa gigantesca roda, por exemplo, que vem descendo o morro em Berkshire no século XVIII? Segue cada vez mais rápido; de repente um jovem salta do seu interior; no momento seguinte, ela salta sobre a beirada da pedreira de gesso e, arremessada longe, é feita em pedacinhos. Isso é coisa de Edgeworth – isto é, Richard Lovell Edgeworth, o portentoso chato.[9]

Pois é dessa maneira que ele chega até nós em seus dois volumes de memórias: o chato de Byron, o amigo de Day,[10] o pai de Maria, o homem que quase inventou o telégrafo, e que inventou, de fato, máquinas que cortam nabos, sobem paredes, contraem-se em pontes estreitas e erguem suas rodas sobre obstáculos – um homem meritório, trabalhador, avançado, e, contudo, quando se analisa suas memórias, basicamente um chato. A natureza o dotou de energia irreprimível. O sangue corria pelas suas veias no mínimo vinte vezes mais rápido do que o normal. Seu rosto era vermelho, redondo, vivaz. Seu cérebro, acelerado. Sua língua jamais parava de falar. Casara-se com quatro esposas e tivera dezenove filhos, incluindo a romancista Maria. Ademais, conhecera todo mundo e fizera de tudo. Sua energia explodia as mais secretas portas e penetrava os mais íntimos aposentos. A avó da sua esposa, por exemplo, desaparecia misteriosamente todos os dias. Edgeworth foi atabalhoadamente atrás dela e a encontrou, com os cachos brancos flutuando e os olhos em lágrimas, rezando diante de um crucifixo. Então ela era católica romana; mas por que uma penitente? De alguma maneira, ele descobriu que seu marido fora morto em um duelo e ela desposara o homem que o matou. "As consolações da religião são absolutamente equivalentes aos seus terrores", refletiu Dick Edgeworth, saindo novamente aos tropeções. Depois teve a linda jovem no castelo em meio às florestas de Dauphiny. Semiparalisada, incapaz de erguer a voz acima de um sussurro, lá jazia ela quando Edgeworth irrompeu e a encontrou lendo. Tapeçarias agitavam-se nas paredes do castelo; cinquenta mil morcegos – "odiosos animais cujo fedor é extraordinariamente nauseabundo" – pendiam aglomerados nas adegas abaixo. Nenhum dos moradores entendia uma só palavra do que ela dizia. Mas com aquele inglês ela discorria horas e horas sobre livros e política e religião. Ele escutava; sem dúvida também falava. Tomava-se de espanto. Mas o que se poderia fazer por ela? Ora, era preciso deixá-la ali deitada, em meio às presas de animais, e aos velhos, e às balestras, lendo, lendo, lendo. Pois Edgeworth foi contratado para desviar o curso do Ródano. Precisava voltar ao trabalho. Uma reflexão ele pôde fazer: "Determinei-me a perseverar continuamente no cultivo do meu entendimento."

Era impérvio ao romantismo das situações em que se encontrava. Cada experiência servia apenas para fortalecer seu caráter. Refletia, observava, desenvolvia-se diariamente. É possível se aprimorar, o sr. Edgeworth costumava dizer aos seus filhos, todos os dias da sua vida. "Ele costumava dizer que, graças ao poder do aprimoramento, com o tempo, eles poderiam tornar-se qualquer coisa, mas sem isso com o tempo se tornariam nada." Imperturbável, incansável, dia a dia fortalecendo uma robusta autoconfiança, ele possui o dom do egoísta. Traz à tona, enquanto caminha de um lado a outro tagarelando sem parar, as personalidades acanhadas e encolhidas que de outro modo seriam afogadas pela escuridão. A senhora idosa, cuja penitência íntima ele interrompeu, é somente uma de uma série de personalidades que se colocam em movimento de ambos os lados do progresso dele, mudas, atônitas, mostrando-nos de uma maneira até hoje inconfundível o seu espanto diante desse homem bem-intencionado que as surpreende enquanto estudam e que interrompe suas preces. Nós o vemos pelos olhos delas; nós o vemos de uma maneira que ele não sonha em ser visto. Que tirano ele foi com sua primeira mulher! Como ela sofreu intoleravelmente! No entanto, ela jamais diz uma palavra. É Dick Edgeworth que conta a sua história, na completa ignorância de que fazia isso. "Foi uma característica singular da minha esposa, que nunca demonstrara nenhum incômodo com minha intimidade com Sir Francis Delaval, desenvolver tamanha antipatia em relação ao sr. Day", observa ele. "Companhia mais perigosa e sedutora do que a primeira, ou mais virtuosa e aprimoradora do que a segunda, não se pode encontrar na Inglaterra." De fato, foi bastante singular.

Pois a primeira sra. Edgeworth foi uma garota sem um tostão, filha de um cavalheiro interiorano falido que ficava sentado diante da lareira apanhando cinzas do centro e atirando-as na grade protetora, exclamando de tempos em tempos "Hein! Heing!", quando lhe vinha à cabeça mais um plano para fazer fortuna. Ela não recebeu educação formal. Um professor itinerante de caligrafia a ensinara a desenhar algumas palavras. Na época em que Dick Edgeworth era aluno universitário e passou por Oxford, apaixonou-se por ele e casou-se para escapar da pobreza e da miséria e da sujeira, e ter um marido e filhos como as outras mulheres. Mas qual o resultado? Rodas gigantescas descem morro abaixo carregando o filho do pedreiro em seu interior. Carroças à vela alçavam voo e quase destruíram quatro carruagens de transporte de passageiros. As máquinas de fato cortavam nabos, mas sem grande eficiência. Seu filhinho era deixado para vagar pelos campos como o filho de um pobre, de pernas nuas, sem instrução. E o sr. Day, que vinha para o café da manhã e ficava até o jantar, discutia incessantemente sobre princípios científicos e as leis da natureza.

Mas aqui nos deparamos com uma das armadilhas de tal perambulação noturna em meio a figurões esquecidos. É dificílimo ater-nos estritamente aos fatos, como se deve fazer no caso de pessoas bem documentadas. É dificílimo não formar cenas que, caso o passado pudesse ser recuperado, talvez se provassem pouco acuradas. Diante de um personagem como Thomas Day, em particular, cuja história ultrapassa os limites daquilo que é crível, transbordamos assombro, como uma esponja tão saturada que só consegue reter uns poucos pingos. Certas cenas possuem um fascínio que pertence muito mais à abundância da ficção do que à sobriedade dos fatos. Por exemplo, evocamos todo o drama do cotidiano da pobre sra. Edgeworth: sua perplexidade, sua solidão, seu desespero, como ela deve ter se indagado se alguém de fato desejaria máquinas que subissem as paredes, e assegurado aos cavalheiros que se cortava nabos melhor com uma simples faca, e se debatido, e se desorientado, e sido tão humilhada que temia a visita quase diária do jovem alto de rosto pomposo e melancólico, marcado pela varíola, com uma profusão de cabelos negros despenteados e um asseio minucioso por suas mãos e a sua pessoa. Ele falava depressa, fluentemente, incessantemente, durante horas, sobre a filosofia e a natureza, e Monsieur Rousseau. E, contudo, aquela casa era dela; precisava providenciar-lhe as refeições e, embora ele parecesse semiadormecido ao comer, seu apetite era enorme. Porém de nada adiantava ir reclamar ao marido. Edgeworth dizia: "Ela reclamava de trivialidades." E continuava: "As reclamações de uma mulher com quem vivemos não tornam o lar aprazível." E depois, com sua obtusa liberalidade, perguntava do que ela tinha para reclamar. Acaso ele jamais a deixava sozinha? Nos cinco ou seis anos da sua vida de casados, ele não dormira fora mais do que cinco ou seis vezes. O sr. Day corroborava esse fato. Sr. Day corroborava tudo o que a sra. Edgeworth dizia. Ele encorajava seus experimentos. Disse-lhe para não mandar o filho à escola. Não dava a mínima para o que as pessoas de Henley diziam. Em suma, ele estava na base de todos os absurdos e extravagâncias que tornavam a vida da sra. Edgeworth um fardo.

Vamos, contudo, escolher outra cena – uma das últimas que a pobre sra. Edgeworth viria a assistir. Ela retornava de Lyons, tendo o sr. Day como acompanhante. Figura mais singular do que ele seria difícil de imaginar, de pé no convés do paquete que os levou a Dover, muito alto, muito ereto, com um dedo no peito do casaco, deixando que o vento desalinhasse seus cabelos, trajado de modo absurdo, embora no auge da moda, desvairado, romântico, mas ao mesmo tempo impositivo e pomposo; e essa estranha criatura, que odiava as mulheres, estava encarregada de cuidar de uma dama prestes a tornar-se mãe, adotara duas meninas órfãs e se determinara a conquistar a mão da srta. Elizabeth Sneyd apoiando-se entre tábuas durante seis horas por dia a fim de aprender a dançar. Vez ou outra, esticava o dedão do pé com rígida precisão; em seguida, despertando do sonho aprazível onde o haviam atirado as nuvens escuras, as águas esvoaçantes e a sombra da Inglaterra no horizonte, disparava uma ordem nos tons elegantes e afetados de um homem do mundo. Os marinheiros o olhavam feio, mas obedeciam. Havia algo de sincero nele, algo orgulhosamente indiferente ao que você pensava; sim, algo consolador e humano também, de modo que a sra. Edgeworth, de sua parte, decidiu-se a nunca mais rir dele. Mas os homens eram estranhos; a vida era difícil, e com um suspiro de assombro, talvez de alívio, a pobre sra. Edgeworth desembarcou em Dover, deu à luz uma filha e morreu.

Day, enquanto isso, prosseguia até Lichfield. Elizabeth Sneyd, é claro, recusou-o – soltou um grande grito, disseram; exclamou que havia amado Day, o patife, mas que odiava Day, o cavalheiro, e saiu correndo da sala. E então, disseram, algo terrível aconteceu. O sr. Day, em sua ira, lembrou-se da órfã, Sabrina Sydney, que ele educara para ser sua esposa; foi visitá-la em Sutton Coldfield; perdeu a cabeça ao vê-la, disparou uma pistola nas suas saias, derramou cera quente nos braços dela e deu dois tapas violentos e simultâneos em suas orelhas. "Não; eu jamais seria capaz de fazer isso", dizia o sr. Edgeworth quando as pessoas descreviam a cena. E até o fim da sua vida, sempre que recordava Thomas Day, caía em silêncio. Tão grande, tão inflamado, tão inconsistente – a vida dele fora uma tragédia, e ao pensar no amigo, o melhor amigo que jamais tivera, Richard Edgeworth caía em silêncio.

É praticamente a única ocasião em que se registrou silêncio da parte dele. Refletir, lastimar, contemplar, eram coisas estranhas à sua natureza. Sua mulher, seus amigos e seus filhos destacam-se com extrema nitidez sobre um amplo arco de conversa interminável. Em nenhum outro pano de fundo poderíamos perceber com tanta clareza o fragmento distinto da sua primeira mulher ou as sombras e profundezas que constituem o caráter, a um só tempo humano e brutal, avançado e inflexível, do inconsistente filósofo Thomas Day. Mas o poder de Edgeworth não se limita às pessoas: paisagens, grupos, sociedades, tão logo são descritos, parecem dissociar-se dele, ser projetados ao longe, de modo que conseguimos correr à sua frente e antecipar seus atos. Estes se destacam com nitidez ainda maior pela incongruência extrema que, com tanta frequência, marca seus comentários e grava sua presença; sobrevivem com beleza peculiar, fantástica, solene, misteriosa, em contraste com o próprio Edgeworth, que não é nenhuma dessas coisas. Em particular, ele traz à nossa frente um jardim em Cheshire, o jardim de um curato, de um antigo, mas cômodo curato.

Empurramos um portão branco e nos vemos diante de um gramado pequeno, mas bem-cuidado, com rosas trepando pelas sebes e uvas pendendo dos muros. Mas que cargas d'água seriam aqueles objetos no meio do gramado? Ao crepúsculo de um fim de tarde de inverno, ali brilhava um enorme globo branco. Circundando-o, a distâncias variadas, havia outros de tamanhos diferentes – os planetas e seus satélites, ao que parecia. Mas quem os teria colocado ali, e por que razão? A casa estava silenciosa; as janelas cerradas; ninguém se movia. Então, espiando furtivamente por trás de uma cortina, por um segundo surgiu o rosto de um homem idoso, bonito, desgrenhado, aflito. Desapareceu.

De misteriosas maneiras, os seres humanos infligem seus próprios caprichos à natureza. Mariposas e pássaros devem ter esvoaçado mais silenciosamente por aquele jardinzinho; devem ter germinado a mesma paz fantástica ao redor de tudo. Então, corado, loquaz, inquisitivo, irrompeu Richard Lovell Edgeworth. Olhou para os globos; ficou satisfeito por terem "projeto preciso e construção competente". Bateu à porta. Bateu sem parar. Ninguém atendeu. Por fim, quando sua impaciência começou a dominá-lo, o ferrolho foi destrancado, gradualmente a porta se abriu; um clérigo, desleixado, desgrenhado, mas ainda assim um cavalheiro, surgiu diante dele. Edgeworth apresentou-se e os dois se retiraram para um salão atulhado de livros e documentos e valiosa mobília, agora degradada. Por fim, incapaz de controlar sua curiosidade por mais tempo, Edgeworth perguntou, o que seriam aqueles globos no jardim? No mesmo instante, o clérigo demonstrou agitação extrema. Seu filho os fizera, exclamou; um rapaz de talento, um rapaz do maior afinco, dotado de virtudes e capacidades muito além dos da sua idade. Mas ele havia morrido. Sua mulher havia morrido. Edgeworth tentou desviar o assunto, mas em vão. O pobre homem seguiu falando, cheio de intensidade, cheio de incoerência, sobre o seu filho, seu talento, sua morte. "Compreendi que a dor dele prejudicara o seu entendimento", disse Edgeworth, que ia ficando cada vez mais incomodado, até que a porta se abriu e uma garota de catorze ou quinze anos entrou trazendo uma bandeja de chá e subitamente mudou o rumo da conversa do anfitrião. Realmente, ela era linda; toda de branco; o nariz um pouco proeminente demais, talvez – mas não, suas proporções eram maravilhosamente adequadas. "É uma estudiosa e uma artista!", exclamou o clérigo quando ela deixou a sala. Mas por que saiu da sala? Se era filha dele, por que não presidiu a mesa do chá? Seria ela sua amante? Quem seria? E por que a casa estava em tamanho estado de sujeira e decadência? Por que a porta da entrada estava trancada? Por que o clérigo parecia ser um prisioneiro, e qual seria a sua história secreta? As perguntas começaram a atulhar a cabeça de Edgeworth enquanto ele tomava o seu chá; mas ele só conseguiu balançar a cabeça e fazer uma última reflexão, "temi que algo não estivesse certo", ao fechar o portão de vime branco às suas costas e deixar a sós para sempre, na casa desarrumada em meio aos planetas e seus satélites, o clérigo maluco e a bela garota.

## II
## Laetitia Pilkington

Vamos importunar o bibliotecário uma vez mais. Vamos pedir-lhe que retire do alto, espane e nos entregue aquele livrinho marrom ali, as *Memórias da sra. Pilkington*,[11] três volumes encadernados em um, impresso por Peter Hoey em Dublin, MDCCLXXVI. A mais profunda obscuridade sombreia o refúgio dela; a poeira cobre pesadamente sua sepultura – uma tábua está solta, por assim dizer, e ninguém a lê desde o início do século passado, quando um leitor, presumivelmente uma dama, talvez enojada com a sua obscenidade ou atingida pela mão da morte, abandonou a leitura no meio e marcou o lugar com uma lista desbotada de perecíveis e mantimentos. Se alguma mulher um dia desejou ser uma heroína, é obviamente Laetitia Pilkington. Quem então era ela?

Consegue imaginar a mais extraordinária mistura de Moll Flanders e Lady Ritchie,[12] de mulher sacolejante e irrequieta da cidade e dama de berço e refinamento? Laetitia Pilkington (1712–50) foi algo do gênero – ardilosa, matreira, aventurosa, e, contudo, tal como a filha de Thackeray, tal como a srta. Mitford, tal como Madame de Sévigné e Jane Austen e Maria Edgeworth,[13] tão imbuída das antigas tradições do seu sexo que escrevia, como dizem as damas, para dar prazer. Ao longo de suas *Memórias*, nunca conseguimos esquecer que seu desejo é entreter, seu destino infeliz, soluçar. Secando os olhos e dominando a angústia, ela nos implora que lhe perdoemos o odioso rompimento das boas maneiras que somente as dores de uma vida inteira, as perseguições intoleráveis do sr. P——n, o maligno, ela é obrigada a dizer h——h, apesar de Lady C——t, podem desculpar.[14] Pois quem saberia melhor do que a tataraneta do conde de Killmallock que esconder seus sofrimentos faz parte das atribuições de uma dama? De modo que Laetitia segue a grande tradição das mulheres das letras inglesas. É seu dever entreter; seu instinto ocultar. Apesar de tudo, embora o quarto dela próximo ao Royal Exchange seja puído, e, em vez de uma toalha, antigos cartazes de peças de teatro cubram a mesa, e a manteiga seja servida em um sapato, e o sr. Worsdale tenha usado o bule de chá para ir pegar cerveja de baixo teor alcóolico naquela mesma manhã,[15] apesar de tudo ela preside, apesar de tudo entretém. Sua linguagem é um tanto áspera, talvez. Mas quem a ensinou inglês? O grande Doutor Swift.[16]

Ao longo de todas as suas perambulações, que foram muitas, e de suas desventuras, que foram grandes, ela se recordava daqueles primeiros tempos irlandeses em que Swift lhe deu as condições de obter propriedade de discurso. Ele a espancou por mexer em uma gaveta: queimou suas faces com rolha queimada para testar seu temperamento; obrigou-a a retirar os sapatos e as meias-calças, ficar de pé contra os lambris e deixar-se medir. De início ela se recusou, depois cedeu. "Ora", disse o deão,[17] "eu desconfiava que você tivesse meias rasgadas ou dedos dos pés fétidos, e em ambos os casos teria sido um prazer expô-la."[18] Meros 96 centímetros eram sua altura, declarou ele, embora, conforme reclamou Laetitia, o peso da mão de Swift sobre sua cabeça fez com que ela fosse esmagada até a metade do seu tamanho. Mas ela foi tola de reclamar. Provavelmente devia sua intimidade com ele exatamente a esse fato – o de medir apenas 96 centímetros. Swift passara uma vida inteira entre os gigantes; agora via certo encanto nos anões. Levou a criaturinha para sua biblioteca. "'Bem', disse ele, 'eu a trouxe aqui para mostrar-lhe todo o Dinheiro que ganhei quando trabalhava para a Igreja, mas não roube nada'. 'Não roubarei, senhor', eu disse; então ele abriu um Armário, e mostrou-me toda uma seção de gavetas vazias. 'Valha-me Deus''', diz ele, 'o Dinheiro foi pelos ares'."[19] Havia certo encanto na surpresa dela; certo encanto na sua humildade. Ele podia espancá-la e provocá-la, obrigá-la a gritar quando ficou surdo, forçar seu marido a beber a borra do vinho, pagar os táxis dos dois, enfiar guinéus em um naco de bolo de gengibre e abrandar-se de modo surpreendente, como se para ele existisse qualquer coisa tristemente agradável na ideia de uma anã tão tola ter pensamento e vida próprios. Pois com Swift ela era ela mesma; esse era o efeito do talento dele. Precisava retirar as meias-calças se ele mandasse. De modo que, embora a sátira dele a aterrorizasse, e ela considerasse extremamente desagradável jantar no deato e vê-lo observando, pelo grande espelho pendurado diante dele para esse fim, o mordomo roubando cerveja no aparador, ela sabia que era um privilégio passear com ele pelo jardim; ouvi-lo falar do sr. Pope e recitar *"Hudibras"*;[20] e depois mais uma vez ser enxotada para a chuva a fim de economizar o dinheiro da carruagem, e depois sentar-se para conversar na sala com a sra. Brent, a governanta, sobre as excentricidades e a generosidade do deão, e como ele deu os seis *pence* economizados com a carruagem para o velho aleijado que vendia bolo de gengibre na esquina, enquanto o deão subia e descia a escada da frente em disparada com tanta violência que ela temia que acabasse caindo e machucando-se.

Mas as recordações dos grandes homens não são infalivelmente específicas. Caem sobre o curso da vida como os raios de luz de um farol. Reluzem, chocam, revelam, desaparecem. Recordar Swift de pouco serviu para Laetitia quando os contratempos da vida a atingiram em profusão. O sr. Pilkington a abandonou pela viúva W— rr — n. Seu pai – seu querido pai – morreu.[21] Os oficiais do xerife a insultaram. Ela foi abandonada em uma casa vazia com dois filhos para sustentar. A caixa de economias foi confiscada, o portão do jardim, trancado, e as contas, acumuladas. E, no entanto, ela ainda era jovem e atraente e alegre, dotada de uma imoderada paixão por escrevinhar versos e uma inacreditável fome por livros. Foi essa a sua desgraça. O livro era fascinante e já estava tarde. O cavalheiro recusou-se a emprestá-lo, mas esperaria ali até que ela o terminasse. Os dois estavam sentados no quarto dela. Aquilo era altamente indiscreto, ela admitia. De repente, doze vigias invadiram a casa pela janela da cozinha, e o sr. Pilkington surgiu com um lenço de cambraia atado ao pescoço. Espadas foram desembainhadas e cabeças, quebradas. Quanto à desculpa dela, como esperar que o sr. Pilkington e os doze vigias acreditassem naquilo? Apenas lia! Até altas horas ali, apenas para terminar um novo livro! O sr. Pilkington e os vigias interpretaram a situação como tais homens o fariam. Mas os amantes do saber, ela tem certeza, entenderão a paixão dela e deplorarão as consequências.[22]

E agora, o que ela iria fazer? Ler fora um engano, mas ainda podia escrever. Realmente, desde que aprendera a formar letras, escrevera, com incrível velocidade e considerável graça, odes, endereços, apóstrofes para a srta Hoadley, para o Tabelião de Dublin, para a casa do reverendo Delany no interior. "Ave, feliz Delville, abençoada seja sua morada!" "Haverá algum homem cujo olhar fixo e firme..." – os versos fluíam sem a menor dificuldade e na menor oportunidade.[23] Agora, portanto, depois de cruzar o mar até a Inglaterra, ela passou a se dedicar, conforme explicava seu anúncio, a escrever cartas sobre qualquer assunto, exceto Direito, por doze *pence* à vista, nada de fiado. Instalou-se em frente à White's Chocolate House, e ali, uma noite, enquanto regava as flores diante do edifício, os nobres cavalheiros à janela do outro lado da rua beberam à saúde dela e enviaram-lhe uma garrafa de borgonha; e mais tarde ela ouviu o velho coronel —— gritar, "Siga-me, meu senhor, siga-me",[24] enquanto conduzia o d—— de M— lb —— gh pelas escadas escuras de onde ela morava. Aquele adorável cavalheiro, digno de seu título, beijou-a, elogiou-a, abriu a carteira e deixou-lhe uma cédula de cinquenta libras com a efígie de Sir Francis Child. Tais tributos estimulavam a pena dela a explosões extraordinárias de gratidão impensada. Se, por outro lado, um cavalheiro recusava-se a comprar seus versos ou uma dama insinuava indecência, a mesma pena florescente murchava e se retorcia em agonias de ódio e vituperação. "Já disse que seu P—i morreu Blasfemando o Todo-Poderoso?", começa uma de suas acusações, porém o final é impublicável.[25] Damas importantes eram acusadas de todo tipo de depravação, e os membros do clero, a menos que tivessem um gosto incensurável pela poesia, sofriam com suas chicotadas incessantes. O sr. Pilkington, ela jamais esqueceu, era do clero.

Devagar e sempre, a tataraneta do conde de Killmallock ia descendo no escalão da sociedade. Da St. James's Street e seus nobres benfeitores ela migrou para a Green Street, para instalar-se com o camareiro de Lord Stair e sua mulher, que lavava a roupa de pessoas distintas. Ela, que flertara com duques, via-se satisfeita de dançar quadrilha com lacaios e lavadeiras e escritores da Grub Street,[26] que, enquanto tomavam porto, bebericavam chá verde e fumavam tabaco, contavam histórias da maior indecência sobre seus patrões e patroas. A picância das suas conversas compensava a vulgaridade de suas maneiras. Deles, Laetitia obteve as anedotas sobre os figurões que salpicava com pinceladas nas suas páginas e vinham a propósito quando os assinantes não pagavam e as proprietárias tornavam-se insolentes. Realmente, era uma vida dura: caminhar até o Chelsea vestida somente com um vestido de chita e receber uma mísera meia coroa de Sir Hans Sloane para que voltasse outra hora; depois seguir pesadamente até a Ormond Street e arrancar do odioso dr. Meade dois guinéus, que ela, num acesso de alegria, atirou para o alto e perdeu numa fresta do chão; ser insultada por lacaios; sentar-se diante de uma tigela de água fervente pois a senhoria não podia adivinhar que o chá era algo acima de suas possibilidades. Duas vezes em noites enluaradas, com os limoeiros em flor, ela vagou até o St. James's Park e pensou em suicidar-se no lago Rosamond. Certa feita, perdida em pensamentos por entre as sepulturas na Abadia de Westminster, cerraram a porta e ela viu-se obrigada a passar a noite no púlpito, enrolada num tapete do altar da comunhão para proteger-se dos ataques dos ratos. "Como gostaria de ouvir os querubins de olhos jovens!", exclamou ela.[27] Mas um tipo muito diverso de destino a aguardava. A despeito do sr. Colley Cibber e do sr. Richardson, que primeiro lhe forneceram papel de carta com bordas douradas e depois um enxoval de bebê, as harpias, suas senhorias, depois de tomarem a cerveja dela, devorarem suas lagostas e passarem anos às vezes sem pentear os cabelos, conseguiram fazer com que a amiga de Swift e tataraneta do conde fosse presa junto com devedores comuns em Marshalsea.

Amargamente, ela amaldiçoou o marido, que fizera dela uma dama aventureira em lugar do que desejara a natureza, "uma pombinha indefesa do lar".[28] Com fúria crescente, fervia os miolos em busca de anedotas, lembranças, escândalos, visões da natureza infindável do mar, do caráter inflamável da terra – qualquer coisa que preenchesse uma página e lhe garantisse um guinéu. Lembrou-se de ter comido ovos de maçarico com Swift. "Aqui, Hussey", ele disse, "está um ovo de maçarico. O rei Guilherme costumava pagar coroas por um desses..."[29] Swift jamais ria, lembrou-se ela. Chupava as bochechas para dentro em vez de rir. E do que mais ela conseguia se recordar? De muitíssimos cavalheiros, muitíssimas senhorias; de como a janela se abriu abruptamente quando seu pai morreu, e sua irmã desceu as escadas, com o açucareiro, rindo. Tudo fora amargura e dificuldade, exceto o fato de ter amado Shakespeare, conhecido Swift e conservado, ao longo de todas as transformações e tons da sua carreira aventureira, o espírito alegre, parte da sua educação nobre, e a galanteria, que, no fim da sua breve vida, levou-a a soltar uma piada e desfrutar de seu pato com a morte no coração e moscas ao travesseiro.[30]

## III
## Srta. Ormerod[31]

As árvores assomavam gigantescas em toda a sua folhagem de verão, espalhadas em grupos sobre um prado que se inclinava numa descida suave a partir do casarão branco. Havia sinais inconfundíveis do ano de 1835 tanto nas árvores quanto no céu, pois as árvores modernas não são nem de longe tão volumosas quanto essas aqui, e a textura do céu daquela época tinha uma espécie de difusão pálida, diferente do tom mais concentrado dos céus que hoje conhecemos.

O sr. George Ormerod saiu pela porta de vidro da sala de estar de Sedbury House, em Gloucestershire, usando um chapéu alto de pelo e calças brancas presas sob o peito do pé; vinha acompanhado de perto, embora com deferência, por uma dama trajando um vestido de bolinhas amarelas sobre uma crinolina e, atrás dela, desacompanhadas e de braços dados, vinham nove crianças de paletós de nanquim e calções brancos compridos. Iam ver a água ser drenada de um lago.

A criança mais nova, Eleanor, uma garotinha com um rosto pálido de feições um tanto alongadas e cabelos negros, foi deixada sozinha na sala de estar, um aposento amplo e amarelado com colunas, dois lustres que por alguma razão estavam cobertos por sacos de linho, e diversas mesas octogonais, algumas delas de madeira embutida e outras de malaquita esverdeada. A pequena Eleanor Ormerod estava sentada a uma destas, em um cadeirão.

"Bem, Eleanor", disse a mãe, enquanto o grupo se reunia para a expedição até o lago, "aqui estão uns lindos besouros. Não toque o vidro. Não desça da cadeira, e, quando voltarmos, o pequeno George vai lhe contar tudo sobre o passeio."

Dizendo assim, a sra. Ormerod pousou no meio da mesa de malaquita um copo d'água contendo cerca de meia dúzia de enormes larvas d'água, a uma distância segura da criança, e acompanhou o marido pelo declive coberto de turfa antiquada em direção a um rebanho de carneiros extremamente antiquados; abrindo, assim que saiu para o terraço, uma minúscula sombrinha de seda verde-garrafa com franja verde-garrafa, embora o céu não parecesse nada além de uma cama com colchão de lã coberta por uma colcha de tecido *dimity* branco.

As gordas larvas brancas giravam lentamente, sem parar, dentro do copo. Um entretenimento tão simples certamente logo deixaria de satisfazer. Certamente Eleanor balançaria o copo, perturbaria as larvas e se apressaria em sair do cadeirão. Ora, nem mesmo um adulto conseguiria ficar observando aquelas larvas rastejando pela parede de vidro, e em seguida flutuando até a superfície, sem uma sensação de tédio misturada com repulsa. Porém, a criança ficou ali sentada, perfeitamente imóvel. Seria seu hábito, então, deixar-se entreter por rotações de larvas? Seus olhos estavam pensativos, até mesmo críticos. Mas então brilharam com empolgação crescente. Ela bateu uma das mãos sobre a beirada da mesa. Por que motivo? Uma das larvas cessara de flutuar: jazia no fundo; as restantes desceram e se puseram a destroçá-la.

"E, então, a pequena Eleanor se divertiu?", perguntou o sr. Ormerod, com uma voz um tanto grave, entrando na sala e com um ligeiro ar de calor e cansaço no rosto.

"Papai", disse Eleanor, quase interrompendo seu pai na ânsia de transmitir suas observações, "vi uma das larvas cair e as outras vieram e comeram ela!"

"Tolice, Eleanor", disse o sr. Ormerod. "Você não está dizendo a verdade." Ele olhou gravemente para o copo no qual as larvas continuavam girando como antes.

"Papai, foi verdade!"

"Eleanor, menininhas não podem contradizer seus pais", disse a sra. Ormerod, entrando pela porta de vidro e fechando sua sombrinha verde com um estalo.

"Que isso sirva de lição", começou a dizer o sr. Ormerod, fazendo sinal para que as outras crianças se aproximassem, quando a porta se abriu e a criada anunciou:

"Capitão Fenton".

Capitão Fenton "por vezes era considerado tedioso por sempre lembrar o ataque dos *Scots Greys*, do qual ele participou na batalha de Waterloo".[32]

Mas o que é essa multidão reunida à porta do George Hotel em Chepstow? Uma aclamação abafada se levanta do sopé do morro, por onde vem subindo a carruagem do correio, com os cavalos bufando e as laterais de madeira salpicadas de lama. "Abram passagem! Abram passagem!", berra o cavalariço, e o veículo dispara para o interior do pátio e estaca de súbito diante de uma porta. Dele salta o cocheiro; retiram-se os cavalos, que são substituídos por um belo grupo de oito *spanking greys*³³ com surpreendente velocidade. A tudo isso – o cocheiro, os cavalos, a carruagem e os passageiros –, a multidão assiste com admiração boquiaberta todo fim de tarde de quarta-feira ao longo do ano. Mas hoje, dia 12 de março de 1852, enquanto estende o tapete e estica as mãos para apanhar as rédeas, o cocheiro observou que em vez de estarem fixos nele, os olhos do povo de Chepstow disparavam para um lado e para o outro. Cabeças se levantaram com espanto. Braços se ergueram. Nesse momento, um chapéu girou num semicírculo. A carruagem foi embora, quase despercebida. Enquanto dobrava a esquina, todos os passageiros que estavam fora do veículo viraram o pescoço, e um cavalheiro se levantou e gritou: "Aqui! Aqui! Aqui!", antes de ser atirado rumo à eternidade. Era um inseto – um inseto de asas vermelhas. Desembestado, o povo de Chepstow tomou a estrada; pelo morro abaixo saiu correndo; com o inseto voando sempre à sua frente; até que, perto da ponte de Chepstow, um jovem rapaz, atirando sua bandana sobre a pala de um remo, capturou-o vivo e o apresentou a um cavalheiro idoso muito respeitável que agora chegava bufando à cena: Samuel Budge, médico, de Chepstow. De Samuel Budge o inseto foi apresentado à senhorita Ormerod; dela, enviado a um professor de Oxford. Este, declarando se tratar de "um belo espécime do gafanhoto com asas rosadas", acrescentou a gratificante informação de que "era o primeiro de seu tipo a ser capturado tão a oeste".³⁴

E assim, consideraram a srta. Eleanor Ormerod, aos 24 anos de idade, a pessoa ideal para receber de presente um gafanhoto.

Quando Eleanor Ormerod aparecia em reuniões de arco e flecha e torneios de críquete, os jovens rapazes torciam os bigodes e as jovens damas ficavam sérias. Era muito difícil travar amizade com uma garota que não falava de outra coisa além de besouros pretos e lacrainhas – "Sim, é isso o que ela aprecia, não é estranho? – Ora, outro dia Ellen, a criada de Mamãe, ouviu de Jane, que é auxiliar de cozinha em Sedbury House, que Eleanor tentou ferver um besouro numa panela comum de cozinha, mas como ele não morria de jeito nenhum, e nadava em círculos sem parar, ela ficou de péssimo humor e mandou o cavalariço ir até Gloucestershire atrás de clorofórmio – tudo isso por um inseto, meu caro! – e ela distribui xelins aos camponeses para que coletem besouros para ela – e passa horas no quarto cortando-os – e sobe em árvores como um garoto para encontrar ninhos de vespa – ah, você nem imagina o que não falam dela na cidadezinha! – pois de fato ela tem uma aparência bastante esquisita, com aquelas roupas pelo menos, e aquele narigão e aqueles olhinhos brilhantes, muito parecida ela mesma com uma lagarta, é o que sempre penso – mas claro que é maravilhosamente inteligente e muito bondosa também, as duas são. Georgiana montou uma biblioteca circulante para os habitantes da cidadezinha e Eleanor nunca deixa de frequentar a missa – ah, mas aí está ela – aquela garota baixinha e pálida com um chapeuzinho de abas avantajado. Vá conversar com ela, pois tenho certeza de que sou burro demais, mas você encontrará bastante assunto…" Porém nem Fred, nem Arthur, nem Henry, nem William encontraram nenhum assunto…

> [...] provavelmente a palestrante teria ficado igualmente satisfeita caso ninguém do seu próprio sexo desse as caras.

Esse comentário a respeito de uma palestra dada no ano de 1889 lança certa luz, talvez, sobre as reuniões de arco e flecha nos anos cinquenta.

Sendo nove horas de uma noite de sexta-feira por volta do ano de 1862, todos os Ormerods estavam na biblioteca; o sr. Ormerod desenhando projetos arquitetônicos sentado a uma mesa; a sra. Ormerod deitada em um sofá fazendo desenhos a lápis sobre papel cinzento; Eleanor modelando uma cobra para servir de peso de papel; Georgiana copiando a fonte de Tidenham Church; alguns dos outros examinando livros com lindas ilustrações; e a intervalos alguém se levantava, destrancava a estante de metal, retirava um volume destinado à educação ou ao entretenimento e ia observá-lo sob o lustre.

O sr. Ormerod exigia absoluto silêncio para seus estudos. Sua palavra era a lei, mesmo para os cachorros, que, na ausência de seu dono, intuitivamente obedeciam a pessoa do sexo masculino mais velha presente na sala. Alguma conversa sussurrada talvez se passasse entre a sra. Ormerod e as filhas…

"A corrente de ar sob o banco da igreja realmente estava pior do que nunca esta manhã, Mamã…"

"E só conseguimos abrir o ferrolho na cancela porque por acaso Eleanor trazia consigo sua régua…"

"…hm…m…m… Dr. Armstrong… Hm…m…m…"

"De todo modo, as coisas não estão tão ruins aqui quanto em Kinghampton.

Dizem que o cachorro Terra-Nova da sra. Briscoe a segue até os trilhos da cancela quando ela toma o sacramento..."

"E a perua continua chocando seus ovos no púlpito."

"O período de incubação de um peru é de três a quatro semanas", disse Eleanor pensativamente, desviando os olhos de seu molde de cobra e esquecendo-se, tamanho o interesse no assunto, de falar sussurrando.

"Será que não posso ter nenhuma paz na minha própria casa?", exclamou o sr. Ormerod com raiva, batendo com a régua na mesa, ao que a sra. Ormerod semicerrou um olho e deixou cair um pingo de óxido de zinco branco na região realçada do desenho, e eles permaneceram em silêncio até os criados chegarem, quando todos, exceto a sra. Ormerod, caíram de joelhos. Pois ela, pobre senhora, sofria de um mal crônico e deixou o seio da família para todo o sempre um ou dois anos mais tarde, quando então eles arrastaram o sofá verde para um canto e doaram os desenhos para suas sobrinhas como recordação. Mas o sr. Ormerod seguiu desenhando projetos arquitetônicos às nove horas todas as noites (exceto aos sábados, quando lia um sermão), até que por fim também foi descansar no sofá verde, que ninguém usava desde a época da sra. Ormerod, mas que conservava mais ou menos a mesma aparência. "Sentimos uma felicidade profunda de prover pelo seu bem-estar", escreveu a srta. Ormerod, "pois ele se negava a ficar sozinho mesmo que apenas por 24 horas, e opunha-se às visitas dos meus irmãos, exceto ocasionalmente e por um período curto. Por não estarem familiarizados com os cuidados gentis necessários para tratar de um enfermo idoso, eles o incomodavam... Na quinta-feira seguinte, dia 9 de outubro de 1873, faleceu pacificamente, à idade provecta de 87 anos." Ah, lápides em cemitérios de igreja – enterros veneráveis – cavalheiros maduros e idosos – D.C.L., L.L.D., F.R.S., F.S.A.[35] –, quantas letras acompanham seus nomes, mas quantas mulheres estão enterradas com os senhores!

Restavam a mosca-de-hesse e a mosca-berneira – misteriosos insetos! Não figuram, seria de se pensar, dentre as mais triunfais criações divinas, e, contudo – se as observamos sob um microscópio! –, a berneira, obesa, granulosa, obscena; a de Hesse, segmentada, espinhuda, bigoduda, cadavérica. Depois deslize sob o vidro um grão inocente; olhem-no, com marcas e lívido; ou observe essa tira de couro e note esses caroços pululantes odiosos... bem, qual a aparência dessa paisagem?

O único objeto palatável onde repousar os olhos em acres e mais acres da Inglaterra é uma bolinha de Paris Green.[36] Mas os ingleses se recusam a usar microscópios; tampouco se pode obrigá-los a usar Paris Green – e quando o usam, deixam-no pingar. O dr. Ritzema Bos[37] é um excelente substituto, pois a palavra de uma mulher não seria aceita. E de fato, pelo bem de uma mosca-berneira, é preciso ampliar os argumentos, há assuntos, questões relativas à infestação de gado, coisas que se deve examinar – coisas que uma dama não gosta nem de ver, que dirá discutir por escrito – "estas, sem dúvida, tenciono deixar inteiramente a cargo dos cirurgiões-veterinários. Meu irmão – ah, já está morto agora – um homem muito bom – para quem eu coletava ninhos de vespa – morava em Brighton e escrevia sobre vespas – ele, sem dúvida, não quis que eu estudasse anatomia, não gostava que eu fizesse mais do que seccionar dentes".

Ah, Eleanor, mas a mosca-varejeira ou moscardo e a mosca-de-hesse exercem mais poder sobre você do que o próprio sr. Edward Ormerod! Sob o microscópio, você percebe com clareza que esses insetos possuem órgãos, orifícios, excrementos; e, mais enfaticamente, que copulam. Acompanhada de um lado pela mosca-berneira, do outro pela mosca-de-hesse, a srta. Ormerod começava, com imponência, ainda que lentamente, a expor-se. Nunca suas feições se mostravam mais sublimes do que quando iluminadas pelo candor de suas declarações. "Isto é excremento; estes, muito embora Ritzema Bos afirme o contrário, são os órgãos reprodutores do macho. Eu o demonstrei." Sobre sua cabeça, colocaram muito apropriadamente o capuz de Edimburgo;[38] um pioneirismo de pureza ainda maior do que o Paris Green.

"Se tem certeza de que não estou atrapalhando", disse a srta. Lipscomb, desafivelando a caixa de pintura e plantando o cavalete firmemente na trilha, "tentarei fazer um retrato dessas lindas hortênsias contra o céu... Que flores vocês têm em Penzance!"

O jardineiro da feira cruzou as mãos sobre a enxada, vagarosamente entrelaçou um pedacinho de tília ao redor do dedo, olhou para o céu, disse qualquer coisa a respeito do sol, depois sobre a prevalência de mulheres artistas, e em seguida, assentindo, observou sentenciosamente que era a uma mulher que ele devia tudo o que tinha.

"Ah, sim?", disse a srta. Lipscomb, lisonjeada, mas já bastante entretida na sua composição.

"Uma mulher de nome estranho", disse o sr. Pascoe, "mas batizei a minha filhinha em sua homenagem... creio que não existe outra mulher igual na Cristandade."

Lógico que era a srta. Ormerod, e igualmente lógico que a srta. Lipscomb era irmã do médico da família da srta. Ormerod; portanto ela acabou não fazendo nenhum esboço naquela manhã, mas em vez disso levou um belo cacho de uvas – pois o caso é que todas as flores haviam murchado, a desgraça encarara o homem de frente – e ele tinha escrito, sem acreditar em nada do que lhe diziam – à mulher de nome estranho, e em resposta veio um livro, "In-se-tos ma-lé-fi-cos", com a página dobrada, talvez pela mão dela, além de uma carta que ele ainda guarda em casa embaixo do relógio, muito embora conheça cada palavra de cor, pois foi graças ao que ela lhe disse ali que hoje ele não era um desgraçado – e as lágrimas rolaram pelo seu rosto, e a srta. Lipscomb, abrindo espaço na mesa da hospedaria, escreveu a história toda ao seu irmão.

"O preconceito contra o Paris Green certamente parece estar morrendo", disse a srta. Ormerod ao lê-la. "Mas agora", ela suspirou bastante fundo pois já não era jovem e se via bastante atacada pela gota, "agora são os pardais."

Seria de imaginar que ao menos *eles* a deixariam em paz – esses passarinhos inocentes cinza-acastanhados, que exceto por ganharem mais do que lhes cabia de migalhas do café da manhã, eram inofensivos. Mas, uma vez que se observa através de um microscópio – uma vez que se enxerga a mosca-de-hesse e a mosca-varejeira como elas realmente são –, já não existe paz para uma senhora de idade que caminha de um lado a outro em seu terraço numa bela manhã de maio. Por exemplo, por que, se existem migalhas suficientes para todos, apenas os pardais as comem? Por que os pardais e não os martins? Por que... ah, os criados estão chegando para suas orações...

"Perdoai-nos as nossas ofensas assim como nós perdoamos a quem nos tem ofendido... Pois vosso é o Reino e o poder e a glória, para todo o sempre. Amém..."

"*The Times*, madame..."

"Obrigada, Dixon... O aniversário da rainha! Precisamos brindar à saúde de Sua Majestade com o velho porto branco, Dixon. *Home Rule*... tsc, tsc, tsc.[39] Aquele maluco do Gladstone. Meu pai pensaria que o mundo está acabando, e não tenho tanta certeza de que não seja verdade. Preciso conversar com o dr. Lipscomb..."

Porém o tempo inteiro, com o canto do olho, ela observava inúmeros pardais e, retirando-se ao seu gabinete, declarou, num livreto do qual 36 mil cópias foram distribuídas gratuitamente, que o pardal é uma peste.

"Quando o pardal come um inseto", disse à sua irmã Georgiana, "coisa que não ocorre com frequência, é um dos únicos insetos que se desejaria conservar – um dos muito poucos", ela acrescentou, com um toque ácido natural para alguém cujas pesquisas tenderam todas a desacreditar a raça dos insetos.

"Mas teremos de enfrentar algumas consequências bastante desagradáveis", concluiu ela. "Bastante desagradáveis, realmente."

Por sorte o porto agora fora servido, a criadagem reunida, e a srta. Ormerod, pondo-se de pé, brindou: "À Sua Majestade". Era extremamente leal, e, além disso, não havia nada de que gostasse tanto quanto de uma taça do velho porto branco do seu pai. Dele guardava também o rabo de cavalo, em uma caixa.

Sendo este o seu caráter, ia contra sua natureza analisar as crias do pardal, uma vez que o pardal, era sua opinião, representava um símbolo da virtude da vida doméstica inglesa, e declarar que ele estava recheado de falsidade era ser desleal com boa parte dos ideais que ela, e seus pais antes dela, acalentavam. Obviamente o clero – o reverendo J. E. Walker – denunciou aquela brutalidade: "Deus salve o Pardal!", exclamou o Protetor dos Animais; e a srta. Carrington, da Liga Humanitária, escreveu uma réplica em um folheto que a srta. Ormerod descreveu como "espirituoso, descortês e errôneo".

"Bem", disse ela à irmã, "não me fez nenhum mal, antes, ser ameaçada com um tiro ou com a forca para dar o exemplo, e outras atençõezinhas."

"Ainda assim, foi bastante desagradável, Eleanor... mais desagradável para mim, acredito, do que para você", disse Georgiana. Em pouco tempo, Georgiana morreu. Tinha, contudo, concluído a bela série de diagramas de insetos nos quais trabalhava todas as manhãs na sala de jantar e que foram apresentados à Universidade de Edimburgo. Mas Eleanor nunca mais foi a mesma mulher depois disso.

Caros mosca-da-floresta – traças-da-farinha – gorgulhos – mosca-do-tetraz e mosca-do-queijo – besouros – correspondentes estrangeiros – nematoides – joaninhas – mosquito-pólvora-do-trigo – pedido de desligamento da Sociedade Agrícola Real – ácaros plantícolas – besouro-de-drogaria – anúncio da outorga de título honorário – sentimentos de valorização e ansiedade – estudo sobre vespas – último relatório anual – descoberta de doenças graves – proposta de pensão

– perda gradual das forças – Finalmente a Morte.

É a vida, como dizem.

"Não é bom deixar as pessoas à espera de uma resposta", suspirou a srta. Ormerod, "embora eu não me sinta tão competente quanto antes, desde aquele acidente infeliz em Waterloo. E ninguém percebe o quanto esse trabalho é extenuante – com frequência sou a única dama presente no meio de cavalheiros tão instruídos, embora sempre os tenha considerado muito prestativos, muito generosos de todas as maneiras possíveis. Mas estou ficando velha, srta. Hartwell, esta é a verdade. Foi o que me levou a refletir no meio da estrada sobre a difícil questão da infestação da farinha, de modo que não enxerguei aquele cavalo antes de ele enfiar o nariz em minha orelha... Depois, tem esse absurdo da pensão. O que deu no sr. Barron para ter uma ideia dessas? Eu me sentiria inexpressivamente diminuída caso aceitasse uma pensão. Ora, não é exatamente do meu agrado escrever LL.D. após meu nome,[40] apesar de que Georgie teria gostado. A única coisa que peço é que me deixem quieta no meu canto. Bem, mas onde está a amostra dos senhores Langridge? Deve ser a primeira a ser levada. 'Senhores, examinei sua amostra e considero...'"

"Se alguém merece um descanso reparador é a senhora, srta. Ormerod", disse o dr. Lipscomb, que se tornara um pouco grisalho ao longo dos anos. "Eu diria que os fazendeiros da Inglaterra deviam erguer uma estátua em sua homenagem e lhe trazerem oferendas de milho e vinho, transformá-la em uma espécie de deusa, hã... como era mesmo o nome dela?"

"Não estou em grande forma para ser deusa", disse a srta. Ormerod, dando uma risadinha. "Mas o vinho me agradaria. O senhor não vai cortar a minha única taça de porto, certo?"

"A senhora deve se lembrar", disse o dr. Lipscomb, balançando a cabeça, "do quanto a sua vida representa para os outros."

"Bem, disso eu já não sei", disse a srta. Ormerod, ponderando um instante. "Mas, para garantir, já escolhi meu epitáfio. 'Ela introduziu o Paris Green na Inglaterra', e depois pode haver uma ou duas palavras sobre a mosca--de-hesse... que, acredito, foi um belo trabalho."

"Não há necessidade de pensar em epitáfios ainda", disse o dr. Lipscomb.

"Nossa vida está nas mãos de Deus", disse a srta. Ormerod simplesmente.

O dr. Lipscomb abaixou a cabeça e olhou pela janela. A srta. Ormerod permaneceu em silêncio.

"Os entomologistas ingleses dão pouca ou nenhuma importância para objetos de relevância prática", ela exclamou, de repente. "Por exemplo, a questão da infestação da farinha... Não posso dizer quantos cabelos brancos me causou."

"Apenas do ponto de vista figurativo, srta. Ormerod", disse o dr. Lipscomb, pois os cabelos dela ainda eram pretos como um corvo.

"Bem, eu acredito piamente que todo bom trabalho se faz em equipe", continuou a srta. Ormerod. "Com frequência, pensar dessa maneira é um grande consolo para mim."

"Está começando a chover", disse o dr. Lipscomb. "Que acharão disso seus inimigos, srta. Ormerod?"

"Seja no calor ou no frio, na chuva ou no sol, os insetos sempre vicejam!", exclamou a srta. Ormerod energicamente, sentando-se na cama.

"A velha srta. Ormerod morreu", declarou o sr. Drummond, abrindo o *Times* no sábado, dia 20 de julho de 1901.

"A velha srta. Ormerod?", perguntou a sra. Drummond.

# Jane Austen[1]

Se a srta. Cassandra Austen tivesse conseguido fazer valer a sua vontade, nós provavelmente nada teríamos de Jane Austen, salvo seus romances. Para sua irmã mais velha, Jane escrevia liberalmente; somente para ela, confiava suas esperanças e, se o rumor estiver correto, a única grande decepção de sua vida; mas, quando a srta. Cassandra Austen envelheceu e o aumento da fama da irmã a fez desconfiar de que chegaria o tempo em que desconhecidos se meteriam em seus assuntos e os especialistas fariam especulações, ela queimou a grande custo cada uma das cartas que poderiam satisfazer a curiosidade deles, poupando apenas as que julgou serem demasiado triviais para despertar interesse.

Por conseguinte, o que sabemos sobre Jane Austen vem da fofoca miúda, de umas poucas cartas e de seus livros. Quanto à fofoca, aquela que sobreviveu a seus dias nunca é desprezível; com um pouco de reordenação, serve de modo admirável a nossos propósitos. Por exemplo, Jane "não é nada bonita e, diferente de uma garota de doze anos, cheia de cerimônia [...] Ela é caprichosa e afetada", diz a pequena Philadelphia Austen sobre sua prima.[2] Então temos a sra. Mitford,[3] que conheceu as irmãs Austen quando elas eram crianças e considerava Jane "a borboleta namoradeira mais linda, tonta e caprichosa que já conheceu". Em seguida, há a amiga anônima da srta. Mitford, "que em uma visita diz que ela se converteu no mais aprumado, preciso e taciturno exemplo de 'solteirice' que já existiu, e que, até *Orgulho e preconceito* ter revelado a gema preciosa oculta sob o caso irredutível, a sociedade fazia pouca distinção entre ela e um atiçador em um guarda-fogo... O caso é muito diferente agora", a boa senhora continua; "ela ainda é um atiçador – mas um atiçador temido por todos... Uma pessoa de espírito, delineadora de caráter, quando se cala, é deveras terrível!". Por outro lado, claro, há os Austens, raça pouco afeita a fazer um panegírico de si própria, mas, ainda assim, segundo dizem, os irmãos "tinham muita afeição e orgulho por ela. Sentiam-se ligados a ela por seus talentos, virtudes e modos envolventes, tendo depois passado a gostar de imaginar semelhanças entre uma sobrinha ou filha e a querida irmã Jane, cujo páreo perfeito não esperavam encontrar".[4] Encantadora mas aprumada, adorada em casa mas temida por estranhos, de língua afiada mas com coração sensível – esses contrastes não são de modo algum incompatíveis e, quando nos dirigimos para os romances, damos conosco topando repetidas vezes com as mesmas complexidades no escritor.

Para começar, aquela garotinha cerimoniosa que Philadelphia achava tão diferente de uma criança de doze anos, caprichosa e afetada, logo se tornaria a autora de uma história surpreendente e nada infantil, *Amor e amizade*,[5] que, por incrível que pareça, foi escrita quando ela tinha quinze anos de idade. Foi escrita, aparentemente, para divertir a sala de aula; uma das histórias do mesmo livro é dedicada com falsa solenidade ao irmão; outra é caprichosamente ilustrada com bustos pintados a aquarela pela irmã. Sentimos que se trata de gracejos de foro doméstico; ímpetos de sátira, que atingiam o alvo porque todos os pequenos Austen faziam pilhéria das damas refinadas que "suspiravam e desmaiavam no sofá".

Irmãos e irmãs devem ter gargalhado quando Jane leu para eles em voz alta sua última diatribe contra os vícios que todos abominavam. "Morro como mártir da minha dor pela perda de Augustus. Um desmaio fatal custou-me a vida. Toma cuidado com os desmaios, querida Laura... Delira furiosamente quantas vezes quiseres, mas não desmaies..."[6] E ela corria, tão veloz quanto podia escrever e tão rápido quanto conseguia soletrar, para contar as incríveis aventuras de Laura e de Sophia, de Philander e de Gustavus, de cavalheiros que todos os dias viajavam de diligência entre Edimburgo e Stirling, do roubo da fortuna que era guardada na gaveta de uma escrivaninha, de mães famintas e filhos que atuaram em *Macbeth*. Sem dúvida, a história deve ter provocado uma gargalhada sonora na sala de aula. Ainda assim, nada é mais óbvio do que o fato de que essa moça de quinze anos, sentada em um canto isolado do salão comunitário, não escrevia para causar o riso dos seus irmãos e para o consumo doméstico. Ela estava escrevendo para todo mundo, para ninguém, para o seu tempo, para o nosso; em outras palavras, mesmo nessa idade precoce, Jane Austen dedicava-se à escrita. Percebe-se isso no ritmo, equilíbrio e severidade das frases. "Não passava de uma jovem de bom feitio, educada e obediente; assim nem sequer podíamos não gostar dela; era apenas um objeto de desprezo."[7] Tal frase estava destinada a sobreviver aos festejos de Natal. Viva, fácil, cheia de humor, prestes a cair liberalmente no total disparate – *Amor e amizade* é tudo isso; mas que nota é essa que nunca se mistura com o resto, que soa distinta e penetrante atravessando todo o volume? É o som de uma gargalhada. Em seu canto, a moça de quinze anos está caçoando do mundo.

Moças de quinze anos estão sempre rindo. Riem quando o sr. Binney se serve de sal, em vez de açúcar. Quase morrem de rir quando a velha sra. Tomkins se senta sobre um gato. Mas no momento seguinte estão chorando. Elas não possuem domicílio fixo de onde percebem que há algo de eternamente risível na natureza humana, uma qualidade em homens e mulheres que sempre animará a nossa sátira. Não sabem que Lady Greville, que age com descortesia, e a pobre Maria, que sofre a indelicadeza, são características permanentes de todo salão de baile.[8] Mas Jane Austen sabia disso desde o nascimento. Uma das fadas que se empoleiram nos berços deve tê-la levado em um voo pelo mundo no momento em que nasceu. Quando foi reconduzida ao berço, não apenas sabia como era o mundo, mas também já havia escolhido o seu reinado. Havia concordado que governaria sobre aquele território, não ambicionaria nenhum outro. Assim, aos quinze anos, tinha poucas ilusões sobre os outros e nenhuma sobre si mesma. O que escrever está consumado, e lapidado, e posto em suas relações não com a paróquia, mas com o universo. Quando a escritora, Jane Austen, redigiu, no esboço mais notável do livro, uma pequena conversa de Lady Greville,[9] não há traço de raiva pela descortesia que a filha do pastor, Jane Austen, outrora sofrera. Seu olhar passa direto para o marco e nós sabemos precisamente onde, no mapa da natureza humana, reside esse marco. Sabemos por que Jane Austen manteve o trato; ela nunca ultrapassou as suas fronteiras. Nunca, nem na idade emocional de quinze anos, dobrou-se de vergonha, apagou um sarcasmo em um surto de compaixão ou esfumaçou um contorno nas brumas da rapsódia. Surtos e rapsódias, ela parece ter dito, apontando sua varinha, terminam *aqui*; e a linha divisória mostra-se perfeitamente clara. Mas ela não nega que luas, montanhas e castelos existam – do lado de lá. Jane Austen até mesmo tem uma paixão pessoal. É pela rainha da Escócia. Admirava-a muito. "Um dos primeiros personagens do mundo",[10] ela a chamava, "uma princesa encantada cujo único amigo era então o duque de Norfolk, e cujos únicos que tem agora são o sr. Whitaker, a sra. Lefroy, a sra. Knight e eu."[11] Com essas palavras, sua paixão fica bem delimitada e se encerra em riso.[12] É engraçado lembrar em que termos as jovens Brontës escreveram, não muito depois, em sua paróquia ao norte, sobre o duque de Wellington.[13]

A mocinha cerimoniosa cresceu. Tornou-se "a borboleta namoradeira mais linda, tonta e caprichosa" da lembrança da sra. Mitford e, por acaso, autora de um romance chamado *Orgulho e preconceito*, que, escrito às ocultas sob a proteção de uma porta que rangia, permaneceu muitos anos inédito.[14] Pouco depois, imagina-se, iniciou outra história, *Os Watsons* e, tendo por alguma razão ficado insatisfeita, nunca a completou.[15] Vale a pena ler as produções menores de grandes escritores, porque estas oferecem o melhor juízo acerca de suas obras-primas. Aqui suas dificuldades saltam à vista, bem como se disfarça com menor engenho o método empregado para superá-las. De início, a dureza e nudez dos primeiros capítulos mostram que ela era um desses autores que dispõe os fatos de modo bastante audaz na primeira versão e depois volta e torna a voltar muitas vezes para revesti-los de substância e atmosfera. Como teria feito, não podemos dizer – por meio de que supressões, inserções e expediente ardilosos. Mas o milagre se teria consumado; a monótona história de quatorze anos da vida de uma família teria se convertido em outra dessas finas introduções de aparente simplicidade; e nunca teríamos adivinhado quantas páginas de trabalho pesado Jane Austen obrigou sua pena a atravessar. Aqui percebemos que ela não era nenhuma feiticeira. Como outros escritores, precisava criar a atmosfera na qual seu gênio peculiar pudesse render frutos. Aqui ela titubeia; aqui nos deixa à espera. De repente, chega lá; agora as coisas sucedem do modo como ela gosta que sucedam. A família Edwards vai ao baile. A carruagem dos Tomlinsons está passando; ela pode nos dizer que, depois de lhes calçarem as luvas, Charles é "incumbido de mantê-las postas";[16] Tom Musgrave se retira para um canto remoto e famosamente acomoda-se com um prato de ostras.[17] Seu gênio está livre e ativo. Súbito, nossos sentidos despertam; somos tomados pela intensidade peculiar que somente ela consegue conferir. Mas de que se compõe tudo isso? De um baile num vilarejo do interior; alguns casais se encontram e dão-se as mãos em um salão de festas; come-se e bebe-se um pouco; e, à guisa de catástrofe, um rapaz é tratado com menoscabo por uma jovem e com gentileza por outra. Não há tragédia nem heroísmo. Entretanto, por alguma razão, cresce enormemente o desajuste entre a pequena cena e sua solenidade superficial. Fomos convidados a ver que, se Emma agiu assim num salão de baile, com quanta consideração, ternura, movida por que sinceridade de sentimento não se portaria em crises mais graves de sua vida, as quais, à medida que a acompanhamos, inevitavelmente surgem diante de nossos olhos. Jane Austen é, portanto, senhora de emoções muito mais profundas do que as que despontam na superfície. Ela nos estimula a fornecer o que não está presente. O que oferece é, aparentemente, uma ninharia, mas se compõe de algo que expande na mente do leitor e dota cenas externamente triviais da mais duradoura forma de vida. A ênfase sempre recai na personagem. Como, somos levados a nos perguntar, Emma agirá quando lorde Osborne e Tom Musgrave fizerem sua visita cinco minutos antes da três, bem no momento em que Mary vier trazendo a bandeja e o estojo de facas? Trata-se de uma situação extremamente embaraçosa. Esses rapazes estão acostumados a um refinamento muito maior. Emma pode mostrar-se grosseira, vulgar, uma nulidade. As reviravoltas do diálogo nos mantêm presos nas garras do suspense. Metade de nossa atenção reside no momento atual, metade, no futuro. E quando, ao cabo, Emma se comporta de modo a justificar nossas maiores esperanças sobre ela, ficamos comovidos como se houvéssemos testemunhado um assunto da maior importância. Aqui, de fato, nesta história inacabada e no geral inferior, encontramos todos os elementos característicos da grandeza de Jane Austen. Contém a qualidade permanente da literatura. Desconsidere a animação superficial, a semelhança com a vida, e ali resta, para proporcionar um prazer mais profundo, um raro discernimento sobre os valores humanos. Afaste isso também da mente e somos capazes de nos debruçar com extrema satisfação sobre a arte mais abstrata que, na cena do baile, alterna de tal modo as emoções e ajusta tão bem as partes que é possível desfrutar dela como se desfruta da poesia, por si própria, e não como um elo que conduz a história de um jeito ou de outro.

 Mas a fofoca diz que Jane Austen era aprumada, precisa e taciturna – "um atiçador temido por todos". Também há sinais disso; ela podia ser bastante impiedosa; é um dos satiristas mais consistentes de toda literatura. Esses primeiros capítulos angulares de *Os Watsons* provam que seu gênio não era prolífero; não tinha, como Emily Brontë, apenas de abrir a porta para poder ser sentida. Humilde e alegremente, recolhia os gravetos e as palhinhas de que construía o seu ninho e os unia com habilidade. Os gravetos e as palhinhas em si eram um pouco secos e um pouco poeirentos. Havia a casa grande e a casinha; um chá da tarde, um jantar e um piquenique ocasional; a vida era cercada por conexões valiosas e ganhos adequados; por estradas lamacentas, pés molhados e uma propensão de as damas ficarem fatigadas; um pequeno princípio a respaldava, uma pequena consequência, e a educação comumente usufruída pelas famílias da classe média alta vivendo no interior. O vício, a aventura, a paixão, ficavam de fora. Mas, de todo esse prosaísmo, dessa pequenez, ela nada evita nem passa por alto. De modo paciente e preciso, nos informa que a carruagem "só parou em Newbury, onde os prazeres e as fadigas do dia se encerraram numa substancial refeição, misto de almoço e jantar".[18] Tampouco protesta tributo às convenções apenas da boca para fora; tanto crê nelas quanto as aceita. Quando descreve um clérigo, como Edmund Bertram, ou um marinheiro, em particular, a inviolabilidade do ofício deste parece impedi-la de fazer uso livre de sua principal ferramenta, o gênio cômico, vendo-se assim inclinada a cair em um panegírico decoroso ou uma descrição pedestre. Mas são exceções; pois a maior parte de sua atitude lembra a exclamação da senhora anônima: "Uma pessoa de espírito, delineadora de caráter, quando se cala, é deveras terrível!" Ela não deseja reformar nem aniquilar; é silenciosa; e isso é terrível, de fato. Um após o outro, cria os seus personagens tolos, pedantes, mundanos, os seus senhores Collins, os seus Sir Walter Eliots, as suas senhoras Bennets.[19] Ela os envolve com o açoite de uma frase mordaz que, ao passar em volta, recorta-lhes a silhueta eterna. Mas ali permanecem; nenhuma desculpa se apresenta em seu nome, nenhuma compaixão lhes é mostrada. Nada resta de Julia ou Maria Bertram quando Jane Austen termina com elas; Lady Bertram fica eternamente "sentada, chamando a cachorrinha para ela não ir nos canteiros das flores".[20] Distribui-se uma justiça divina; o dr. Grant, que começa com sua predileção por gansos bem passados, termina "vítima de uma apoplexia relacionada com sua participação em três grandes jantares institucionais numa única semana".[21] Às vezes, parece que suas criaturas nascem apenas para conceder à autora o supremo prazer de lhes cortar a cabeça. Ela se satisfaz, contenta-se; não alteraria um fio de cabelo na cabeça de ninguém nem moveria um tijolo ou folha de relva em um mundo que lhe concede prazer tão refinado.

Nem nós, na realidade. Pois mesmo se as dores da vaidade ferida ou o ardor da cólera moral nos impelissem a corrigir um mundo tão cheio de rancor, mesquinharia e loucura, a tarefa está além de nossa capacidade. As pessoas são assim – a moça de quinze anos sabia disso; e a mulher madura o comprova. Neste momento exato, uma Lady Bertram está tentando impedir a cachorrinha de ir ao canteiro de flores; ela manda Chapman ajudar a srta. Fanny um pouco tarde demais. O discernimento é tão perfeito, a sátira, tão justa, que, apesar de consistente, quase nos escapa. Nenhum toque de mesquinharia, nenhuma sugestão de rancor nos arranca da contemplação. O deleite estranhamente se mistura com nossa diversão. A beleza ilumina esses tolos.

Essa qualidade elusiva é, de fato, composta de partes bem distintas, que carecem de um gênio peculiar para reuni-las. O espírito de Jane Austen tem como companheira a perfeição do seu gosto. O seu tolo é um tolo, o seu esnobe é um esnobe, porque se afastam do modelo de senso e sanidade que ela tem em mente, informando-nos de modo inequívoco, ao mesmo tempo que nos faz rir. Nunca um romancista fez mais uso de um senso impecável de valores humanos. Vai contra a esfera de um coração infalível, um bom gosto indefectível, uma moralidade quase inflexível, que ela apresente esses desvios da bondade, verdade e sinceridade como as coisas mais encantadoras da literatura inglesa. É assim que ela pinta Mary Crawford, na sua mistura de bom e mau.[22] Permite que ela matraqueie contra o clero ou a favor dos baronetes e uma boa renda, com toda tranquilidade e espírito possíveis; mas de quando em quando faz soar uma nota pessoal, muito baixa, mas perfeitamente afinada e, de imediato, toda tagarelice de Mary Crawford, conquanto continue a nos divertir, soa fora do tom. Por isso, a profundidade, a beleza e complexidade de suas cenas. De tais contrastes advém uma beleza, até mesmo uma solenidade, que é não apenas tão notável quanto o seu espírito, mas ainda uma parte inseparável dele. Em *Os Watsons* ela nos fornece um prenúncio dessa força; faz com que perguntemos por que um simples ato de bondade, tal como o descreve, torna-se tão carregado de sentido. Em suas obras-primas, o mesmo talento é levado à perfeição. Aqui nada desvia do caminho; é meio-dia em Northamptonshire; um jovem insípido está conversando com uma jovem um tanto frágil enquanto sobem as escadas para trocarem-se para o jantar, com as criadas passando. Mas, da trivialidade, do lugar-comum, as palavras tornam-se subitamente carregadas de sentido e o momento para ambos o mais memoráveis de suas vidas. Está repleto; brilha; resplandece; paira diante de nós, profundo, trêmulo, sereno por um instante;

em seguida, passa uma criada, e essa gota, na qual se recolheu toda felicidade da vida, gentilmente torna a cair para fazer parte do fluxo e refluxo da existência ordinária.[23]

Que pode ser mais natural, então, do que Jane Austen decidir escrever sobre as banalidades da existência cotidiana, de festas, piqueniques e contradanças, com esse vislumbre de sua profundidade? Nenhuma sugestão do príncipe regente ou do sr. Clarke sobre "alterar o seu estilo de escrita" seria capaz de seduzi-la;[24] em sua visão, nenhum romance, aventura, política ou intriga seria páreo para a vida em uma escadaria de uma casa de campo. Na realidade, o príncipe regente e o bibliotecário bateram a cabeça contra um obstáculo bastante formidável; estavam tentando manipular uma consciência incorruptível, perturbar uma discrição infalível. A mocinha que compunha frases de modo tão primoroso aos quinze anos nunca cessou de compô-las e nunca escreveu para o príncipe regente ou o seu bibliotecário, mas para o mundo em geral. Ela sabia exatamente quais eram suas forças e que material elas podiam tratar da maneira como o material deve ser tratado por um escritor cujos propósitos tinham padrão elevado. Havia impressões que ficaram de fora de seu território; emoções que por nenhum movimento ou artifício poderiam ser adequadamente revestidas ou recobertas pelos recursos de que a autora dispunha. Por exemplo, ela não conseguiria fazer uma moça falar entusiasmada de insígnias e capelas. Não seria capaz de se entregar com sinceridade a um momento romântico. Dispunha de toda sorte de expedientes para evitar cenas de paixão. Da natureza e seus encantos ela se aproximava por uma via oblíqua que lhe é peculiar. Jane Austen descreve uma bela noite sem jamais mencionar a lua. No entanto, ao lermos as poucas frases formais sobre o "esplendor de uma noite sem nuvens em contraste com o vulto negro das árvores", a noite súbito se torna tão "solene, confortante e encantadora", como ela nos diz, de modo bastante simples, que era.[25]

O equilíbrio de seus dotes é extraordinariamente perfeito. Não há fracassos em seus romances concluídos e, entre seus muitos capítulos, poucos ficam marcadamente abaixo dos demais. Mas, afinal, ela morreu com 42 anos. Morreu no auge de suas forças. Ainda estava sujeita a mudanças que muitas vezes tornam o período final da carreira de um escritor o mais interessante de todos. Vivaz, irrepreensível, dotada de grande vigor inventivo, não resta dúvida de que teria escrito mais, caso houvesse sobrevivido, e é tentador pensar se não teria escrito de modo diferente. As fronteiras estavam demarcadas; luares, montanhas e castelos ficavam de fora. Mas, de quando em quando, não seria tentada a invadir por um minuto o outro lado? Não estaria começando, à sua maneira feliz e brilhante, a contemplar uma pequena viagem de descoberta?

Tomemos *Persuasão* e, sob a luz desse seu último romance concluído, olhemos para os livros que ela teria escrito caso houvesse vivido mais. Há um encanto peculiar e uma monotonia peculiar nesse romance. A monotonia é aquela que marca tão comumente o estágio de transição entre períodos diferentes. A escritora está um pouco enfastiada. Acostumou-se demasiado com as possibilidades de seu mundo; não os contempla mais de um modo novo. Há uma aspereza em sua comédia sugerindo que quase deixou de divertir-se com as vaidades de um Sir Walter ou com a presunção de uma senhorita Elliot. A sátira é dura e a comédia, crua. Não presta mais tanta atenção nos divertimentos da vida cotidiana. Sua mente não está inteiramente absorvida no assunto. Mas, apesar de sentirmos que Jane Austen tenha feito isso antes, e feito melhor, também sentimos que está empenhada em realizar algo que nunca havia arriscado. Há um elemento novo em *Persuasão*, a qualidade, talvez, que fez o dr. Whewell inflamar-se e insistir que se trata da "mais bela de suas obras".[26] Ela está começando a descobrir que o mundo é mais amplo, misterioso e romântico do que havia suposto. Sentimos que está sendo sincera quando diz sobre Anne: "Forçada a ser prudente quando jovem, ela havia aprendido a ser romântica ao envelhecer: a sucessão natural de um início nada natural."[27] Ela se demora com frequência na beleza e melancolia da natureza, no outono, quando antes se acostumara a alongar-se na primavera. Fala da influência dos "belos e melancólicos meses de outono no campo". Observa as "folhas amareladas e as sebes ressequidas". "Não se ama menos um lugar pelo fato de nele se ter sofrido", observa.[28] Mas não é apenas em uma nova sensibilidade para a natureza que detectamos a mudança. Sua atitude em relação à vida em si se altera. Jane Austen a está vendo, na maior parte do livro, pelos olhos de uma mulher que, sendo ela própria infeliz, demonstra compreensão pela felicidade e pela infelicidade alheias, sobre as quais até o fim é forçada a pronunciar-se em silêncio. Portanto, a observação reside menos do que o habitual nos fatos do que nos sentimentos. Há uma evidente emoção na cena do concerto e na famosa conversa acerca da constância feminina, que prova não apenas o fato biográfico de Jane Austen ter amado, mas ainda o fato estético de não ter mais receio de expressá-lo. A experiência, tendo sido séria, calou bem fundo e precisou ser completamente desinfetada pela passagem dos anos, antes de ela se permitir a tratar do assunto na ficção. Mas agora, em 1817, estava pronta. Externamente, também, dentro de suas circunstâncias, a mudança era iminente. "Duvido", escreveu o sr. Austen-Leigh, "que seja possível mencionar outro autor digno de nota cuja obscuridade pessoal fosse tão absoluta."[29] Tivesse ela vivido apenas mais alguns anos, tudo se teria alterado. Teria permanecido em Londres, teria jantado fora, almoçado fora, conhecido pessoas famosas, feito novos amigos, lido, viajado e levado de volta para a tranquila casa de campo um acúmulo de observações para se banquetear a seu tempo.

Que efeito teria tudo isso sobre os seis romances que Jane Austen não escreveu? Não teria escrito sobre crimes, paixões ou aventuras. Não teria sido impelida à negligência ou insinceridade pela importunação dos editores ou pela adulação dos amigos. Mas teria aprendido mais. Seu senso de segurança teria sido abalado. Sua comédia teria padecido. Para nos dar o conhecimento de suas personagens, teria confiado menos no diálogo (o que já é perceptível em *Persuasão*) do que na reflexão. Essas pequenas e maravilhosas falas que resumem, em alguns minutos de falatório, tudo de que precisamos para conhecer para sempre um almirante Croft ou uma sra. Musgrove, esse método taquigráfico, casual, que contém capítulos de análise e psicologia, teria se tornado demasiado rudimentar para abarcar tudo o que ela agora compreendia sobre a complexidade da natureza humana. Ela teria arquitetado um método, claro e sereno como sempre, porém mais profundo e sugestivo, para transmitir não apenas o que as pessoas dizem, mas o que deixam de dizer; não apenas o que são, mas o que é a vida. Teria ficado mais distante dos seus personagens, vendo-os mais como um grupo do que indivíduos. Sua sátira, ainda que soasse com menor insistência, teria se tornado mais ácida e severa. Teria sido precursora de Henry James e Proust – mas basta. Vãs são estas especulações: a artista mais perfeita entre as mulheres, a escritora cujos livros são imortais, morreu "bem quando estava começando a sentir confiança em seu próprio sucesso".[30]

# Ficção moderna[1]

Em qualquer exame da ficção moderna, mesmo o mais livre e descompromissado, é difícil não dar por certo que a moderna prática da arte é de algum modo um aperfeiçoamento sobre a antiga. Com suas ferramentas rudimentares e materiais primitivos, pode-se dizer, Fielding saiu-se bem e Jane Austen, ainda melhor, mas compare as oportunidades deles com as nossas! Suas obras-primas decerto carregam um estranho ar de simplicidade. E, ainda assim, a analogia entre a literatura e o processo, digamos, de fabricar automóveis mal resiste à primeira impressão. Parece duvidoso que, no curso dos séculos, a despeito do muito que aprendemos sobre a produção de máquinas, tenhamos aprendido algo sobre a fatura literária. Não chegamos a escrever melhor; tudo o que pode ser dito é que continuamos a andar, um pouco nessa direção, um pouco naquela, mas com uma tendência para o círculo, caso todo o caminho fosse visto de um pináculo suficientemente elevado. Nem é preciso dizer que não arrogamos, nem mesmo por um instante, tal posição de vantagem. No solo, em meio à multidão, meio cegos pela poeira, olhamos para trás com inveja para esses guerreiros mais felizes, cuja batalha venceram e cujas conquistas revelam um ar tão sereno de realização que por pouco deixamos de sussurrar que a luta deles foi menos aguerrida que a nossa. Cabe ao historiador da literatura decidir; cabe a ele dizer se estamos no início, no fim ou no meio de um grande período da prosa de ficção, pois, daqui da planície, pouco se vê. Apenas sabemos que algumas gratidões e hostilidades nos inspiram; que algumas trilhas parecem conduzir a terra fértil, outras para o pó e o deserto; e sobre isso pode valer a pena ensaiar um relato.

Nossa briga, portanto, não é com os clássicos, e se falamos de brigar com o sr. Wells, o sr. Bennett ou com o sr. Galsworthy, em parte é porque, devido meramente à sua existência em carne e osso, sua obra revela uma imperfeição viva, respirante, cotidiana, que nos persuade a tomar com ela a liberdade que nos aprouver. Mas também é verdade que, ainda que lhes agradeçamos as suas mil e dádivas, reservamos nossa gratidão incondicional ao sr. Hardy, ao sr. Conrad e, em um grau menor, ao sr. Hudson de *The Purple Land* [A terra roxa], *Green Mansions* [Mansões verdes] e *Longe, e há muito tempo*.[2] O sr. Wells, o sr. Bennett e o sr. Galsworthy despertaram tantas esperanças e as desapontaram de modo tão persistente que nossa gratidão em grande parte se traduz em agradecer-lhes por nos ter mostrado o que poderiam ter feito mas não fizeram; o que sem dúvida não poderíamos fazer, mas, de modo tão certo, talvez, não queiramos fazer. Nenhuma expressão única resumirá a queixa ou acusação que teremos de apresentar contra uma quantidade de trabalho tão vasta em termos de seu volume e expressando tantas qualidades, ao mesmo tempo admiráveis e o contrário. Se tentássemos formular o que queremos dizer em uma palavra, diríamos que esses três autores são materialistas. É pelo fato de que se ocupam não do espírito, mas do corpo, que eles nos desapontaram e nos deixaram com a sensação de que, quanto antes a ficção inglesa lhes virar as costas, tão polidamente quanto for possível, e seguir adiante, nem que seja para o deserto, melhor será para a alma dela. Naturalmente, nenhuma palavra isolada atinge o cerne de cada um dos três alvos. No caso do sr. Wells, ela cai notadamente bem longe da marca. Entretanto, mesmo com ele, ela indica, a nosso ver, a mistura fatal que há em seu gênio, o grande torrão de argila que se imiscuiu na pureza de sua inspiração. Mas o sr. Bennet é talvez o maior culpado dos três, na medida em que é de longe o melhor artífice. Ele é capaz de produzir um livro tão sólido e bem construído em razão de sua técnica que fica difícil para o crítico mais exigente perceber que fissura ou desgaste possa ter-se insinuado. Nem chega a haver nem uma única corrente de ar passando pelos caixilhos da janela ou uma rachadura nas tábuas. Todavia – e se a vida se recusa a viver ali? Este é o risco de que o criador de *The Old Wives' Tale* [Conto das carochinhas],

George Cannon, Edwin Clayhanger e inúmeras outras figuras podem muito bem alegar terem superado.³ Suas personagens vivem de maneira abundante, até mesmo inesperada, mas resta perguntar como e para que vivem. Mais e mais elas nos parecem, desertando até mesmo a bem construída *villa* em Five Towns, passar o tempo em um vagão ferroviário de primeira classe e revestimento macio, apertando sinos e botões inumeráveis; e o destino para o qual seguem de modo tão luxuoso sem dúvida paulatinamente se converte em uma eternidade de bem-aventurança desfrutada no melhor dos hotéis de Brighton. Não se pode dizer do sr. Wells que ele seja um materialista no sentido de que se delicie muito com a solidez de sua estrutura. Demasiado generosa com respeito a suas simpatias, sua mente não permite que passe muito tempo botando as coisas em ordem e tornando-as substanciais. Ele é um materialista de bom coração, tomando sobre seus ombros o trabalho que funcionários do governo deveriam ter executado e, na abundância de suas ideias e fatos, mal teve tempo livre para perceber ou esqueceu-se de cogitar o importante, o caráter rudimentar e mal-acabado de seus seres humanos. Contudo, que crítica mais nociva poderia haver tanto para sua terra quanto para o seu Céu de que dizer que eles hão de ser habitados aqui e mesmo depois por suas Joans e seus Peters? A inferioridade de sua natureza não macularia quaisquer instituições e ideias que possam lhes ser fornecidos pela generosidade de seu criador? Tampouco, por mais que respeitemos profundamente a integridade e humanidade do sr. Galsworthy, encontrarmos o que procuramos em suas páginas.

Se colarmos, portanto, uma etiqueta em todos esses livros, sobre os quais uma palavra é o materialismo, queremos com isso dizer que eles escrevem sobre assuntos desimportantes; que gastam imensa habilidade e perícia fazendo o trivial e o transitório adquirir o aspecto do verdadeiro e duradouro.

Somos obrigados a admitir que são empolgantes e, ademais, que é difícil justificar nosso descontentamento explicando o que reivindicamos. Moldamos nossa questão de modo diferente em ocasiões diferentes. Mas ela reaparece de modo mais persistente quando deixamos cair o romance concluído com um grande suspiro – ele vale a pena? Qual é a razão disso tudo? Pode ser que, em face de um desses pequenos desvios que o espírito humano parece tomar de tempos em tempos, o sr. Bennett tenha vindo tão somente uma ou duas polegadas do lado errado com o seu magnífico aparato para capturar a vida? A vida escapa; e talvez sem a vida nada mais valha a pena. Confessamos a imprecisão de fazer uso de uma figura como essa, mas não ganhamos muito quando falamos, como tendem os críticos, de realidade. Admitindo a imprecisão que aflige toda crítica romanesca, arrisquemos a opinião de que, para nós, neste momento, a forma ficcional mais em voga deixa escapar mais do que captura a coisa que buscamos. Quer a chamemos de vida ou espírito, quer de verdade ou realidade, isso, a coisa essencial, afastou-se ou seguiu adiante e se recusa a manter-se confinada pelas vestimentas mal-ajambradas que lhe oferecemos. Não obstante, prosseguimos de modo obstinado e consciente a construir nossos 32 capítulos com base em um projeto que paulatinamente deixa de parecer-se com a visão que tínhamos em mente. Muito do enorme trabalho de fornecer a solidez, a semelhança com a vida da história não configura meramente um trabalho jogado fora, mas mal-empregado, no sentido de que obscurece e tolda a luz da concepção. O escritor parece obrigado, não por seu livre-arbítrio, mas por um tirano poderoso e inescrupuloso que o mantém cativo, a providenciar uma trama, a providenciar comédia, tragédia, interesse amoroso, e um ar de probabilidade preservando o conjunto de modo tão impecável que, se todas suas figuras viessem à vida, elas se veriam vestidas até o último botão de seu casaco segundo a moda. Obedece-se ao tirano; conclui-se o romance de modo impecável. Mas, às vezes, com frequência cada vez maior com o correr do tempo, suspeitamos uma dúvida momentânea, um espasmo de rebelião, à medida que as páginas são preenchidas da maneira habitual. A vida seria assim? Os romances deveriam ser assim?

Olhe de perto e a vida, ao que tudo indica, está muito longe de ser "assim". Examine por um momento uma mente ordinária em um dia ordinário. A mente recebe uma miríade de impressões – triviais, fantásticas, evanescentes ou gravadas na dureza do aço. Elas vêm de todos os lados, uma chuva incessante de átomos incontáveis; e, ao cair, tomam a forma da vida da segunda ou da terça-feira, o acento recai de maneira diferente do que se dava no passado; o momento importante sucede não aqui, mas acolá; de modo que, se um escritor for um homem livre e não um escravo, se puder escrever sobre o que escolher, não mediante uma convenção, não deveria existir trama, comédia, tragédia, interesse amoroso ou catástrofe no estilo aceitável, e talvez nenhum único botão costurado ao estilo dos alfaiates da Bond Street. A vida não é uma série de óculos simetricamente alinhados;[4] a vida é um halo luminoso, um envelope semitransparente que nos rodeia do início da consciência até o fim. Não caberia ao romancista expressar o máximo possível esse espírito variável, desconhecido e ilimitado, seja qual for a aberração ou complexidade apresentada, com a pequena mistura do estranho e do externo? Não estamos advogando meramente a coragem e a sinceridade; sugerimos que a matéria adequada da ficção é um pouco distinta daquilo que o hábito nos fez crer.

É dessa maneira, em todo caso, que buscamos definir a qualidade que distingue a obra de vários escritores jovens, entre os quais o mais notável é o sr. James Joyce, daquela de seus predecessores. Eles procuram chegar mais perto da vida e preservar de modo mais sincero e exato o que lhes interessa e os comove, mesmo que, para fazê-lo, devam descartar a maior parte das convenções mais comumente observadas pelo romancista. Registremos os átomos à proporção em que caem sobre a mente na ordem em que caem, tracemos o desenho, por mais incoerente e desconexo que seja a sua aparência, com que cada visão ou incidente avança na consciência. Não tomemos como certo que a vida exista mais plenamente naquilo que em geral se considera grande do que naquilo que se considera pequeno. Quem já leu *O retrato de um artista quando jovem* ou, o que promete ser uma obra mais interessante, *Ulysses*, que vem aparecendo na *Little Review*, terá arriscado alguma teoria dessa natureza com respeito à intenção do sr. Joyce.[5] De nossa parte, diante de tal fragmento, arriscamos mais do que afirmamos; mas qualquer que seja a intenção do conjunto, não resta dúvida de que é da maior sinceridade e que o resultado, independentemente de o julgarmos difícil ou desagradável, é inegavelmente importante. Em contraste com aqueles que chamamos de materialistas, o sr. Joyce é espiritual; ele se preocupa com revelar a todo custo os lampejos daquela chama íntima que lança suas mensagens no cérebro, e, para que possa conservá-la, ignora com toda coragem o que lhe pareça extrínseco, seja a probabilidade, seja a coerência, seja qualquer outra dessas tabuletas que por gerações serviram para amparar a imaginação de um leitor quando ele é convocado a imaginar aquilo que não pode ver nem tocar. A cena no cemitério, por exemplo, com seu brilho, sordidez, incoerência, seus súbitos lampejos de significado, sem dúvida chega tão perto do cerne da mente que, em uma primeira leitura de qualquer modo, dificilmente não a aclamamos como obra-prima. Se quisermos a própria vida, então seguramente ali a temos. Com efeito, tateamos desajeitados se procuramos dizer o que mais desejamos e por que razão uma obra de tal originalidade ainda não pode ser comparada, pois escolhemos apenas os maiores exemplos, com *Juventude* ou *The Mayor of Casterbridge* [O prefeito de Casterbridge].[6] A falha está na relativa pobreza da mente do escritor, poderíamos dizer de forma simples e encerrar a conversa. Mas é possível insistir um pouco mais e indagar se não podemos atribuir nossa impressão de estar em um aposento claro, mas estreito, confinados e trancados, em vez de soltos em um espaço amplo, a um tipo de limitação imposta pelo método, bem como pela mente. É o método que inibe o poder criativo? Será graças a ele que não nos sentimos nem joviais, nem magnânimos, mas centrados em um *self* que, a despeito de seu tremor de susceptibilidade, nunca abraça ou cria o que está fora de si e mais longe? A ênfase depositada, talvez didaticamente, sobre a indecência, contribuiria para o efeito de algo angular e isolado? Ou será tão somente que, em qualquer esforço de originalidade assim como esse, é muito mais fácil, sobretudo para os contemporâneos, sentir o que a obra carece do que dizer o que ela oferece? De todo modo, é um equívoco ficar de lado examinando "métodos". Qualquer método é correto, todo método é correto, quando expressa o que queremos que expresse, se somos escritores; que nos aproxima da intenção do romancista, se somos leitores. Esse método tem o mérito de nos levar mais perto daquilo que estamos preparados para chamar de a vida em si mesma; não sugeriu a leitura de *Ulysses* o quanto se exclui ou se ignora da vida, como não constituiu um choque abrir *Tristam Shandy* e até *Pendennis* e deixar além do mais que esses romances nos convençam de que não apenas existem outros aspectos na vida, mas ainda que eles sejam os mais importantes de todos.[7]

Qualquer que seja o caso, o problema com que se depara o romancista hoje em dia, como supomos que tenha sido no passado, é arquitetar meios de ser livre para fixar as suas escolhas. Ele precisa ter a coragem de dizer que não lhe interessa mais "isto", mas "aquilo": só a partir "daquilo" ele deve construir a sua obra. Pois é muito provável que, para os modernos, "aquilo", o ponto de interesse, resida nos espaços escuros da psicologia. A um só tempo, portanto, o acento cai de modo um pouco diferente; a ênfase se encontra em algo até então ignorado; a um só tempo, um diferente esboço de forma torna-se necessário, de difícil alcance para nós, incompreensível para nossos antecessores. Ninguém salvo um moderno, ninguém salvo um russo, teria sentido o interesse da situação com a qual Tchekhov criou o conto denominado "Gusev". Uns soldados russos se encontram doentes a bordo de um navio que os transporta de volta à Rússia. Dão-nos alguns fragmentos do que conversam e pensam; então, um deles morre e é levado embora; os outros continuam a conversar por algum tempo, até que o próprio Gusev morre e, parecendo-se com "uma cenoura ou um rabanete", é lançado ao mar.[8] A ênfase recai em locais tão inesperados que, de início, parece não haver nenhuma; então, à medida que os olhos se acostumam com o crepúsculo e discernem o formato das coisas em um aposento, podemos distinguir a integralidade da história, com que profundeza e verdadeiramente com que obediência à sua visão Tchekhov elegeu isto, aquilo e aquilo outro, unindo-os de modo a compor algo novo. Mas é impossível dizer "isto é cômico" ou "isto é trágico"; tampouco temos certeza, pois nos ensinam que os contos devem ser breves e conclusivos, se essa história, vaga e inconclusiva, pode ser chamada de conto.

Os comentários mais elementares sobre a ficção inglesa moderna dificilmente podem evitar a menção à influência russa e, se se mencionam os russos, corre-se o risco de sentir que escrever qualquer tipo de ficção exceto a deles é uma perda de tempo. Se quisermos compreender a alma e o coração, onde mais podemos encontrar profundidade comparável? Se estamos fartos de nosso materialismo, o menos importante dos romancistas russos tem por direito de nascença uma reverência natural pelo espírito humano. "Aprenda a tornar-se semelhante às pessoas... Não permita, porém, que essa afinidade seja mental – pois é fácil com a mente –, e sim com o coração, com o amor que tem por elas."[9] Em todo grande escritor russo, parecemos distinguir as feições de um santo, caso a empatia pelo sofrimento dos outros, o amor por eles e o empenho por atingir um objetivo digno das demandas mais exigentes do espírito constituam a santidade. É o santo que há neles que nos desconcerta com o sentimento de nossa própria trivialidade irreligiosa, e transforma tantos de nossos grandes romances em ouro falso e impostura. Talvez as conclusões da mente russa, por consequência compreensivas e compassivas, sejam, inevitavelmente, da maior tristeza. Mais precisamente, com efeito, poderíamos falar do caráter inconclusivo da mente russa. É a impressão de que não há resposta, de que, se for examinada de maneira honesta, a vida apresenta uma questão atrás da outra, as quais permanecem soando sem cessar depois de a história terminar em uma interrogação desesperançada que nos enche com um profundo, e enfim, porventura, com um ressentido desespero. Estão certos, talvez; sem dúvida eles veem mais longe do que nós e sem os nossos graves defeitos de visão. Mas talvez vejamos algo que lhes escape, do contrário por que essa nota de protesto viria associar-se com nossa melancolia? A voz do protesto é de outra civilização antiga que parece ter produzido em nós o instinto de desfrutar e lutar, em vez de sofrer e compreender. A ficção inglesa, de Sterne a Meredith, é testemunha de nosso deleite natural pelo humor e pela comédia, pela beleza da terra, pelas atividades do intelecto e pelo esplendor do corpo. Mas são fúteis quaisquer deduções que possamos fazer, a partir da comparação de duas ficções tão incomensuravelmente distantes, salvo verdadeiramente pelo fato de que nos inundam com a perspectiva das possibilidades infinitas da arte e nos lembram de que não há limites para o horizonte, e de que nada – nenhum "método", nenhum experimento, mesmo o mais furioso – é proibido, exceto pela falsidade e o fingimento. "A matéria adequada da ficção" não existe; tudo é matéria adequada para a ficção, todo sentimento, todo pensamento; toda qualidade do cérebro e do espírito é aproveitada; nenhuma percepção é inadequada. E se pudermos imaginar a arte da ficção vir à vida, de pé entre nós, ela decididamente nos rogaria que a quebrássemos e a agredíssemos, assim como que a honrássemos e a amássemos, pois desse modo sua juventude se renova e sua soberania fica assegurada.

## *Jane Eyre* e *O morro dos ventos uivantes*[1]

Dos cem anos que se passaram desde o nascimento de Charlotte Brontë, ela, hoje no centro de tanta lenda, devoção e estudo, viveu apenas 39. É estranho refletir como essas lendas seriam diferentes caso a vida dela tivesse alcançado a duração humana comum. Poderia ter-se tornado, como algumas de suas famosas contemporâneas, figura encontrada com familiaridade em Londres e alhures, assunto de inumeráveis ilustrações e anedotas, autora de muitos romances, talvez de autobiografias, devidamente tirada de nós de dentro das lembranças da meia-idade, com todo o esplendor da fama consagrada. Poderia ter sido rica, poderia ter sido próspera. Mas não foi assim. Quando pensamos nela, devemos imaginar alguém que não teve seu quinhão do mundo moderno; temos de regressar para meados do século passado, para um presbitério remoto nas charnecas agrestes de Yorkshire. Nesse presbitério e nessas charnecas, infeliz e isolada, em sua pobreza e exaltação, ela para sempre permanece.

Essas circunstâncias, afetando-lhe o caráter, podem ter deixado vestígios em sua obra. Um romancista, ponderamos, está fadado a construir sua estrutura com muito material bastante perecível, que começa por dotá-lo de realidade e termina por sobrecarregá-lo com lixo. Ao tornar a abrir *Jane Eyre*, não conseguimos impedir a suspeita de que consideraremos seu mundo imaginário tão antiquado, médio vitoriano e obsoleto quanto um presbitério em uma charneca, um local a ser visitado apenas pelos curiosos e preservado pelos piedosos.

Assim descerramos *Jane Eyre*; e, em duas páginas, toda dúvida é varrida de nossa mente.

> Dobras de pano escarlate tapavam minha visão à direita; à esquerda estavam as vidraças transparentes, que me protegiam do dia de novembro, mas não me separavam dele. De vez em quando, ao virar as páginas do meu livro, eu estudava o aspecto daquela tarde de inverno. A distância, ela oferecia um pálido borrão de névoa e nuvem; mais perto, o cenário era o gramado molhado e os arbustos açoitados pelo temporal, a chuva incessante varrendo tudo com violência antes de uma longa e terrível rajada de vento.[2]

Nada há ali mais perecível do que a própria charneca ou mais sujeito à influência da moda do que a "longa e terrível rajada de vento". Tampouco é breve essa exaltação. Arrasta-nos por todo o volume, sem nos dar tempo de pensar, sem permitir que alcemos os olhos da página. Nossa absorção é tão intensa que, se alguém passar pelo quarto, o movimento não parece suceder ali, mas em Yorkshire. A autora nos apanha pela mão, obriga-nos a percorrer a estrada, faz com que vejamos o que ela vê, nunca nos abandonando por um momento ou permitindo que a esqueçamos. No fim, ficamos totalmente saturados do gênio, da veemência, da indignação de Charlotte Brontë. Rostos notáveis, figuras de contorno forte e traços retorcidos relampejaram de passagem sobre nós; mas é pelos olhos dela que os vimos. Quando ela não está, procuramos em vão por eles. Pense em Rochester e precisamos pensar em Jane Eyre. Pense na charneca e mais uma vez lá está Jane Eyre. Pense até mesmo na sala de estar,* aqueles "carpetes brancos em que pareciam repousar reluzentes guirlandas de flores", aquela cornija de "lareira de pálido mármore", com seus ornamentos de cristal da Boêmia "cor de rubi" e a "mistura de gelo e fogo" – que é tudo isso exceto Jane Eyre?

---

* Charlotte e Emily Brontë tinham muito do mesmo senso de cor: "olhamos lá para dentro... ah, que beleza! Uma sala esplêndida, acarpetada de carmim, com poltronas e mesas também de carmim, e o teto branco debruado de ouro, e uma cascata de gotas de cristal pendendo de argolas de prata no centro, brilhando com velas pequeninas" (*O morro dos ventos uivantes*).[3] "E no entanto era apenas uma bela sala de estar com aposento íntimo anexo, ambos forrados com carpetes brancos em que pareciam repousar reluzentes guirlandas de flores. Em ambos o teto era decorado com folhas e cachos de uvas brancas em alto-relevo, sob os quais resplandeciam, em contraste, sofás e divãs carmesins. Os ornamentos sobre a lareira de mármore alvo eram de cintilante cristal da Boêmia, cor de rubi, e entre as janelas amplos espelhos repetiam aquela mistura de neve e fogo" (*Jane Eyre*).[4] (N.A.)

Não demora para encontrarmos as desvantagens em ser Jane Eyre. O fato de ser sempre uma preceptora e de estar sempre apaixonada oferece sérias limitações em um mundo que, afinal, está repleto de gente que não é uma coisa nem outra. Os personagens de Jane Austen ou de Tolstói oferecem um milhão de facetas, para serem comparadas com essas. Eles vivem e são complexos por causa do efeito produzido sobre muitas pessoas diferentes, que servem para refleti-los em todos os detalhes. Deslocam-se aqui e acolá independentemente do olhar de seu criador, e o mundo em que vivem nos parece ser um mundo autônomo, que podemos visitar, agora que eles o criaram, por nós mesmos. Thomas Hardy assemelha-se a Charlotte Brontë na força de sua personalidade e na estreiteza de sua visão. Mas as diferenças são imensas. Ao lermos *Jude, o obscuro*,[5] não corremos para terminá-lo, cismamos, refletimos e nos afastamos do texto carregados por pletóricos fios de pensamento que erguem à roda dos personagens uma atmosfera de questionamento e sugestão da qual eles se mostram, com frequência, inconscientes. Conquanto sejam simples camponeses, somos forçados a confrontá-los com destinos e indagações da maior urgência, de modo que temos muitas vezes a impressão de que os personagens mais significativos em um romance de Hardy são aqueles desprovidos de nome. Desse poder, dessa curiosidade especulativa, não há vestígio em Charlotte Brontë. Ela não procura resolver o problema da vida humana; em geral, ignora a existência de tais problemas; toda sua força, mais impressionante por ser limitada, reside em afirmar: "eu amo", "eu odeio", "eu sofro".

Pois os escritores autocentrados e autolimitados possuem um poder negado aos dotados de maior abrangência e mentalidade aberta. Suas impressões vêm bem compactadas e firmemente estampadas entre suas paredes estreitas. Nada brota de seu espírito que não venha marcado por sua impressão. Aprendem pouco de outros autores; não podem assimilar o que eles adotam. Tanto Hardy quanto Charlotte Brontë parecem ter estabelecido o seu estilo com base em um jornalismo rígido e decoroso. A matéria-prima de sua prosa é incômoda e inflexível. Mas ambos, com labuta e a mais obstinada integridade, pensando cada pensamento até que este tenha imposto jugo às palavras, forjaram para si mesmos uma prosa que se apropria por completo do molde de sua mente; o que redunda, de quebra, em uma beleza, uma força e um ímpeto próprios. Charlotte Brontë, ao menos, nada deveu à leitura de muitos livros. Nunca aprendeu a suavidade do escritor profissional nem adquiriu a habilidade de rechear e fazer vibrar a sua linguagem a seu bel-prazer. "Nunca poderia manter um diálogo com mentes fortes, discretas e refinadas", ela escreveu, como teria escrito qualquer editorialista de jornal de província; mas, reunindo fogo e ímpeto, segue com sua própria voz original "até ultrapassar as barreiras da reserva convencional e atravessar o pórtico da confiança, e conquistar um lugar junto à pedra do lar do seu coração".[6] É ali que ela ocupa o seu assento; é o brilho rubro e irregular da chama brotando do coração que ilumina as suas páginas. Em outras palavras, não lemos Charlotte Brontë pela requintada observação dos caracteres – seus personagens são simples e vigorosos elementares –; nem pela comédia – o seu humor é austero e cru –; nem pela perspectiva filosófica da vida – a dela é a da filha de um pároco de aldeia; mas sim por sua poesia. Talvez o mesmo suceda com todos os escritores que têm, como ela, uma personalidade avassaladora, de modo que, como dizemos na vida real, basta abrirem a porta para que sintamos a sua presença. Há neles uma ferocidade indômita perpetuamente em luta com a ordem estabelecida das coisas que os faz querer criar de imediato, em vez de observar com paciência. Esse mesmo ardor, rejeitando os meios tons e outros entraves menores, alça voo para longe da conduta cotidiana das pessoas comuns e se conecta com a sua paixão mais inarticulada. É o que os torna poetas, ou, se optam por escrever em prosa, intolerantes às limitações desse meio. Por isso, Emily e Charlotte sempre evocam o auxílio da natureza. Ambas sentem a necessidade de um símbolo mais poderoso das imensas paixões adormecidas na natureza humana do que as palavras ou ações são capazes de exprimir. É com uma descrição de uma tempestade que Charlotte encerra o seu melhor romance, *Villete*: "O céu estende-se pesado e negro – uma nuvem ligeira foge do Ocidente, as nuvens tomam formas singulares, estranhas."[7] Assim, ela convoca a natureza para descrever um estado de espírito que não poderia ter sido expresso de outra forma. Nenhuma das duas irmãs, porém, observou a natureza com a mesma precisão de Dorothy Wordsworth ou a pintou de maneira tão minuciosa como Tennyson.[8] Ambas capturaram os aspectos da terra que lhes era mais próximo daquilo que sentiram ou imputaram a seus personagens, de modo que suas tempestades, suas charnecas, seus adoráveis espaços de verão não constituem ornamentos destinados a decorar uma página enfadonha ou exibir o poder de observação do escritor, mas conduzem a emoção e iluminam o sentido do livro.

O sentido do livro, que tão comumente se encontra distante do que acontece e do que é dito, consistindo, em vez disso, em alguma conexão com o que as coisas em si diferentemente têm em reserva para o escritor, é forçosamente difícil de compreender. Sobretudo quando o autor, como as irmãs Brontë, é poético, e o sentido que ele imprime não se distingue da linguagem, constituindo mais um estado de espírito do que uma observação particular. *O morro dos ventos uivantes* é um livro mais difícil de compreender do que *Jane Eyre,* porque Emily era maior poeta do que Charlotte. Quando Charlotte escrevia, ela dizia com eloquência e esplendor "eu amo", "eu odeio", "eu sofro". Sua experiência, ainda que mais intensa, pode ser equiparada à nossa. Mas não há "eu" em *O morro dos ventos uivantes.* Não há preceptoras. Não há patrões. Há amor, mas não se trata do amor entre um homem e uma mulher. Emily inspirou-se em um conceito mais geral. O impulso que a instigou a criar não foi o seu próprio sofrimento ou suas próprias dores. Ela fixou o olhar em um mundo cindido em gigantesca desordem e sentiu dentro de si a força para uni-lo em um livro. A ambição gigantesca deve ser sentida em todo o romance – uma luta, em parte frustrada, mas de suprema convicção, de dizer algo pela boca de seus personagens que não é apenas "eu amo", "eu odeio", mas "nós, a raça humana inteira" e "você, os poderes eternos..." a oração permanece inacabada. Não estranha que seja assim; surpreende-nos pelo contrário que ela nos faça sentir o que tivesse de algum modo dentro de si para dizer. Surge nas palavras semiarticuladas de Catherine Earnshaw: "Se tudo mais perecesse e *ele* permanecesse, eu continuaria a existir; e se tudo mais permanecesse e ele fosse aniquilado, o universo passaria a ser estranho, e eu não mais faria parte dele."[9] Irrompe de novo na presença da morte. "Vejo um repouso que nem a terra nem o inferno podem interromper, e sinto uma reafirmação de outra vida, que há de ser mais infinita e imaculada – a Eternidade em que ingressaram –, onde a existência é ilimitada em sua duração, e o amor em sua compaixão e a alegria em sua completude."[10] É essa sugestão de força na presença da grandeza que empresta ao livro sua formidável estatura entre outros romances. Para Emily Brontë, porém, não bastou escrever uns versos, emitir um grito, expressar um credo. Ela fez isso de uma vez por todas em seus poemas, que talvez sobrevivam a seu romance. Era romancista assim como era poeta. Precisou incumbir-se de uma tarefa mais trabalhosa e mais ingrata. Precisou encarar o fato de outras existências, lidar com o mecanismo das coisas externas, construir, em um formato reconhecido, granjas e casas e registrar o discurso de homens e mulheres que existiram independentemente dela. E assim alcançamos esses píncaros de emoção não por meio de diatribes ou de rapsódias, mas ouvindo uma moça entoando velhas canções de si para si enquanto balança os galhos de uma árvore; observando as ovelhas da charneca pascer a turfa; ouvindo o vento suave soprar na relva. A vida na granja com todos os absurdos e sua improbabilidade se descortina diante de nós. Todas as oportunidades de comparar *O morro dos ventos uivantes* com uma granja real e Heathcliff com um homem real nos são fornecidas. Como, temos a permissão para perguntar, pode haver verdade, compreensão ou as mais refinadas tonalidades de emoção em homens e mulheres que se parecem tão pouco com os que conhecemos? Mas, mesmo enquanto fazemos essas perguntas, vemos em Heathcliff o irmão que uma irmã de gênio poderia ter visto; ele é impossível, dizemos, mas, ainda assim, nenhum rapaz da literatura teve uma existência mais vívida do que a dele. Assim se dá com as duas Catherines; nunca as mulheres sentiram como elas ou agiram da sua maneira, dizemos. Em todo caso, são as mulheres mais adoráveis da ficção inglesa. É como se ela pudesse destruir tudo o que reconhecemos como próprio dos seres humanos, preenchendo essas transparências irreconhecíveis com tamanha lufada de vida que acabam por transcender a realidade. Os seus, portanto, são os mais raros de todos os poderes. Foi capaz de libertar a vida da dependência dos fatos, com uns poucos toques indicar o espírito de um rosto de modo que este não necessita de corpo; ao falar da charneca, fazia o vento soprar e o trovão rugir.

# George Eliot[1]

Ler George Eliot com atenção é dar-se conta do pouco que se sabe sobre ela. Também é dar-se conta da credulidade, cujo crédito não se deve muito à percepção atual, com que, de forma semiconsciente e parcialmente maliciosa, aceita-se a versão vitoriana tardia de uma mulher iludida que manteve controle imaginário sobre personagens ainda mais iludidos do que ela. É difícil determinar em que momento e por que meios quebrou-se o encanto da autora. Alguns atribuem ao lançamento de *George Eliot's Life*. Talvez George Meredith, com sua frase sobre o "empresariozinho mercurial" e a "mulher errante" no púlpito,[2] tenha fornecido o veneno e o aguilhão para as flechas de milhares de pessoas incapazes de mirá-las com tamanha acurácia, mas que se deleitam com deixá-las voar. Ela se tornou um dos alvos do escárnio da juventude, conveniente representante de um grupo de pessoas sérias, que, culpadas todas de idêntica idolatria, podiam ser descartadas com o mesmo desdém. Lord Acton disse que ela era maior que Dante; Herbert Spencer abonou seus romances, como se não fossem romances, quando baniu toda ficção da Biblioteca de Londres.[3] Ela foi o orgulho e o exemplo de seu sexo. Além disso, o testemunho privado não se mostrou mais cativante do que o registro público. Instado a descrever uma tarde em Priory,[4] o contador de histórias sempre insinuou que a recordação daquelas graves tardes de domingo viera a excitar o seu senso de humor. Ele ficara tão agitado com a senhora sisuda sentada na cadeira baixa;

ele se mostrara tão ansioso para dizer algo inteligente. A conversa decerto fora bem séria, como prova uma nota na caligrafia clara e precisa da grande romancista. A data corresponde à manhã de segunda-feira, e ela se acusava de ter falado sem a devida atenção sobre Marivaux quando queria referir-se a outra pessoa; mas sem dúvida, ela disse, o seu ouvinte já havia providenciado a correção. Ainda assim, a recordação de uma conversa sobre Marivaux com George Eliot em uma tarde de domingo não configurava uma lembrança romântica. Esta se apagara com a passagem dos anos. Não se tornara pitoresca.

Com efeito, não se pode escapar à convicção de que seu rosto longo e pesado, com sua expressão grave, soturna, quase equina, deixou uma nota deprimente gravada na mente das pessoas que se lembram de George Eliot, de modo que é essa fisionomia que lhes observa, de suas páginas. O sr. Goose a descreveu nos últimos tempos, quando a viu atravessar Londres em uma vitória:

> uma ampla e pesada sibila, imóvel e sonhadora, cujos traços maciços, algo sombrios quando observado de perfil, vinham emoldurados de modo incongruente por um chapéu, sempre na última moda parisiense, que naqueles dias em geral incluíam uma imensa pena de avestruz.[5]

Lady Ritchie, com semelhante habilidade, deixou um retrato interno de natureza mais íntima:

> Trajando um belo vestido de cetim negro, ela estava sentada ao pé da lareira, com um quebra-luz verde na mesa ao lado, onde vi espalhados livros alemães, folhetos e abridores de carta de marfim. Muito quieta e nobre, dispunha de dois olhinhos fixos e uma voz suave. Ao observá-la, senti que era uma amiga, não exatamente uma amiga pessoal, mas um impulso bom e generoso.[6]

Um trecho da conversa foi conservado. "Devemos respeitar nossa influência", ela disse. "Sabemos de experiência própria como os outros afetam nossas vidas e, por seu turno, devemos lembrar que nós temos o mesmo efeito sobre os outros."[7] Entesourada com zelo, conservada na memória, é possível imaginar recordar-se da cena, repetir as palavras, trinta anos depois e, então, subitamente, pela primeira vez, cair na gargalhada.

Em todos esses registros, sentimos que o registrador, mesmo quando estava diante da presença real, mantinha a distância e o autocontrole, e nunca leu os romances nos anos posteriores sob a luz de uma bela, intrigante ou vívida personalidade a lhe ofuscar a visão. Na ficção, onde a personalidade tanto se destaca, a ausência de charme constitui uma grande falta; e seus críticos, que foram, claro, em sua maioria do sexo oposto, ressentiram-se, talvez de modo semiconsciente, da deficiência de uma qualidade considerada supremamente desejável na mulher. George Eliot não era charmosa; não era intensamente feminina; não dispunha de nenhuma dessas excentricidades ou disparidades de temperamento que conferem a tantos artistas a afetuosa simplicidade das crianças. Sentimos que para a maioria, como para Lady Ritchie, ela não "era exatamente uma amiga, mas um impulso bom e generoso". Mas, se examinarmos esses retratos mais de perto, descobriremos que todos representam a imagem de uma velha senhora célebre, vestida de cetim negro, a bordo de uma vitória, uma mulher que passou por sua luta e emergiu dela com um profundo desejo de ser útil aos outros, mas com nenhum anseio por intimidade, salvo relativo ao pequeno círculo que a conhecera desde os tempos de juventude; mas sabemos bem que a cultura, a filosofia, a fama e a influência foram todas construídas sobre uma base bastante humilde – ela era neta de um carpinteiro.

O primeiro volume de sua vida é, em especial, um registro deprimente. Nele a vemos erguer-se com dificuldade do intolerável tédio de uma sociedade mesquinha e provinciana (seu pai subiu na vida, tornando-se mais burguês, mas menos pitoresco),[8] até virar editora-assistente de um periódico londrino altamente erudito[9] e estimada companheira de Herbert Spencer. Os estágios são dolorosos à medida que ela os revela no triste solilóquio ao qual o sr. Cross a condenou, de modo a contar a história de sua vida. Marcada na primeira mocidade como "certa de obter muito em breve uma roupa em um bazar de caridade",[10] ela se dispôs a arrecadar fundos para o restauro de uma igreja produzindo um mapa da história eclesiástica; o que acarretou uma perda da fé que tanto perturbou o seu pai que este se recusou a morar com ela. Em seguida, veio a luta com a tradução de Strauss,[11] a qual, árida e "atordoante" em si, dificilmente se abrandou com as habituais atividades femininas de administrar o lar e cuidar do pai moribundo, e a penosa convicção, para alguém tão dependente de afeto, de que, por tornar-se uma intelectual, estava perdendo o respeito do irmão. "Costumava agir como uma coruja", ela disse, "para o grande desgosto de meu irmão."[12] "Pobrezinha", escreveu uma amiga que a viu labutar com Strauss tendo uma estátua de Cristo diante de si. "Tenho mesmo pena dela às vezes, com o rosto pálido e doentio e as horríveis dores de cabeça, sem falar da ansiedade com o pai."[13] Todavia, embora não se possa ler a história sem um forte desejo de que as etapas de sua peregrinação poderiam ter-se constituído, se não mais fáceis, ao menos mais belas, existe uma obstinada determinação em seu avanço sobre a cidadela da cultura, que escapa à nossa piedade. Seu progresso ocorreu de forma lenta e muito difícil, mas havia o ímpeto irresistível por trás, proveniente de uma nobre e arraigada ambição. Cada obstáculo foi no fim expulso do seu caminho. Ela conhecia todos. Leu tudo. Sua surpreendente vitalidade intelectual triunfara. A mocidade se encerrara, mas a mocidade fora marcada pelo sofrimento. Então, aos 35 anos, no auge de suas forças e na plenitude de sua liberdade, tomou a decisão tão profundamente momentosa para ela, e que carrega importância até mesmo para nós, e viajou a Weimar, a sós com George Henry Lewes.

Os livros que logo seguiram à união testificam de modo absoluto a grande libertação que lhe trouxe a felicidade pessoal. Em si mesmos, eles nos proporcionam um banquete fecundo. Todavia, no limiar de sua carreira literária, pode-se encontrar, em algumas das circunstâncias de sua vida, influências que a fizeram retornar ao passado, para o vilarejo rural, para a tranquilidade e beleza e simplicidade de suas memórias infantis, mas para longe dela mesma e do momento presente. Compreendemos por que seu primeiro livro foi *Scenes of Clerical Life* [Cenas da vida clerical], e não *Middlemarch*. Sua união com Lewes a cercou de afeto, mas, em termos das circunstâncias e das convenções, também a isolou. "Quero que se entenda", ela escreveu em 1857, "que nunca convidarei ninguém para vir me visitar que não tenha solicitado o convite."[14] Ela tinha sido "apartada daquilo que se chama o mundo", disse mais tarde, mas não se arrependeu. Ao tornar-se deste modo marcada, primeiro pelas circunstâncias e depois, inevitavelmente, pela fama, ela perdeu a capacidade de mover-se em igualdade, despercebida, entre os seus semelhantes; e essa perda, para um romancista, é séria. Ainda assim, falar de perda parece ser inapropriado quando a vemos desfrutando da luz e calor de *Scenes of a Clerical Life*, sentindo a grande mente madura espraiar-se com uma sensação luxuriante de liberdade pelo mundo de seu "passado mais longínquo". Para tal mente, tudo representava um ganho. Toda experiência vinha filtrada por camada e mais camada de percepção e reflexão, enriquecedoras e nutrizes. O máximo que podemos dizer, ao qualificar sua atitude para com a ficção, a partir do pouco que sabemos de sua vida, é que ela tomou a sério certas lições que em geral não se aprendem cedo, se é que são aprendidas, entre as quais, porventura, a que lhe calou mais fundo tenha sido a virtude melancólica da tolerância; suas afinidades estão no terreno cotidiano e funcionam com maior felicidade quando se detêm sobre o tecido caseiro das alegrias e tristezas. Ela não dispunha de nenhuma intensidade romântica que se associa com o sentido da própria individualidade, insaciável e incontrolável, seu formato bruscamente recortado sobre o pano de fundo do mundo. Que são os amores e tristezas de um velho pároco pouco atraente, a divagar diante de seu uísque, comparados com o egoísmo feroz de Jane Eyre? A beleza desses primeiros livros, *Scenes of Clerical Life*, *Adam Bede*, *O moinho sobre o rio*, é enorme.[15] Não se pode estimar o mérito dos Poysers, Dodsons, Gilfils, Bartons e demais personagens com todos os seus ambientes e dependências, porque eles ganharam corpo e nós nos movemos entre eles, ora entediados, ora solidários, mas sempre com uma inquestionável aceitação de tudo o que dizem e fazem, o que concedemos apenas aos grandes originais. O fluxo de memória e humor que ela despeja de modo tão espontâneo em uma figura, cena após cena, até que todo o tecido da antiga Inglaterra rural seja revivido, tem tanto em comum com um processo natural que mal nos damos conta de que há algo ali a ser criticado. Nós aceitamos; sentimos o calor delicioso e a libertação de espírito de que somente os maiores escritores criativos podem nos municiar. Quando se regressa aos livros depois de anos de ausência, eles emitem, mesmo a despeito de nossas expectativas, a mesma reserva de energia e ardor, de modo que queremos mais do que tudo gazetear no calor como sob o sol que bate do muro vermelho do pomar. Se há um elemento de abandono inconsciente em submeter-se dessa forma aos humores dos fazendeiros das Terras Médias e suas esposas, isso, também, casa-se às circunstâncias. Dificilmente queremos analisar o que é que sentimos ser tão extenso e profundamente humano. E, quando consideramos como o mundo de Shepperton e Hayslope é remoto no tempo e como a mente do fazendeiro e do trabalhador rural está distante daquela da maioria dos leitores de George Eliot, só podemos atribuir o prazer e tranquilidade com que passeamos de uma casa para a ferraria, da varanda de um chalé para o jardim de uma paróquia ao fato de que a autora faz com que tomemos parte em suas vidas, não no espírito da condescendência ou da curiosidade, mas da solidariedade. Ela não é uma satirista. A dinâmica de sua mente era lenta e pesada demais para ter sido emprestada à comédia. Mas a autora reúne em seu vasto domínio um grande apanhado dos principais elementos da natureza humana, agrupando-os de modo frouxo com uma compreensão tolerante e saudável que, descobrimos na releitura, não apenas manteve livres e frescas as suas figuras, mas ainda lhes concedeu um controle inesperado sobre nosso riso e nossas lágrimas. Há a famosa sra Poyser.[16] Teria sido fácil exagerar as suas idiossincrasias e, como está, talvez, George Eliot faz com que ela ria no mesmo ponto com uma frequência um pouco excessiva. Mas a lembrança, assim que se fecha o livro, como por vezes sucede na vida real, faz emergir os detalhes e sutilezas que algumas características mais salientes nos impediram anteriormente de perceber. Recordamos que sua saúde não ia bem. Houve ocasiões em que ela silenciou. Era a paciência encarnada quando se tratava de uma criança doente. Dava enorme atenção à Totty.[17] Portanto, pode-se refletir e especular acerca do grande número de personagens de George Eliot e encontrar, mesmo no menos importante, uma margem e amplitude onde se ocultam aquelas qualidades que ela não tem por que tirar das sombras.

Mas em meio a toda essa tolerância e compreensão existe, mesmo nos primeiros livros, momentos de grande tensão. Seu humor se mostrou amplo o bastante para abranger uma grande variedade de tolos e fracassados, mães e crianças, cães e campos verdejantes das terras médias, fazendeiros, sagazes ou bêbados de cerveja, negociantes de cavalos, estalajadeiros, párocos e carpinteiros. Sobre todos, paira um certo romance, o único a que George Eliot se permitiu – o romance do passado. Seus livros são surpreendentemente legíveis, sem nenhum traço de ostentação ou fingimento. Mas, para o leitor que mantiver em vista uma vasta extensão de sua obra inicial, ficará óbvio que a névoa da recordação gradualmente se desfaz. Não quer dizer que sua força diminui, pois, para nosso entendimento, esta atinge o ponto máximo no maduro *Middlemarch*, o livro magnífico que, com todas suas imperfeições, é um dos poucos romances ingleses escritos para o público adulto. O mundo rural de fazendeiros, porém, não mais a satisfaz. Na vida real, ela buscou a sorte em outros caminhos; e, embora o regresso ao passado fosse algo calmo e consolador, havia, mesmo nas primeiras obras, traços de um espírito perturbado, essa presença exigente, inquisidora e perplexa que era a própria George Eliot. Em *Adam Bede*, há vestígios dela em Dinah.[18] Ela se deixa mostrar de modo muito mais aberto e integral em Maggie de *O moinho sobre o rio*. Ela é Janet, em "Janet's Repentance", Romola e, também, Dorothea, em busca da sabedoria e encontrando-a sabe-se lá como no casamento com Ladislaw.[19] Quem se desentende com George Eliot o faz, tendemos a pensar, por causa de suas heroínas; e por uma boa razão; pois não há dúvida que elas trazem à tona o pior da autora, conduzem-na a locais difíceis, tornam-na insegura, didática e ocasionalmente vulgar. Contudo, se você apagar toda a irmandade, acabará com um mundo muito menor e muito inferior, ainda que seja um mundo de maior perfeição artística e de regozijo e conforto bem superiores. Com respeito a seu fracasso, se é que se trate de um fracasso, deve-se lembrar que ela nunca escreveu uma história até os 37 anos e que, quando chegou a essa idade, passou a pensar em si mesma com um misto de dor e algo semelhante ao ressentimento. Por muito tempo, preferiu não pensar em si mesma. Então, quando se esgotou o primeiro ímpeto de energia criativa e lhe adveio a autoconfiança, ela escreveu mais e mais do ponto de vista pessoal, mas já sem o resoluto abandono da juventude. Sempre se percebe sua inibição quando suas heroínas dizem o que ela própria teria dito. Ela as disfarçou do jeito que pôde. Na troca, concedeu-lhes beleza e riqueza; inventou, de forma mais improvável, uma predileção por conhaque. Mas o fato perturbador e instigante continua sendo que a força de seu gênio a compelia a apresentar-se em pessoa em meio à tranquila cena bucólica.

A bela e nobre moça que insistia ter nascido no moinho à beira do rio Floss é o exemplo mais óbvio da ruína que uma heroína pode espalhar a seu redor. O humor a mantém controlada e adorável desde que ela seja criança e se satisfaça com fugir com ciganos ou fincar pregos em sua boneca; mas ela cresce; e, antes que se dê conta, George Eliot tem uma mulher totalmente desenvolvida em suas mãos, exigindo o que nem ciganos, nem bonecas, nem mesmo a própria St. Ogg pode lhe conceder.[20] Primeiro surge Philip Wakem e, depois, Stephen Guest.[21] Muito se discutiu acerca da fraqueza de um e da rusticidade do outro; mas ambos, em sua fraqueza e rusticidade, ilustram não tanto a inabilidade de George Eliot em pintar um retrato masculino, mas a incerteza, a debilidade e a atrapalhação que lhe sacudiram a mão quando teve de arranjar um parceiro adequado para a sua heroína. Em princípio, é levada para longe do mundo familiar que conhecia e amava, forçada a entrar nas salas de estar da classe média, onde cantam os moços nas manhãs de verão e as moças ficam sentadas bordando barretes de fumantes para bazares beneficentes. Ela se sente deslocada, como prova sua desajeitada sátira daquilo que chama "alta sociedade".

> Porém, a alta sociedade também tem clarete e tapetes de veludo, compromissos para jantar já fechados para as próximas seis semanas, ópera e fantásticos salões de baile [...] recebe a ciência de Faraday e a religião do clero superior, que pode ser encontrado nas melhores casas; assim, como poderia ter tempo ou necessidade de convicção e ênfase?[22]

Não há vestígio de humor ou perspicácia aqui, mas apenas o revanchismo de um ressentimento cuja origem sentimos ser pessoal. Mas, por mais terrível que seja a complexidade de nosso sistema social em suas demandas pela compaixão e pelo discernimento de uma romancista desgarrada a cruzar as barreiras, Maggie Tulliver fez pior do que afastar George Eliot de seu ambiente natural. Ela insistiu para que se introduzisse a grande cena emotiva. Ela deve amar; ela deve sofrer; ela deve afogar-se com o irmão agarrado nos braços. Quanto mais se examinam as grandes cenas emotivas, mais se antecipam nervosamente a formação, acúmulo e espessamento da nuvem que, no momento de crise, explodirá sobre nossa cabeça em uma torrente de desilusão e verbosidade. Em parte, isso se dá porque seu domínio sobre o diálogo, quando não se trata do dialeto, é frouxo; e em parte porque se esquiva com um pavor senil da fadiga que resulta do esforço da concentração emocional. Ela permite que suas heroínas falem demais. Dispõe de pouca felicidade verbal. Falta-lhe a imperturbável aptidão para escolher uma oração, comprimindo nela o núcleo da cena. "Com quem você vai dançar?", perguntou o sr. Knightley, no baile dos Westons. "Com o senhor, se me convidar", respondeu Emma,[23] e o que ela disse foi o suficiente. A sra. Casaubon teria falado por uma hora, e nós deveríamos olhar janela afora.

Não obstante, descarte sem remorso as heroínas, restrinja George Eliot ao mundo agrícola de seu "passado mais longínquo", e você não apenas reduz a sua grandeza, como perde o seu verdadeiro sabor. Que essa grandeza está aqui não resta dúvida. A extensão do prospecto, os contornos fortes e amplos dos traços principais, a luz rústica dos primeiros livros, a força penetrante e a riqueza reflexiva dos últimos nos tentam a permanecer e ir além dos nossos limites. Mas é sobre as heroínas que devemos dirigir um último olhar. "Sempre andei descobrindo minha religião desde que eu era menina", diz Dorothea Casaubon. "Costumava rezar muito – agora não rezo quase nunca. Tento não ter desejos apenas para mim..."[24] Ela fala por todas. Esse é o problema delas. Não conseguem viver sem religião e se põem a buscar uma desde que são mocinhas. Cada uma tem uma profunda paixão feminina pela bondade, o que torna o lugar onde ela se ergue, anelante e angustiada, o coração do livro – imóvel e enclausurado como um local de devoção, mas de modo que ela já não saiba a quem orar. No aprendizado, elas buscam seu objetivo; nas tarefas ordinárias da mulher; na assistência mais ampla oferecida por seu gênero. Elas não encontram o que procuram, o que não nos surpreende. A antiga consciência feminina, marcada por sofrimento e sensibilidade, emudecida por tantas gerações, parece ter-se avolumado nelas e transbordado e proferido uma demanda por alguma coisa – por algo que talvez seja incompatível com os fatos da existência humana. George Eliot tinha uma inteligência forte demais para lidar com esses fatos e um humor vasto demais para mitigar a verdade, porque esta era grave. Salvo pela coragem suprema de seus esforços, a luta termina, para a heroína, em tragédia ou em uma concessão ainda mais melancólica. Mas sua história é a versão incompleta da história da própria George Eliot. Para ela, também, o fardo e a complexidade da condição feminina não eram suficientes; ela precisou transcender o santuário e colher para si mesma os frutos estranhos e luminosos da arte e do conhecimento. Agarrando-os como poucas mulheres jamais os agarraram, não renunciou ao próprio legado – a diferença de perspectiva, a diferença de padrão – nem aceitou uma recompensa imprópria. Portanto, nós a contemplamos, uma figura memorável, desmesuradamente louvada e arredia à fama, abatida, reservada, retornando trêmula aos braços do amor como se somente ali houvesse satisfação e, porventura, justificativa, enquanto, ao mesmo tempo, procurava alcançar, com "uma ambição exigente e faminta",[25] tudo o que a vida pudesse oferecer à mente livre e inquisitiva, confrontando suas aspirações femininas com o mundo real dos homens. Triunfante se mostrava para ela a questão, independentemente do que tivesse sido para suas criações e, quando nos recordamos de tudo o que ousou e conquistou, de como, apesar de todos os obstáculos – o sexo e a saúde e as convenções –, ela buscou mais conhecimento e mais liberdade até que o corpo, vergado sob o peso do duplo fardo, afundou exaurido, devemos deitar sobre seu túmulo o que quer que tenhamos em nosso poder para lhe ofertar em termos de louros e rosa.

# O ponto de vista russo[1]

Se com frequência não temos certeza de se os franceses ou os americanos, de quem somos tão próximos, possam ainda assim compreender a literatura inglesa, devemos admitir dúvidas mais graves, a despeito de todo o entusiasmo, sobre a capacidade de os ingleses compreenderem a literatura russa. A discussão em si pode prolongar-se indefinidamente acerca do que queremos dizer com "compreender". A todos ocorrerão exemplos de escritores americanos em particular, que escreveram com o maior discernimento sobre nossa literatura e sobre nós mesmos; que viveram uma vida inteira conosco e enfim tomaram as medidas jurídicas para tornarem-se súditos do rei Jorge. Apesar disso, eles nos compreenderam? Não continuaram sendo, até o fim de seus dias, estrangeiros? Alguém pode acreditar que os romances de Henry James foram escritos por um homem que cresceu na sociedade descrita por ele ou que sua crítica sobre os escritores ingleses foi escrita por um homem que leu Shakespeare sem nenhum senso do oceano Atlântico e das duas ou três centenas de anos do lado de lá, separando a sua civilização da nossa? O estrangeiro alcançará amiúde uma sensibilidade e independência especiais, um ponto de vista aguçado; mas não aquela ausência de inibição, aquela naturalidade e companheirismo e senso de valores comuns que contribuem para a intimidade, e sanidade, e aquele rápido toma lá dá cá do colóquio familiar.

Não apenas temos tudo isso a nos separar da literatura russa, mas ainda uma barreira muito mais séria – a diferença da língua. De todos que se deleitaram com Tolstói, Dostoiévski e Tchekhov durante os últimos vinte anos, não mais do que um ou dois foram porventura capazes de lê-lo em russo. Nossa avaliação sobre a qualidade desses autores foi formada por críticos que nunca leram uma palavra de russo, nem conheceram a Rússia, nem mesmo ouviram o idioma falado por nativos; que tiveram de depender, cega e tacitamente, da palavra dos tradutores.

O que estamos dizendo equivale ao seguinte, então, que julgamos uma literatura inteira despojada de seu estilo. Quando você muda cada palavra de uma frase do russo para o inglês, altera por consequência um pouco o sentido e por completo o som, o peso, a entonação das palavras com relação umas às outras, nada restando exceto uma versão crua e mais grosseira do sentido. Tratados dessa forma, os grandes escritores russos são como homens privados por um terremoto ou um acidente de trem não apenas de todas as vestes, mas também de algo mais sutil e mais importante – os seus costumes, as idiossincrasias de seus atributos. O que resta, como provou o fanatismo da admiração dos ingleses, é algo muito poderoso e muito impressionante, mas é difícil saber, em vista dessas mutilações, até onde vai nossa confiança em não emitir juízo, não deturpar, não inferir uma ênfase falsa.

Eles perderam a roupa, dizemos, em uma terrível catástrofe, pois uma imagem como essa descreve a simplicidade, a humanidade, alijada de todo esforço em esconder e disfarçar seus instintos, que a literatura russa, quer seja devido à tradução, quer seja por alguma causa mais profunda, provoca em nós. Encontramos essas qualidades impregnadas de modo tão óbvio nos escritores menores quanto nos grandes. "Aprenda a tornar-se semelhante às pessoas. Até gostaria de acrescentar: torne-se indispensável a elas. Não permita, porém, que essa afinidade seja mental – pois é fácil com a mente –, e sim com o coração, com o amor que tem por elas."[2] "É do russo", diria-se imediatamente, assim que se depara com a citação. A simplicidade, a ausência de esforço, o pressuposto de que, em um mundo eivado de tormento, o principal apelo sobre nós é o de compreender nossos companheiros de sofrimento, "e não por meio da mente – pois é fácil com ela –, mas com o coração" – essa é a nuvem que paira sobre toda a literatura russa, que nos impele a sair de nosso próprio brilho abrasador e caminhos ardentes, para nos estirar sob sua sombra – e, é claro, com resultados desastrosos. Tornamo-nos inseguros e desajeitados; negando nossas qualidades, escrevemos com uma afetação de bondade e simplicidade, que é repugnante ao extremo. Não conseguimos dizer "irmão" com convicção sincera. Há uma história de sr. Galsworthy na qual um dos personagens se dirige a outro dessa forma (os dois se encontram no abismo da miséria).[3] De repente, tudo se torna tenso e afetado. O equivalente inglês de "irmão" é "parceiro" (*mate*) – uma palavra muito diferente, com um quê de sardônico, uma sugestão indefinível de humor. Apesar de terem se conhecido nas profundezas da miséria, os dois ingleses que assim se põem próximos irão, com certeza, encontrar um emprego, fazer fortuna, passar os últimos anos da vida no luxo e deixarão um bom dinheiro para impedir que pobres diabos tornem a chamar uns aos outros de "irmão" no Embankment. Mas é o sofrimento comum, mais do que felicidade, empenho ou desejo, que produz um senso de irmandade. É a "profunda tristeza", que o dr. Hagberg Wright crê ser típica da gente russa, que produz a sua literatura.[4]

Esse tipo de generalização, ainda que contenha um grau de verdade quando aplicada ao corpo da literatura, decerto mudará profundamente quando um escritor de gênio se põe a trabalhar nela. De imediato, outra questão surge. Vê-se que uma "atitude" não é simples; é altamente complexa. Homens privados de seus casacos e de seus costumes, atordoados por causa de um acidente ferroviário, dizem coisas duras, coisas desagradáveis, coisas difíceis, mesmo quando as dizem com o abandono e a simplicidade produzidas pela catástrofe. Nossas primeiras impressões de Tchekhov não são de simplicidade, mas de desconcerto. Qual é o sentido daquela situação e por que ele cria uma história a partir dela?, nós nos perguntamos ao ler uma história depois da outra. Um homem se apaixona por uma mulher casada; eles se afastam e se encontram; no fim lhes é dado falar sobre sua posição e por que meios poderão libertar-se "daqueles insuportáveis liames".

"'Como? Como?', perguntava ele, pondo as mãos à cabeça. 'Como?'. Tinham a impressão de que mais um pouco encontrariam a solução e, então, começaria uma vida nova e bela."[5] Esse é o fim. Um carteiro leva o estudante até a estação e, durante o trajeto, o estudante tenta fazê-lo falar, mas este se mantém calado. De repente, o carteiro diz, inesperadamente: "É proibido levar quem quer que seja com a mala do correio." E, com uma expressão de zanga, ele caminha de um lado para outro na plataforma. "Com que ele estava zangado? Era com as pessoas, com a pobreza, com as noites de outono?"[6] De novo, a história termina.

Mas seria um fim?, perguntamos. Temos, ao contrário, a sensação de que ultrapassamos os sinais; ou é como se uma melodia se houvesse encerrado sem os acordes finais esperados. Essas histórias são inconclusivas, dizemos, e passamos a conceber uma crítica baseada no pressuposto de que as histórias devam concluir de um modo que as reconheçamos. Ao fazê-lo, colocamos em julgamento nossa adequação como leitores. Quando a melodia é familiar e o desfecho enfático – amantes unidos, vilões derrotados, intrigas expostas –, como ocorre na maior parte da literatura vitoriana, quase não se pode errar, mas, quando a melodia é desconhecida e o fim constitui uma nota interrogativa ou apenas uma informação de que os personagens seguiram falando, como em Tchekhov, precisamos de um senso literário bastante atento e ousado para nos fazer ouvir a melodia e, em especial, aquelas últimas notas que completam a harmonia. Provavelmente temos de ler muitíssimas histórias antes de termos a sensação, essencial para nossa satisfação, de que conseguimos juntar todas as partes e de que Tchekhov não estava meramente vagando de forma desconecta, mas ora tocou essa nota, ora aquela de propósito, de sorte a completar o seu significado.

Precisamos ponderar de modo a descobrir onde verdadeiramente reside a ênfase dessas estranhas histórias. As palavras de Tchekhov nos dão uma pista na direção certa: " [...] um colóquio como esse entabulado por nós", ele diz, "seria impensável para nossos pais. À noite, não conversavam, dormiam profundamente; nós, nossa geração, dorme mal, é inquieta, mas conversa um bocado e está sempre tentando resolver quem tem a razão."[7] Tanto nossa literatura dedicada à sátira social quanto ao refinamento psicológico brotaram desse sono inquieto, dessa conversa incessante; mas, afinal, há uma enorme diferença entre Tchekhov e Henry James, entre Tchekhov e Bernard Shaw. É óbvio – mas de onde ela surge? Tchekhov também está ciente dos males e injustiças do estado social; a condição dos camponeses o deixa consternado, mas o zelo reformista não lhe pertence – esse não é o sinal para que paremos. A mente o interessa de modo considerável; ele é o mais sutil e delicado analista das relações humanas. Mas, de novo, não; a conclusão não está nesse ponto. Será que se interessa primordialmente não pela relação da alma com outras almas, mas com a relação da alma com a saúde – pela relação da alma com a bondade? Essas histórias sempre nos mostram alguma afetação, pose, insinceridade. Determinada mulher se envolve em uma relação falsa; certo homem deixou-se perverter pela inumanidade de suas circunstâncias. A alma adoece; cura-se a alma; não se cura a alma. Esses são os aspectos enfáticos de suas histórias.

Assim que acostumamos o olhar a essas nuances, metade das "conclusões" da ficção desaparece no ar; elas se apresentam como transparências com uma luz por trás – vistosas, brilhantes, superficiais. A arrumação geral do último capítulo, o casamento, a morte, a declaração de valores tão sonoramente trombeteada, tão pesadamente sublinhada tornam-se matéria da espécie mais rudimentar. Nada se resolveu, sentimos; nada se sustenta de modo adequado. Por outro lado, o método que, em princípio, parecia tão casual, inconclusivo e ocupado com ninharias agora surge como resultado de um gosto primorosamente original e exigente, com suas escolhas ousadas, disposições infalíveis e controlado por uma honestidade para a qual não encontramos páreo exceto entre os próprios russos. Pode ser que não haja resposta para essas questões, mas, ao mesmo tempo, não devemos manipular os indícios de sorte a produzir algo adequado, decoroso e ao agrado de nossa vaidade. Essa pode não ser a maneira de capturar o ouvido do público; este, afinal, está acostumado à música mais alta, a medidas mais ferozes; mas ele escreveu a melodia da forma como ela soava. Como resultado, ao lermos essas pequenas histórias sobre coisa nenhuma, o horizonte se amplia; a alma ganha um extraordinário senso de liberdade.

Ao lermos Tchekhov nos pegamos repetindo a palavra "alma" repetidas vezes. Vem salpicada em suas páginas. Velhos bêbados a empregam livremente; " […] o senhor está no alto escalão, fora do alcance, mas não possui uma verdadeira alma, meu querido rapaz, não há força nela".[8] De fato, a alma é o principal personagem na ficção russa. Delicada e sutil em Tchekhov, sujeita a um sem-número de humores e destemperos, adquire maior profundidade e volume em Dostoiévski; é suscetível a doenças violentas e febres furiosas, mas se mantém como principal preocupação. Talvez essa seja a razão pela qual o leitor inglês necessite de tamanho esforço para ler pela segunda vez *Os irmãos Karamázov* ou *Os demônios*. A "alma" lhe é estranha. Até mesmo antipática. Tem pouco senso de humor e nenhum de comédia. É informe. Tem pouca conexão com o intelecto. É confusa, difusa, tumultuada, parecendo incapaz de submeter-se ao controle da lógica ou à disciplina da poesia. Os romances de Dostoiévski são remoinhos em ebulição, tempestades de areia rodopiantes, trombas d'água que silvam, fervem e nos tragam. São compostos pura e integralmente da matéria da alma. A despeito da nossa vontade, somos carregados, sacudidos, cegados, sufocados e, a um só tempo, tomados por um arrebatamento vertiginoso. Exceto por Shakespeare, não há leitura mais excitante. Abrimos a porta e nos deparamos com uma sala cheia de generais russos, tutores de generais russos, suas enteadas e primas, e bandos de gente diversa, todos bradando em alto e bom som os seus assuntos mais privados. Mas onde estamos? Decerto é função do romancista informar-nos se estamos em um hotel, um apartamento ou habitação alugada. Ninguém cogita explicar. Somos almas, almas torturadas e infelizes, cujo único ofício é falar, revelar, confessar e traçar, diante de qualquer rasgadura de carne e nervo, aqueles pecados mesquinhos que rastejam na areia, no fundo de nós. Mas, à medida que ouvimos, nossa confusão lentamente diminui. Lançam-nos uma corda; agarramo-nos a um solilóquio; seguros por um fio, somos arrastados pela água; febrilmente, furiosamente, avançamos mais e mais, ora submersos, ora em um momento de clareza compreendendo mais do que havíamos compreendido antes e acolhendo tais revelações como costumamos obtê-las tão somente em meio à pressão da vida em sua plenitude. À medida que voamos, vamos apanhando tudo – o nome das pessoas, seus relacionamentos, o fato de que estão hospedados em um hotel em Roletenburgo, que Polina está envolvida em uma intriga com o marquês Des Grieux – porém, que assuntos irrelevantes são esses quando comparados com a alma![9] É a alma que importa, sua paixão, seu tumulto, sua mistura deslumbrante de vilania e beleza. E se de súbito alçarmos a voz até convertê-la em uma risada estridente ou se formos sacudidos pelos soluços mais violentos, que há de mais natural? Mal vale um comentário. O ritmo em que estamos vivendo é tão tremendo que fagulhas devem açodar nossas rodas enquanto voamos. Ademais, quando se aumenta desse modo a velocidade e se veem os elementos da alma, não separadamente em cenas de humor ou cenas de paixão como as concebe nossa mais morosa mente inglesa, mas variegados, implicados, inextrincavelmente confusos, revela-se um novo panorama da mente humana. As velhas divisões se fundem. Os homens são ao mesmo passo santos e vilões; seus atos são imediatamente belos e desprezíveis. Amamos e odiamos ao mesmo tempo. Nada resta daquela dicotomia exata entre bom e mau a que estamos acostumados. Por vezes, aqueles por quem sentimos o maior afeto são os maiores criminosos e os pecadores mais abjetos nos causam a mais forte admiração, assim como amor.

Arrojado para a crista das ondas, chocando e batendo contra as pedras no fundo, é difícil para o leitor inglês sentir-se à vontade. O processo a que ele se habituou em sua literatura sofreu uma viravolta. Se quiséssemos contar a história do caso de amor de um general (e acharíamos muito difícil, de início, não rir do general), deveríamos começar com a casa dele; consolidaríamos o seu entorno. Somente quando tudo estivesse pronto é que arriscaríamos a lidar com o próprio general. Além disso, não é o samovar, mas o bule de chá que reina na Inglaterra; o tempo é limitado; o espaço apinhado; a influência de outros pontos de vista, de outros livros e até de outras eras se faz sentir. A sociedade é organizada em classe baixa, média e alta, cada qual com suas tradições, costumes e, em certa medida, linguagem. Quer ele queira, quer não, há uma pressão constante sobre o romancista inglês para que reconheça essas barreiras e, por conseguinte, a ordem se lhe impõe e uma espécie de forma também; ele se inclina mais para a sátira do que para a compaixão, para o escrutínio da sociedade mais do que para a compreensão dos próprios indivíduos.

Não se impôs nenhuma dessas restrições sobre Dostoiévski. Para ele, não faz diferença se você é nobre ou plebeu, vagabundo ou uma grande dama. Independentemente de quem seja, você é o vaso desse líquido perplexo, essa matéria nebulosa, agitada, preciosa, a alma. As barreiras não a restringem. Ela transborda, inunda, mistura-se às almas alheias. A simples história de um funcionário de banco que não podia pagar por uma garrafa de vinho se estende, antes que saibamos o que está ocorrendo, para a vida de seu sogro e das cinco amantes que o sogro tratou de forma abominável, e a vida do carteiro, da faxineira e das princesas que se hospedaram no mesmo edifício; pois nada fica fora do domínio de Dostoiévski; e, quando se cansa, ele não para, persevera. Não se deixa restringir. De lá ela cai sobre nós, quente, escaldante, diversa, maravilhosa, terrível, opressora – a alma humana.

Resta o maior de todos os romancistas – pois de que outra forma poderíamos chamar o autor de *Guerra e paz*? Devemos considerar Tolstói igualmente estranho, difícil, um estrangeiro? Há alguma singularidade no ângulo de vista desse autor que nos faz, ao menos até nos tornamos discípulos e assim perdermos o rumo, manter a distância, desconfiados e perplexos? Pois, desde suas primeiras palavras, podemos ter certeza de uma coisa, em todo caso – ali está um homem que vê o que vemos, que também procede como estamos acostumados a proceder, não de dentro para fora, mas de fora para dentro. Ali está um mundo em que o carteiro bate à porta às oito horas e que as pessoas vão para a cama entre dez e onze horas. Ali está um homem, ademais, que não é um selvagem, um filho da natureza; ele é educado; viveu todo tipo de experiência. É desses aristocratas natos que usufruíram ao máximo os seus privilégios. É metropolitano, não suburbano. Seus sentidos, seu intelecto, são apurados, poderosos e prósperos. Há algo de orgulhoso e soberbo quando uma mente e um corpo como esses atacam a vida. Nada parece escapar dele. Ninguém esbarra nele sem ser registrado. Ninguém, portanto, consegue comunicar melhor a excitação do esporte, a beleza dos cavalos e toda feroz sedução do mundo para os sentidos de um moço forte. Seu ímã atrai toda pluma, todo graveto. Ele percebe o azul e vermelho de uma bata infantil; a maneira como o cavalo abana o rabo; o ruído de uma tossida; a ação de um homem tentando pôr as mãos nos bolsos que foram costurados. E, enquanto seu olhar infalível registra uma tossida ou um expediente da mão, seu cérebro infalível refere-se a algo oculto na personagem, de sorte que conhecemos a sua gente não apenas pelo modo como amam, sua opinião política ou sobre a imortalidade da alma, mas também pela maneira como espirram e engasgam. Mesmo em uma tradução, sentimos que fomos alçados ao topo de uma montanha, com um telescópio nas mãos. Tudo é surpreendentemente claro e absolutamente nítido. Então, de repente, bem quando exultamos, respirando fundo, sentindo-nos a um só tempo amparados e purificados, algum detalhe – talvez a cabeça de um homem – salta do quadro sobre nós de um modo alarmante, como se projetado pela própria intensidade de sua existência. "De repente, aconteceu-me algo estranho; em primeiro lugar, deixei de ver o que me cercava, depois o seu rosto desapareceu diante de mim, apenas os seus olhos, parecia, brilhavam bem em frente dos meus, em seguida, tive a impressão de que esses olhos estavam dentro de mim, tudo se turvou, não vi mais nada, precisei entrecerrar os olhos, para me desprender do sentimento de prazer e medo, que este olhar suscitava em mim..." Muitas vezes compartilhamos dos sentimentos de Mária em *Felicidade conjugal*.[10] Fechamos os olhos para escapar ao sentimento de prazer e medo. Às vezes o prazer é que sobressai. Nesta última história, há duas descrições: uma de uma moça caminhando em um jardim à noite com seu amado, outra de um casal recém-casado aos saltinhos pela sala, que expressam tão intensamente a sensação de felicidade que cerramos o livro para saboreá-la. Mas há sempre o elemento de terror que nos faz, como Mária, querer escapar ao olhar que Tolstói deita sobre nós. Será a sensação, que na vida real poderia nos assediar, de que uma felicidade tal como a que ele descreve é intensa demais para perdurar, de que estamos à beira do desastre? Ou será que a própria intensidade de nosso prazer é de certa forma questionável e nos obriga a perguntar, como Pózdnichev, na *Sonata a Kreutzer*: "E para que viver?"[11] A vida domina Tolstói como a alma domina Dostoiévski. No centro de todas as brilhantes e vistosas pétalas da flor, há sempre esse escorpião: "E para que viver?" Há sempre no centro do livro um Oliênin, um Pierre, um Liévin, que amealha toda experiência, gira o mundo entre os dedos e nunca para de perguntar, quase como para deleite próprio, que sentido ele tem e quais devem ser nossos objetivos.[12] Não é o pároco quem destrói os nossos desejos com maior eficácia; é o homem que os conhece e amou-os ele mesmo. Quando escarnece deles, o mundo de fato vira pó e cinzas a nossos pés. Portanto, o medo se mescla a nosso prazer e dos três grandes escritores russos, é Tolstói quem mais nos fascina e nos repele.

Mas a mente pende para o local de seu nascimento e sem dúvida, quando se depara com uma literatura tão estrangeira quanto a russa, abala numa tangente bem longe da verdade.

# Esboços

## I
## Srta. Mitford[1]

Para ser franca, *Mary Russell Mitford and her Surroundings* [Mary Russel Mitford e seus arredores] não é um bom livro. Não expande a mente nem purifica o coração. Nada há ali sobre primeiros-ministros nem muito a respeito da srta. Mitford. Contudo, já que se dispôs a falar a verdade, deve-se admitir que há certos livros que podem ser lidos sem a mente e o coração, mas, ainda assim, com considerável prazer. Para ir diretamente ao ponto, o grande mérito desses álbuns de recortes, pois dificilmente se pode chamá-los de biografias, é que autorizam a mendacidade. Como não podemos acreditar no que a srta. Hill diz sobre a srta. Mitford, sentimo-nos livres para inventar uma srta. Mitford para nós mesmos. Nem por um segundo, acusamos a srta. Hill de fabricar mentiras. Essa fraqueza cabe inteiramente a nós. Por exemplo: "Alresford foi o local de nascimento de quem amou a natureza como poucos a amaram, e cujos escritos 'respiram o ar das pradarias e o aroma dos galhos de espinheiros brancos', parecendo bafejar sobre nós 'as brisas doces que sopram sobre milharais maduros e campos de margaridas'." É bem verdade que a srta. Mitford nasceu em Alresford e, apesar disso, quando descrito dessa forma, duvidamos que ela sequer tenha nascido. O fato é que nasceu, diz a srta. Hill, "em 16 de dezembro de 1787. 'Uma casa na realidade agradável', escreve a srta. Mitford. 'A sala do desjejum [...] era um aposento nobre e espaçoso'". Assim nasceu a srta. Mitford na sala de desjejum, às 8h30 de uma manhã nevada, entre a segunda e a terceira xícara de chá do Doutor. "Perdoe-me", disse a sra. Mitford, empalidecendo um pouco, mas sem deixar de acrescentar a medida certa de creme servida ao chá de seu marido, "eu sinto…" Esse é o modo como se introduz a Mendacidade. Há algo plausível e mesmo engenhoso em sua abordagem. O detalhe do creme, por exemplo, pode ser considerado histórico, pois é bem sabido que, quando Mary ganhou 20 mil libras na loteria irlandesa, seu pai gastou tudo em porcelana Wedgwood, sendo que se estampou o número sorteado no centro de uma harpa desenhada nos pratos de sopa, o conjunto inteiro encimado pelo brasão dos Mitfords e emoldurado pelo lema de Sir John Bertram, um dos cavaleiros de Guilherme, o conquistador, de cuja linhagem os Mitfords alegam descender. "Observe", diz a Mendacidade, "com que ares o Doutor toma o chá e como ela, pobre senhora, logra fazer uma mesura ao sair do aposento." Chá?, eu pergunto, pois o Doutor, conquanto fosse uma bela figura de homem, já estava ficando púrpura e profuso, espumando como um galo vermelho sobre o babado de sua camisa de fina seda. "Assim que as mulheres saíram do aposento", começa a Mendacidade e segue fabricando uma série de mentiras com o único propósito de provar que o dr. Mitford mantinha uma amante nos arredores de Reading e lhe dava dinheiro sob o pretexto de investir em um novo método para iluminar e aquecer as casas, inventado pelo marquês de Chavannes. Chega-se ao mesmo resultado, ou seja, à Prisão de King's Bench; mas, em vez de permitir que lembremos as associações históricas e literárias do local, a Mendacidade se afasta para a janela e nos distrai mais uma vez com o comentário banal sobre a neve que continua caindo. Há algo de muito encantador nas nevascas antigas. O clima sofreu tantas variações ao longo das gerações quanto a humanidade. A neve daqueles dias tinha um padrão mais formal e era muito mais macia do que a de hoje, assim como a vaca do século XVIII se parecia menos com as nossas do que com as vacas fogosas e floridas dos prados elisabetanos. Pouca atenção devida se prestou a esse aspecto da literatura, o qual, não se pode negar, tem a sua importância.

Nossos jovens brilhantes podem fazer coisas piores, quando saem em busca de um assunto, do que devotar um ano ou dois às vacas na literatura, à neve na literatura, às margaridas em Chaucer e em Coventry Patmore. De todo modo, a neve cai pesadamente. A mala-posta de Portsmouth já se perdeu no caminho; diversas embarcações afundaram e o cais de Margate foi totalmente destruído. Em Hatfield Peverel enterraram-se vinte carneiros e, embora se possa sobreviver roendo beterrabas forrageiras encontradas no entorno, há sérias razões para temer que a carruagem do rei francês tenha sido interditada na estrada para Colchester. Estamos agora em 16 de fevereiro de 1808.

Pobre sra. Mitford! Vinte e um anos se passaram desde que saiu da sala de desjejum e nenhuma notícia recebemos sobre sua filha. Mesmo a Mendacidade está um pouco envergonhada de si mesma e, apanhando *Mary Russell Mitford and her Surroundings*, assegura-nos que tudo se acertará se conservarmos a paciência. A carruagem do rei francês dirigia-se para Bocking; em Bocking viviam Lord e Lady Charles Murray-Aynsley; e Lord Charles era tímido. Lord Charles sempre fora tímido. Certa vez, quando Mary Mitford tinha cinco anos de idade – dezesseis anos, ou seja, antes de se perderem os carneiros e o rei francês ter viajado a Bocking – Mary "provocou-lhe um paroxismo de rubor quando correu até a sua cadeira, tomando-a pela do papai". Com efeito, ele foi obrigado a abandonar o aposento. A srta. Hill, que, de modo um pouco estranho, acha agradável a companhia de Lord e Lady Charles, não deseja desistir dela "sem introduzir um incidente relativo a eles que sucedeu no mês de fevereiro, 1808". Mas a srta. Mitford está implicada no episódio?, nós nos perguntamos, pois a frivolidade deve chegar ao fim. Em certa medida, isto é, Lady Charles era prima dos Mitfords, e Lord Charles era tímido. A Mendacidade está pronta para tratar do "incidente", mesmo nessas condições; mas, repetimos, estamos fartos da frivolidade. A srta. Mitford pode não ter sido uma grande mulher; até onde sabemos, não foi nem ao menos uma boa mulher; mas temos certas responsabilidades como resenhista a que não podemos fugir.

Há, para começar, a literatura inglesa. Um senso sobre a beleza natural que nunca esteve por completo ausente, a despeito da mudança sofrida pelas vacas de geração a geração, na poesia inglesa. No entanto, a diferença entre Pope e Wordsworth a esse respeito é considerável.[2] *Lyrical Ballads* [Baladas líricas] foi publicado em 1798; *Our Village* [Nossa aldeia], em 1824.[3] Sendo um em versos e o outro em prosa, não há necessidade de nos determos em um cotejo que contém, todavia, não apenas os elementos de justiça, mas também as sementes de muitos volumes. Como seu imenso predecessor, a srta. Mitford sempre preferiu o campo à cidade, de modo que talvez não seja inoportuno determo-nos um momento sobre o rei da Saxônia, Mary Anning e o ictiossauro.[4] Além do fato de que Mary Anning e Mary Mitford tinham o mesmo nome de batismo, elas se encontram associadas por aquilo que mal se pode chamar de um fato, mas que pode, sem perigo, ser apelidado de uma probabilidade. A srta. Mitford esteve à procura de fósseis em Lyme Regis não mais do que quinze anos antes de Mary Anning ter achado o seu. O rei da Saxônia visitou Lyme em 1844 e, ao ver a cabeça do ictiossauro na janela de Mary Anning, pediu-lhe que fosse a Pinny explorar os rochedos. Enquanto estavam à caça de fósseis, uma velha senhora sentou-se na carruagem do rei – teria sido Mary Mitford? A verdade nos compele a dizer que não; mas não resta dúvida, e não estamos brincando quando dizemos isso, que Mary Mitford muitas vezes expressou o desejo de ter conhecido Mary Anning, e teria sido uma infelicidade singular caso nunca a tivesse encontrado. Pois chegamos ao ano de 1844; Mary Mitford tem 57 anos e até agora, graças à Mendacidade e seus modos frívolos, tudo o que sabemos sobre ela é que não conheceu Mary Anning, não descobriu um ictiossauro, não esteve em uma nevasca e não viu o rei da França.

É hora de torcer o pescoço da criatura e começar de novo pelo começo verdadeiro.

Que considerações, então, pesaram sobre a srta. Hill quando decidiu escrever *Mary Russell Mitford and her Surroundings*? Três se destacam e podem ser de suma importância. Em primeiro lugar, a srta. Mitford era uma dama; em segundo, nasceu no ano de 1787; e, em terceiro, o estoque de personagens femininas que se prestam a tratamento biográfico por autores de seu próprio sexo está, por uma razão ou por outra, ficando escasso. Por exemplo, pouco se sabe sobre Safo e esse pouco não lhe faz inteiramente jus. Lady Jane Grey tem mérito, mas é inegavelmente obscura. Sobre George Eliot, quanto mais sabemos, menos aprovamos. As irmãs Brontë, independentemente da altura que alcemos o seu gênio, carecem daquela marca indefinível das damas; Harriet Martineau era uma ateísta; a sra. Browning, uma mulher casada; de Jane Austen, Fanny Burney e Mary Edgeworth já se ocuparam, de modo que, por diversas razões, Mary Russell Mitford é a única mulher que restou.

É desnecessário insistir sobre a extrema importância da data quando vemos a palavra "arredores" (*surroundings*) na capa de um livro. Os arredores, como são chamados, constituem, invariavelmente, arredores oitocentistas. Quando chegamos, como decerto chegamos, àquela frase que relata como "ao olharmos a escadaria que desce do aposento superior, imaginamos distinguir a criaturinha saltando de um degrau a outro", nossa sensibilidade teria sofrido um ultraje grosseiro, caso nos dissessem tratar-se de degraus atenienses, elisabetanos ou parisienses. Eles são, decerto, degraus oitocentistas, que descem de um velho aposento revestido de painéis de madeira até o jardim sombreado, onde, segundo a tradição, William Pitt jogava bolinha de gude, ou, se apreciarmos a ousadia, onde em dias calmos de verão quase podemos imaginar ouvir os tambores de Bonaparte, na costa da França. Bonaparte fica no limite da imaginação de um lado, e Monmouth, de outro; teria sido fatal se a imaginação se entretivesse com o príncipe Alberto ou se divertisse com o rei João. Mas a imaginação conhece o seu lugar e é desnecessário insistir sobre o ponto de que seu lugar é no século XVIII. O outro ponto é mais obscuro. É preciso ser uma dama. Contudo, pode ser discutível tanto o que isso significa quanto se gostamos do que isso significa. Se dissermos que Jane Austen foi uma dama e que Charlotte Brontë não foi, fazemos o que deve ser feito em termos de definição, e não precisamos nos comprometer com nenhum lado.

É indiscutivelmente a reticência das damas que faz a srta. Hill ficar do seu lado. Elas suspiram pelas coisas ou as dispensam com um sorriso, mas nunca apanham a mesa de prata pelas pernas ou jogam xícaras de chá no chão. Por diversas razões, é muito conveniente dispor de uma personagem na qual podemos confiar que viverá uma vida longa sem erguer a voz uma vez sequer. Dezesseis anos é uma extensão considerável de tempo, mas, sobre uma dama, basta dizer: "Aqui Mary Mitford passou dezesseis anos de sua vida e aqui conheceu e amou não apenas suas belas terras, mas também cada curva das alamedas sombreadas dos arredores." Seus amores foram vegetais e suas alamedas, sombreadas. Então, é claro, ela foi educada na escola onde Jane Austen e a sra. Sherwood estudaram. Visitou Lyme Regis e há menção ao dique portuário "the Cobb". Viu Londres do alto da catedral de São Paulo e Londres era muito menor naquela época. Ela mudou-se de uma casa agradável para outra, e vários literatos distintos vieram lhe oferecer os cumprimentos e tomar chá. Quando o teto da sala de jantar caiu, não foi sobre a sua cabeça, e quando recebeu um bilhete de loteria, ela de fato ganhou o prêmio. E se, nas frases anteriores, há muitas palavras rebuscadas, a falha é nossa, e não da srta. Hill; e, para fazer justiça a essa escritora, não há muitas orações inteiras no livro que não sejam uma citação da srta. Mitford ou que não se apoiem na autoridade do sr. Crissy.[5]

Mas como a vida é perigosa! Alguém pode ter certeza de que qualquer coisa que não seja feita de mogno ficará de pé até o último momento, vazia sob o sol?

Mesmo armários têm suas molas secretas e quando, sem querer, temos certeza, a srta. Hill aperta esta daqui, faz cair um velho e corpulento cavalheiro. Sem rodeios, a srta. Mitford tinha um pai. Há algo verdadeiramente impróprio acerca disso. Muitas mulheres tiveram pais. Mas o pai da srta. Mitford ficou guardado no armário; ou seja, não era um bom genitor. A srta. Hill chega ao ponto de conjeturar que, quando "uma respeitável procissão de vizinhos e amigos o acompanhou ao túmulo", "não podemos deixar de pensar que o ato foi mais para demonstrar compaixão e respeito pela srta. Mitford do que por um respeito especial pelo pai". Malgrado a severidade do juízo, o velho glutão, ébrio e amoroso fez algo para merecê-lo. Quanto menos se fala dele, melhor. Só que, se desde que você era criança pequena, seu pai apostou e especulou, a princípio com a fortuna de sua mãe, em seguida com a sua, dissipou seus dividendos, fez com que você ganhasse mais e gastou isso também; se, na velhice, refestelou-se sobre um sofá insistindo que ar fresco é ruim para as filhas; se, morrendo por fim, deixou dívidas que só podem ser pagas vendendo tudo o que se possui ou se valendo da caridade de amigos – então, até mesmo uma dama, por vezes, ergue a voz. A própria srta. Mitford falou claramente uma vez. "Foi uma tristeza ir embora; foi lá que eu labutei e me esforcei e experimentei o que há de mais profundo em termos de amarga ansiedade, de medo e esperança que em geral se reserva ao destino da mulher." Que linguagem para ser usada por uma dama! Por uma dama, ademais, que possui um bule de chá. Há um desenho do bule ao pé da página. Mas de nada serve agora; a srta. Mitford o espatifou em mil pedaços. Trata-se do pior que há quando se escreve sobre damas; elas têm pais, além de bules de chá. Por outro lado, algumas peças do serviço de jantar Wedgwood do doutor Mitford ainda se conservam, e uma cópia da *Geografia de Adam*, que Mary ganhou como prêmio na escola, "encontra-se temporariamente em nossa posse".[6] Se nada houver de impróprio na sugestão, quem sabe o próximo livro não possa ser inteiramente devotado a tais itens?

## II
## Dr. Bentley[7]

Ao perambularmos por esses famosos pátios onde outrora o dr. Bentley reinou como líder supremo, por vezes, distinguimos uma figura apressada rumo à Capela ou ao Pavilhão, a qual, ao desparecer, faz com que nossos pensamentos a sigam com entusiasmo. Pois esse homem, assim nos disseram, tem todo Sófocles na ponta dos dedos; conhece Homero de cor; lê Píndaro como lemos o *Times*; e passa a vida, exceto por essas breves excursões para comer e rezar, integralmente na companhia dos gregos. É verdade que as fraquezas de nossa formação nos impedem de apreciar suas emendas do modo como mereceriam; a obra de sua vida é um livro cerrado para nós; não obstante, guardamos na memória o último vislumbre de seu hábito negro e sentimos como se uma ave--do-paraíso passasse como um raio sobre nós, tão luminosa é sua vestimenta espiritual, e, na obscuridade de uma tarde de novembro, tivemos o privilégio de seguir seu voo até que pousasse em campos de amaranto ou canteiros de móli. De todos os homens, os grandes catedráticos são os mais misteriosos, os mais augustos. Como é improvável que jamais sejamos admitidos em sua intimidade, ou que vejamos algo mais do que uma veste negra cruzando o pátio ao entardecer, o máximo que podemos fazer é ler sobre a sua vida – por exemplo, esta *Life of Dr. Bentley* [Vida do dr. Bentley], do bispo Monk.

Ali encontraremos muita coisa estranha e pouca coisa tranquilizadora. O maior dos nossos acadêmicos, o homem que leu grego como nossos maiores expertos leem inglês, não apenas com uma noção precisa do sentido e da gramática, mas ainda com uma sensibilidade tão sutil e abrangente que percebeu relações e sugestões de linguagem que lhe permitiram recobrar do olvido versos perdidos e insuflar vida nova aos pequenos fragmentos que restaram, o indivíduo que deve ter-se impregnado de beleza (se é verdade o que dizem sobre os clássicos) como um pote de mel está radicado na doçura, era, pelo contrário, o mais belicoso dos homens.

"Presumo que não haja muitos exemplos de pessoas que tenham se envolvido em seis processos diante do tribunal de King's Bench no espaço de três anos", observa o seu biógrafo; e acrescenta que Bentley ganhou todos. É difícil negar sua conclusão de que, embora o dr. Bentley pudesse ter sido um advogado de primeira ou um grande soldado, "tal manifestação combina mais com qualquer caráter do que o de um honrado e erudito sacerdote". Nem todas essas disputas, porém, derivaram de seu amor pela literatura. As acusações contra as quais ele teve de defender-se foram dirigidas a ele como diretor do Trinity College, Cambridge. Bentley habitualmente se ausentava da capela; seus gastos com os edifícios e com sua residência foram excessivos; empregou o selo do colégio em reuniões que ultrapassaram o número estatutário de dezesseis e assim por diante.

Em resumo, a carreira do diretor de Trinity não passou de uma contínua série de atos de agressão e resistência, na qual o dr. Bentley tratou a Sociedade de Trinity College como um homem adulto trataria um bando inoportuno de meninos de rua. Eles ousavam sugerir que a escadaria da sede principal, comportando quatro pessoas lado a lado, tinha largura mais do que suficiente? – negavam-se a aprovar seus gastos com uma nova? Ao encontrá-los no Saguão Principal certa noite depois da missa na capela, ele se animou a questioná-los com urbanidade. Estes não se convenceram. Diante da recusa, com uma súbita alteração de cor e voz, Bentley perguntou-lhes se "teriam esquecido sua espada enferrujada?". O sr. Michael Hutchinson e uns outros, sobre cujas costas o peso da arma teria primeiramente recaído, pressionaram os seus superiores em proveito do diretor. A conta de 350 libras foi paga e a promoção deles, assegurada. Mas Bentley não esperou por esse ato de submissão para concluir sua escadaria.

Assim prosseguiu, ano após ano. Tampouco a arrogância de seu comportamento era justificada pelo esplendor ou utilidade dos objetivos que ele tinha em vista – a criação dos Backs,[8] a construção do observatório, a fundação de um laboratório. Apetites mais triviais foram satisfeitos com a mesma tirania. Às vezes, queria carvão; às vezes, pão e cerveja; e então Madame Bentley, enviando seu criado com uma caixinha de rapé como prova de autoridade, obteve do armazém universitário, à custa do colégio, muito mais dessas mercadorias do que o colégio imaginou que coubesse ao dr. Bentley requerer. Doutra feita, quando conseguiu quatro pupilos para alojar-se com ele e que lhe pagavam muito bem pelas acomodações, as despesas, sob o comando da caixa de rapé, ficaram por conta do colégio, que nada recebeu. Os princípios da "delicadeza e bons sentimentos", que se esperavam do diretor (grande catedrático que era, impregnado no vinho dos clássicos), de nada valeram. Não logrou convencer o conselho universitário seu argumento de que "os poucos pães do colégio" que nutriram os quatro jovens patrícios foram amplamente reembolsados pelas três janelas de correr que ele instalou, do próprio bolso, no quarto deles. E quando, num domingo da Santíssima Trindade de 1719, os membros do conselho acharam que a famosa cerveja do colégio não ficou do seu agrado, dificilmente se satisfizeram quando o mordomo lhes disse que ela fora fermentada sob comando do diretor, a partir do malte do diretor, armazenado no celeiro do diretor e, embora arruinada por "um inseto chamado gorgulho", fora paga de acordo com as taxas bastante altas exigidas pelo diretor.

Ainda assim, essas batalhas sobre pão e cerveja são ninharias e ninharias domésticas, ainda por cima. A conduta de Bentley em sua profissão jogará mais luz sobre a nossa investigação. Pois, liberado dos tijolos e da construção, do pão e da cerveja, dos patrícios e suas janelas, pode-se provar que ele vicejou na atmosfera de Homero, Horácio e Manilius, e provou em seu estudo a natureza benigna dessas influências, bafejadas até nós através das eras. Mas lá a evidência se credita menos ainda às línguas mortas. Ele mostrou um desempenho magnífico, todos concordam, na grande controvérsia sobre as cartas de Fálaris.[9] Seu temperamento era excelente e sua erudição, prodigiosa. Mas a esse triunfo sucedeu uma série de disputas que nos impõe o extraordinário espetáculo de homens de cultura e gênio, de autoridade e santidade, batendo boca sobre textos gregos e latinos, e xingando uns aos outros em todos os aspectos como se fossem apostadores de corridas de cavalos ou lavadeiras em ruelas afastadas. Pois esse temperamento veemente e linguagem virulenta não eram exclusivos de Bentley; infelizmente, parecem ser característica da profissão como um todo. Mais cedo, no ano de 1691, uma disputa lhe foi imposta por seu confrade capelão Hody, porque grafou Malelas, e não, como preferia Hody, Malela. Uma controvérsia na qual Bentley exibiu verve e erudição, enquanto Hody acumulou infinitas páginas de argumento amargo contra a letra "s" decorrente. Hody saiu derrotado, e "há razões para crer que a ofensa recebida por causa desse motivo trivial nunca cicatrizou". Com efeito, corrigir uma linha significava romper uma amizade. James Gronovius de Leiden – "*homunculus eruditione mediocri, ingenio nullo*",[10] como o chamava Bentley – atacou-o durante dez anos, porque Bentley teve êxito, ao contrário dele, na correção de um fragmento de Calímaco.

Mas Gronovius não foi de forma alguma o único catedrático que se ressentiu do sucesso de um rival com um rancor que os cabelos brancos e quarenta anos gastos na edição dos clássicos não lograram arrefecer. Em todas as principais cidades europeias viviam homens como Pauw de Utreque, "uma pessoa que apropriadamente se considerou a praga e a desgraça das letras", que, quando surgia uma nova teoria ou edição, unia-se a outros para escarnecer e humilhar o acadêmico. " […] todos os seus escritos", observa o bispo Monk acerca de Pauw, "mostram-se destituídos de sinceridade, boa-fé, bons modos e qualquer sentimento cordial: e, enquanto ele reúne todos os defeitos e más qualidades que já se encontraram em um crítico ou comentador, contribui com outra que lhe é peculiar: uma contínua tendência a fazer alusões indecentes." Diante de tais temperamentos e hábitos, não estranha que os catedráticos daqueles tempos às vezes encerrassem por conta própria a vida tornada intolerável em função da amargura, pobreza e negligência, como Johnson, que, depois de uma vida gasta na detecção de minúsculos equívocos de construção, enlouqueceu e se afogou nos prados próximos a Nottingham. Em 20 de maio de 1712, o Trinity College descobriu chocado que o professor de hebraico, dr. Sike, havia se enforcado "em algum momento da noite, antes do crepúsculo, no caixilho da janela". Quando Kuster morreu, anunciou-se que ele também havia se matado. E, assim, de certo modo, foi o que fez. Pois, quando lhe abriram o corpo, "havia uma camada compactada de areia na região baixa do abdômen. Isso, eu presumo, deve-se ao fato de que se sentava quase dobrado e escrevia em uma mesa muito baixa, rodeado por três ou quatro círculos de livros distribuídos no chão, que era a situação que em geral o encontrávamos". A mente dos pobres professores, como John Ker da Academia dissidente, que tiveram a suprema satisfação de jantar com o dr. Bentley na sede, quando a conversa incidiu sobre a palavra *equidem*,[11] ficaram tão transtornados por uma vida de negligência e estudos, que voltaram para casa, coligiram todos os empregos do vocábulo que contradiziam a opinião do doutor, regressaram à sede, antecipando em sua ingenuidade um acolhimento caloroso, encontraram Bentley indo jantar com o arcebispo da Cantuária, acompanharam-no pela rua a despeito de sua indiferença e irritação, e, sem que recebessem nem ao menos uma palavra de despedida, foram embora para ruminar a afronta e aguardar o dia da vingança.

Mas as querelas e animosidades da arraia-miúda foram ampliadas, não apagadas, pelo próprio doutor na conduta de seus assuntos. A cortesia e bom temperamento que havia demonstrado nas primeiras controvérsias desapareceram. "[...] uma sequência de violentas animosidades e a queda pela indignação irrestrita durante muitos anos afetara tanto o seu gosto quanto seu juízo durante a controvérsia", e ele dignou-se, ainda que o assunto em conflito fosse o texto grego do Novo Testamento, a chamar seu antagonista de "verme", "parasita", "rato que rói" e "cabeça de repolho", para referir-se ao temperamento obscuro do rival e insinuar que este havia perdido o tino, acusação que se apoiava no fato de que o irmão dele, um pároco, cingia a barba com uma cinta.

Violento, belicoso e inescrupuloso, o dr. Bentley sobreviveu a essas tempestades e agitações e permaneceu imperturbável, embora com os títulos suspensos e destituído do cargo de diretor, instalado na sede. Usando um chapéu de aba larga no interior do edifício, para a proteção da vista, fumando seu cachimbo, desfrutando de seu vinho do porto e expondo aos amigos a sua doutrina acerca da digama,[12] Bentley viveu aqueles oitenta anos que, segundo dizia, foram longos o bastante para "ler tudo o que valia a pena ler"; "*Et tunc*", acrescentou, como era do seu feitio:

*Et tunc magna mei sub terris ibit imago.*
[Cheia de glória, esta sombra ora baixa aos domínios subterrâneos][13]

Uma pequena lápide quadrada marca a sua sepultura no Trinity College, mas o conselho universitário se recusou a talhar nela o fato de que ele havia sido o seu diretor.

Mas a frase mais estranha de sua estranha história ainda havia de ser escrita, e o bispo Monk a registra como se fosse assunto de somenos, que dispensa comentário. "Para uma pessoa que não era nem um poeta, nem dispunha de sensibilidade poética, arriscar-se em tal tarefa não era um atrevimento comum." A tarefa consistia em detectar todos os deslizes linguísticos em *Paraíso perdido*,[14] e todas as instâncias de mau gosto e imagens incorretas. O resultado foi notavelmente lamentável. Contudo, no que, podemos perguntar, ele difere daqueles em que se considerou magnífico o seu desempenho? E, se Bentley foi incapaz de apreciar a poesia de Milton, como podemos aceitar o seu veredito sobre Horácio ou Homero? E se não podemos confiar incondicionalmente nos acadêmicos, e se supomos que o estudo do grego refine os modos e purifique a alma... mas basta. O nosso catedrático retornou do Pavilhão; sua lamparina está acesa; ele retoma seus estudos; e é hora de encerrar nossas especulações profanas. Ademais, tudo isso ocorreu muitos, muitos anos atrás.

## III
## Lady Dorothy Nevill[15]

Ela havia ficado uma semana, em uma posição subalterna, na residência ducal. Vira as tropas de seres humanos altamente decorados descer aos pares para comer e ascender aos pares para dormir. De uma galeria, veladamente observara o próprio duque tirar o pó das miniaturas nas prateleiras de vidro, enquanto a duquesa deixava o crochê cair das mãos como se não acreditasse mais que o mundo precisasse de crochês. De uma janela alta, avistara, até onde a vista podia alcançar, trilhas de pedregulhos circundando ilhas de vegetação e se perdendo em pequenos bosques designados a fornecer sombra sem a intensidade das florestas; assistira à carruagem ducal rolar apressada, para dentro e para fora da perspectiva, e regressar por um caminho diferente daquele por onde partira. E qual foi seu veredito? "Um manicômio."

É verdade que era camareira de dama nobre, e que Lady Dorothy Nevill, caso a tivesse encontrado na escada, teria aproveitado o ensejo para mostrar-lhe que se tratava de algo bem diferente de ser uma dama.

> Minha mãe nunca se cansou de observar a insensatez das mulheres trabalhadoras, balconistas e assim por diante, chamando umas às outras de "damas". Todo esse tipo de coisa lhe parecia uma impostura vulgar, e nunca deixava de dizê-lo.

O que podemos mostrar para Lady Dorothy Nevill? Que, apesar de todo seu privilégio, nunca aprendeu a soletrar? Que não conseguia redigir uma frase conforme as regras gramaticais? Que viveu 87 anos e nada fez senão pôr comida na boca e deixar o ouro escapar pelos dedos? Mas, por mais agradável que seja satisfazer a justa indignação, seria descabido concordar com a camareira que o nascimento fidalgo é uma forma de insanidade congênita, que o enfermo meramente herda as doenças de seus ancestrais e as tolera, no mais das vezes de modo bastante estoico, em um desses manicômios confortavelmente acolchoados que são conhecidos, de forma eufêmica, como as mansões senhoriais da Inglaterra.

Ademais, os Walpoles não eram duques. A mãe de Horace Walpole era uma senhorita Shorter; não há menção à mãe de Lady Dorothy no presente volume, mas sua avó era a sra. Oldfield, a atriz, e, para seu crédito, Lady Dorothy "orgulhava-se sobejamente" do fato. Assim, ela não era um caso aristocrático extremo; estava confinada mais a uma gaiola do que a um manicômio; pelas grades, via as pessoas andando em liberdade e, uma vez ou duas, fez um pequeno e surpreendente voo ao ar livre. Raras vezes existiu um exemplar mais alegre, luminoso e vivaz de tal tribo engaiolada; de modo que por vezes nos vemos forçados a perguntar se o que chamamos de viver em uma gaiola não seria o destino que pessoas sensatas, condenadas a uma única estada sobre a terra, teriam escolhido. Estar em liberdade é, afinal, ficar de fora; desperdiçar a maior parte da vida acumulando dinheiro para comprar e tempo para usufruir aquilo que as Lady Dorothys acharam a mancheias e luminoso em torno de seus berços quando abriram os olhos pela primeira vez – como os dela se abriram em 1826, em Berkeley Square, número onze. Horace Walpole havia morado ali. O pai dela, Lord Orford, perdeu-a em uma noite de jogatina no ano em que ela nasceu. Mas Wolterton Hall, em Norfolk, estava repleta de peças entalhadas e cornijas de lareira, e havia raras árvores no jardim, e um amplo e famoso gramado. Nenhum romancista poderia desejar um ambiente mais encantador e mesmo romântico onde fixar a história de duas menininhas, crescendo, agrestes mas isoladas, lendo Bossuet[16] com sua preceptora e cavalgando em seus pôneis diante dos arrendatários no dia das eleições. Tampouco se pode negar a fonte de orgulho desmedido que seria ter tido, entre os ancestrais, o autor da carta subsequente. É endereçada à Sociedade Bíblica de Norwich, que convidou Lord Orford a tornar-se presidente:

> Há muito sofro do vício da Mesa de Jogo. Recentemente me ocupo do Turfe. Receio que frequentemente blasfeme. Mas nunca distribuí folhetos religiosos. Tudo isso é do conhecimento de vossa senhoria e de sua Sociedade. Não obstante, vossa senhoria crê que sou pessoa adequada para ser presidente. Que Deus perdoe a sua hipocrisia.

Não era Lord Orford quem estava na gaiola nessa ocasião. Mas, infelizmente, Lord Orford possuía outra casa de campo, Ilsington Hall, em Dorsetshire, onde Lady Dorothy entrou em contato a princípio com uma amoreira e depois com o sr. Thomas Hardy;[17] e aí temos o primeiro vislumbre da gaiola. Não fingimos dispor de nenhum vestígio de entusiasmo pelos Lares de Marinheiros em geral; sem dúvida, valia mais a pena contemplar amoreiras; mas, quando se chega ao ponto de chamar de "vândalos" as pessoas que as derrubam para construir abrigos e fabricar escabelos feitos dessa madeira e talhar nos escabelos inscrições que certificam que "o rei George III frequentemente tomou chá" sob os auspícios desse banquinho, então somos inclinados a protestar – "a senhora certamente se refere a Shakespeare?". Mas, como os comentários ulteriores de Lady Dorothy tendem a demonstrar, ela não se refere a Shakespeare. Lady Dorothy "apreciava calorosamente" as obras do sr. Thomas Hardy, e costumava reclamar que "a aristocracia rural era estúpida demais para valorizar o seu gênio e verdadeiro valor". George III tomando chá; as famílias rurais que não gostavam do sr. Hardy: Lady Dorothy estava indubitavelmente atrás das grades.

Contudo, nenhuma história ilustra de forma mais adequada a barreira que percebemos desde então entre Lady Dorothy e o mundo exterior do que a de Charles Darwin e os cobertores. Entre seus lazeres, Lady Dorothy dedicou-se ao passatempo de cultivar orquídeas e, portanto, fez contato com o "grande naturalista". A sra. Darwin, convidando-a a hospedar-se com eles, observou com aparente simplicidade ter ouvido que as pessoas que circulavam na sociedade londrina gostavam de ser lançadas ao ar por meio de cobertores. "Receio", concluía a carta, "que dificilmente seremos capazes de lhe oferecer nada dessa espécie."[18] Se de fato a necessidade de lançar Lady Dorothy ao ar com um cobertor foi seriamente discutida em Down ou se a sra. Darwin secretamente sugeria seu pressentimento sobre algum tipo de incongruência entre seu marido e a dama das orquídeas, não temos certeza. Mas temos a sensação de dois mundos em choque; e não é o mundo dos Darwins que emerge aos pedaços. Cada vez mais, vemos Lady Dorothy pulando de poleiro em poleiro, apanhando uma tasneira aqui, uma semente de cânhamo acolá, satisfazendo-se com frêmitos e melodias requintados, e afiando o bico em um torrão de açúcar dentro de uma ampla gaiola, arejada e luxuosamente equipada. A gaiola estava repleta de entretenimentos encantadores. Ela ora ilumina folhas que emaciam até restar o esqueleto; ora se interessa pelo desenvolvimento da raça de jumentos; em seguida, adere à causa dos bichos-da-seda, quase ameaçando a Austrália com uma praga deles e "na realidade obtendo seda o suficiente para fabricar um vestido"; mas uma vez foi a primeira a descobrir que a madeira, enverdecida pelo apodrecimento, pode ser convertida, com algum custo, em pequenas caixas; ela investigou a questão dos fungos e estabeleceu as virtudes da negligenciada trufa inglesa; importou peixes raros; gastou muita energia tentando em vão induzir o cruzamento de cegonhas e gralhas da Cornualha em Sussex; pintou porcelanas; decorou brasões heráldicos e, atando apitos à cauda de pombos, produziu efeitos maravilhosos "como de uma orquestra aérea" quando eles alçaram voo. À duquesa de Somerset, cabe o crédito de ter investigado a maneira adequada de cozinhar porquinhos-da-Índia, mas Lady Dorothy foi a primeira a servir um prato dessas pequenas criaturas em um almoço em Charles Street.

Mas todo o tempo a porta da gaiola esteve aberta. Fizeram investidas naquilo que o sr. Nevill chamou de "Boêmia Superior"; da qual Lady Dorothy regressou com "autores, jornalistas, atores, atrizes e outras pessoas agradáveis e divertidas". O juízo de Lady Dorothy ficou comprovado pelo fato de o grupo raramente ter-se comportado mal e alguns de fato amansaram e lhe escreveram "cartas muito graciosas". Mas uma vez ou outra ela mesma se aventurou a sair da gaiola. "Esses horrores", escreveu, aludindo à classe média, "são tão espertos e nós, tão estúpidos; mas então olhe o primor de educação que recebem, enquanto nossos filhos nada aprendem exceto como gastar o dinheiro dos pais!" Ela ruminou a respeito. Algo estava errado. Era astuta e honesta demais para não atribuir a responsabilidade, em parte ao menos, à sua própria classe. "Suponho que ela mal consiga ler?", disse sobre uma dama que se dizia cultivada; e, sobre outra: "Ela é deveras curiosa e bem adaptada aos bazares ao ar livre." Mas, a nosso ver, seu voo mais notável ocorreu um ano ou dois antes de sua morte, no Victoria and Albert Museum [Museu Vitória e Alberto]:

> Eu concordo com você, ela escreveu – embora não devesse dizê-lo – que a classe alta é muito – não sei como dizer –, mas não parecem interessar-se por nada – exceto o golfe etc. Um dia eu estava no Victoria and Albert Museum, apenas uns poucos salpicos de pernas, pois tenho certeza de que pareciam frívolas demais para que lhe atribuamos corpos e almas – mas o que amenizou o espetáculo foram uns pequenos japoneses concentrando-se em cada artigo com um caderno [...] nossos corpos, claro, rindo, não olhavam para nada. Pior ainda, nem uma alma da classe superior à vista; de fato, nunca soube de nenhum deles conhecer o museu, com o qual estamos gastando milhões – é tudo doloroso demais.

Era tudo doloroso demais e a guilhotina, ela sentia, ameaçava à distância. Dessa catástrofe ela foi poupada, pois quem deseja cortar a cabeça de uma pomba com apito atado à cauda? Mas, se derrubasse a gaiola inteira e se mandasse aos ares a orquestra, tremulando e silvando, podemos ficar seguros, como lhe afirmou o sr. Joseph Chamberlain, que sua conduta teria sido "um crédito para a aristocracia britânica".

# IV
## Arcebispo Thomson[19]

A origem do arcebispo Thomson é obscura. "Supõe-se com alguma certeza que seu tio-avô" tenha sido "fonte de orgulho das classes médias." Sua tia casou-se com um cavalheiro que figurou no assassinato de Gustavo III da Suécia; e seu pai encontrou-se com a morte aos 87 anos, tropeçando em um gato nas primeiras horas da manhã. O vigor físico que a anedota implica combinou-se no arcebispo com os poderes do intelecto, que prometeram sucesso em qualquer profissão que escolhesse. Em Oxford, parecia provável que se dedicaria à filosofia ou à ciência. Enquanto fazia a graduação, teve tempo de escrever *Outlines of the Laws of Thought* [Esboços sobre as leis do pensamento], que "imediatamente tornou-se um reconhecido manual escolar para as turmas de Oxford". No entanto, ainda que a poesia, a filosofia, a medicina e o direito oferecessem tentações, ele afastou esses pensamentos, ou nunca os alimentou, tendo desde o início decidido a dedicar-se ao sagrado ministério. A medida de seu sucesso na esfera mais excelsa pode ser atestada pelos seguintes fatos: ordenado diácono em 1824 com 23 anos, tornou-se deão e tesoureiro do Queen's College, Oxford em 1845; reitor em 1855, bispo de Gloucester e Bristol em 1861 e arcebispo de York em 1862. Portanto, com a idade precoce de 43 anos, situava-se abaixo apenas do arcebispo da Cantuária, e era comum que equivocadamente se esperasse que ele no fim também obtivesse essa dignidade.

É uma questão de crença e temperamento se você lê essa lista com respeito ou enfado; se olha para o chapéu de um arcebispo como se fosse uma coroa ou um apagador de velas. Se, como quem vos escreve, você estiver disposto a nutrir a simples crença de que a ordem externa corresponde à interna – de que o vigário é um bom homem, um cônego é um homem melhor e um arcebispo é o melhor de todos –, achará extremamente fascinante o estudo da vida do arcebispo Thomson. Ele se afastou da poesia, da filosofia e da lei, e se especializou na virtude. Dedicou-se ao serviço sagrado. Sua proficiência espiritual foi tamanha que passou de diácono para deão, de deão para bispo e de bispo para arcebispo no curto espaço de vinte anos. Como há apenas dois arcebispados em toda Inglaterra, a inferência parece ser a de que ele era o segundo melhor homem do país; seu chapéu é prova disso. Mesmo no sentido material, a peça era das maiores; maior do que o do sr. Gladstone; maior do que o de Thackeray; maior do que o de Dickens; era de fato, assim lhe dissera o seu chapeleiro e ele tendia a concordar, um "oito integral". No entanto, começou de modo semelhante aos outros homens. Golpeou um estudante num rompante de raiva e foi suspenso; escreveu um manual de lógica e manejava muito bem o remo. Mas, após ordenar-se, seu diário mostra que o processo de especialização havia começado. Pensava muito sobre o estado da alma; sobre o "tumor monstruoso da simonia"; sobre a reforma da Igreja e sobre o significado do cristianismo. "A autorrenúncia", ele chegou à conclusão, "é o fundamento da religião cristã e das morais cristãs [...] a mais alta sabedoria é aquela que pode impor e cultivar a autorrenúncia. Daí (ao contrário de Cousin), sustento que a religião é muito superior à filosofia." Há uma menção sobre químicos e capilaridade, mas a ciência e a filosofia corriam o risco, mesmo nesse estágio precoce, de serem expulsas. Logo o diário tomou um tom diferente. "Ele não parece", diz um biógrafo, "ter mais tempo para assinalar seus pensamentos por escrito"; apenas registra os compromissos, e ele janta fora quase todas as noites. Sir Henry Taylor, a quem conheceu em um desses jantares, descreveu-o como "simples, sólido, bom, capaz e agradável". Talvez tenha sido sua solidez combinada com seu espírito "eminentemente científico", sua brandura somada a seu porte, que, em muitas dessas pessoas importantes, produziu a confiança de que, nele, a Igreja havia encontrado um defensor muito oportuno. Sua "lógica robusta" e constituição sólida pareciam-lhe torná-lo apto para arrostar uma tarefa que sobrepujava os mais capazes – ou seja, a de conciliar as descobertas científicas da era com a religião e mesmo provar que constituíam "algumas das mais fortes testemunhas da verdade". Se alguém era capaz, era Thomson; sua habilidade prática, livre de quaisquer tendências místicas ou sonhadoras, já havia sido comprovada na conduta dos assuntos administrativos de sua faculdade. De bispo, tornou-se quase instantaneamente arcebispo; e, ao tornar-se arcebispo, passou a primaz da Inglaterra, diretor da Charterhouse e do King's College, de Londres, patrono de 120 residentes, com os arquidiocesanos de York, Cleveland e East Riding sob sua tutela, e os canonicatos e prebendas na catedral de York. O palácio de Bishopthorpe em si era uma residência gigantesca; ele logo enfrentou a "questão espinhosa" de ou comprar toda a mobília – "a maior parte dela de qualidade sofrível" –, ou reformar a casa inteira, o que custaria uma fortuna. Ademais, havia sete vacas no pasto; mas estas talvez fossem compensadas pelas nove crianças no berçário. Então o príncipe e a princesa de Gales fizeram uma visita, e o arcebispo tomou sobre si a tarefa de mobiliar os aposentos da princesa. Foi para Londres, onde adquiriu oito lampiões de óleo, duas figuras espanholas empunhando velas e lembrou-se da necessidade de comprar "sabonetes para a princesa". Enquanto isso, porém, assuntos bem mais sérios exigiam cada milímetro de suas forças. Ele já havia sido admoestado a "empunhar a lança certeira de sua lógica robusta contra os sofismas" dos autores de *Essays and Reviews* [Ensaios e resenhas], e havia respondido em uma obra intitulada *Aids to Faith* [Auxílios para a fé]. Bem perto dali, a cidade de Sheffield, com sua vasta população de trabalhadores pouco instruídos, era terreno fértil para o ceticismo e a insatisfação. O arcebispo fez da cidade a sua freguesia pessoal. Apreciava contemplar o desfile de couraças de metal e constantemente fazia uso da palavra em reuniões de trabalhadores. "Mas o que são esses niilismos e socialismos e comunismos e movimentos fenianos e sociedades secretas – o que significam?", perguntou. "Egoísmo", respondeu e "no fundo de todos está a imposição de uma classe sobre as demais." Havia uma lei natural, dizia, pela qual os salários subiam e os salários caíam. "Vocês devem aceitar o declínio como aceitam a ascensão. [...] Se pudéssemos tão somente fazer com que as pessoas aprendessem isso, então as coisas funcionariam bem melhor e mais tranquilas." E os trabalhadores de Sheffield responderam ofertando-lhe quinhentos talheres revestidos de prata de lei. Mas presumivelmente havia um certo número de facas entres as colheres e garfos.

O bispo Colenso, porém, era bem mais problemático do que os trabalhadores de Sheffield; e os Ritualistas o aborreceram de maneira tão persistente que mesmo sua enorme força sentiu a pressão. As questões cuja decisão lhe cabia eram especialmente configuradas para provocar e irritar até mesmo um homem de seu porte e brandura. Um bêbado encontrado morto em um fosso ou um ladrão que cai por uma claraboia devem receber o benefício dos ritos funerários?, perguntaram-lhe. O assunto das velas acesas era o "mais difícil"; o uso de estolas coloridas e a administração de cálice misto o esgotava consideravelmente; e, por fim, havia o reverendo John Purchas, que, paramentado com a capa magna, alva, barrete e estola "transversal", acendia e apagava velas "sem nenhum propósito especial"; enchia um vaso com pó preto e o esfregava na testa da sua congregação; e pendurou sobre o altar "uma figura, imagem ou pele empalhada de uma pomba, em posição de voo". O humor do arcebispo, em geral tão positivo e imperturbável, ficou seriamente abalado. "Acaso um dia julgar-se-á um crime o empenho em manter a Igreja da Inglaterra como representante do senso comum da nação?", ele indagou. "Suponho que sim, mas eu não chegarei a vê-lo. Passei por muita coisa, mas não me arrependo de ter feito o melhor que pude." Se, por um momento, o próprio arcebispo pudesse nos fazer tal pergunta, confessaríamos o nosso completo espanto. O que foi feito de nosso homem superlativamente bom? Assediado e assolado, passa o tempo resolvendo questões sobre pombos empalhados e anáguas coloridas; às vezes escreve mais de oitenta cartas antes do café da manhã; mal tem tempo de correr a Paris para comprar uma touca para a filha; e no fim tem de perguntar a si mesmo se um desses dias sua conduta não será considerada criminosa.

Foi um crime? E, se foi, teria sido culpa dele? Não havia iniciado na crença de que o cristianismo tinha certa relação com a renúncia, sem consistir inteiramente em uma questão de senso comum? Se as honrarias e obrigações, pompas e possessões, acumularam-se e o incrustaram, como, na posição de arcebispo, poderia ele recusar-se a aceitá-las? As princesas precisam do seu sabonete; os palácios precisam da sua mobília; e as crianças precisam de suas vacas. E, por patético que possa parecer, ele nunca perdeu completamente o interesse na ciência. Usava um podômetro; foi um dos primeiros a utilizar uma câmera; acreditava no futuro da máquina de escrever e, em seus últimos anos, tentou consertar um relógio quebrado. Também foi um pai encantador; escreveu cartas espirituosas, concisas, sensíveis; suas boas histórias tiveram grande relevância e morreu trabalhando. Certamente foi um homem muito capaz, mas se insistirmos na questão da bondade – foi fácil, foi possível, um homem bom ser um arcebispo?

# O patrocinador e o croco[1]

Quando iniciam na arte da escrita, os jovens em geral recebem o conselho plausível, mas totalmente impraticável, de escrever o que têm de escrever do modo mais breve possível, mais claro possível e sem nenhum pensamento na cabeça, exceto o de dizer exatamente o que se passa nela. Ninguém jamais acrescenta em tais ocasiões a única informação útil: "E não se esqueça de escolher bem o seu patrocinador", embora aí esteja o nó da questão. Pois sempre se escreve o livro para que alguém o leia, e como o patrocinador não é meramente quem paga, mas também, de um modo muito sutil e insidioso, quem instiga e inspira aquilo que se escreve, é da maior importância que ele seja um sujeito apropriado.

Mas quem, portanto, seria esse sujeito apropriado – o patrocinador que extrai com manha o melhor do cérebro do escritor e dá à luz a mais variada e vigorosa progênie da qual ele é capaz? Períodos distintos deram respostas distintas. Os elisabetanos, grosso modo, escreveram para a aristocracia e o teatro público. Os patrocinadores do século XVIII foram uma combinação de gracejador de café e livreiro da Grub Street.[2] No século XIX, os grandes autores escreveram para as revistas de meia coroa e para as classes ociosas. E, olhando para o passado e aplaudindo os resultados esplêndidos dessas diversas alianças, tudo parece invejosamente simples, claro como a luz do dia, em comparação com nosso próprio dilema – para quem devemos escrever? Pois a atual oferta de patrocinador é de uma variedade espantosa e sem igual. Há a imprensa diária, a imprensa semanal, a imprensa mensal; o público inglês e o público americano; o público para os mais vendidos e o público para os menos vendidos; o público intelectual e o público viril; entidades hoje em dia organizadas e senhoras de si, capazes, por meio de seus inúmeros porta-vozes, de fazer conhecer suas necessidades e de fazer sentir a sua aprovação e o seu desprazer. Assim, antes de pegar na pena, o escritor empolgado com a visão do primeiro croco nos Jardins de Kensington precisa escolher, a partir de uma multidão de competidores, aquele patrocinador que mais lhe convém. É inútil dizer "esqueça tudo; pense apenas na flor", pois escrever é um método de comunicação; e o croco é uma planta imperfeita antes de ser compartilhada. O primeiro ou o último homem pode escrever para si mesmo, mas se trata de uma exceção, nada invejável, aliás, e sua obra está à disposição das gaivotas, se as gaivotas conseguirem lê-la.

Admitindo-se, portanto, que cada escritor dispõe de um público ou outro na ponta de sua pena, os altruístas dirão que deve ser um público submisso, que aceite obediente o que for que o autor queira lhe conceder. Por mais que a teoria pareça plausível, há grandes riscos ligados a ela. Pois, nesse caso, o escritor se mantém consciente de seu público, ainda que superior a ele – uma combinação desconfortável e infeliz, como as obras de Samuel Butler, George Meredith e Henry James podem provar. Todos desprezaram o seu público; todos desejaram um público; todos fracassaram em obter um público; e todos descarregaram o seu fracasso sobre o público, em um crescendo de intensidade, por meio de uma sequência de angularidades, obscuridades e afetações que nenhum escritor cujo patrocinador fosse seu igual e amigo teria julgado necessário infligir. Seus crocos, por conseguinte, são plantas tortuosas, belas e luminosas, mas com um quê de torcicolo a seu respeito, malformadas, murchas de um lado, demasiado desenvolvidas do outro. Um pouco de sol lhes teria feito muitíssimo bem. Devemos então correr para o outro extremo e aceitar (mesmo que apenas na imaginação) as propostas lisonjeiras que, podemos supor, os editores do *Times* e do *Daily News* queiram nos oferecer – "Vinte libras por seu croco com precisamente quinhentas palavras, que desabrochará em todas as mesas de café, de John o'Groats até Land's End,[3] amanhã antes da nove da manhã, com o nome do autor anexado"?

Mas seria um croco suficiente e não teria de ser de um amarelo bem brilhante para reluzir de tamanha distância, custar tanto e exibir o nome do autor, em anexo? A imprensa decerto é uma grande multiplicadora de crocos. Mas, se olharmos para algumas dessas plantas, descobriremos que são apenas muito longinquamente relacionadas com a pequena flor, amarela ou púrpura, que desponta nos Jardins de Kensington no início de março, todos os anos. A do jornal é assombrosa, mas se trata de uma planta bem diversa. Ela preenche exatamente o espaço que lhe é alocado. Irradia um brilho amarelo. É cordial, afável, carinhosa. Também tem um belo acabamento, pois que ninguém pense que a arte de "nosso crítico teatral" do *Times* ou do sr. Lynd, do *Daily News*, seja algo fácil.[4] É uma façanha nada desprezível pôr um milhão de cérebros em funcionamento às nove da manhã, oferecer a 2 milhões de olhos algo fulgurante, frenético e divertido para ser contemplado. Mas a noite chega e essas flores se apagam. Assim, pequeninas peças de cristal perdem o lustre quando você as leva para o oceano; magníficas primas-donas ululam como hienas se você as encerrar em cabines telefônicas; e o mais brilhante dos artigos, quando retirado de seu elemento, é pó, areia e haste de palha. O jornalismo preservado em um livro é ilegível.

O patrocinador que desejamos, portanto, é aquele que nos ajudará a impedir a deterioração de nossas flores. Mas, como as qualidades dele mudam de época para época, e urge considerável integridade e convicção para não se deixar ofuscar pelas pretensões nem mistificar pela persuasão de grupos concorrentes, esse negócio de encontrar o patrocinador representa uma das provas de fogo da condição autoral. Saber para quem se escreve é saber escrever. Algumas das qualidades do patrocinador moderno são, porém, bastante evidentes. O escritor precisará neste momento, é evidente, de um patrocinador que cultive mais o hábito de ler um livro do que o de frequentar o teatro. Hoje em dia, outrossim, ele deve ser informado acerca da literatura de outros tempos e povos. Mas há outras qualidades que nossas fraquezas e tendências especiais lhe demandam. Há a questão da indecência, por exemplo, que nos importuna e nos desconcerta mais do que aos elisabetanos. O patrocinador do século XX precisa ser imune ao choque. Precisa distinguir de maneira infalível entre um pequeno torrão de estrume que se liga ao croco por necessidade e aquele que se lhe emplastra por bravata. Também deve ser juiz dessas influências sociais que inevitavelmente exercem um papel tão amplo na literatura moderna, sendo capaz de dizer o que amadurece e fortifica, e o que inibe e torna estéril. Ademais, deve pronunciar-se acerca da emoção, e em nenhum departamento pode exercer trabalho mais útil do que no apoio ao autor contra o sentimentalismo, por um lado, e contra o medo pusilânime de expressar o sentimento, do outro. É pior, ele diria, e talvez mais comum, ter receio de sentir do que sentir em demasia. Ele acrescentará, talvez, um comentário sobre a linguagem e observará quantas palavras Shakespeare empregou ou quanta gramática Shakespeare violou, enquanto nós, embora conservemos os dedos tão recatadamente sobre as teclas negras do piano, não fizemos progresso apreciável desde *Antônio e Cleópatra*. E, se você puder esquecer completamente o seu sexo, ele dirá, tanto melhor; um escritor não dispõe de nenhum. Mas tudo isso não tem relevância, é elementar e questionável. A qualidade principal do patrocinador reside em algo distinto, que talvez só possa ser expresso pelo uso de uma palavra conveniente que encobre muita coisa – atmosfera. É preciso que difunda uma atmosfera que envolva o croco e faça parecer-se com uma planta da mais alta importância, de modo que desfigurá-la constitua o único ultraje imperdoável deste lado da tumba. Ele nos deve fazer sentir que um único croco, se for real, lhe basta; que não quer ser doutrinado, elevado, instruído ou melhorado; que sente muito por ter forçado Carlyle ao debate, Tennyson ao idílio e Ruskin à insanidade;[5] que agora está pronto para passar despercebido ou afirmar-se conforme lhe solicitam os escritores; que está ligado a eles por um laço maior do que o maternal; que são gêmeos de fato, um condenado à morte se o outro morrer, um florescendo se o outro florescer; que o destino da literatura depende de sua aliança feliz – tudo isso prova, como dissemos no início, que a escolha do patrocionador é da maior importância. Mas como escolher de modo adequado? Como escrever bem? Eis as questões.[6]

# O ensaio moderno[1]

Como afirma com razão o sr. Rhys, é escusado ir fundo na história e origem do ensaio – se este deriva de Sócrates ou Siranez, o Persa –,[2] pois, para todos os seres vivos, o presente é mais importante do que o passado. Ademais, sua família é muito extensa; e, enquanto alguns de seus representantes ganharam o mundo e portam a coroa ao lado dos melhores, outros levam uma vida precária na sarjeta próxima a Fleet Street.[3] A forma, também, varia. O ensaio pode ser longo ou curto, sério ou trivial, sobre Deus ou Espinosa, ou sobre as tartarugas e Cheapside.[4] Mas, ao compulsarmos os cinco pequenos volumes, contendo ensaios escritos entre 1870 e 1920, certos princípios parecem controlar o caos e localizamos no curto período em análise algo como o desenvolvimento de uma história.

De todas as formas literárias, porém, o ensaio é o que menos exige o uso de palavras rebuscadas. O princípio que o controla é simplesmente o de dar prazer; o desejo que nos impele a apanhar um deles na prateleira é simplesmente o de receber prazer. Tudo, em um ensaio, deve submeter-se a esse propósito. Devemos ficar sob seu encanto desde a primeira palavra e só despertar, revigorados, com a última. Entrementes, podemos atravessar as mais variadas experiências de diversão, surpresa, interesse, indignação; podemos ascender às alturas da fantasia com Lamb ou mergulhar nas profundezas da sabedoria com Bacon, mas nunca devemos ser acordados. O ensaio deve nos envolver e correr a cortina sobre o mundo.

Tamanha proeza raramente é alcançada, ainda que a culpa possa caber tanto ao leitor quanto ao escritor. O hábito e a letargia embotaram o nosso paladar. Um romance apresenta uma história; um poema, rimas, mas que arte o ensaísta emprega nos breves trechos de prosa para nos aferroar a atenção e nos fixar em um transe que não é do sono, mas uma intensificação da vida – um aquecer-se, com todas as faculdades alertas, ao sol do prazer? A primeira regra fundamental é que ele deve saber escrever. Seu conhecimento deve ser tão profundo quanto o de Mark Pattison,[5] mas, em um ensaio, este deve estar tão amalgamado com a magia da escrita que nenhum fato sobressai, nenhum dogma rompe a superfície da textura. Macaulay de um lado, Froude de outro, fizeram isso de modo soberbo, inúmeras vezes.[6] Eles insuflaram mais conhecimento sobre nós no curso de um ensaio do que os inumeráveis capítulos de centenas de manuais. Mas, quando Mark Pattison nos precisa contar, no espaço de trinta e cinco pequenas páginas, sobre Montaigne, sentimos que não procedeu a uma assimilação prévia do Monsieur Grün.[7] Monsieur Grün foi um cavalheiro que, certa feita, escreveu um mau livro. Monsieur Grün e seu livro deveriam ter sido embalsamados em âmbar para nosso perpétuo deleite. Mas o processo é fatigante; requer mais tempo e talvez mais disposição do que Pattison tinha a seu alcance. Ele nos serviu Monsieur Grün malpassado, de modo que este permanece como uma baga crua entre as carnes assadas, a ser para sempre trincada com os dentes. Algo semelhante se aplica a Matthew Arnold e um certo tradutor de Espinosa.[8] Não cabe contar a verdade literal nem procurar defeitos para proveito do culpado em um ensaio, onde tudo deveria vir em nosso proveito e mais em prol da eternidade do que do número de março da *Fortnightly Review*.[9] Mas, se não se deve ouvir a voz do sermão nesse enredo estreito, há outra que atua como uma praga de gafanhotos – a voz de um homem sonolento, tropeçando em palavras soltas, agarrando sem propósito ideias vagas, a voz, por exemplo, do sr. Hutton na seguinte passagem:

> Some-se a isso o fato de sua vida conjugal ter sido breve, apenas sete anos e meio, tendo sido inesperadamente interrompida, e que a apaixonada reverência pela memória e gênio da esposa – em suas próprias palavras, "uma religião" – foi do tipo que, como ele devia ter sido perfeitamente sensato, não teria conseguido impedir o restante da humanidade de ver como uma extravagância, sem falar de uma alucinação, e, não obstante, estava

possuído por um irrefreável desejo de encarná-la em uma hipérbole sensível e entusiasmada onde é tão patético encontrar um homem que ganhou a fama de mestre "imparcial", e é impossível não sentir serem bastante lastimáveis os incidentes na carreira do sr. Mill.[10]

Um livro pode suportar esse golpe, mas um ensaio afunda. Uma biografia em dois volumes é de fato o repositório mais apropriado; pois ali, onde a licença é muito mais ampla, e vislumbres e insinuações de elementos externos fazem parte do festim (referimo-nos ao antigo formato de livro vitoriano), esses bocejos e excursos raramente importam, possuindo na realidade um valor positivo todo seu. Mas aquele valor, para o qual o leitor contribui, talvez de forma ilícita, em seu desejo de beber em um livro de todas as fontes possíveis de que for capaz, está daqui excluído.

Não há espaço para as impurezas da literatura em um ensaio. De um modo ou de outro, por força do ofício ou por regalo da natureza, ou por ambos, o ensaio deve ser puro – puro como água ou puro como vinho, mas não contaminado pela monotonia, a falta de vida e os depósitos de matéria supérflua. De todos os autores do primeiro volume, Walter Pater é quem melhor cumpre essa árdua tarefa, porque, antes de iniciar a escrever seu ensaio ("Notes on Leonardo da Vinci") [Notas sobre Leonardo da Vinci], ele de algum modo logrou fundir o seu material.[11] Pater é um homem culto, mas não é o conhecimento sobre Leonardo que fica conosco, mas uma visão, tal como sucede em um bom romance, onde tudo contribui para que a concepção do autor surja como um todo diante de nós. Só que aqui, no ensaio, onde os limites são tão severos e os fatos precisam ser usados sem rebuço, o verdadeiro escritor como Walter Pater faz com essas restrições propiciem sua própria qualidade. A verdade lhe dá autoridade; do limite estreito, ele obtém a forma e a intensidade; e, então, não resta mais espaço adequado para alguns desses ornamentos que os velhos escritores apreciam e que nós, por chamá-los de ornamentos, supostamente desprezamos. Hoje em dia, ninguém teria a coragem de embarcar na outrora famosa descrição da mulher de Leonardo, que

aprendeu os segredos do túmulo; e mergulhou em mares profundos, sendo discreta sobre os dias de dissipação; e traficou estranhos tecidos com mercadores orientais; e, como Leda, foi mãe de Helena de Troia e, como Sant'Ana, mãe de Maria...[12]

O trecho exibe marca demasiado pessoal para inserir-se naturalmente no contexto. Contudo, quando chegamos inesperadamente a "o sorriso das mulheres e o movimento das grandes águas"[13] ou "plena de requinte dos mortos, em trajes tristes, cor de terra, adornada de pedras pálidas",[14] de repente lembramos que temos ouvidos e temos olhos, e que a língua inglesa preenche uma longa série de volumes grossos com inumeráveis palavras, muitas das quais rebuscadas. O único inglês vivo que compulsa esses volumes é, claro, um cavalheiro de extração polonesa.[15] Mas sem dúvida nossa frugalidade economiza muita efusão, muita retórica, muito trote elevado e cabriola, e, pelo bem da sobriedade e do pragmatismo predominantes, deveríamos estar dispostos a permutar o esplendor de sir Thomas Browne e o vigor de Swift.[16]

No entanto, ainda que o ensaio admita mais adequadamente do que a biografia e a ficção ousadia e metáfora repentinas, e possa ser polido até que todos os átomos de sua superfície reluzam, também há riscos nessa empreitada. Logo o ornamento desponta. Logo a corrente, que é o sangue vital da literatura, desacelera; e, em vez de cintilar, brilhar ou mover com um impulso mais sereno que carrega uma excitação mais profunda, as palavras coagulam em um jato congelado que, como as uvas em uma árvore de Natal, cintilam por uma única noite, mas são pó e bizarria no dia seguinte. Grande é a tentação para decorar nos casos em que o tema pode ser dos mais exíguos. Que há de interesse no fato de que se desfrutou de uma caminhada ou de que se divertiu perambulando por Cheapside, vendo as tartarugas na vitrine do sr. Sweeting? Stevenson e Samuel Butler elegeram métodos bem diferentes para excitar nosso interesse nesses temas domésticos.[17] Stevenson, decerto, aparou, poliu e dispôs a sua matéria no formato tradicional do século XVIII. A façanha é admirável, mas não podemos evitar o receio, à medida que o ensaio prossegue, de que o material sucumba sob os dedos do artesão. O lingote é tão minúsculo, a manipulação tão incessante. E talvez seja por isso que a peroração –

> Sentar imóvel e contemplar – lembrar-se dos rostos de mulheres sem desejá-las, apreciar os grandes feitos dos homens sem invejá-los, estar em sintonia com tudo e em toda parte e ainda, satisfeitos com continuar sendo quem somos e permanecer onde estamos –[18]

– possui o tipo de insubstancialidade que sugere que, quando chega ao fim, não resta nada ao autor com que trabalhar. Butler adotou o método oposto. Pense os próprios pensamentos, ele parece dizer, e discorra sobre eles do modo mais simples possível. Essas tartarugas na vitrine que parecem romper suas carapaças por meio das patas e cabeça sugerem uma confiança fatal em uma ideia fixa. E assim, passando sem preocupação de uma ideia a outra, atravessamos um vasto terreno; observamos que um ferimento no advogado é coisa muito séria; que Maria Stuart, rainha da Escócia, usa botas ortopédicas e está propensa a ter ataques perto de Horse Shoe na Tottenham Court Road; damos por certo que ninguém realmente se importa com Ésquilo; e, assim, ele prossegue com muitas anedotas divertidas e algumas reflexões profundas até chegar à conclusão de que, como lhe disseram para não ver mais em Cheapside do que pudesse enfiar em doze páginas da *Universal Review*, era melhor parar.[19] E, contudo, Butler pelo menos está tão preocupado com nosso prazer quanto Stevenson; e escrever como você mesmo e dizer que não se está escrevendo é um exercício de estilo mais difícil do que escrever como Addison e dizer que isso é escrever bem.[20]

Mas, por mais que difiram individualmente, os ensaístas vitorianos têm, ainda, algo em comum. Eles escreveram mais longamente do que hoje se costuma, e escreveram para um público que não apenas tinha tempo para levar a sério a sua revista, mas também possuía um alto, embora peculiarmente vitoriano, padrão de cultura, por meio do qual podia estimá-la. Valia a pena falar de assuntos sérios em um ensaio; e nada havia de errado em escrever o melhor que se podia quando, em um mês ou dois, o mesmo público que acolhera o ensaio em uma revista iria lê-lo cuidadosamente em um livro. Mas o pequeno público de gente cultivada converteu-se em um público mais amplo de gente não tão cultivada. A mudança não foi de todo para pior. No volume III, encontramos o sr. Birrell e o sr. Beerbohm.[21] Pode-se até mesmo dizer que houve uma volta ao tipo clássico, e que o ensaio, ao perder sua extensão e algo de sua sonoridade, estaria se aproximando de Addison e de Lamb. De todo modo, há um grande abismo entre o que sr. Birrell escreveu sobre Carlyle e o ensaio que poderíamos supor que Carlyle teria escrito sobre o sr. Birrell.[22] Há uma pequena semelhança entre "A Cloud of Pinafores" [Uma nuvem de aventais], de Max Beerbohm, e a "Cynic's Apology" [Apologia de um cínico], de Leslie Stephen.[23] Mas o ensaio está vivo; não há razão para desespero. Com a mudança das condições, também o ensaísta, a mais sensível de todas as plantas à opinião pública, adapta-se, e, se ele for bom, extrai o melhor da mudança; e, se for mau, o pior. O sr. Birrell é certamente bom; e assim descobrimos que, embora tenha dispensado um peso considerável, o seu ataque é bem mais direto e mais ágil o seu movimento. Mas o que o sr. Beerbohm oferece ao ensaio e o que dele obtém? Essa é uma questão muito mais complicada, pois aqui temos um ensaísta que se concentrou no trabalho e é, sem dúvida, o príncipe de sua profissão.

O que o sr. Beerbohm oferece é, decerto, ele mesmo. Essa presença, que justificadamente frequentou o ensaio desde o tempo de Montaigne, esteve exilada desde a morte de Charles Lamb.[24] Matthew Arnold nunca foi Matt para seus leitores, nem Walter Pater ganhou, em milhares de lares, o apelido carinhoso de Wat. Ambos nos concederam muito, mas não isso. Portanto, em algum momento da década de 1890, os leitores acostumados à exortação, à informação e à denúncia devem ter ficado surpresos quando lhes chamou de modo familiar uma voz que parecia pertencer a um homem que não era maior do que eles mesmos. Afetado por alegrias e tristezas privadas, ele não tinha um evangelho a pregar nem um ensinamento a passar. Era ele próprio, sem tirar nem pôr, e como ele próprio ficou. De novo vemos o ensaísta ser capaz de usar a ferramenta mais apropriada, mas igualmente mais perigosa e delicada. Ele trouxe a personalidade à literatura, não de forma impura e inconsciente, mas de maneira tão pura e consciente que não sabemos se há uma relação entre Max, o ensaísta, e o sr. Beerbohm, o homem. Apenas sabemos que o espírito da personalidade permeia cada palavra que escreve. Trata-se de um triunfo do estilo. Pois somente quando você sabe escrever é que pode fazer uso de si na literatura; esse "si" que, não sendo essencial à literatura, é também seu mais perigoso antagonista. Nunca ser você mesmo e, todavia, sempre ser – eis o problema. Muitos dos ensaístas da coleção do sr. Rhys, para sermos francos, não lograram resolver por inteiro a questão. Ficamos nauseados com a visão de personalidades triviais se decompondo na eternidade da letra impressa. Cativante para uma conversa, o escritor decerto é um bom camarada com quem tomar uma cerveja. Mas a literatura é severa; de nada vale ser encantador, virtuoso ou mesmo, de quebra, cultivado e brilhante, a não ser, ela parece reiterar, que você satisfaça a primeira condição – a de saber escrever.

O sr. Beerbohm domina essa arte com perfeição. Mas não procurou dicionários à cata de palavras rebuscadas. Não forjou períodos rígidos ou seduziu-nos os ouvidos com cadências intrincadas e melodias estranhas. Alguns de seus companheiros – Henley e Stevenson,[25] por exemplo –, por um momento, são mais impressionantes. Mas "A Cloud of Pinafores" tem aquela indescritível desigualdade, agitação e derradeira expressividade que pertence à vida e à vida apenas. Você não dá por terminado porque leu o ensaio, da mesma forma que não se encerra uma amizade quando é hora de despedir-se. A vida brota e altera e acrescenta. Mesmo coisas em uma prateleira se alteram quando estão vivas; nós nos pegamos querendo reencontrá-las; descobrimo-las alteradas. De modo que tornamos a ensaio após ensaio do sr. Beerbohm, sabendo que, seja setembro, seja maio, nós nos sentaremos e conversaremos com eles. Ainda assim, é verdade que o ensaísta é o escritor mais sensível de todos à opinião pública. A sala de visitas é o lugar onde se realiza muita leitura nos dias atuais, e os ensaios do sr. Beerbohm se conservam, com todo o refinado apreço que tal posição reivindica, na mesa da sala de visitas. Não há uma garrafa de gim por perto, nem tabaco, jogo de palavras, bebedeira ou insanidade. Damas e cavalheiros conversam e alguns tópicos, é claro, não se mencionam.

Mas, se seria tolo tentar prender o sr. Beerbohm em um aposento, seria infelizmente ainda mais tolo convertê-lo no artista, no homem que nos dá tão somente o melhor, no representante de nossa época. Não há ensaios do sr. Beerbohm no quarto e quinto volumes da presente coletânea. Sua era já parece um pouco distante e a sala de visitas, ao retroceder, começa a assemelhar-se a um altar onde, era uma vez, as pessoas depositavam oferendas – frutas de seu pomar, esculturas de própria lavra. Agora, de novo, as condições mudaram. O público precisa de ensaios tanto quanto antes, e talvez ainda mais. A demanda por peças corriqueiras que não ultrapassem as 15 mil palavras e, em casos especiais, 17.500, supera bastante a produção. Se Lamb escreveu um ensaio e Max talvez dois, o sr. Belloc,[26] em um cômputo grosseiro, produz 365. São bastante curtos, é verdade. No entanto, com que proeza o ensaísta tarimbado utilizará esse espaço – começando o mais rente possível do topo da página, sem sacrificar uma nesga de papel, de modo a circular e iluminar de forma precisa até a última palavra concedida por seu editor! Vale observar a façanha. Mas a personalidade da qual o sr. Belloc depende, tal como o sr. Beerbohm, sofre com o processo. Chega não com a riqueza natural da voz falada, mas tensa, fina e cheia de maneirismos e afetações, como a voz de um homem gritando de um megafone para uma multidão em um dia chuvoso. "Pequenos amigos, meus leitores", ele diz em um ensaio chamado "*An Unknown Country*" [Um campo desconhecido], e prossegue nos contando que –

> Havia outro dia na Feira de Findon um pastor que veio do leste via Lewes com seus carneiros e que tinha no olhar aquela reminiscência de horizontes que distingue os olhos de pastores e de montanhistas dos de outros homens. [...] Eu me aproximei para ouvir o que ele tinha a dizer, pois os pastores falam de modo bem diferente de outros homens.[27]

Felizmente esse pastor não tinha muito a dizer, mesmo com o estímulo do inevitável copo de cerveja, sobre o Campo Desconhecido, pois o único comentário que fez prova que é ou um poeta menor, inapto para o cuidado do rebanho, ou o próprio sr. Belloc mascarando-se com uma caneta-tinteiro. Essa é a penalidade que o ensaísta inveterado precisa agora estar pronto para encarar. Ele precisa mascarar-se. Não pode dar-se ao luxo nem de ser ele próprio nem outra pessoa. Deve sobrevoar a superfície do pensamento e diluir a força de sua personalidade. Precisa nos dar um meio pêni usado por semana, em vez de um sólido soberano por ano.

Mas não é só o sr. Belloc que sofreu com as condições predominantes. Os ensaios que transportam o compêndio para o ano de 1920 podem não constituir o melhor da obra de seus autores, mas, se excetuarmos escritores como o sr. Conrad e o sr. Hudson,[28] que foram bater por acaso nos ensaios, e nos concentrarmos naqueles que os redigem habitualmente, veremos que foram bastante afetados pela mudança de circunstâncias. Escrever semanalmente, escrever diariamente, escrever de maneira breve, escrever para pessoas ocupadas pegando o trem pela manhã ou para pessoas cansadas chegando em casa à noite é uma tarefa de cortar o coração tendo em conta os homens que sabem diferenciar a boa escrita da má. Eles cumprem a missão, mas instintivamente mantêm a salvo qualquer elemento precioso que o contato com o público possa estragar ou qualquer elemento agudo que lhe possa irritar a pele. Assim, se lermos o sr. Lucas, o sr. Lynd ou o sr. Squire em grande quantidade, sentimos um cinzento comum tingindo todas as coisas.[29] Encontram-se distantes tanto da beleza excêntrica de Walter Pater quanto da franqueza imoderada de Leslie Stephan. A beleza e a coragem são líquidos perigosos para engarrafar em uma coluna e meia; e o pensamento, como o pacote pardo em um bolso de colete, tem um jeito de arruinar a simetria de um artigo. É um mundo gentil, cansado, apático para o qual escrevem, e a surpresa é que eles, pelo menos, nunca deixam de tentar escrever bem.

Mas não há razão para apiedar-se do sr. Clutton Brock pela mudança nas condições do ensaísta.[30] Ele fez claramente o melhor que pôde com as suas circunstâncias, não o pior. Hesita-se até mesmo em afirmar que tenha feito qualquer esforço consciente sobre a matéria, dada a naturalidade com que efetuou a transição de ensaísta privado a público, da sala de visitas ao Albert Hall.[31] De modo bastante paradoxal, a redução do tamanho acarretou uma correspondente expansão da individualidade. Não temos mais o "eu" de Max ou de "Lamb", mas o "nós" dos corpos públicos e outros personagens sublimes. Somos "nós" quem vamos assistir à *Flauta mágica*; que devemos aproveitar a ocasião; que, por desígnios misteriosos, em nossa capacidade corporativa, certa vez com efeito a escrevemos. Pois a música, a literatura e a arte devem submeter-se à mesma generalização ou não alcançam os recessos mais longínquos do Alberto Hall. Todos devemos ficar legitimamente satisfeitos com o fato de que a voz do sr. Clutton Brock, tão sincera e desinteressada, chegue tão longe e atinja tantas pessoas sem condescender à fraqueza ou às paixões da massa. Mas enquanto "nós" ficamos gratos, o "eu", aquele indomável parceiro na camaradagem humana, cai no desespero. O "eu" deve sempre pensar coisas por si próprio e sentir coisas por si próprio. Partilhá-las de uma maneira diluída com a maioria dos homens e mulheres bem-intencionados e bem-educados é, para ele, pura agonia; e, enquanto o resto de nós ouve atentamente e aproveita profundamente, o "eu" foge para os bosques e os campos e se regozija com uma única folha de relva ou uma batata solitária.

Ao que parece, no quinto volume dos ensaios modernos, nos afastamos bastante do prazer e da arte da escrita. Mas, para fazer justiça aos ensaístas de 1920, precisamos ter certeza de que não estamos louvando os famosos, porque já foram louvados, e os mortos, porque nunca o encontraremos usando polainas em Piccadilly. Devemos saber o que queremos dizer quando afirmamos que eles sabem escrever e nos dar prazer. Devemos compará-los; revelar a qualidade. Devemos indicar este e dizer que é bom porque é exato, verdadeiro e imaginativo:

> Não, retirar-se os homens não podem quando querem; nem o farão, enquanto houver Razão; mas impacientam-se pela Privacidade, mesmo com a idade e a doença, que requer

a sombra: como os velhos citadinos: que ainda estarão sentados à porta da rua, embora desse modo ofereçam os Anos ao Escárnio...[32]

E, quanto a este, dizemos que é mau, porque é frouxo, plausível, lugar-comum:

Com cinismo preciso e cortês nos lábios, ele pensou em aposentos virginais, em águas sob a luz do luar, em terraços onde música imaculada soluça na vastidão da noite, em amantes puras e maternais, com braços protetores e olhos vigilantes, em campos adormecidos sob o sol, em léguas de oceano agitando-se sob céus quentes e trêmulos, em portos quentes, deslumbrantes e perfumados...[33]

Assim continua, mas o som já nos confunde e não conseguimos sentir nem ouvir. A comparação nos faz suspeitar de que a arte da escrita tem como espinha dorsal algum tipo de feroz adesão a uma ideia. É no dorso da ideia, algo em que se acredita com convicção ou se vê com precisão e assim impondo palavras à sua forma, que o grupo diverso que inclui Lamb e Bacon, e o sr. Beerbohm e Hudson, e Vernon Lee[34] e o sr. Conrad, e Leslie Stephen e Butler e Walter Pater, alcança a margem distante. Talentos bem variados auxiliaram ou obstaram a passagem da ideia às palavras. Alguns sucedem a duras penas; outros voam com todos os ventos a favor. Mas o sr. Belloc e o sr. Lucas e o sr. Squire não aderem com veemência a nada em particular. Eles compartilham o dilema contemporâneo – a ausência de convicção obstinada que eleva os sons efêmeros através da esfera nebulosa da linguagem anônima até a terra onde há um casamento perpétuo, uma união perpétua. Vagas como são todas as definições, um bom ensaio deve conter essa qualidade permanente; ele deve fazer correr uma cortina a nosso redor, mas deve ser uma cortina que nos encerra dentro, não nos deixa de fora.

# Joseph Conrad[1]

Súbito, sem nos dar tempo de organizar os pensamentos ou preparar frases, nosso convidado nos abandona; e sua retirada sem despedida ou cerimônia combina com sua misteriosa chegada, muitos anos atrás, fixando residência neste país. Pois sempre houve um ar de mistério a seu respeito. Em parte foi sua origem polonesa, em parte sua presença memorável, em parte a preferência por residir nos rincões do país, longe do alcance das fofocas e das anfitriãs, de modo que, para ter notícias dele, era preciso depender dos indícios trazidos por simples visitantes com o hábito de tocar campainhas, que diziam que seu anfitrião desconhecido tinha os modos mais impecáveis, os olhos mais brilhantes e falava inglês com um forte sotaque estrangeiro.

Ainda assim, embora seja o costume da morte acelerar e estreitar nossas lembranças, ao gênio de Conrad aferra-se algo em essência, mas não por acaso, difícil de abordar. Sua reputação nos últimos anos foi, com uma óbvia exceção, indubitavelmente a mais alta na Inglaterra; todavia, não era popular. Alguns o liam com deleite apaixonado; outros ficavam frios e apagados. Entre seus leitores, houve gente de idades e simpatias as mais antagônicas. Escolares de quatorze anos, empenhando seus esforços com Marryat, Scott, Henty e Dickens, engoliram-no na companhia dos demais; enquanto os maduros e os escrupulosos, que ao longo do tempo diligentemente conquistaram o coração da literatura e ali ruminaram e tornaram a ruminar uns poucos nacos preciosos, com muito escrúpulo colocaram Conrad em sua mesa de banquete. Uma fonte de dificuldade e discordância se encontra, é claro, onde os homens sempre a encontraram: em sua beleza. Abrimos as páginas de seus livros e nos sentimos como Helena deve ter-se sentido quando se olhou no espelho e descobriu que, fizesse o que fizesse, nunca, em qualquer circunstância, conseguiria passar por uma mulher comum. Desse modo Conrad foi aquinhoado, desse modo se educou, e tal foi sua obrigação para com um idioma estranho, tipicamente cortejado mais por suas qualidades latinas do que saxãs, que lhe parecia impossível realizar um movimento feio ou insignificante com sua pena. Sua amante, o estilo, é um pouco sonolenta, às vezes em repouso. Mas que alguém fale com ela e então com que magnificência ela assoma sobre nós, com que cor, triunfo e majestade! Todavia, é plausível que Conrad teria progredido não apenas em termos de crédito, como também de popularidade, tivesse ele escrito sem esse incessante cuidado com as aparências. Elas obstruem, estorvam e distraem, dizem seus críticos, indicando aquelas famosas passagens que se acostumou tirar do contexto e exibi-las entre as flores de arranjo da prosa inglesa. Era retraído, rígido e ataviado, eles reclamam, e o som de sua própria voz era para ele mais caro do que a voz da humanidade angustiada. A crítica é familiar e tão difícil de refutar quanto os comentários dos surdos quando *As bodas de Fígaro* são executadas. Eles veem a orquestra; de muito longe, escutam uma fricção deprimente; seus próprios comentários são interrompidos e, de maneira bastante natural, concluem que os objetivos da existência seriam mais bem servidos se, em vez de arranhar Mozart, esses cinquenta violinistas quebrassem pedra na estrada. Que a beleza ensine, que a beleza seja disciplinadora, como podemos convencê-los, já que não se separa o aprendizado dela do som de sua voz, para o qual eles são surdos? Mas lendo Conrad, não em livros ocasionais, mas a granel, deve ficar mesmo perdido quanto ao sentido das palavras aquele que não ouve naquela música um tanto dura e sombria, com sua reticência, orgulho e vasta e implacável integridade, que é melhor ser bom do que ser mau, como a lealdade é boa, assim como a honestidade e a coragem, embora ostensivamente Conrad se preocupe apenas em nos mostrar a beleza do mar à noite. Mas de nada vale arrancar essas sugestões de seu contexto. Ressecadas em nossos pequenos pires, desprovidas da magia e do mistério da linguagem, elas perdem o poder de excitar e provocar; perdem a força drástica que é uma qualidade constante da prosa de Conrad.

Pois foi em virtude de algo drástico em sua natureza, as qualidades de líder e capitão, que Conrad exerceu domínio sobre garotos e moços. Até escrever *Nostromo*,[2] seus personagens, como notam rapidamente os mais jovens, eram fundamentalmente simples e heroicos, por mais sutil que fosse a mente e indireto o método utilizado por seu criador. Eram marinheiros, acostumados à solidão e ao silêncio. Viveram em conflito com a Natureza, mas em paz com os homens. A Natureza foi o seu antagonista; foi ela quem ensejou a honra, a magnanimidade, a lealdade, as qualidades próprias aos homens; ela quem, em baías protegidas, criou para as mulheres meninas impenetráveis e austeras. Acima de tudo, foi a Natureza quem produziu personagens tão retorcidos e experimentados como o capitão Whalley e o velho Singleton,[3] obscuros, mas gloriosos em sua obscuridade, que representaram para Conrad a elite da raça, os homens cujos méritos ele nunca cansava de celebrar:

> Foram fortes como são fortes aqueles que nunca tiveram dúvida nem esperança. Foram impacientes e tenazes, turbulentos e devotados, fiéis e indomáveis. Gente bem-intencionada tentou representar esses homens como se gemessem sobre cada bocado de comida, como se cuidassem de seus afazeres temendo pela própria vida. Mas na realidade foram homens que conheceram a labuta, a privação, a violência, a libertinagem – mas não conheciam o medo, nem tinham sombra de rancor no coração. Foram homens difíceis de governar, mas fáceis de inspirar; homens sem voz – mas homens bastante para menosprezar no íntimo as vozes sentimentais que lamentavam a dureza de seu destino. Era um destino único e pessoal; a capacidade de suportá-lo lhes parecia o privilégio dos escolhidos! Sua geração viveu inarticulada e indispensável, sem conhecer a doçura dos afetos ou o refúgio do lar – e morreu liberta da ameaça sombria de uma cova estreita. Eles foram os filhos eternos do mar misterioso.[4]

Tais foram os personagens das primeiras obras – *Lord Jim*, *Tufão*, *O negro do Narciso*, *Juventude*;[5] e esses livros, a despeito das formas e variações, têm lugar assegurado entre nossos clássicos. Mas sua estatura se deve a qualidades que a simples história de aventuras, tal como contada por Marryat ou por Fenimore Cooper, não pretende possuir. Pois fica claro que, para admirar e celebrar tais homens e tais façanhas, romanticamente, de peito aberto e com o fervor do amante, é preciso ser dotado de uma dupla visão; é preciso a um só tempo estar dentro e fora. Para louvar-lhes o silêncio, é preciso possuir uma voz. Para apreciar-lhes a tenacidade, é preciso ser sensível à fatiga. É preciso ser capaz de viver em pé de igualdade com os Whalleys e os Singletons e, ainda assim, ocultar de seus olhos desconfiados as próprias qualidades que nos permitem compreendê-los. Somente Conrad foi capaz de viver essa vida dupla, pois dois homens o compunham; de par com o capitão do mar vivia o sutil, refinado e escrupuloso analista a quem ele chamou de Marlow. "O mais discreto e compreensível dos homens", disse, a respeito de Marlow.[6]

Marlow foi um desses observadores natos que se sentem mais felizes quando em reclusão. Nada era melhor, para ele, do que se sentar no convés, em alguma enseada obscura do Tâmisa, fumando e recordando; fumando e especulando; soltando com as baforadas belos anéis de palavras até que toda a noite de verão ficasse um pouco toldada pelos fumos do tabaco. Marlow, também, tinha um respeito profundo pelos homens com quem navegara; mas enxergava o humor neles. Ele farejava e descrevia, de forma magistral, essas criaturas lívidas que logravam atacar os veteranos desajeitados. Tinha aptidão natural pela deformidade humana; seu humor era sardônico. Tampouco viveu Marlow inteiramente engrinaldado nos fumos de seus próprios charutos. Tinha o costume de abrir de repente os olhos e observar – um monturo, um porto, o balcão de uma loja – e então, completo em seu anel ardente de luz, esse objeto reluz intensamente sobre o misterioso pano de fundo. Introspectivo e analítico, Marlow estava ciente de sua peculiaridade. Ele dizia que a força lhe vinha de inopino. Podia, por exemplo, ouvir um oficial francês murmurar: "*Mon Dieu*, como o tempo passa!"

> Nada poderia ser mais vulgar que tal comentário; mas sua manifestação coincidiu para mim com um momento de visão. É extraordinário como seguimos pela vida de olhos semicerrados, ouvidos moucos, pensamentos adormecidos [...] Contudo, só uns poucos de nós jamais conheceram um desses raros momentos de despertar em que vemos, ouvimos, compreendemos... tudo... num clarão, antes de retornarmos à nossa agradável sonolência. Ergui os olhos quando ele falou, e vi-o como jamais o vira antes.[7]

Numerosas imagens ele assim pincela sobre o fundo sombrio; navios antes de mais nada; navios ancorados, navios singrando diante da tormenta, navios no porto; ele pintou crepúsculos e alvoradas; pintou a noite; pintou o mar em todos os aspectos; pintou o brilho vistoso dos portos orientais, e homens e mulheres, suas casas e suas atitudes. Foi um observador exato e resoluto, treinado naquela "absoluta lealdade a seus sentimentos e sensações", a qual, escreveu Conrad, "um autor não deve perder em seus momentos mais exaltados da criação".[8] E, de modo muito calmo e compadecido, Marlow por vezes lança algumas palavras à moda de epitáfio que nos lembram, com toda a beleza e luminosidade ferindo-nos os olhos, das trevas ao redor.

Assim, uma distinção grosseira nos faria dizer que Marlow é quem comenta e Conrad, quem cria. Ela nos levaria, conscientes de que pisamos em terreno perigoso, a justificar a mudança que ocorreu, segundo nos conta Conrad, quando concluiu a última história da coletânea de *Tufão* – "uma mudança sutil na natureza da inspiração" – por causa de uma alteração no vínculo dos dois velhos amigos. " [...] parecia de algum modo que nada mais havia no mundo sobre o que escrever".[9] Foi Conrad, suponhamos, o criador, quem disse isso, olhando em retrospecto com dolorosa satisfação para as histórias que havia contado; sentindo como bem poderia sentir que nunca conseguiria superar a tempestade de *O negro do Narciso*, ou prestar tributo mais fiel às qualidades dos marinheiros britânicos do que prestou em *Juventude* ou *Lord Jim*. Foi então que Marlow, o comentarista, recordou-lhe como, no curso da existência, é preciso envelhecer fumando sentado no convés e desistir da carreira no mar. Mas, ele recordou-lhe, aqueles anos extenuantes acumularam lembranças; e chegou talvez a sugerir que, embora a última palavra possa ter sido sobre o capitão Whalley e sua ligação com o universo, restaram em terra alguns homens e mulheres cujos relacionamentos, posto que de natureza mais pessoal, possa valer a pena investigar. Se supusermos ainda que houvesse um volume de Henry James a bordo e que Marlow presenteou o amigo com o livro para levar para cama, poderemos justificar o fato de que foi em 1905 que Conrad escreveu um belo ensaio sobre o mestre.[10]

Durante muitos anos, então, Marlow foi o principal companheiro. *Nostromo*, *Chance*, a *Flecha de ouro* representam esse estágio da aliança que muitos continuarão a reputar a mais rica de todas.[11] O coração humano é mais intricado do que a floresta, afirmarão; ele tem as suas tempestades; tem as suas criaturas noturnas; e se, como romancista, você quer pôr o homem à prova em todas as conexões, o antagonista mais apropriado é o homem; sua provação é a sociedade, não a solidão. Para eles, sempre haverá um fascínio particular nos livros em que a luz desses olhos brilhantes recai não sobre a desolação dos mares, mas sobre o coração em sua perplexidade. Mas é preciso admitir que, se Marlow assim aconselhou Conrad a alterar seu ângulo de visão, foi um conselho ousado. Pois a visão de um romancista é tanto complexa quanto especializada; complexa porque, por trás dos personagens e para além deles, deve erguer-se algo estável ao qual ele os associa; especializada porque, como ele é uma pessoa única com uma sensibilidade única, os aspectos da vida nos quais pode acreditar com convicção são estritamente limitados. É fácil perturbar um equilíbrio tão delicado. Após o período intermediário, Conrad nunca mais foi capaz de proporcionar às suas figuras uma relação perfeita com o seu entorno. Ele nunca acreditou em suas personagens tardias, mais sofisticadas, como acreditou nos seus primeiros marinheiros. Quando precisou indicar a relação deles com aquele outro mundo invisível de romancistas, o mundo dos valores e convicções, não teve tanta certeza de que valores eram aqueles. Outrora, repetidas vezes, uma única frase, "Ele manobrou com cuidado",[12] despontando após uma tempestade, carregava consigo toda uma moralidade. Mas, neste mundo mais complicado e cheio de gente, essas frases concisas tornaram-se cada vez menos apropriadas. Homens e mulheres complexos, com muitos interesses e relações, não se ajustariam a um julgamento tão sumário; ou, caso se ajustem, muito do que havia de importante sobre eles escapava ao veredito. E, mesmo assim, era imperioso ao gênio de Conrad, com sua força exuberante e romântica, que dispusesse de algum tipo de lei pela qual suas criações pudessem ser testadas. Essencialmente – assim seguiu a sua crença –, esse mundo de pessoas civilizadas e inseguras se baseia em "umas poucas ideias muito simples"; mas onde, no mundo de pensamentos e relacionamentos pessoais, havemos de encontrá-las? Não há mastros em salões de visitas; o tufão não põe à prova o valor de políticos e homens de negócios. Buscando tais apoios sem encontrá-los, o mundo do período posterior de Conrad conserva uma obscuridade involuntária, uma inconclusividade, quase uma desilusão, que desconcerta e fatiga. Apoderamo-nos no lusco-fusco tão somente das antigas nobrezas e sonoridades: a fidelidade, a solidariedade, a honra, a assistência – sempre belos, mas agora reiterados com algum cansaço, como se os tempos houvessem mudado. Talvez Marlow estivesse errado. Seus hábitos mentais eram ligeiramente sedentários. Ficou sentado no cais tempo demais; esplêndido no monólogo, era menos apto ao toma lá dá cá da conversação; e aqueles "momentos de visão" acendendo e apagando não servem tão bem como lamparina estável para iluminar as oscilações da vida e seus anos longos e graduais. Acima de tudo, talvez, ele não levou em consideração que, se Conrad devia criar, era de início essencial que precisasse acreditar.

Por conseguinte, ainda que façamos expedições aos últimos livros e deles extraiamos espólios magníficos, grandes extensões permanecerão inexploradas para a maioria de nós. São os primeiros livros – *Juventude*, *Lord Jim*, *Tufão*, *O negro do Narciso* – que leremos em sua integridade. Pois, quando a questão se apresenta, o que de Conrad sobreviverá e que lugar ocupa nas fileiras dos romancistas, esses livros, com seu jeito de nos contar algo muito antigo e perfeitamente verdadeiro, que se manteve oculto mas agora é revelado, virão à mente e farão com que tais perguntas e comparações pareçam um pouco fúteis. Completos e estáveis, muito castos e muito belos, eles vêm à lembrança como, nessas noites quentes de verão, em seu modo lento e majestoso surge uma estrela e depois outra.

# O que impressiona um contemporâneo[1]

Em primeiro lugar um contemporâneo dificilmente deixaria de ficar impressionado com o fato de dois críticos, em uma mesma mesa, ao mesmo tempo, emitirem opiniões completamente diferentes sobre o mesmo livro. Aqui, à direita, fica declarado que se trata de uma obra-prima da prosa inglesa; à esquerda, de modo simultâneo, um simples monte de papel para o lixo, que, se o fogo sobreviver a ele, deve ser atirado às chamas. Contudo, ambos os críticos estão de acordo sobre Milton e Keats.[2] Exibem uma requintada sensibilidade e sem dúvida possuem um entusiasmo genuíno. É apenas quando discutem a obra de escritores contemporâneos que inevitavelmente se atracam. O livro em questão, a um só tempo uma contribuição duradoura à literatura inglesa e um mero emaranhado de mediocridade pretenciosa, foi publicado cerca de dois meses atrás. Essa é a explicação; por isso, discordam.

É uma explicação estranha. Também causa desconcerto no leitor que deseja uma diretriz no caos da literatura contemporânea e no escritor que tem um natural anseio por saber se sua obra, produzida mediante infinitos sofrimentos e em quase absoluta escuridão, é capaz de brilhar para sempre entre os luminares fixos das letras inglesa ou, pelo contrário, é capaz de apagar o fogo. Mas, se nos identificarmos com o leitor e explorarmos de início o dilema dele, nosso espanto não dura muito. O mesmo sucedeu muitas vezes antes. Ouvimos doutores discordando sobre o novo e concordando acerca do antigo duas vezes por ano em média, na primavera e no outono, desde que Robert Elsmere,[3] ou será que foi Stephen Philips,[4] de algum modo impregnou a atmosfera, e houve a mesma discordância entre gente adulta sobre esses livros também. Seria muito mais maravilhoso e de fato muito mais desolador, se, de modo surpreendente, os dois cavalheiros concordassem, proferindo que o livro de Fulano é sem dúvida uma obra-prima, e assim nos pusessem de cara com a necessidade de endossar o seu juízo até o limite de dez xelins e seis *pence*.[5] Ambos são críticos reputados; as opiniões emitidas aqui de forma tão espontânea serão engomadas e passadas a ferro em colunas de prosa sóbria que sustentarão a dignidade das letras na Inglaterra e na América.

Deve ser algum cinismo inato, alguma desconfiança mesquinha do gênio contemporâneo que nos indicam automaticamente, à medida que a conversa prossegue, que, se acaso fossem concordar – e não há sinal de que isso ocorra –, meio guinéu é no total um preço alto demais para desperdiçar com entusiasmos contemporâneos, sendo melhor resolver o caso por meio de um cartão de biblioteca. Ainda assim, permanece a questão, e deixe-nos expressá-la sem rodeios aos próprios críticos. Não haveria orientação nos dias atuais para um leitor que supera a todos na reverência pelos mortos, mas é atormentado pela suspeita de que a reverência pelos mortos está conectada de maneira vital à compreensão pelos vivos? Após uma rápida pesquisa, ambos os críticos chegam à conclusão de que infelizmente tal pessoa não existe. Pois de que vale o julgamento deles no que diz respeito aos livros novos? Decerto não vale dez xelins e seis *pence*. E dos provimentos de sua experiência prosseguem eles apresentando exemplos de equívocos passados; crimes da crítica que, tivessem sido cometidos contra os mortos e não contra os vivos, teriam lhes custado o emprego e posto em risco a reputação. O único conselho que podem oferecer é o de respeitar os próprios instintos, segui-los sem temor e, em vez de submetê-los ao controle de qualquer crítico ou resenhista vivo, comprová-los lendo e relendo as obras-primas do passado.

Agradecendo-lhes com humildade, não podemos deixar de pensar que nem sempre foi assim. Muito tempo atrás, precisamos acreditar, houve uma regra, uma disciplina, que controlou a grande república de leitores de um modo que hoje se desconhece. Isso não quer dizer que o grande crítico – o Dryden, o Johnson, o Coleridge, o Arnold[6] – tenha sido um juiz impecável da obra contemporânea, cujos veredictos deixaram uma marca indelével, poupando o leitor do trabalho de calcular o valor por si próprio. Os erros desses grandes homens acerca de seus próprios contemporâneos são tão notórios que nem merecem o registro. Mas o mero fato de que existiram tem influência fundamental. Só isso, não é fantástico supor, teria aplacado as disputas na mesa de jantar e concedido a um livro recém-lançado uma autoridade que agora por inteiro se solicita. As diversas escolas teriam debatido de forma tão acalorada quanto antes, mas, no fundo da mente de todo leitor, haveria a consciência de que existiu ao menos um homem que não perdeu de vista os princípios básicos da literatura: que, se você lhe trouxesse uma excentricidade da hora, ele a teria posto em contato com a permanência, constrangendo-a por meio de sua própria autoridade a explosões contrárias de louvor e censura.\* Mas, quando se trata de produzir um crítico, a natureza deve ser generosa e a sociedade madura. As mesas de jantar dispersas do mundo moderno, a perseguição e o torvelinho das várias correntes que compõem a sociedade atual só poderiam ser dominados por um gigante de dimensões fabulosas. E onde está até mesmo o homem muito alto a quem temos o direito de esperar? Dispomos de resenhistas, mas de nenhum crítico; milhões de policiais competentes e incorruptíveis, mas nenhum juiz. Homens de bom gosto, eruditos e habilidosos estão sempre catequizando os jovens e celebrando os mortos. Mas o resultado demasiado frequente de suas penas hábeis e industriosas é a redução dos tecidos vivos da literatura a uma rede de ossinhos. Em lugar nenhum encontraremos o inequívoco vigor de um Dryden, ou de um Keats, com seus modos naturais e refinados, sua profunda clarividência e sanidade, ou Flaubert e o tremendo poder de seu fanatismo,[8] ou Coleridge, sobretudo, macerando em sua cabeça toda a poesia e emitindo de vez em quando uma dessas declarações gerais e profundas que a mente em brasa pela fricção da leitura captura como se fossem da própria alma do livro.

---

\* Dois excertos comprovarão a violência dessas explosões. "A obra [*Told by an Idiot*] deve ser lida como devemos ler *A tempestade*, ou *As viagens de Gulliver*, pois, mesmo que seja o dom poético da srta. Macaulay menos sublime do que a do autor de *A tempestade* ou sua ironia, menos tremenda do que a do autor de *As viagens de Gulliver*, a justiça e a sabedoria dela não são menos nobres do que as deles (*The Daily News*). No dia seguinte, lemos: "Quanto ao restante, só temos a dizer que, se o sr. Eliot tivesse se contentado com o inglês coloquial, a terra desolada poderia não ter sido, como não deixa de ser para todos, salvo antropólogos e literatos, tanto papel para o lixo (*The Manchester Guardian*).[7] (N.A.)

E sobre tudo isso os críticos também concordam. Um grande crítico, dizem, é o mais raro dos seres. Mas, se um miraculosamente surgir, como devemos conservá-lo, como devemos alimentá-lo? Grandes críticos, se não forem eles mesmos grandes poetas, alimentam-se da profusão da época. Há algum homem ilustre a ser reivindicado, alguma escola a ser fundada ou destruída. No entanto, nossa época é esquálida e está à míngua. Não há nomes que se sobressaiam aos demais. Não há mestres em cuja oficina os jovens se orgulhem de servir como aprendizes. O sr. Hardy há muito se retirou da arena e há algo de exótico acerca do gênio de Conrad, que faz dele menos uma influência do que um ídolo, honrado e admirado, mas indiferente e isolado.[9] E sobre os demais, embora sejam muitos, industriosos e em pleno ímpeto de criatividade artística, nenhum há cuja influência possa afetar seriamente seus contemporâneos ou atravessar nossos dias até chegar ao futuro não muito distante que apreciamos chamar de imortalidade. Se fizermos o teste com um século e perguntarmos quantas obras produzidas hoje na Inglaterra permanecerão vivas até lá, somos obrigados a responder que não apenas não podemos concordar com o mesmo livro, mas também que temos sérias dúvidas quanto à sua existência. Trata-se de uma era de fragmentos. Umas poucas estrofes, umas poucas páginas, um capítulo aqui e acolá, o início deste romance, o final daquele são equivalentes aos melhores de qualquer época ou autor. Mas podemos ir à posteridade com um maço de papéis avulsos ou pedir aos leitores dos dias vindouros, com toda a literatura que há diante deles, que peneirem nossas imensas pilhas de lixo à cata de nossas minúsculas pérolas? Tais são as perguntas que os críticos poderiam legitimamente fazer a seus companheiros de mesa, os romancistas e poetas.

Em princípio, o peso do pessimismo parece ser suficiente para vencer qualquer resistência. Sim, trata-se de uma época esquálida, repetimos, sendo que há muito para justificar a sua pobreza; mas, para sermos francos, se confrontarmos um século com outro, a comparação parece depor extraordinariamente contra nós. *Waverley*, *The Excursion*, *Kubla Khan*, *Don Juan*, os ensaios de Hazlitt, *Orgulho e preconceito*, *Hyperion* e *Prometeu desacorrentado* vieram todos à luz entre 1800 e 1821.[10] A nosso século não faltou produção; mas, se solicitarmos obras-primas, à primeira vista, os pessimistas têm razão. Parece que, a uma era de gênio, sucede uma era de esforços; à insurreição e à extravagância, sucedem limpeza e trabalho duro. Toda glória decerto cabe àqueles que sacrificaram a imortalidade para pôr a casa em ordem. Mas, se solicitarmos obras-primas, onde devemos buscar? Alguma poesia, podemos ter certeza, sobreviverá; uns poucos poemas do sr. Yeats, do sr. Davies, do sr. de la Mare. O sr. Lawrence, claro, tem momentos de grandeza, mas horas de algo bem distinto. O sr. Beerbohm, a seu modo, é perfeito, mas não é um modo grande. Trechos de *Longe, e há muito tempo* indubitavelmente chegarão inteiros à posteridade.[11] *Ulysses* foi uma catástrofe memorável – imenso em sua ousadia, formidável no desastre.[12] E assim, separando o joio do trigo, selecionamos ora este, ora aquele, erguemos um para exibição, ouvimos sendo defendido ou ridicularizado, e finalmente temos de encarar a objeção de que mesmo assim estamos apenas concordando com os críticos que se trata de uma era incapaz de esforço continuado, entulhada de fragmentos e incapaz de ser comparada a sério com a anterior.

Mas é justamente quando as opiniões chegam a um consenso geral e prestamos juras falsas à sua autoridade, que por vezes tomamos mais consciência de que não acreditamos em uma palavra do que dissemos. É uma época árida e exaurida, repetimos; devemos olhar com inveja para o passado. Entretanto, é um dos primeiros dias bonitos da primavera. A vida não está totalmente desprovida de cor. O telefone, que interrompe os colóquios mais sérios e abrevia as observações mais graves, tem um fascínio todo seu. E a conversa aleatória de gente sem a menor chance de imortalidade e que pode, portanto, dizer o que pensa, carrega, em geral, um conjunto de luzes, de ruas, casas, seres humanos, belos e grotescos, que se coserão para sempre ao momento. Mas isso é a vida; a conversa é sobre literatura. Devemos tentar separar as duas e justificar a imprudente revolta do otimismo contra a superior plausibilidade, a mais fina distinção do pessimismo.

Nosso otimismo, portanto, é em grande parte instintivo. Brota do sol, do vinho e da conversa; brota do fato de que, quando a vida projeta tais tesouros todos os dias, todos os dias oferecendo mais do que o mais loquaz é capaz de expressar, por mais que admiremos os mortos, preferimos a vida tal como ela é. Há algo no presente que nos recusamos a trocar, embora nos tenham oferecido a escolha de todas as vidas passadas para viver. E a literatura moderna, com todas suas imperfeições, exerce o mesmo domínio sobre nós, e o mesmo fascínio. É como um relacionamento que esnobamos e espezinhamos dia após dia, mas, no fim, dele não conseguimos prescindir. Tem a mesma qualidade afetuosa de ser o que somos, aquilo de que somos feitos, aquilo em que vivemos, em vez de ser algo, por mais augusto que seja, estranho a nós mesmos e contemplado de fora. Tampouco nenhuma geração tem maior necessidade do que a nossa de valorizar os seus contemporâneos. Fomos bruscamente separados de nossos predecessores. Um desvio de escala – o súbito deslizamento de massas mantidas há séculos na mesma posição – abalou o tecido de alto a baixo, alheou-nos do passado e nos fez adquirir uma consciência talvez vívida demais do presente. Todos os dias, nos vemos fazendo, dizendo ou pensando coisas que teriam sido impossíveis para nossos pais. E sentimos as diferenças não notadas de forma mais intensa do que as semelhanças que foram perfeitamente expressas. Novos livros nos atraem à leitura em parte pela esperança de que refletirão esse rearranjo de nossa atitude – essas cenas, pensamentos e agrupamentos aparentemente fortuitos de coisas incongruentes que incidem sobre nós com um senso tão agudo de novidade – e, como faz a literatura, devolvem-nos para que os guardemos, integrais e compreendidos. Aqui de fato há toda razão para o otimismo. Nenhuma época foi mais rica do que a nossa em termos de escritores determinados a dar expressão às diferenças que os separam do passado e não às semelhanças que os conectam a ele. Seria injusto citar nomes, mas o mais casual dos leitores, folheando a poesia, a ficção, a biografia, a custo deixará de ficar impressionado com a coragem, a sinceridade, em suma, com a originalidade generalizada de nosso tempo. Mas nossa alegria é estranhamente interrompida. Livro após livro nos deixa com a estranha sensação de promessa inalcançada, de pobreza intelectual, de resplendor furtado à vida sem ter sido transmudado em literatura. Muito do melhor que há na obra contemporânea parece ter sido notado sob pressão, registrado em desolada taquigrafia que preserva com brilho extraordinário os movimentos e expressões das figuras à medida que elas cruzam a tela. Mas o clarão logo se apaga e resta conosco uma profunda insatisfação; a irritação tão aguda quanto foi intenso o prazer.

Afinal, portanto, voltamos ao início, vacilando de um extremo a outro, em um momento entusiasmados, no próximo pessimistas, incapazes de chegar a qualquer conclusão sobre os nossos contemporâneos. Pedimos aos críticos que nos auxiliassem, mas eles deploraram a tarefa. Agora, então, é hora de aceitar o conselho deles e corrigir esses extremos por meio da consulta às obras-primas do passado. Realmente nos sentimos impelidos a elas, arrastados não por um juízo tranquilo, mas por uma necessidade imperiosa de ancorar nossa instabilidade em sua segurança. Mas, honestamente, o choque da comparação entre o passado e o presente é a princípio desconcertante. Não resta dúvida de que há uma monotonia nas grandes obras. Em página após página de Wordsworth, de Scott e da srta. Austen há uma imperturbável quietude, que nos anestesia até quase cairmos na sonolência.[13] Oportunidades ocorrem e eles a negligenciam. Nuances e sutilezas se acumulam e eles a ignoram. Parece que deliberadamente se recusam a agradar aqueles sentidos que os modernos estimulam com tamanha vivacidade; os sentidos da visão, do som, do tato – acima de tudo, o sentido do ser humano, sua profundidade e variedade de percepção, sua complexidade, sua perplexidade, seu *self*, em suma. Há pouco disso tudo nas obras de Wordsworth, de Scott, de Jane Austen. De onde, portanto, surge aquele senso de segurança que nos domina de modo gradual, prazeroso e completo? É a força de sua crença – sua convicção, que se impõe sobre nós. Fica bastante claro em Wordsworth, o poeta filosófico. Mas também vale para o descuidado Scott, que rabiscava obras-primas para erigir castelos antes do café da manhã, e para a modesta donzela solteira, que escrevia furtiva e silenciosamente com o único objetivo de dar prazer. Nos dois, encontramos a mesma convicção natural de que a vida contém uma certa qualidade. Ambos têm o seu código de conduta. Conhecem as relações dos seres humanos uns com os outros e com o universo. Nenhum deles provavelmente tem uma palavra a dizer de imediato sobre o assunto, mas tudo depende disso. Apenas acredite, surpreendemo-nos dizendo, e tudo mais advirá disso. Apenas acredite, para dar um pequeno exemplo que vem à mente com a recente publicação de *The Watsons*, que uma boa moça tentará instintivamente consolar os sentimentos de um rapaz esnobado em um baile e, então, se você acreditar nisso de modo implícito e indubitável, não apenas fará com que as pessoas cem anos mais tarde sintam o mesmo, mas fará com que o sintam como literatura.[14] Pois uma certeza desse tipo é a condição que faculta a escrita. Acreditar que suas impressões se mantêm válidas para os outros é libertar-se da paralisia e do confinamento da personalidade. É ser livre, como Scott foi livre, para explorar com um vigor que ainda nos mantém cativos todo um mundo de aventura e romance. É também o primeiro passo para aquele misterioso processo do qual Jane Austen foi uma adepta formidável. O pequeno grão de experiência, uma vez que ela o selecionou, nele acreditou e o manteve a distância, pode ser posto no seu devido lugar, para que ela ficasse livre para elaborá-lo, por meio de um processo que nunca revela seus segredos aos analistas, naquela declaração completa que é a literatura.

Assim, nossos contemporâneos nos afligem, porque deixaram de acreditar. O mais sincero deles só pode dizer o que sucede consigo. Não conseguem fabricar um mundo, porque não estão livres de outros seres humanos. Não conseguem contar histórias, porque não acreditam que estas sejam verdadeiras. Não conseguem generalizar. Dependem mais de seus sentidos e emoções, cujo testemunho é confiável, do que de seu intelecto, cuja mensagem é obscura. E, por força das circunstâncias, negam a si mesmos o uso de alguns dos mais poderosos e mais refinados instrumentos de sua profissão. Com toda a riqueza da língua inglesa a seu dispor, de modo tímido, passam de mão em mão e de livro em livro tão somente a mais miserável de todas as moedas de cobre. Instalados em um novo ângulo da perspectiva eterna, só conseguem açoitar os seus cadernos e registrar com intensidade agonizante e brevíssimos vislumbres, que incidem sobre o quê? E os esplendores efêmeros, que talvez nada em absoluto possam compor. Contudo, aqui os críticos intervêm com uma demonstração de justiça.

Se essa descrição for válida, dizem, e não corresponder, como talvez corresponda, apenas à nossa posição na mesa e certas relações puramente pessoais com potes de mostarda e vasos de flores, então os riscos de julgar a obra contemporânea são os maiores que já existiram. Toda desculpa lhes cabe se estiverem redondamente enganados; e sem dúvida seria melhor sair, como aconselhou Matthew Arnold, do terreno abrasador do presente para a calma segurança do passado. "Entramos em terreno ardente", escreveu Matthew Arnold, "à medida que nos aproximamos da poesia de uma época tão próxima à nossa, da poesia de Byron, de Shelley e de Wordsworth, cujas apreciações são com tanta frequência não apenas pessoais, mas cheias de paixão", e isso, eles nos advertem, foi escrito no ano de 1880.[15] Cuidado, dizem, ao pôr sob o microscópio uma polegada de fita que se alonga por muitas milhas; tudo se ajeita se você esperar; são recomendáveis a moderação e um estudo dos clássicos. Ademais, a vida é curta; aproxima-se o centenário de Byron; e a questão ardente do momento é: será que ele se casou com a irmã? Em resumo, portanto – se de fato alguma conclusão é possível quando todos falam ao mesmo tempo e é hora de partir –, parece sensato que os escritores atuais renunciem à esperança de criar obras-primas. Seus poemas, peças, biografias, romances não são livros, mas cadernos de apontamentos, e, como bom professor, o Tempo os tomará nas mãos, apontará os borrões, rabiscos e apagamentos, e os atravessará; mas não os jogará no lixo. Ele os guardará, porque outros alunos verão utilidade neles. É dos cadernos de hoje que se criarão as obras-primas do futuro. A literatura, como diziam os críticos agora há pouco, durou muito tempo, passou por muitas mudanças e somente uma visão míope e um espírito paroquiano poderão exagerar a importância dessas borrascas, por mais que elas agitem os barquinhos que agora se lançam ao mar. A tempestade e a umidade estão na superfície; a continuidade e a calma residem nas profundezas.

Quanto aos críticos cuja tarefa é julgar os livros do momento, cujo trabalho, vamos admitir, é difícil, perigoso e muitas vezes desagradável, vamos pedir que sejam generosos nas palavras de encorajamento, mas evitem as grinaldas e coroas que são tão propensas a perder-se e a apagar-se, fazendo com que seus portadores, em seis meses, pareçam um pouco ridículos. Que eles tomem uma perspectiva mais ampla e menos pessoal da literatura moderna e vejam de fato os escritores como que ocupados com um edifício imenso, o qual, construído por esforço comum, permite a cada trabalhador permanecer anônimo. Que batam a porta para a companhia agradável, na qual o açúcar é barato e farta a manteiga, que abandonem, por ora, ao menos, a discussão desse tópico fascinante – se Byron se casou com a irmã – e, afastando-se, porventura, um palmo da mesa onde tagarelamos, que digam algo interessante sobre a literatura em si. Enganchemo-nos neles quando estiverem de partida, fazendo com que se recordem daquela aristocrata descarnada, Lady Hester Stanhope,[16] que mantinha um cavalo branco como o leite em seu estábulo, a postos para o Messias, e que impaciente, mas confiante estava sempre vasculhando o alto das montanhas, de olho em sinais do advento, e demandemos que sigam o seu exemplo; vasculhem o horizonte; vejam o passado em relação com o futuro; e assim preparem o caminho para as obras-primas que estão por vir.

# Notas

## Observação preliminar

Com exceção das notas da autora, do prefácio e da nota sobre a tradução, que mantivemos no rodapé, optamos por dar todas as outras notas depois dos ensaios. A intenção foi preservar a fluência e o caráter mais jornalístico, *ensaístico* dos textos; ou seja, voltados, em sua origem, para o leitor comum e não para a academia.

Grande parte delas é tributária do excelente trabalho feito pelo editor de *The Common Reader: First Series* (Harvest Edition, 1984), Andrew McNeillie, especialista na obra da autora, com destaque para os textos críticos e os diários. Na ausência de outra indicação, recorremos a essa edição.

Quando houve acréscimos ou variação a partir das notas de McNeillie, assinalamos a mudança por meio da abreviatura N.C., ou seja, nota conjunta dos tradutores com o original editado por McNeillie. As notas exclusivamente dos tradutores são indicadas com a notação N.T.

O LEITOR COMUM

[1] O dr. Johnson é Samuel Johnson (1709–84). Poeta, dramaturgo, biógrafo, tradutor, ensaísta, editor, lexicógrafo; é considerado um dos maiores escritores da literatura britânica. "The Life of Gray" [A vida de Gray] está contida em *The Lives of the Most Eminent English Poets* [As vidas dos mais eminentes poetas ingleses], conhecido pelo nome abreviado de *Lives of the Poets* [Vidas dos poetas]. (N.T.)

## OS PASTONS E CHAUCER

[1] Este ensaio foi especialmente escrito para *O leitor comum*. VW leu a edição de *The Paston Letters* (três volumes, Edward Arber, 1872-5; e seis volumes, Chatto & Windus, 1904), organizada por James Gairdner. Aqui, os trechos por ela citados foram extraídos da edição de Norman Davis (dois volumes, Oxford University Press, 1971-6). Todas as citações que VW faz de Chaucer são da edição *The Complete Works* (sete volumes, Clarendon Press, 1894-7), organizada por Walter W. Skeat, a menos que explicitamente observado. As referências das linhas dos textos são da segunda edição organizada por F.N. Robinson (Houghton Mifflin e OUP, 1957). VW por vezes atualiza ou erroneamente "medievaliza" a ortografia de Chaucer, mas não nos pareceu de nenhum proveito indicar aqui onde ela o faz. (N.C.)

[2] Sir John Fastolf (1378-1459) foi um militar que fez carreira e fortuna com a Guerra dos Cem Anos, entre a Inglaterra e a França. Seu nome foi imortalizado por Shakespeare como Sir John Fastolf em *Henrique V* e *As alegres comadres de Windsor*, embora o personagem shakespeariano guarde pouca semelhança com o Fastolf histórico. Não deixou herdeiros. (N.T.)

[3] John Paston (1421-66) foi um advogado e fidalgo inglês cuja vida decorreu no meio dos conflitos de poder entre os duques de Suffolk e Norfolk — apoiando este último, viu-se envolvido em conflitos com o primeiro. Foi conselheiro de Sir John Fastolf, parente de sua mulher, e, após a morte dele, em 1459 clamou judicialmente para si suas terras e seu castelo, muito embora o testamento de Fastolf indicasse o desejo de que em suas terras fosse fundada uma universidade, e que parte de seus bens fosse destinado a manter constantemente sacerdotes rezando pela sua alma. A acusação de fraude ocasionou inúmeros conflitos armados, em especial com o duque de Norfolk. (N.T.)

[4] Em 1427, William Paston comprou Gresham Manor de Thomas Chaucer, um dos filhos do poeta.

[5] Esses detalhes proveem do "Inventory of Sir John Fastolf's Goods" [Inventário dos bens de Sir John Fastolf], 1459 A.D., reproduzido em Gairdner, mas não em Davis.

[6] Davis, carta 300. No original: "*Ye may have less to do in the world; your father said, in little business lieth much rest. This world is but a thoroughfare, and full of woe; but when we depart therefrom, right nought bear with us but our good deeds and ill*".

[7] Ibid., carta 332: "*sell candle and mustard in Framlingham*".

[8] Ibid., carta 72: "*which labour for gathering honey in the fields, and the drone doth naught but taketh his part of it*".

[9] Ibid., carta 236: Be "*as lowly to the mother as ye list, but to the maid not too lowly, nor that ye be too glad to speed, nor too sorry to fail. And I shall always be your herald both here, if she come hither, and at home, when I come home, which I hope hastily within XI days at the furthest*".

[10] Ibid., carta 199: "*though I cannot well guide or rule soldiers.*"

[11] Ibid., carta 212: "*It is a death to me to think if it.*"

[12] John Lydgate of Bury (c. 1370–c. 1451) e Geoffrey Chaucer (c. 1340–1400), poetas ingleses, este último autor de *Contos da Cantuária*, marco da fundação da literatura em língua inglesa. (N.T.)

[13] David Garnett (1892–1981), um dos membros mais jovens do grupo de Bloomsbury, tinha em 1925 publicado dois romances: *Lady into Fox* (1922) e *A Man in the Zoo*

(1924). John Masefield (1878–1967) publicou seu famoso poema, "Reynard the Fox", em 1919. (N.T.)

[14] William Wordsworth (1770–1850) foi um famoso poeta do Romantismo inglês, juntamente com Samuel Taylor Coleridge (1772–1834). Lord Alfred Tennyson (1809–92) é um dos mais conhecidos poetas ingleses; seu poema "The Charge of the Light Brigade" ocupa importante lugar no romance *Ao farol*, de Virginia Woolf. (N.T.)

[15] "Conto do Padre da Freira", de Geoffrey Chaucer. *Contos da Cantuária*. Tradução de Nevill Coghill e José Francisco Botelho. São Paulo: Penguin Companhia, 2013. Doravante todas as traduções de Chaucer serão dessa edição. Original: "*And se the fresshe floures how they sprynge.*" (N.T.)

[16] "Prólogo geral", *Contos da Cantuária*. Original: "*Ful semely his wimpel pinched was/ Hir nose tretys; hire yen greye as glas;/ Hir mouth ful small, and ther-to soft and reed;/ But sikerly she hadde a fair foreheed;/ It was almost a spanne brood, I trowe;/ For, hardily, she was nat undergrowe.*" (N.T.)

[17] Em "Conto do cavaleiro", *Contos da Cantuária*. Original: "*I am, thou woost, yet of thy companye,/ A mayde, and love hunting and venerye,/ And for to walken in the wodes wilde;/ And noght to been a wyf and be with childe.*" (N.T.)

[18] "Conto do médico", *Contos da Cantuária*. Original, conforme a citação de VW (a autora altera o verso 49 e omite o 50): "*Discreet she was in answering always;/ And though she had been as wise as Pallas/ No countrefeted termes hadde she/ To seme wys; but after hir degree/ She spak, and alle hir words more and lesse/ Souninge in vertu and in gentilesse.*" (N.C.)

[19] *Ulysses* fora publicado em 1922.

[20] "Prólogo da mulher de Bath", *Contos da Cantuária*. No original de *O leitor comum*: "*But, lord Christ! When that it remembreth me/ Up-o my yowthe, and on my Iolitee,/ It tikleth me aboute myn herte rote./ Unto this day it doth myn herte bote/ That I have had my world as in my tyme.*" (N.T.)

[21] "Conto do padre da freira", *Contos da Cantuária*. Original: "*Three large sowes hadde she, and namo,/ Three kyn, and eek a sheep that highte Malle.*" (N.T.)

[22] Ibid.: "*A yard she hadde, enclosed al aboute/ With stykkes, and a drye ditch with-oute.*" (N.T.)

[23] "Conto do mercador", *Contos da Cantuária*. Original: "*With thikke bristles of his berde unsofte,'Lyk to the skin of houdfish, sharp as brere.*" (N.T.)

[24] Ibid.: "*The slakke skin aboute his nekke shaketh/ Whyl that he sang.*" (N.T.)

[25] 1387 é o ano mais comumente associado à composição do "Prólogo geral".

[26] "Conto do cavaleiro", I, *Contos da Cantuária*. Original: "*The answere of this I lete to divinys,/ But wel I woot, that in this world grey pyne is.*" (N.T.)

[27] Ibid.: "*What is this world? Whay asketh men to have?/ Now with his love, now in his colde grave/ Allone, withouten any companye.*" (N.T.)

[28] Ibid.: "*O cruel goddes, that governe/ This world with binding of your worde eterne,/ And wryten in the table of athamaunt/ Your parlement, and eterne graunt/ What is mankind more un-to yow holde/ Than is the sheepe, that rouketh in the folde?*" (N.T.)

[29] Primeiro verso, penúltima estrofe de *Elegiac Stanzas*, de William Wordsworth. *Suggested by a Picture of Peele Castle*... 1805.

[30] Samuel Taylor Coleridge, *Ancient Mariner*, 647-8.

[31] "Conto do erudito", IV, *Contos da Cantuária*. Original: "*My lord, ye woot that in my fadres place,/ Ye dede me strepe out of my povre wede,/ And richely me cladden, o*

*your grace/ To yow broghte/ I noght elles, out of drede,/ But feyth and nakedness and maydenhede."* (N.T.)

[32] Ibid., IV.: *"And she set down hir water pot anon/ Biside the threshold in an oxe's stall."* (N.T.)

[33] Davis, carta 291.

[34] Ibid., carta 228.

[35] Ibid., carta 23.

[36] Ibid., carta 753.

[37] Ibid., cartas 190, 216, 209.

## SOBRE NÃO SABER GREGO

[1] Este ensaio foi escrito especificamente para *O leitor comum*. VW empregou a tradução de Sir Richard C. Jebb de *Electra* (Cambridge University Press, 1894) e *Oedipus Coloneus* (CUP, 1885). Nós definitivamente não sabemos grego, de modo que gostaríamos de agradecer o Prof. Dr. Ademir Souza dos Santos pelo auxílio com os originais e as traduções. (N.C.)

[2] *Electra(s)*, de Sófocles/Eurípides. Tradução de Trajano Vieira. São Paulo: Ateliê Editorial, 2009, p. 21. (N.T.)

[3] O rei Penteu, de Tebas, personagem de *As bacantes*, de Eurípides. Na tragédia, Penteu é punido por Dioniso por se recusar a prestar-lhe libações e acaba destroçado pelas bacantes – entre elas, a sua própria mãe. A versão cruenta sobre a morte de Eurípides pode ter origem nesse mito. (N.T.)

[4] Ibid., p. 43. No original de *O leitor comum* consta uma segunda linha, que, na realidade, corresponde ao verso 1415, que a autora cita adiante: "Repete o golpe" (ver nota 9, abaixo). (N.T.)

[5] "'Com quem você vai dançar?', perguntou o sr. Knightley. Ela hesitou um instante e depois respondeu: 'Com o senhor, se me convidar'." (Jane Austen, *Emma*. Tradução de Julia Romeu. São Paulo: Companhia/Penguin, 2021, p. 437). Ver também o ensaio "George Eliot", neste volume. (N.T.)

[6] *Electra(s)*, op. cit, p. 41. (N.T.)

[7] Ibid., p. 46. (N.T.)

[8] Ibid., p. 72. (N.T.)

[9] Ibid., p. 26. Ítis se refere ao rapazinho morto pela mãe e ao constante lamento posterior (*ítis*) desta, mito recontado de modo distinto por Homero, Ovídio, Anacreonte e Apolodoro. Dependendo da lenda, a mãe é metamorfoseada em rouxinol ou andorinha. Níobe, filha de Tântalo e mulher de Anfião, rei de Tebas, também lamenta a morte dos filhos e é transformada em rocha. (N.T.)

[10] Ésquilo é o mais antigo dos dramaturgos gregos cujas obras sobreviveram aos nossos dias. Das 79 peças que escreveu, apenas sete restam – dentre as quais se destacam *Prometeu acorrentado* e *Os persas*. (N.T.)

[11] *Agamêmnon*, de Ésquilo. Tradução de Trajano Vieira. São Paulo, Perspectiva: 2007 (418-9). O sentido exato dessa passagem desafia os estudiosos. Jaa Torrano propõe: "na vacuidade do olhar esvai-se toda Afrodite". Ésquilo, *Oresteia I: Agamêmnon*. São Paulo: Iluminuras/Fapesp, 2004. (N.C.)

[12] Trajano Vieira, op. cit., versos 1072-3. Nesse ponto ominoso, Cassandra faz sua primeira aparição. (N.C.)

[13] Essa descrição do método socrático pode ser comparada à descrição que VW faz das conversas no n. 46 da Gordon Square em "Old Bloomsbury". In: *Moments of Being*. Londres: The Hogarth Press, 197, p. 167.
[14] Platão, *O banquete*. Tradução, posfácio e notas de José Cavalcante de Souza. São Paulo: Editora 34, 2016, p. 155. A fonte da autora é a tradução de Percy Bysshe Shelley, "The Banquet. Translated from Plato", em *Letters from Abroad, Translations and Fragments*, ed. Mrs. Shelley (2 vols., 1852). (N.C.)
[15] *O banquete*, op. cit., p. 165. (N.T.)
[16] Siegried Sasson (1886–1967) foi um dos mais famosos poetas-soldados da Primeira Guerra Mundial. Seus poemas falam dos horrores das trincheiras, indo de encontro ao louvor patriótico corrente. Sua célebre carta "A Soldier's Declaration" de 1917 foi lida no Parlamento e considerada uma traição. Como punição, foi enviado ao hospital Claiglockhart, onde conheceu Wilfred Owen (1893–1918), outro poeta-soldado de destaque. Sassoon influenciou enormemente a obra de Owen. (N.T.)
[17] Trecho de um epitáfio de *Simônides*. O epitáfio completo diz: "Estes, que à pátria amada deram uma glória inextinguível, foram envolvidos pela sombria nuvem da morte; não morreram os que estão mortos: sobre eles recai a virtude que, honrando-os, os resgatará da morada do Hades." In: *Antologia grega: epitáfios (livro VII)*. Tradução de Carlos A. Martins de Jesus. Coimbra: Imprensa da Universidade de Coimbra, 2019, p. 116. (N.T.)
[18] Ibid.
[19] Sófocles, *Édipo em Colono*.
[20] Shelley, op. cit.. A tradução em português é de José Cavalcante de Souza. Platão, op. cit., p. 97. As palavras são de Agatão. (N.C.)
[21] As palavras são: mar, morte, flor, estrela, lua.
[22] John William Mackail (1859-1945), classicista, professor de poesia em Oxford, biógrafo de William Morris e marido da filha Margaret de Burne Jones. VW valeu-se da tradução dele dos epigramas de Simônides em *The Greek Anthology*.
[23] *Electra*, de Sófocles. A tradução aqui usada em português é a anteriormente citada de Trajano Vieira. (N.T.)
[24] William Wycherley (1641–1716), poeta e dramaturgo inglês que se tornou célebre pelo estilo libertino, irônico e cômico. (N.T.)

O QUARTO DE DESPEJO ELISABETANO

[1] Este ensaio foi publicado pela primeira vez em *O leitor comum*. Os volumes mencionados no parágrafo introdutório são os cinco que compõem a edição de R. H. Evans para *Hakluyt's Collection of the Early Voyages, Travels, and Discoveries of the English Nation* (1809–12).
[2] Região do sudoeste da Inglaterra que abrange condados como Cornualha, Devon, Dorset e Somerset. É notória por abrigar diversos dialetos e sotaques britânicos, bem como o córnico. (N.T.)
[3] James Anthony Froude, *English Seamen in the Sixteenth Century* (nova edição: 1896). Froude (1818–94) foi um historiador inglês famoso por suas posições polêmicas. (N.C.)
[4] Hakluyt, v. 1, p. 272.
[5] Ibid., v. 2, p. 250.

[6] Sir Humprey Gilbert (c. 1539–83), explorador inglês no reinado de Elizabeth I. (N.T.)

[7] Hugh Willoughby (m. 1554), explorador britânico dos confins do Ártico. Serviu na corte do rei Henrique VIII. (N.T.)

[8] George Clifford (1558–1605), comandante naval que serviu à rainha Elizabeth I. (N.T.)

[9] Ibid.,v. 3, p. 169.

[10] Ibid., v. 3, p. 45.

[11] Ibid., v. 2, p. 284.

[12] Ibid., v. 1, p. 352.

[13] Robert Greene, *Friar Bacon and Friar Bungay* (?1589), viii, 53-4. "*Frigates bottom'd with rich Sethin planks,/ Topt with the lofty firs of Lebanon.*"

[14] VW leu *Memoirs of the Verney Family During the Seventeenth Century*, ed. Francis Partenope e Margaret M. Verney, 2. Ed. (2 vols, Longman's, 1904).

[15] William Harrison, *Description of England in Shakespeare's Youth*, ed. Frederick J. Furnivall, 1877, capítulo XV, p. 272. O contexto completo do trecho citado é interessante: "Além disso, eu poderia da mesma maneira descrever as maneiras e os meios pelos quais nossas antigas damas da corte evitam e repelem o ócio, algumas exercitando os dedos com a agulha, outras fazendo partos, diversas fiando, algumas em leitura contínua, seja das sagradas escrituras, seja das nossas histórias ou das histórias das nações estrangeiras sobre nós, e diversas escrevendo volumes de próprio punho, ou traduzindo obras de outros homens para o nosso inglês ou o latim."

[16] Robert Greene (1558–92) foi um autor inglês popular em sua época e famoso dramaturgo elisabetano que se tornou notório por criticar seus contemporâneos, como, por exemplo, Shakespeare. Ben Jonson (1572–1637), poeta e dramaturgo inglês renascentista, também era contemporâneo de Shakespeare e Greene. Ficou conhecido sobretudo pelas comédias. (N.T.)

[17] John Donne, Elegia XIX, *To his Mistress Going to Bed* (c. 1593–8), verso 27. "*O my America! my new-found-land.*"

[18] Sir Philip Sidney, *Defence of Poesie* ou *The Apologie for Poetrie*, 1595; ed. J. Churton Collins (OUP, 1907), pp. 25-6: "*He beginneth not with obscure definitions, which must blur the margent with interpretations, and load the memory with doubtfulness: but he cometh to you with words set in delightful proportion, either accompanied with, or prepared for the well enchanting Skill of Music, and with a tale (forsooth) he cometh unto you, with a tale which holdeth children from play, and old men from the Chimney corner; and pretending no more, doth intend the winning of the mind from wickedness to virtue; even as the child is often brought to take most wholesome things by hiding them in such other as have a pleasant taste: which if one should begin to tell them the nature of the Aloës or Rhubarbarum they should receive, would sooner take their physic at their ears than at their mouth, so is it in men (most of which are childish in the best things, till they be cradled in their graves) glad they will be to hear the tales of Hercules.*"

[19] "Da vaidade", Michel de Montaigne, em *Ensaios*. Tradução de Sérgio Milliet. São Paulo: Editora 34, 2020, p. 912. VW cita o texto no original: "[…] *ils l'ont faicte couler et glisser parmy la lascheté de leurs occupations accoustumées entre des garses et bons compaignons; nul propos de consolation, nulle mention de testament, nulle affectation ambitieuse de constance, nul discours de leur condition future; mais entre*

les jeux, les festins, facecies, entretiens communs et populaires, et la musique, et des vers amoreux." (N.T.)

[20] Tradução livre de: Ben Jonson, *Epicoene, or the Silent Woman*, Clerimont e Truewit, I i. "*CLER: A pox of her autumnal face, her pieced beauty! there's no man can be admitted till she be ready now-a-days, till she has painted, and perfumed, and washed, and scoured, but the boy here; and him she wipes her oiled lips upon, like a sponge. I have made a song (I pray thee hear it) on the subject.*"
Page sings. *Still to be neat, still to be drest*, &c.
*TRUE: And I am clearly on the other side: I love a good dressing before any beauty o' the world. O, a woman is then like a delicate garden; nor is there one kind of it; she may vary every hour; take often counsel of her glass, and choose the best. Is she have good ears, show them; good hair, lay it out; good legs, wear short clothes; a good hand, discover it often: practise any art to mend breath, cleanse teeth, repair eyebrows; paint and profess it.*

[21] Sir Thomas Browne, *Religio Medici*, Parte II seção II, p. 87 no vol. I, *The Works...*, ed. Geoffrey Keynes (Faber, 1964). "*The world that I regard is myself; it is the microcosm of my own frame that I cast mine eye on; for the other I use it but my globe, and turn it around sometimes for my recreation.*" *Religio Medici* é a primeira obra de Browne, 1642-3. (N.C.)

[22] Ibid., I seção 51, p. 62. "*I feel sometimes a hell within myself; Lucifer keeps his court within my breast; Legion is revived in me.*"

[23] Ibid., II seção 15, p. 77. "*I am in the dark to all the world, and my nearest friends behold me but in a cloud.*"

[24] Ibid., I seção 15, p. 24. "*We carry with us the wonders we seek without us; there is all Africa and her prodigies in us.*"

[25] Ibid., II seção 10, p. 85. "*For my conversation, it is like the sun's, with all men, and with a friendly aspect to good and bad.*"

[26] Ibid., II seção 8, p. 82. "*[...] methinks I do not know so many as when I did but know a hundred, and had scarcely ever simpled further than Cheapside.*"

[27] "As aflições provocam calosidades, as desgraças são escorregadias ou caem como neve sobre nós; não obstante, isso não constitui nenhuma infeliz estupidez." *Afflictions induce callosities, miseries are slippery, or fall like snow upon us, which notwithstanding is no unhappy stupidity. Hydriotaphia. Urne-Burial.* Ch. V; p. 168 em Keynes, vol. 1. A epígrafe a "Os assassinatos da rua Morgue", de Edgar Allan Poe, provém dessa obra, originalmente publicada em 1658. (N.C.)

## NOTAS SOBRE UMA PEÇA ELISABETANA

[1] Este ensaio foi revisado a partir de um artigo publicado originalmente no *Times Literary Supplement* em 5 de março de 1925.

[2] Thomas Dekker (1572–1632), dramaturgo e escritor, particularmente conhecido por seu retrato satírico da sociedade londrina; George Peele (1556–96), dramaturgo e poeta que experimentou diversas formas dramáticas e pode ter colaborado com Shakespeare em *Tito Andrônico*; George Chapman (1559–1634), poeta, tradutor e dramaturgo, mais lembrado hoje por suas traduções de Homero; Francis Beaumont (1585–1616) e John Fletcher (1579–1625) escreveram várias peças juntos, sendo

o último sucessor de Shakespeare na companhia teatral The King's Men. Sobre Greene, ver nota 16 do ensaio anterior. (N.T.)

³ "*I once did see/ In my young travels through Armenia/ An angry unicorn in his full career/ Charge with too swift a foot a jeweler/ That watch'd him for the treasure of his brow,/ And ere he could get shelter of a tree/ Nail him with his rich antlers to the earth.*" George Chapman, *Bussy D'Ambois*, II, i., fala de Núncio; linhas 117-23, ed. Nicholas Brooke (1964).

⁴ Thomas Kyd (1558–94) dramaturgo que escreveu *The Spanish Tragedy* (A tragédia espanhola) e pode ser autor de uma peça intitulada *Hamlet*, encenada mais de uma década antes da famosa obra de Shakespeare. (N.T.)

⁵ Havelock Ellis editou e apresentou em 1888 as obras de John Ford (1586–c. 1639) na Mermaid Series de "*The Best Plays of the Old Dramatists*" (As melhores peças dos antigos dramaturgos). O trecho citado da apresentação de Ellis, p. xvii, continua assim: "Ele era um analista; estendeu ao máximo os limites da sua arte; deu origem a novas formas de expressão. Desse modo, está menos próximo dos homens que escreveram *Otelo* e *A Woman Killed with Kindness* [Uma mulher morta com bondade] e *Valentinian*, do que dos poetas e artistas da alma humana completamente desnuda, o escritor de *O vermelho e o negro* e o ainda maior escritor de *Madame Bovary*."

⁶ "*O, my lords,/ I but deceived your eyes with antic gesture,/ When one news straight came huddling on another/ Of death! and death! and death! still I danced forward.*" John Ford, *The Broken Heart*, V, iii, fala de Calantha: p. 279 na edição de Ellis.

⁷ "*You have oft for these two lips/ Neglected cassia or the natural sweets/ Of the spring-violet: they are not yet much wither'd.*" John Webster, *The White Devil*, II, i, fala de Isabella; linhas 165-7, ed. David Gunby (Penguin, 1972).

⁸ "*You have oft for these two lips/ Neglected cassia.*"

⁹ "*Of the dismal yew;/ Maidens, willow branches bear; Say I died true.*" Beaumont e Fletcher, *The Maid's Tragedy*, II, I, canção de Aspatia: linhas 72ff, ed. Howard B. Norland (1968).

¹⁰ "*[...] soul, like a ship in a black storm/ [...] driven, I know not whither.*" John Webster, *The White Devil*, V, vi., fala de Vittoria: linhas 246-7, ed. Gunby (Penguin, 1972).

¹¹ "*Lord, Lord, that I were dead!*" Ibid., II, ii, 324-5, fala de Giovanni.

¹² "*O thou soft natural death that art joint-twin/ To sweetest slumber [...]*" Ibid., V, iii, 30-1, fala de Brachiano.

¹³ "*glories/ of human greatness are but pleasing dreams/ and shadows soon decaying: on the stage/ of my mortality my youth hath acted/ some scenes of vanity.*" John Ford, *The Broken Heart*, III, v, fala de Penthea; pp. 240-1 na edição de Ellis.

¹⁴ "*All life is but a wandering to find home,/ When we're gone, we're there.*" Thomas Dekker, *The Witch of Edmonton*, IV, ii, fala de Frank; p. 453 em *Thomas Dekker*, ed. Ernest Rhys (Mermaid Series, 1887).

¹⁵ "*Man is a tree that hath no top in cares,/ No root in comforts; all his power to live/ Is given to no end but t'have power to grieve.*" George Chapman, *Bussy D'Ambois*, V, iii, fala de Tamyra; linhas 66-8, ed. Nicholas Brooke (1964).

¹⁶ John Donne (1572–1631), um dos maiores poetas ingleses e maior representante dos poetas metafísicos. Michel de Montaigne (1533–92), filósofo, considerado o criador do ensaio pessoal. Sobre Thomas Browne, ver nota 21 de "O quarto de despejo elisabetano". (N.T.)

## MONTAIGNE

1. Originalmente publicado no *Times Literary Supplement* em 31 de janeiro de 1924. O ensaio de VW baseou-se na obra *Essays of Montaigne*, traduzida por Charles Cotton, editada por William Carew Hazlitt (cinco volumes, 1923) e impressa em edição especial para a Navarre Society. As citações para a versão brasileira foram identificadas a partir do título de cada ensaio e valeram-se da tradução de Sergio Milliet na coleção *Os pensadores. Montaigne*. 3ª ec. São Paulo: Nova Cultural, 1984. (N.C.)
2. Da presunção, p. 300.
3. Ver "O quarto de despejo elisabetano", p. 69. (N.T.)
4. Trata-se da *Oeuvres complètes de Michel de Montaigne*. Ed. Dr. Arthur Armaingaud (L. Connard: Paris, 1924).
5. "Do exercício", p. 178. (N.T.)
6. "Dos coches", p. 413. (N.T.)
7. "Da experiência", p. 480-81. (N.T.)
8. "Da incoerência de nossas ações", p. 160. (N.T.)
9. "Da vaidade", p. 438, em francês no original. (N.T.)
10. "Da glória", p. 287. (N.T.)
11. "Da companhia dos homens, das mulheres e dos livros" e "Da arte de conversar". (N.T.)
12. "Do arrependimento", p. 368, em francês, no original. (N.T.)
13. "Da incoerência de nossas ações", p. 161. (N.T.)
14. Etienne de la Boétie (1530–63), escritor humanista, amigo íntimo de Montaigne.
15. "Da companhia dos homens, das mulheres e dos livros", p. 374, em francês no original. (N.T.)
16. "Do arrependimento", p. 369, em francês no original. (N.T.)
17. Ibid., em francês no original. (N.T.)
18. Epaminondas (c. 418–362 a.C.), general e estadista tebano, frequentemente citado nos ensaios.
19. "Da arte de conversar", p. 421, em francês no original. (N.T.)
20. "Da afeição dos pais pelos filhos", p. 187. Em francês no original: *"car, comme je scay par une trop certaine expérience, il n'est aucune si douce consolation en la perte de nos amis que celle que nous aporte la Science de n'avoir rien oublié a leur dire et d'avoir eu avec eux une parfaite et entière communication."* (N.T.)
21. "Da vaidade", p. 444, em francês no original. (N.T.)
22. "Da experiência", p. 488, em francês no original. (N.T.)
23. "Da vaidade", p. 443, em francês no original. (N.T.)
24. "Dos coxos", p. 462, em francês no original. (N.T.)
25. "Da vaidade", p. 427, em francês no original. (N.T.)
26. *Apologia de Raymond Sebond*, p. 244, em francês no original. (N.T.)

## A DUQUESA DE NEWCASTLE

1. Este texto foi originalmente publicado na primeira versão de *O leitor comum*; na primeira edição uma nota de rodapé vinculada ao título lista da seguinte forma as leituras de VW:

*The Life of William Cavendish, Duke of Newcastle* etc. (A vida de William Cavendish, duque de Newcastle etc.), editado por C. H. Firth; *Poems and Fancies* (Poemas e fantasias), da duquesa de Newcastle; e também dela *The World's Olio, Orations of Divers Sorts Accomodated to Divers Places* (A miscelânea do mundo, discursos de diversas espécies acomodados em diferentes lugares); *Female Orations* (Discursos femininos); *Plays* (Peças de teatro); *Philosophical Letters* (Cartas filosóficas) etc.

[2] Charles Lamb escreveu diversos elogios à duquesa de Newcastle; mas ver especialmente "Mackery End, In Hertfordshire" (Mackery End, em Hertfordshire), em *The Essays of Elia* (Os ensaios de Elia, 1823), em que a chama de "uma querida favorita [...] três vezes nobre, casta, e virtuosa, mas também de certo modo habitante do fantástico, e de espírito original, a generosa Margaret Newcastle".

[3] William Cavendish (c.1593–1676), primeiro duque de Newcastle-upon-Tyne e desde 1643 também chamado de marquês de Newcastle-upon-Tyne (entre outros títulos da nobreza), foi um comandante militar inglês na Guerra Civil inglesa (ao lado do rei Carlos I) e patrono de poetas, dramaturgos e outros escritores. Após algumas derrotas, em 1644, exilou-se em Hamburgo, Paris e Roterdã, retornando à Inglaterra na Restauração da monarquia (que ocorreu por volta do ano de 1660). Recuperou seus títulos e a maior parte de suas propriedades, porém estava coberto de dívidas. Escreveu diversos tratados e peças teatrais. (N.T.)

[4] Horace Walpole, em *A Catalogue of the Royal and Noble Authors of England* [Catálogo dos autores da aristocracia e da realeza inglesas], v. II (1758), faz diversos comentários mordazes sobre os Newcastles, a exemplo de: "Que imagem de tolice aristocrática fornecia esse grandioso casal poético, retirado em sua propriedadezinha e envenenando um ao outro com elogios circunstanciais ao que não têm a menor importância para nenhum mortal, exceto eles mesmos!"

[5] Thomas Stanley (1625–78), autor de um estudo em três volumes de filosofia grega, *History of Philosophy* (1655–62).

[6] VW cita aqui na verdade a "versão bastante alterada e corrigida" de "The Palace of the Fairy Queen", presente na chamada segunda impressão de *Poems and Fancies* (Poemas e fantasias) de 1664 – e não a da primeira edição, de 1653. *"Its fabric's built all of hodmandod shells;/ The hangings of a Rainbow made that's thin,/ Shew wondrous fine, when one enters in;/ The chambers made of Amber that is clear,/ Do give a fine sweet smell, if fire be near;/ Her bed a cherry stone, is carved throughout,/ And with a butterfly's wing hung about;/ Her sheets are of the skin of Dove's eyes made/ Where on a violet bud her pillow's laid."*

[7] "Give me the free and noble style,/ Which seem uncurb'd, though it be wild." *Poems and Fancies* (Poemas e fantasias), 1653.

[8] "The human head may be likened to a town:/ The mouth when full, begun/ Is market day, when empty, market's done;/ The city conduct, where the water flows,/ Is with two spouts, the nostrils and the nose." Não foi possível localizar a fonte dessa citação.

[9] Semi-heroína de "Youths Glory and Deaths Banquet" [Glória da juventude e banquete da morte], em *Playes...* (Peças de teatro..., 1662).

[10] Sir Samuel Egerton Brydges (1762–1837), bibliógrafo e editor, editou a autobiografia e os poemas de Margaret Cavendish.

[11] Samuel Pepys tentou ver a duquesa no dia 11 de abril de 1667; conseguiu olhá-la de relance no dia 26, e mais uma vez no 1º de Maio, em Hyde Park.

[12] *Cockney* é um adjetivo e um dialeto característico que se refere a pessoas da classe trabalhadora do East End londrino. (N.T.)

## EM TORNO DE EVELYN

1. Este ensaio foi reimpresso, em parte, a partir do texto "John Evelyn", publicado no *Times Literary Supplement* em 28 out. 1920 – uma resenha de *The Early Life and Education of John Evelyn, 1620–1641*, (Clarendon Press, 1920; com comentário de H. Maynard Smith). As referências foram identificadas por data a partir do diário de Evelyn.
2. No original, *manfully*, uma palavra propositadamente relacionada ao sexo masculino – por isso mantida aqui nesse teor. Não por acaso, V. Woolf continua o exemplo citando "homens", em vez de utilizar um termo genérico. (N.T.)
3. John Evelyn (1620–1706) foi um polímata, jardineiro e diarista inglês, membro de grupo que fundou a entidade científica Royal Society; foi testemunha dos principais eventos que marcaram o século XVII na Inglaterra, como a execução de Carlos I (1649), a ascensão de queda de Oliver Cromwell, a Grande Peste (1665), o Grande Incêndio de Londres (1666) e a reconstrução da Catedral de São Paulo. (N.T.)
4. Tipo de borboleta (*Vanessa atalanta*), por vezes também chamada de atalanta. (N.T.)
5. Oliver Cromwell, político e militar inglês. Entrada no diário de Evelyn: 26 de março de 1699. (N.C.)
6. Entrada de 11 de março de 1651.
7. Entrada de 9 de março de 1652.
8. Entrada de 19 de fevereiro de 1653.
9. Entrada de 27 de agosto de 1666.
10. Ibid. A referência é Sir Christopher Wren (1632–1723), responsável, depois, pela reconstrução da catedral, após o incêndio. (N.C.)
11. Entrada de 18 de janeiro de 1671.
12. "The Princess" [A princesa], de Alfred Tennyson, 1847. O poema narra a história de uma princesa que renega o mundo dos homens e funda uma universidade para mulheres, onde os homens são proibidos de entrar. (N.C.)
13. A passagem citada é da "Conclusion" [Conclusão] do poema, linhas 86-90.
14. Parece ser uma paráfrase da entrada de 4 de fevereiro de 1685.
15. Margaret Godolphin, n. Blagge (1652–78), quando era dama de companhia na corte, declarou sua "amizade inviolável" em uma carta a Evelyn e passou a ver-se como sua filha adotiva. O relato que Evelyn fez da vida dela foi publicado em 1847. Ver também a entrada que lhe é dedicada no *Dictionary of National Biography*, por Leslie Stephen, pai de Virginia Woolf. (N.C.)
16. Ver *The Diary of Samuel Pepys*, 5 nov. 1665; v. 6, ed. Robert Latham e William Matthews (G. Bell, 1972), pp. 289-90. Samuel Pepys (1633–1703) foi um importante diarista do período da Restauração inglesa. (N.C.)
17. Pedro, o Grande, hospedou-se em Sayes Court em 1698.
18. Entrada de 27 de janeiro de 1658.
19. Entrada de 17 de outubro de 1671.
20. Entrada de 28 de maio de 1656.
21. Entrada de 23 de março de 1646.

DEFOE

1. Ensaio orginalmente publicado com o título "The Novels of Defoe" [Os romances de Defoe] no *Times Literary Supplement* em 24 de abril de 1919. A principal fonte biográfica utilizada por VW foi *The Life of Daniel Defoe* [A vida de Daniel Defoe], de Thomas Wright (Cassell, 1894).
2. Ver Wright, p. 386.
3. *Serious Reflections during the Life and Surprising Adventures of Robinson Crusoe* [Sérias reflexões durante a vida e as surpreendentes aventuras de Robinson Crusoé], 1720. Trata-se de "uma coletânea de ensaios e reflexões religiosas apresentadas como reflexões religiosas de Crusoé acerca do sentido de sua história", segundo John Richetti. Ver "Introdução" de *Robinson Crusoé*. Tradução de Sérgio Flaksman. São Paulo: Penguin Companhia, 2012, p. 25. (N.T.)
4. "*No man has tasted differing fortunes more,/ And thirteen times I have been rich and poor.*" Prefácio ao vol. 8 do *Review*, de Defoe (1712).
5. Referência à famosa prisão de Newgate. A estadia do autor ali, por sedição, parece ter sido menor do que a sugerida por Woolf. Sua heroína Moll Flanders nasceu em Newgate e, anos depois, por roubo, para lá foi enviada. (N.T.)
6. Cf. folha de rosto da edição original de *Colonel Jack* [Coronel Jack], 1722: "*Born a Gentleman, put 'Prentice to a Pick-Pocket'*".
7. *Roxana* (1724). Trata-se ou de uma variante obscura da edição, ou de uma livre adaptação feita pela própria Woolf. "[...] *my condition was the most deplorable that words can express*", ed. Jane Jack (OUP, 1964), p. 13. Em português, seguiremos: Daniel Defoe, *Os segredos de Lady Roxana*. Tradução de Lucio Cardoso. Rio de Janeiro: Ediouro, 1985. (N.C.)
8. *Moll Flanders* (1722). Versão aqui usada: *Moll Flanders*: As venturas e desventuras da famosa Moll Flanders & Cia. Tradução de Donaldson M. Garshagen. São Paulo: Cosac Naify, 2015, p. 268. Doravante todas as traduções apresentadas da obra em português serão dessa versão.
9. *Moll Flanders*, op. cit., p. 152.
10. Ibid., p. 215.
11. Ibid., p. 477.
12. Ibid., p. 358.
13. Ver *Lavengro* (1851), de George Borrow, capítulos 31 e 40.
14. *Os segredos de Lady Roxana*, op. cit., p. 58. (N.T.)
15. Ver "The Education of Women" [Da educação das mulheres], 1697, em *Later Stuart Tracts*, ed. George A. Aitken (1903).
16. "*Stand their ground*"; VW usa expressão mais corrente. No original de Defoe (Penguin, 1978, p. 88), temos: "[...] *the women wanted courage to maintain their ground and to play their part*" (às mulheres faltava coragem para manter-se firme e exercer seu papel). (N.C.)
17. *Os segredos de Lady Roxana*, op. cit., p. 97. (N.T.)
18. Ibid., p. 94. (N.T.)

# ADDISON

1. Esta é uma versão ligeiramente revisada do ensaio "Joseph Addison", publicada no *Times Literary Supplement* em 19 de junho de 1919.
2. De "The Life and Writings of Addison" [A vida e a obra de Addison], de Lord Macaulay. *Edinburgh Review,* jul. 1843.
3. *The Tatler*, periódico inglês com três edições semanais fundado por Richard Steele, que foi publicado de 1709 a 1711. Tornou-se notório pelas considerações acerca dos modos e costumes, estabelecendo uma concepção de moral e comportamento ideais para os senhores e as senhoras da alta sociedade. Seu auge ocorreu nas mãos de Joseph Addison. Tão logo o periódico se encerrou, Addison e Steele fundaram juntos *The Spectator*, periódico imbuído de espírito semelhante ao anterior, alinhado com o ideal iluminista e calcado na promoção moralista da família, do casamento e da cortesia. Lançado em 1 março de 1711, foi publicado diariamente até o número 555 (6 de dezembro de 1712). (N.C.)
4. Alexander Pope, "Atticus", escrito em cerca de 1715 e publicado em 1722, foi acrescido com revisões a *Epistle to Dr. Arbuthnot* (*Epístola a dr. Arbuthnot*, 1735); ver também as cartas de Pope, fraudulentamente modificadas para desmerecer Addison. W. M. Thackeray, "The Famous Mr. Joseph Addison" [O famoso Mr. Joseph Addison], capítulo 11 de *The History of Henry Esmond* [A história de Henry Esmond, 1852]. Dr. Johnson, "Addison", *Lives of the Poets* (1779–81).
5. A peça teatral em versos *Cato, a Tragedy* [Catão, uma tragédia] é uma das obras mais famosas de Joseph Addison e foi encenada pela primeira vez em 1713. (N.T.)
6. A primeira contribuição de Addison no *Tatler* se deu no número 81 (15 de outubro de 1709).
7. As palavras de Syphax concluem o Ato II da tragédia *Cato*, de Addison (1713): *"So, where our wide Numidian wastes extend,/ Sudden, th'impetuous hurricanes descend,/ Wheel through the air, in circling eddies play,/ Tear up the sands, and sweep whole plains away,/ The helpless traveller, with wild surprise,/ Sees the dry desert all around him rise,/ And smother'd in the dusty whirlwind dies."*
8. Richard Hurd D. D. (1720–1808), bispo de Worcester, cuja edição em seis volumes das obras de Addison foi publicada em 1811.
9. *Tatler*, n. 108 (sábado, 17 dez. 1709).
10. O Middle Temple é uma das quatro associações de Direito na Inglaterra que formam as Inns of Court. (N.T.)
11. Addison casou-se em 1716 com Charlotte, condessa-viúva de Warwick (†. 1731).
12. *"While Cato gives his little senate laws,/ What bosom beats not in his country's cause?"* [Enquanto Catão passa leis em seu pequeno senado,/ Que peito não bate pela causa do seu país?] Prólogo de Pope a *Cato*, linhas 23-4.
13. Edward Rich, sétimo Conde de Warwick (e enteado de Addison). O comentário foi citado por dr. Johnson. Segundo este, em seu leito de morte, Addison mandou chamar o enteado, que tinha fama de vagabundo, para que ele visse como morre um cristão. (N.C.)
14. Referência à primeira bolha financeira de que se tem notícia, ocorrida em torno das tulipas holandesas, que estourou por volta do ano de 1637 e teve seu auge algumas décadas antes. Uma única tulipa podia alcançar preços astronômicos. (N.T.)

[15] *Tatler*, n. 116 (quinta-feira, 5 de janeiro de 1709).

[16] "The Ballad of Chevy Chase" é uma balada inglesa popular sobre uma caçada nos Cheviot Hills – daí o nome "Chevy Chase"– liderada por Percy, conde de Northumberland. O conde escocês Douglas proibira a caçada por interpretá-la como uma invasão às terras escocesas, o que resultou em uma batalha sangrenta. Addison escreveu que a canção era a balada favorita do povo simples da Inglaterra e que Ben Jonson costumava dizer que preferia tê-la escrito do que a qualquer uma de suas obras. (N.T.) Para a defesa de Addison à balada "Chevy Chase", ver *The Spectator*, números 70 e 71 (21 de maio e 25 de maio de 1710). (N.C.)

[17] Addison escreveu uma série de dezoito textos sobre *Paraíso Perdido*, de John Milton: no número 167 da *Spectator* (sábado, 5 de janeiro de 1712) e todos os sábados seguintes até o número 369 (3 de maio de 1712).

[18] Will's era um famoso café em Londres, onde se reunia a nata dos homens ligados à literatura, e centrava-se na figura do poeta John Dryden. Sua reputação caiu após a morte deste. Após receber uma péssima resenha de Richard Steele, fundador do *Tatler*, em 1709, seu público migrou para o café vizinho Button's, sob as bênçãos de Joseph Addison. (N.T.)

[19] Os comentários de Pope estão registrados em *Anecdotes, Observations, and Characters of Books and Men*, do reverendo Joseph Spence, editados por Samuel Singer (1820).

[20] *Tatler*, número 153 (sábado, 1° de abril de 1710).

[21] Sir Roger de Coverley foi um personagem criado por Addison que escreveu uma série de cartas e textos publicados em 15 edições do *Spectator* em julho de 1711. (N.C.)

[22] *Spectator*, n. 494 (sexta-feira, 26 de setembro de 1711).

[23] *Spectator*, n. 445 (quinta-feira, 31 de julho de 1712).

[24] *Spectator*, n. 435 (sábado, 19 de julho de 1712).

A VIDA DOS OBSCUROS

[1] A primeira parte deste ensaio, "Taylors and Edgeworths" ["Taylors e Edgeworths"] foi publicada como "The Lives of the Obscure" ["A vida dos obscuros"] no *London Mercury* (jan. 1924) e aqui aparece ligeiramente revisada; a segunda parte, "Laetitia Pilkington", foi originalmente publicada no *Nation & Athenaeum* (30 jun. 1923); a terceira parte, "Srta. Ormerod", foi originalmente publicada no *Dial*, em Nova York (dez. 1924) e reimpressa em maio de 1925 na edição americana de *O leitor comum*. Ver nota 12 abaixo.

[2] Ann Gilbert, *née* Taylor (1782-1866), autora (frequentemente junto com a irmã Jane) de poesias para crianças e filha mais velha de Isaac Taylor de Ongar, entalhador que veio a se tornar pastor não conformista em Colchester. Em 1813, casou-se (em segundas núpcias) com o reverendo Joseph Gilbert. Para um relato de sua vida e da de seu marido, ver o *Dictionary of National Biography* [Dicionário das biografias nacionais]; ver ainda, para mais referências, *Autobiography and Other Memorials of Mrs. Gilbert* [Autobiografia e outros memoriais da sra. Gilbert], ed. Josiah Gilbert (2 vols., 1874).

[3] O *Minor's Pocket Book* [Livro de bolso dos pequenos] foi um periódico infantil, criado por William Darton Senior por volta de 1790 e impresso por Darton e Harvey. (N.C.)

⁴ James Montgomery (1771–1854), poeta de origem escocesa bastante reverenciado nos círculos religiosos.
⁵ Carruagem descoberta de quatro rodas e de construção leve. (N.T.)
⁶ Presumivelmente Sophia Elizabeth Frend, filha mais velha do reformista *whig* e unitarista William Frend (1757–1841), vigoroso opositor em Cambridge dos Trinta e Nove Artigos da Religião. A sra. Dyer, ex-senhora Mather e casada com George Dyer (1755–1841) por pena do "estado negligente de sua moradia" em Clifford's Inn, segundo Leslie Stephen no *Dictionary of National Biography*. George Dyer, escritor, era amigo de Charlie Lamb.
⁷ Sir George Newnes (1851–1910), fundador da revista semanal *Tit-Bits*. Filho do Rev. Thomas Mold Newnes († 1883) e de Sarah Urquhart († 1885), suas excentricidades são descritas na biografia de Sir George escrita por Hulda Friedrich (publicada em 1911).
⁸ Benjamin Robert Haydon (1766–1846), embora não tivesse talento para a pintura, tinha talento para ofender a Royal Academy, uma questão que lhe era importantíssima. Mark Pattinson (1813–84) ficou permanentemente amargurado pelos seus colegas professores não o terem conseguido eleger reitor do Lincoln College, Oxford, em 1851, mas tal problema foi retificado em 1861. O reverendo Joseph Blanco White (1775–1841), espanhol de nascimento e convertido ao protestantismo, foi afastado de Oxford por ofender seus colegas do Oriel College.
⁹ Richard Lovell Edgeworth (1744–1817), autor irlandês, pai da romancista Maria Edgeworth (1767–1849), com quem escreveu, sob influência de Rousseau, *Practical Education* [Educação prática, 1798]. Para referências posteriores ver entradas sobre os Edgeworths no *Dictionary of National Biography* às quais contribuiu Leslie Stephen; ver também *Memoirs of RLE... begun by himself, and concluded by his daughter, M. Edgeworth* (Memórias de RLS... Iniciadas por ele mesmo e concluídas por sua filha, M. Edgeworth, 2 vols., 1820).
¹⁰ Thomas Day (1748–89), autor de *The History of Sandford and Merton* [A história de Sandford e Merton, 1783–9], que enfatizava ideias de educação roussenianas. Com Edgeworth, determinou-se a educar o filho deste ao estilo do *Émile*, de Rousseau. Após ter sido recusado por diversas mulheres, entre elas Elizabeth Sneyd, dedicou-se a outro projeto: treinar uma mulher para esposa. Para isso, adotou duas órfãs, de 11 e 12 anos (Sabrina Sydney e Lucretia) e dedicou-se a educá-las segundo os preceitos de Rousseau. Terminou abandonando Lucretia e dedicou-se a Sabrina. Utilizava métodos excêntricos e até cruéis para fortalecer seu caráter, como obrigá-la a entrar de roupa em um lago para testar sua resiliência à água fria ou derramar cera quente em seus braços. Quando Sabrina atingiu a adolescência, Edgeworth o convenceu a reconhecer o fracasso da empreitada e abandonar a garota. Ver entrada sobre Day no *Dictionary of National Biography*, escrita por Leslie Stephen. (N.C.)
¹¹ *Memoirs of Mrs. Laetitia Pilkington, wife to the Rev. Matthew Pilkington, written by herself. Wherein are occasionally interspersed all her Poems, with Anecdotes of several eminent persons living and dead* [Memórias da sra. Laetitia Pilkington, esposa do Rev. Matthew Pilkington, escritas por ela mesma. Nas quais estão ocasionalmente entremeados todos os seus Poemas, com Anedotas de diversos indivíduos eminentes vivos e mortos]. As memórias, publicadas em dois volumes em 1748, ganharam uma segunda edição em 1749 e uma terceira em 1751; o vol. III veio a público em 1754. As referências aqui indicadas pertencem à edição de um único volume publicada pela Routledge & Sons (1928).

[12] Moll Flanders, famosa personagem de Daniel Defoe do romance homônimo (ver ensaio "Defoe"). Lady Ritchie é Anne Thackeray Ritchie (1837–1919), escritora inglesa cujos romances a tornaram bastante famosa em sua época. Era irmã de Minny, primeira esposa de Leslie Stephen, pai de Virginia Woolf, e filha do escritor William M. Thackeray. (N.T.)

[13] Srta. Mitford: Mary Russell Mitford (1787–1855), dramaturga e escritora inglesa (ver ensaio "Srta Mitford", em "Esboços"). Madame de Sévigné (1626–96), escritora francesa cujas cartas são exemplos célebres do estilo epistolar. Jane Austen (1775–1817; ver, neste volume, ensaio homônimo), um dos maiores nomes da literatura inglesa, famosa por obras como *Orgulho e preconceito*. Maria Edgeworth (1768–1849), autora de livros para crianças e romancista associada ao realismo. (N.T.)

[14] Sr. Pilkington: Matthew Pilkington, pároco e poeta, com quem Laetitia casou-se em 1729.

[15] Na época, a cerveja era produzida pelos cervejeiros e as pessoas usavam seus próprios vasilhames para comprá-la e levar para casa. (N.T.)

[16] Jonathan Swift (1667–1745), autor irlandês celebrizado por *As viagens de Gulliver*. (N.T.)

[17] Swift fora deão da Catedral de São Patrício, na Irlanda, daí sua alcunha, "deão Swift". (N.T.)

[18] *Memoirs...* (op. cit., ed. de 1928), p. 410.

[19] Ibid., p. 50.

[20] Alexander Pope (1688–1744), célebre poeta e satirista inglês. *Hudibras*, famoso poema paródico de Samuel Butler. (N.T.)

[21] Laetitia Pilkington era filha do dr. Van Lewen, um médico obstetra holandês que se estabeleceu em Dublin por volta de 1710.

[22] Matthew Pilkington divorciou-se de Laetitia por adultério em 1738, ficando com todos os seus bens. O processo também custou a ela a amizade com Swift. (N.T.)

[23] "Flavia's Birthday, May the 16th/To Miss Hoadley" [Aniversário de Flavia, 16 de maio/Para a srta. Hoadley] em *Memoirs...*, op. cit., p. 93. Rev. Dr. Patrick Delany (1685?-1768), que apresentou os Pilkingtons a Swift – o poema aqui referido é "Delville, the seat of the Rev. Dr. Delany" [Delvile, morada do Rev. Dr. Delany]. VW cita o primeiro verso, pp. 47-8. O terceiro poema referido intitula-se "Advice to the People of Dublin in their choice of a Recorder" [Conselho ao povo de Dublin na escolha de um Tabelião], e abre do seguinte modo: "*Is there a man, whose fixed and steady soul...*", p. 91. ["Haverá algum homem, cuja alma fixa e firme..."]

[24] *Memoirs...* op. cit., p. 184.

[25] Ibid., p. 350; assim diz a acusação: "Ora, madame, se eu vos tivesse dito que vosso pai morreu blasfemando o Todo-Poderoso e daquela terrível doença; se vos tivesse dito que se recusou a ver as cadelinhas da mulher dele, que é como ele chamou as vossas irmãs na hora da morte; se vos tivesse dito que a senhora escondeu Lady D – atrás do arrás, para ver — nada —— que a senhora disse ter o seu passarinho de marido, a senhora não poderia ter me usado de jeito pior."

[26] Rua associada com livreiros populares e literatura comercial, mudou de nome ainda no século XIX para Milton Street. (N.T.)

[27] Ibid., p. 382.

[28] Ibid., p. 289.

[29] Ibid., p. 372.
[30] No verão de 1749, a saúde de Laetitia começou a piorar: seus problemas estomacais aumentaram, em decorrência de úlceras ou talvez câncer. Seu filho Jack narra uma de suas últimas saídas com a mãe, em que ela conseguiu comer pato com ervilhas e tomar um pouco de vinho branco. Dois dias depois, ela faleceu. (N.T.)
[31] Esse ensaio baseia-se na obra *Eleanor Ormerod, LL.D., Economic Entomologist, Autobiography and Correspondence* [Eleanor Ormerod, LL.D., entomóloga economista, autobiografia e correspondência], ed. Robert Wallace, publicado por J. Murray em 1904. Eleanor Anne Ormerod (1828–1901) foi descrita no *Dictionary of National Biography*, sob a entrada redigida sobre seu pai, George Ormerod (1785–1873), historiador de Cheshire, como "uma renomada entomóloga".
[32] O capitão Thomas Fenton comandou o famoso ataque de uma tropa da Royal Scots Grays, um regimento da cavalaria do exército britânico, durante a Batalha de Waterloo, em 18 de junho de 1815. (N.T.)
[33] Raça de cavalos cinzentos. (N. T.)
[34] Eleanor Ormerod comenta em seu livro que, se o cavalheiro de Oxford lhe disse o nome científico do gafanhoto, ela não o recorda. (N.T.)
[35] As abreviações se referem a títulos, a saber: D.C.L (*Doctor of Civil Law* – doutor em direito civil ; L.L.D (*Legum Doctor* "professor das leis"), F.R.S (*Fellow of the Royal Society* – membro da Royal Society), F.S.A. (*Fellow of the Society of Antiquaries* – membro da Society of Antiquaries). (N.T.)
[36] Veneno à base de arsênico, de um tom de verde (Paris Green) que foi moda na era vitoriana: apesar da alta toxicidade, era aplicado em roupas, flores, papéis de parede etc., provocando muitas mortes. A srta. Ormerod promoveu seu uso como pesticida. (N.T.) O ensaio foi originalmente publicado apenas na versão americana de *O leitor comum*.
[37] Dr. Jan Ritzema Bos (1850–1928), fitopatologista. (N.T.)
[38] Eleanor Ormerod recebeu o título honorário de L.L.D. da Universidade de Edimburgo em 1900, um ano antes de sua morte – sendo a primeira mulher a receber tal distinção nessa universidade. (N.T.)
[39] *Home Rule foi um* movimento criado para garantir a autonomia nacional da Irlanda dentro do Império Britânico no final do século XIX e início do XX. O primeiro-ministro William Gladstone foi um de seus defensores. (N.T.)
[40] Ver nota 36 deste ensaio. (N.T.)


JANE AUSTEN

[1] Este ensaio incorpora "Jane Austen at Sixty" [Jane Austen aos sessenta anos], texto em que VW imagina a escritora, que morreu com 42 anos, vivendo até o sexagésimo aniversário (*Nation & Athenaeum*, 15 de dezembro de 1923), e uma resenha escrita sobre *The Works of Jane Austen* [As obras de Jane Austen], ed. R. W. Chapman (5 vols., Clarendon Press 1923).
[2] *Jane Austen. Her Life and Letters. A Family Record* [Jane Austen. Sua vida e correspondência. Um registro de família], de William Austen-Leigh e Richard Arthur Austen-Leigh (Smith, Elder & Co., 1913), pp. 58-9. A autora desses comentários é Philadelphia Walter, em uma carta ao irmão.
[3] A sra. Mitford é mãe da escritora Mary Russel Mitford; sobre as observações que a

sra. Mitford deixou registradas, bem como as da amiga anônima da srta. Mitford, veja a carta desta última a Sir William Elford (3 de abril de 1815).

[4] *A Memoir of Jane Austen* [Uma memória de Jane Austen], escrito por seu sobrinho, J. E. Austen-Leigh (1870).

[5] Veja também "Jane Austen Practising" [Jane Austen na prática], resenha de Virginia Woolf escrita para *Love and Freindship* [sic] *and Other Early Works* (Chatto & Windus, 1922), publicada no *New Statesman* (15 de julho de 1922). Em português: *Amor e amizade*, tradução de Patrícia Xavier (Lisboa, Publicações Europa-América, 2006).

[6] "A décima-quarta carta. Laura, em continuação", *Amor e amizade*, op. cit, p. 52.

[7] No original: "*She was nothing more than a mere good-tempered, civil, and obliging young woman; as such we could scarcely dislike her – she was only an object of contempt.*" Letter the 13th, op. cit., pp. 100-101. Versão portuguesa: "A décima-terceira carta", *Amor e amizade*, op. cit., p. 48. (N.T.)

[8] Personagens de *Orgulho e preconceito* e *Amor e amizade*. (N.T.)

[9] Sobre a conversa de Lady Greville, ver a terceira missiva de "Uma coleção de cartas...", *Amor e amizade*, op. cit., pp. 96-103.

[10] "*The History of England*", op. cit., p. 142

[11] Op. cit., p. 145.

[12] Referência shakespeariana. A expressão "rounded with a laugh", do original, ecoa o final da fala de Próspero, em *A tempestade*, ato 4, cena 1, "*We are such stuff/ As dreams are made on; our little life/ Is rounded with a sleep*"; na tradução de Barbara Heliodora, "Nós somos do estofo/ De que se fazem os sonhos; e esta vida/ Encerra-se num sono (*A tempestade*, Nova Fronteira, 2011). (N.T.)

[13] Sobre as Brontës e o duque de Wellington, ver, por exemplo, o reverendo Patrick Brontë citado em *The Life of Charlotte Brontë*, de Elizabeth Gaskell (1875); edição em português: *A vida de Charlotte Brontë*, Pedrazul editora, tradução de Amanda Magri, 2020.

[14] *Orgulho e preconceito* (1813) foi escrito entre 1796–7.

[15] *Os Watsons*, que Austen começou a escrever cerca de 1804, foi publicado postumamente, em 1871.

[16] Edição brasileira: Jane Austen, *Novelas inacabadas*: Os Watsons, Sanditon, tradução de Ivo Barroso. Rio de Janeiro: Nova Fronteira, 2014, p. 38. (N.T.)

[17] Idem, p. 44. (N.T.)

[18] *Mansfield Park* (1814); edição brasileira: Jane Austen, *Mansfield Park*, cap. 38. São Paulo: Penguin/Companhia, tradução de Hildegard Feist, 2014, p. 470. (N.T.)

[19] Referência a personagens de, respectivamente, *Orgulho e preconceito*, *Persuasão* e, mais uma vez, *Orgulho e preconceito*. (N.T.)

[20] Jane Austen, *Mansfield Park*, ed. cit., p. 162. (N.T.)

[21] Idem, p. 568. (N.T.)

[22] Figura de *Mansfield Park*, que atua como contraponto à sua heroína Fanny Price. (N.T.)

[23] Cena entre Fanny Price e seu primo Edmund, no capítulo IX de *Mansfield Park*. (N.T.)

[24] Sobre Jane Austen, o príncipe regente e J. S. Clarke, bibliotecário da Carlton House, Cambridge, ver *A Memoir of Jane Austen* [Memórias de Jane Austin], de autoria de seu sobrinho, J. E. Austen-Leight (1870); ed. D. W. Harding (Penguin, 1965), pp. 350-9.

[25] *Mansfield Park*, ed. cit. p 201. (N.T.)

[26] Dr William Whewell (1794-1866), professor do Trinity College, Cambridge; sua defesa de *Persuasão*, feita quando ainda era um jovem catedrático, está registrada em *A Memoir...*, de J. E. Austen-Leigh, op. cit., p. 369.

[27] Jane Austen, *Persuasão* (1818), tradução de Fernanda Abreu. Rio de Janeiro: Zahar, 2016, p. 48. (N.T.)

[28] *Persuasão*, op. cit., pp. 51, 123 e 266. (N.T.)

[29] Veja J. E. Austen-Leigh, op. cit., p. 348.

[30] Idem, p. 387.

FICÇÃO MODERNA

[1] Este ensaio é uma versão ligeiramente revisada de "Modern Novels" [Romances modernos], que saiu no *Times Literary Supplement* em 10 de abril de 1919.

[2] Referências aos escritores ingleses H. G. Wells (1866–1946), de *A guerra dos mundos*; Arnold Bennett (1867-1931), de *À sombra do trono*; John Galsworthy (1867–1933), ganhador do Prêmio Nobel e autor de *O proprietário*; Thomas Hardy (1840–1929), de *Judas, o obscuro*; Joseph Conrad (1857–1924), nascido na Polônia, autor de *Coração das trevas*, e William Henry Hudson (1841–1922), nascido na Argentina, cujas memórias *Longe, e há muito tempo* (1918), mencionadas por Woolf, foram lançadas no Brasil pela Gráfica Editora Brasileira, em 1952. Sobre Joseph Conrad, ver ensaio homônimo, neste volume, p. 253. (N.T.)

[3] *The Old Wives' Tale* [Conto da carochinha, 1908] é um romance de Arnold Bennett. Edwin Clayhanger e George Cannon são personagens da chamada trilogia *Clayhanger*, composta pelos romances *Clayhanger* (1910), *Hilda Lessways* (1911) e *These Twain* (1916), do mesmo autor. (N.T.)

[4] O termo "*gig lamp*", empregado por Woolf, pode referir-se tanto às lanternas dos cabriolés quanto, em um uso coloquial que surge em meados do século XIX na Inglaterra, aos óculos, de acordo com o *Oxford English Dictionary*. A imagem de óculos, como instrumento (supostamente capaz de capturar a vida) em um mostruário de uma rua elegante, como a Bond Street, parece-me mais adequada, pela proximidade com as outras figuras que contribuem para o sentido geral do trecho.

[5] *The Little Review*, Nova York, março de 1918 – dezembro de 1920, publicou os primeiros treze (e parte do décimo quarto) episódios de *Ulysses*, de James Joyce. VW fez apontamentos sobre os que apareceram entre março e outubro de 1918. A difusão da obra de James Joyce fez a revista enfrentar um processo por obscenidade nos Estados Unidos, que acabou por perder, sofrendo posterior censura de órgãos reguladores. *O retrato do artista quando jovem* (1916) é o romance anterior de Joyce. (N.C.)

[6] *Juventude* (1902), novela de Joseph Conrad (edições brasileiras pela Marco Zero, Paz e Terra, Revan e L&PM Pocket); *The Mayor of Casterbridge: The Life and Death of a Man of Character* [1886, O prefeito de Casterbridge: Vida e morte de um homem de caráter], romance de Thomas Hardy.

[7] *A vida e as opiniões do cavalheiro Tristram Shandy* (1759–67), traduzido no Brasil por José Paulo Paes, para a Companhia das Letras (1998) e *A History of Pendenis* (1848–50), de William Makepeace Thackeray. (N.T.)

[8] Ver o conto "Gusev", de Tchekhov: "Embrulhado no pano de uma vela de navio, ele assemelhava-se a uma cenoura ou um rabanete: a cabeça grande, estreitos os pés." Em: *The Witch and Other Stories* [A bruxa e outras histórias]. Tradução de

Constance Garnett (Chatto & Windus, 1918), p. 166. Não se localizou tradução para o português. Uma viagem à colônia penal da ilha de Sacalina, na Sibéria, em abril de 1890, forneceu a Tchekhov material para "Gusev", "No exílio" e "Um assassinato". Ver: *Ensaio sobre Tchekhov*, de Thomas Mann. Tradução de Kristina Michahelles. Rio de Janeiro: Zahar, 2014. (N.C.)

[9] Ver *"The Village Priest"* de Elena Militsina, em *The Village Priest, and Other Stories* [O pároco de aldeia e outras histórias], de Elena Militsina e Mihail Saltikov. Tradução de Beatrix L. Tollemache, com Introdução de C. Hagberg Wright (T. Fisher Unwin, 1918), sem tradução para o português. VW fez uma resenha dessa obra com o título "A perspectiva russa", no *Times Literary Supplement*, em 19 de dezembro de 1919. Veja também a nota 1 do ensaio "O ponto de vista russo", nesta coletânea. (N.C.)

## JANE EYRE E O MORRO DOS VENTOS UIVANTES

[1] Este ensaio em parte incorpora o artigo "Charlote Brontë", *Times Literary Supplement*, de 13 de abril de 1916.
[2] *Jane Eyre: Uma autobiografia* (1847), de Charlotte Brontë, tradução Adriana Lisboa (Rio de Janeiro: Zahar, 2020), p. 20. (N.T.)
[3] *O morro dos ventos uivantes* (1847), de Emily Brontë, tradução de Adriana Lisboa. Rio de Janeiro: Zahar, 2016, p. 76. (N.T.)
[4] *Jane Eyre*: Uma autobiografia (1847), op. cit., p. 130. (N.T.)
[5] Romance de Thomas Hardy (1894–95). (N.T.)
[6] *Jane Eyre*, op. cit., p. 435. No original: "*I could never rest in communication with strong, discreet, and refined minds, whether male or female, till I had passed the outworks of conventional reserve, and crossed the threshold of confidence, and won a place by their heart's very hearthstone.*" (N.T.)
[7] *Villette* (1853), de Charlotte Brontë. Tradução de Fernanda Martins e Anaximandro Amorim. Domingos Martins, ES: Pedrazul Editora, 2016, p. 521. Original: "*The skies hang full and dark – a wrack sails from the west; the clouds cast themselves into strange forms.*" (N.T.)
[8] Dorothy Mae Ann Wordsworth (1771–1855) foi uma escritora e poeta inglesa do período romântico. Virginia Woolf a analisa em um ensaio de 1929 no semanário *Nation and Athenaeum*, que depois foi reunido em "Quatro figuras", no segundo volume de *O leitor comum* (1932). Sobre Alfred Tennyson (1809–92), ver nota 14 do ensaio "Os Pastons e Chaucer". (N.T.)
[9] *O morro dos ventos uivantes*, op. cit., pp. 110, 111. (N.T.)
[10] Idem, p. 193. (N.T.)

## GEORGE ELIOT

[1] Este ensaio é uma reimpressão do *Times Literary Suplement*, de 20 de novembro de 1919. Woolf usa a "edição corrente" de *George Eliot's Life, as Related in her Letters and Journals* [Vida de George Eliot, conforme relatada em sua correspondência e diários], de 1886. A obra, publicada postumamente (W. Blackwood, 1884, foi organizada e editada por seu marido, J. Walter Cross, com que Mary Ann Evans,

nome verdadeiro da autora, casou-se poucos meses antes de sua morte, em 1880. Cross era vinte anos mais novo que a escritora, o que causou comoção na época. (N.C.)
2 Trecho de missiva escrita para Leslie Stephen, pai de Virginia Woolf, em 18 de agosto de 1902. Ver: *Letters of George Meredith* [Correspondência de George Meredith], obra editada por seu filho W. M. Meredith, vol. 2 (T. and A. Constable, 1912). O escritor George Meredith costumava corresponder-se com a família de Woolf, tendo escrito uma carta para a jovem Virginia Stephens em 22 de novembro de 1906, dois dias após a morte de seu meio-irmão, Julian Thoby Stephen. (N.C.)
3 Lord Acton (como ficou mais conhecido o historiador britânico John Emerich Edward Dalberg-Acton), "George Eliot's Life, *Nineteenth Century* (março de 1885). Ver *Letters of Lord Acton to Mary Gladstone*, ed. Herbert Paul (1904), 27 de dezembro de 1880. O pensador Herbert Spencer foi membro do comitê da Biblioteca de Londres (London Library), e se opôs à compra de romances contemporâneos. Amigo íntimo de George Eliot, não pôde (e nem tinha poder para) banir a ficção da famosa biblioteca fundada em 1841, de quem T. S. Eliot tornou-se posteriormente presidente, até sua morte. (N.C.)
4 Priory (Priorato, em português) era o nome da residência de George Eliot, situada em North Bank, 21, Regent's Park, onde, aos domingos, ela recebia as celebridades literárias da época. (N.T.)
5 Edmund Goose, "George Eliot", *London Mercury*, novembro de 1919.
6 Lady Ritchie, "A Discourse of Modern Sybils" [Um discurso de sibilas modernas], discurso da presidente, no encontro anual da English Association (Associação de Língua Inglesa), 10 de janeiro de 1913, em *From the Porch* (Smith, Elder, 1913). A escritora Anne Isabella Ritchie, a "tia Annie" de Virginia Woolf, foi a neta mais velha do romancista William Makepeace Thackeray. (N.C.)
7 Não se identificou a fonte da citação.
8 O pai de George Eliot, Robert Evans, mestre de obras e filho de carpinteiro, tornou-se corretor de propriedades em Derbyshire e Warwickshire.
9 George Eliot – ou Marian Evans – foi editora-assistente da *Westminster Review*, 1851–3.
10 Cross, op. cit., vol. 1, p. 22.
11 Em 1844, Marian Evans sucedeu uma certa srta. Brabant como tradutora de *Life of Jesus* [Vida de Jesus, 1833], do filósofo hegeliano David Friedrich Strauss (1808–74). (N.T.)
12 Cross, vol. I, p. 127; a passagem se refere à atitude dela com respeito à religião evangélica.
13 Caroline Bray para Sara Hennell, 14 de fevereiro de 1846 (Cross, op. cit.).
14 George Eliot para Caroline Bray, 5 de junho de 1857 (Cross, op. cit.).
15 O livro de contos *Scenes of Clerical Life* foi publicado em 1857 (não se localizou tradução em português). Os seus primeiros romances, *Adam Bede* (também traduzido como *O carpinteiro do vale dos fenos* e *O triste noivado de Adam Bede*) e *O moinho sobre o rio* (também traduzido como *O moinho à beira do rio*, *O moinho à beira do rio Floss* e *O moinho à beira do Floss*) saíram, respectivamente, em 1859 e 1860. (N.T.)
16 Personagem de *Adam Bede*; rude e diligente, mas de bom coração, ela é mulher de fazendeiro Martin Poyser. (N.T.)
17 Filha de três anos e favorita da sra. Poyser.

¹⁸ Dinah Morris é uma jovem pregadora metodista que se casa com Adam Bede. (N.T.)
¹⁹ Maggie Tulliver é a protagonista de *O moinho sobre o rio* (1860). "Janet's Repentance" [O arrependimento de Janet] é uma das histórias de *Cenas da vida clerical* (1857). Romola dá nome ao romance histórico originalmente publicado entre 1862–3, que se passa durante o Renascimento italiano. Dorothea Brooke é protagonista de *Middlemarch*: Um estudo da vida provinciana (1869); ela termina se casando, após enviuvar, com Will Ladislaw, primo do seu primeiro marido. (N.T.)
²⁰ St. Ogg é cidade fictícia de *O moinho sobre o rio*. (N.T.)
²¹ Pretendentes de Maggie Tulliver. (N.T.)
²² George Eliot, *O moinho sobre o rio*. Tradução de Gilda Stuart. São Paulo: Círculo do Livro, pp. 306–7. No original, está *"good society"*. VW dá o final do trecho como "how should it have *need of* belief..."; no entanto, de acordo com Andrew McNeillie, editor do *The Common Reader*, a primeira edição de *The Mill on the Floss* (1860) e outras subsequentes registram: "how should it have *time or need for* belief..." Agradecemos a Denise Bottman e Rogerio Menezes de Moraes pela ajuda na localização dessa edição e da de *Middlemarch* (nota 24, abaixo). (N.C.)
²³ Jane Austen, *Emma*. Tradução de Julia Romeu. São Paulo: Companhia/Penguin, 2021, p. 437. (N.T.)
²⁴ George Eliot, *Middlemarch*: Um estudo da vida provinciana. Tradução de Leonardo Froes. Rio de Janeiro: Record, 1998, pp. 417, 18. (N.T.)
²⁵ George Eliot para a sra. Richard Congreve, 2 de dezembro de 1870 (Cross).

## O PONTO DE VISTA RUSSO

¹ Este ensaio foi publicado pela primeira vez em *O leitor comum*.
² Veja "Ficção moderna", nota 9.
³ "The First and the Last" [O primeiro e o último], de John Galsworthy, publicado originalmente em 1914 na coletânea *Caravan* (Heinemann, 1925), p. 877: "Laurence sentiu crescer o sentimento por aquela criatura, muito mais infeliz do que ele [...] 'Bem, irmão', ele disse, 'você não parece muito próspero'".
⁴ Sir Charles Theodore Hagberg Wright (1862–1940), bibliotecário desde 1893 na Biblioteca de Londres, foi um especialista em literatura russa e editou uma coleção de obras menores de Tolstói. A observação citada aqui vem de sua introdução para *The Village Priest and Other Stories* [O pároco de aldeia e outras histórias]. Veja "Ficção Moderna", nota 9.
⁵ *A dama do cachorrinho e outros contos*, de Anton Tchekhov, organização, tradução e notas de Boris Schnaiderman (São Paulo, Editora 34, 1999), p. 333; o conto, lançado em 1899, termina assim: "[...] todavia, em seguida, tornava-se evidente para ambos que o fim ainda estava distante e que o mais difícil e complexo apenas se iniciava". Referência de VW: *The Lady with the Dog and Other Stories*, tradução de Constance Garnett (Chatto & Windus, 1917). (N.C.)
⁶ "The Post" [A mala-posta], de Anton Tchekhov, em *The Witch and Other Stories*, tradução de Constance Garnett (Chatto & Windus, 1918).
⁷ "A despeito de todos os esforços, essa referência não foi localizada", diz o editor da versão original, Andrew McNeillie.
⁸ "The Wife", de Anton Tchekhov, em *The Wife and Other Stories*, tradução de

Constance Garnett (Chatto & Windus, 1918). Não localizamos a tradução deste conto para o português.
[9] Referência à novela *Um jogador*: Apontamentos de um homem moço, de Fiódor Dostoiévski, tradução de Boris Schnairderman (São Paulo, Editora 34, 2004). (N.T.)
[10] *Felicidade conjugal* (1859), de Liev Tolstói, tradução de Boris Schnairderman (São Paulo, Editora 34, 2010), p. 32. Referência de VW: *The Kreutzer Sonata and Other Stories*, ed. Aylmer Maude, trans. J. D. Duff. (Oxford University Press, 1924), p. 57. VW emprega a notação Masha, para referir-se à heroína da história. (N.C.)
[11] "E para que viver? Se não existe nenhum objetivo, se a vida nos foi dada simplesmente para ser vivida, não há motivo para viver [...] Bem, mas se existe um objetivo na vida, torna-se evidente que a vida deve cessar desde que se atinja o objetivo." *Sonata a Kreutzer* (1859), de Liev Tolstói, tradução de Boris Schnairderman (São Paulo, Editora 34, 2010), pp. 39, 40. Referência de VW: *The Kreutzer Sonata and Other Stories*, op. cit., p. 245. (N.T.)
[12] Personagens, respectivamente, de *Os cossacos*, *Guerra e paz* e *Anna Kariênina*, de Tolstói. (N.T.)

ESBOÇOS

[1] "Srta. Mitford" compreende três artigos: "An Imperfect Lady" [Uma senhora imperfeita], resenha de VW para *Mary Russell Mitford and her Surroundings*, de Constance Hill, *Times Literary Supplement*, 6 de maio de 1920; "A Good Daughter" [Uma boa filha], *Daily Herald*, 26 de maio de 1920 e, em parte, "The Wrong Way of Reading" [O jeito errado de ler], *Athenaeum*, 28 de maio de 1920.
[2] Alexander Pope (1688–1744), foi poeta, tradutor e ensaísta inglês, responsável pela tradução da *Ilíada* e da *Odisseia*, de Homero. William Wordsworth (1770–1850), foi um poeta romântico inglês, autor de *Lyrical Ballads* e *Poems*. (N.T.)
[3] Wordsworth e Samuel Taylor Coleridge são os autores de *Lyrical Ballads*, enquanto *Our Village* é obra de Mary Russell Mitford. (N.T.)
[4] Mary Anning (1799–1847) foi uma paleontóloga e negociante de ossos inglesa, que se destacou pelos fósseis do período Jurássico que encontrou em Lyme Regis, na costa do Canal da Mancha. O esqueleto de ictiossauro que ela e o irmão descobriram causou sensação pública, quando exibido em Londres. A história do rei da Saxônia pode ter sido extraída de *The King of Saxony's Journey Through England and Scotland in the Year 1844* [A jornada do rei da Saxônia pela Inglaterra e Escócia no ano de 1844], de Carl Gustav Carus, Londres: Chapman & Hall, 1846, p. 197. (N.T.)
[5] Editor das obras de Mary Mitford. (N.T.)
[6] Referência a *Geography, or A Description of the World, in Three Parts* (Geografia, ou a descrição do mundo, em três partes) de Daniel Adams (Boston: Lincoln, Edmands, and Co., 1834). (N.T.)
[7] Este ensaio sobre Richard Bentley (1662–1742), teólogo e diretor do Trinity College, Cambridge, baseia-se em *Life* (1830), de James Henry Monk (1784–1856), bispo de Gloucester, e foi originalmente publicado em *O leitor comum*.
[8] Faixa de terreno entre o rio Cam e os fundos dos colégios. (N.T.)
[9] Em 1699, Bentley publicou um estudo, *Dissertation upon the Epistles of Phalaris*

[Dissertação sobre as epístolas de Filáris], polemizando sobre a autoria das cartas atribuídas ao tirano de Acragas (hoje Agrigento), Sicília. (N.T.)
[10] "Homenzinho de instrução medíocre, sem nenhum talento" (em latim, no original). (N.T.)
[11] "Na verdade", "sem dúvida" (em latim, no original).
[12] Sexta letra do alfabeto grego arcaico.
[13] *Eneida*, Livro IV, l. 654, fala de Dido na pira funeral (trocando "*tunc*" por "*nunc*"). Virgílio, *Eneida*. Tradução de Carlos Alberto Nunes. São Paulo: Editora 34, 2014. "*Et tunc*" significa "e então"; "*nunc*", "agora". (N.T.)
[14] Poema épico em dez cantos, de autoria de John Milton, originalmente publicado em 1667. (N.T.)
[15] Originalmente publicado com o título "Behind the Bars" [Atrás das grades], na revista *Athenaeum*, em 12 de dezembro de 1919, este artigo resenha a obra *The Life and Letters of Lady Dorothy Nevill* [A vida e letras de Lady Dorothy Nevill], escrita pelo filho Ralph Nevill.
[16] Jacques-Bénigne Bossuet (1627–1704), bispo francês da corte de Luís XIV, defensor do absolutismo monárquico e autor de *O discurso sobre a História Ocidental* e *Política tirada das Santas Escrituras*. (N.T.)
[17] Thomas Hardy (1840–1928), romancista inglês, autor de *O prefeito de Casterbridge*; *Judas, o obscuro* e *Tess dos D'Urbervilles*; ver, a respeito do autor, também "Ficção moderna", neste volume. (N.T.)
[18] No original: "*being tossed in blankets.*" Segundo o *Oxford English Dictionary*, "*tossing in a blanket*" refere-se a um tipo de punição ou peça, na qual um grupo segurando um cobertor pelas bordas realiza um ritual de jogar repetidas vezes uma pessoa ao ar. A expressão é pela primeira vez registrada em *Henrique IV*, Parte 2 (1596–9), de Shakespeare. (N.T.)
[19] Publicado originalmente como "The Soul of an Archbishop" [A alma de um arcebispo], *Athenaeum*, 9 de maio de 1919, resenha de *The Life and Letters of William Thomson, Archbishop of York* [Vida e Correspondência de William Thomson, arcebispo de York], de Ethel H. Thomson (John Lane, 1919).

O PATROCINADOR E O CROCO

[1] "The patron and the crocus" foi originalmente publicado em *Nation & Athenaeum*, em 12 de abril de 1924. "Patron" tem dupla acepção. A mais atual aproxima-a de "*liente*", cliente ou melhor, freguês; e a outra a relaciona com a mais antiga prática de patronato. O artigo de VW explora essa ambivalência histórica, que tentamos evocar com a proposta de empregar o termo de significação mais ativa "patrocinador" (ver, a respeito, a "Introdução" deste volume). A autora também alude a um tipo de açafrão ornamental, como o açafrão amarelo ou o açafrão-da-primavera, do gênero das iridáceas e família *Crocus*, que em português se traduz como croco ou crócus. A essa família pertencem ainda as plantas cujos estigmas são utilizados na produção do famoso tempero. (N.C.)
[2] "Mas ela tinha horror de ser identificada com a 'Grub Street' ou com o jornalismo profissional", diz Hermione Lee ("Virgina Woolf's Essays". In: Susan Sellers, ed. *The Cambridge Companion to Virginia Woolf*. Cambridge: Cambridge University

Press, 2010, p. 91). Ver nota 27, em "A vida dos obscuros". (N.T.)
[3] Trata-se da travessia de maior extensão na Grã-Bretanha, ligando Land's End, no extremo sudoeste, a John o'Goats, no nordeste, com distância de quase 1.000 quilômetros em linha reta. (N.T.)
[4] Robert Wilson Lynd (1879–1949), editor literário do *Daily News* a partir de 1912. O crítico teatral do *The Times*, na época, era Arthur Bingham Walkley (1855–1926), que certa vez acusou Virginia Woolf de sentimentalismo (ver *Diários* de Virginia Woolf, II, 15 de abril de 1920).
[5] Thomas Carlyle (1795–1881), historiador e satirista britânico; Lord Alfred Tennyson (ver nota 14, "Os Pastons e Chaucer"; John Ruskin (1819–1900), crítico de arte inglês da era vitoriana, defensor do círculo dos pré-rafaelitas e de J. M. Turner. A partir da década de 1870, passou a sofrer de padecimentos mentais e neurológicos. Ver: P. A. Kempster e J. E. Alty, "*John Ruskin's relapsing encephalopathy*", *Brain* (2008), 131, 2520-2525. (N.T.)
[6] Referência shakespeariana: "Ser ou não ser... Eis a questão", início do famoso monólogo de Hamlet (Ato III, Cena 1). (N.T.)

O ENSAIO MODERNO

[1] Ligeiramente modificado a partir de "Modern Essays" (*Times Literary Supplement*, 30 de novembro de 1922), resenha de *Modern English Essays,* 1870 to 1920 [Ensaios ingleses modernos, de 1870 a 1920], em cinco volumes, (J. M. Dent, 1922). O editor, Ernest (Percival) Rhys (1850–1946), foi um homem de letras e fundador da Everyman Library.
[2] VW dá a grafia "Siranney". Além de Rhys (*Modern English Essays*, vol. I, p. viii), Sirannez é mencionado por Montaigne, *Les Essais* (Livre 3, Chapitre 08, p. 934): "O persa Siranez respondeu a alguém que se espantava com a má situação de seus negócios, embora tão sensatos fossem seus planos que só podia responder por estes [...]" Michel de Montaigne, *Ensaios*, tradução de Sérgio Milliet, op, cit,, p. 871. Encontramos menção ao persa, para marcar a diferença entre as palavras ou propósitos e as ações, estas submetidas à fortuna [τύχη], em *Regum et imperatorum apophthegmata*, atribuído a Plutarco. Ver: Plutarch's *Moralia*, vol. III, 172 A- 263C, tradução de Frank Cole Babbitt, Harvard University, 1931. (N.T.)
[3] Fleet Street era a rua ligada à imprensa britânica. (N.T.)
[4] Referência a, respectivamente, "A Word about Spinoza" [Uma palavra sobre Espinosa], de Matthew Arnold, e "Ramblings in Cheapside" [Excursões em Cheapside], de Samuel Butler (Rhys, vol. I, pp. 36-53, e vol. II, 161-80). Fonte: Virginia Woolf. *Selected Essays*. Ed. David Bradshaw. Oxford World's Classics. Oxford: Oxford University Press, 2008, p. 223. (N.T.)
[5] Mark Pattison (1813–84), ensaísta e pastor inglês, foi reitor do Lincoln College (Oxford). (N.T.)
[6] Thomas Babington Macaulay (1800–59), historiador e político britânico; James Anthony Froude (1818–94), historiador, romancista e editor inglês. (N.T.)
[7] Em seu ensaio "Montaigne" (Rhys, vol. I), Mark Pattison discute "La Vie Publique de Michel Montaigne" (1855), de Alphonse Grün.
[8] O ensaio de Arnold foi originalmente publicado na *Macmillan's Magazine*,

dezembro de 1863, com o título "A Word More About Spinoza" [Outra palavra sobre Espinosa] e reeditado, em 1865, na primeira edição de *Essays in Criticism* [Ensaios sobre a crítica], como "Spinoza". O título dado por Rhys parece ser de própria lavra. O tradutor do *Tractatus Theologico-Politicus*, de Espinosa, não creditado por Arnold, é Robert Willis.

[9] *The Fortnightly Review* foi um periódico britânico fundado em 1865 por Anthony Trollope e Edward Spencer. Seu primeiro editor foi George Henry Lewes, companheiro de George Eliot. Ver o ensaio homônimo, neste volume. (N.T.)

[10] Richard Holt Hutton (1826–97), coeditor e coproprietário do *Spectator*; o trecho foi extraído de "John Stuart Mill's Autobiography", Rhys, vol. I, pp. 124-5.

[11] Walter Horatio Pater (1839–94), ensaísta e crítico de arte inglês, ficou famoso por seus estudos sobre o Renascimento. Seu ensaio "*Notes on Leonardo da Vinci*" foi originalmente publicado em 1869 e, em 1873, torna-se capítulo do livro *The Renaissance* (A Renascença). (N.C.)

[12] Rhys, vol. I, p. 185.

[13] Ibid., p. 166.

[14] Ibid., p. 173. O trecho se refere a Beatrice d'Este (1475–97), que se casou com Ludovico Sforza e morreu cedo, ao dar à luz. Pater pode ter sido induzido a erro: nem o retrato exposto na Pinacoteca Ambrosiana, de Milão, a que se refere, é de Da Vinci, nem a modelo é Beatrice. Ver The Walter Pater, *Renaissance*: Studies In Art And Poetry (www.gutenberg.org) e https://www.ambrosiana.it/opere/ritratto-di-dama/. (N.T.)

[15] Joseph Conrad (1895–1923), que aparece no volume quatro da coletânea de Rhys com o ensaio "Tales of the Sea" [Contos do Mar]. Veja também o ensaio seguinte. (N.C.)

[16] Thomas Browne (1605–82), ver "O quarto de despejo elisabetano", neste volume, p. 21; Jonathan Swift (1667–1745), ver "Addison", p. 127, neste volume.

[17] R. L. Stevenson, "Walking Tours", que se encontra no vol. II da coletânea de Rhys, junto com o ensaio de Butler.

[18] Rhys, vol. 2, p. 191.

[19] VW cita, por vezes de modo quase literal, o ensaio de Butler, que apareceu originalmente em dezembro de 1890, na *Universal Review*.

[20] Joseph Addison (1672–1719), ver ensaio "*Addison*", neste volume.

[21] Augustine Birrell (1850–1933), "The Essays of Elia" [Os ensaios de Elias]; Max Beerbohm (1872–1956), "A Cloud of Pinafores" [Uma nuvem de aventais], em Rhys, vol. 3.

[22] Augustine Birrell, "Carlyle", Rhys, vol. 2.

[23] "A Cynic's Apology", de Leslie Stephan (1832–1904), escritor e crítico respeitado, pai de Virginia Woolf, encontra-se no vol. 2 da coleção de Rhys. Como o artigo de VW não saiu assinado, os leitores do TLS não poderiam saber que a pessoa que o escreveu falava do próprio pai. Woolf, *Selected Essays*, op. cit., p. 224. (N.T.)

[24] Charles Lamb (1775–1834), ensaísta, poeta e autor de livros infantis, pertence ao círculo literário de Coleridge, Wordsworth e William Hazlitt. Ver também "A duquesa de Newcastle", de "A vida dos obscuros". (N.T.)

[25] W. E. Henley (1849–1903), homem de letras, foi algum tempo amigo de Stevenson e inspiração para a personagem de Long John Silver, de *A ilha do tesouro*. Seu artigo, "William Hazlitt", está no vol. 3 da coletânea de Rhys. (N.C.)

²⁶ Hilaire Belloc (1870-1953), prolífero escritor e historiador inglês, de origem francesa. (N.T.)
²⁷ "On An Unknown Country", de Belloc, está no vol. 4 da antologia de Rhys.
²⁸ Joseph Conrad, veja nota 27. W. H. Hudson, "The Samphire Gatherer" [O coletor de funcho marinho], Rhys, vol. V. VW admirava a prosa de William Henry Hudson (1841-1922), nascido em Quilmes, na Argentina. Ver "Ficção moderna", p. 177. (N.C.)
²⁹ E. V. Lucas (1868-1938), "A Philosopher that Failed" [O fracasso de um filósofo], Rhys, vol. IV; Robert Lynd (1879-1949), "Hawthorne" e J. C. Squire (1884-1958), "A Dead Man" e "The Lonely Author" [Um morto e Um autor solitário], Rhys, vol. 5. Squire foi fundador e editor do *The London Mercury*. (N.C.)
³⁰ Arthur Clutton-Brock (1868-1924), ensaísta e jornalista inglês, amigo de Clive Bell, cunhado de VW. "The Magic Flute" [A flauta mágica] está no vol. 5 de Rhys. (N.C.)
³¹ O salão de concertos Royal Albert Hall foi inaugurado em 1871. (VW. *Selected Essays*, op. cit., p. 224). (N.T.)
³² "Of Great Place" [Do grande lugar], um dos *Ensaios* de Francis Bacon (1561-1626).
³³ J. C. Squire (1884-1958), "A Dead Man" [Um morto], Rhys, vol. 5, p. 79.
³⁴ Vernon Lee é pseudônimo de Violet Page (1856-1935), cujo ensaio "Genius Loci" (gênio ou espírito do lar, expressão latina), encontra-se no terceiro volume da seleta de Rhys. (N.C.)

## JOSEPH CONRAD

¹ Ensaio escrito por ocasião do falecimento de Conrad (3 de agosto de 1924), para o *Times Literary Supplement*, 14 de agosto de 1924.
² *Nostromo – A Tale of the Seaboard* (1904). No Brasil: *Nostromo*. Tradução de José Paulo Paes. São Paulo: Companhia de Bolso, 2007. (N.C.)
³ Personagens de, respectivamente, *The End of the Tether* (1902) e *The Nigger of the "Narcissus"* (1897). A primeira novela foi publicada no Brasil como *O fim das forças*. Tradução de Julieta Cupertino. Rio de Janeiro: Revan, 2000, enquanto a segunda não teve tradução no país, mas foi publicada em Portugal como *O negro do Narciso*, pela editora Relógio d'Água, em 2017. (N.T.)
⁴ *The Nigger of the "Narcissus"* (O negro do "Narciso"), tradução nossa. (N.T.)
⁵ *Lord Jim* (1900), tradução de Mário Quintana (Porto Alegre: Edição da Livraria do Globo, 1934); *Tufão e outras histórias* (1903), tradução de Queiroz Lima (Porto Alegre: Edição da Livraria do Globo, 1936); *Juventude* (1902), tradução de Flávio Moreira da Costa (Marco Zero, 1986). Entre outras versões dessas obras: *Lorde Jim* (tradução de Marcos Santarrita, Francisco Alves, 1982); *Lord Jim* (tradução de Julieta Cupertino, Revan, 2001); "Tufão" (em *Tufão & Outras histórias*, tradução de Albino Poli Jr., L&PM, 1985); "Juventude" (tradução de Edison Carneiro, em *Ingleses: Antigos e modernos*, Editora Leitura, 1944), *Juventude*: Uma narrativa (em *Juventude: Uma narrativa, e O parceiro secreto*, tradução de Valéria Medeiros, Paz e Terra, 2003). (N.T.)
⁶ Prefácio escrito por Conrad em 1917 para *Youth* [Juventude]. *Conrad's Prefaces* (J. M. Dent, 1937, p. 72). Marlow figura como narrador não apenas em *Juventude*, mas em *Coração das trevas*, *Lord Jim* e *A força do acaso, ou* Chance. (N.C.)

[7] Joseph Conrad, *Lord Jim*. Tradução de Marcos Santarrita. Rio de Janeiro: Francisco Alves, 1982, p. 112. (N.T.)

[8] "Books" [Livros] ensaio de Conrad, em *Notes on Life and Letters* [Notas sobre a vida e a literatura, 1921].

[9] Prefácio escrito por Conrad a *Nostromo* (1917). *Conrad's Prefaces*, p. 9.

[10] "Henry James. An Appreciation" [Henry James. Uma apreciação], de Joseph Conrad. *The North American Review*, janeiro de 1905, reimpresso em abril de 1916.

[11] *Chance – A Tale in Two Parts* (1913); *The Arrow of Gold – A Story Between Two Notes* (1919). No Brasil: *A força do acaso ou* Chance, tradução de Francisco da Rocha Filho, Marco Zero, 1985; e *A Flecha de Ouro*, tradução de Marques Rebello, Editora da Livraria do Globo, 1940.

[12] No original: *"He steered with care."* *The Nigger of the "Narcissus"*, conclusão do Capítulo 3.

## O QUE IMPRESSIONA UM CONTEMPORÂNEO

[1] Versão ligeiramente modificada do original que apareceu no *Times Literary Supplement*, em 5 de abril de 1923. O título original ("How it Strikes a Contemporary", com o qual nós e demais tradutores vêm tomando algum grau de liberdade) remete a um poema de Robert Browning (1812–89), incluído no livro *Men and Women* (1855). (N.C.)

[2] John Milton (1608–74), ver "Esboços", p. 215; John Keats (1795–1821), poeta romântico inglês, autor de "Hyperion", entre outros poemas. (N.T.)

[3] *Robert Elsmere* (1888) é o livro pelo qual Mary Augusta (mais conhecida como sra. Humphry) Ward (1851–1920) ficou mais conhecida.

[4] Stephen Philips (1864–1915), que, de acordo com o *Dicionary of National Biography*, desfrutou de uma "reputação estupenda" como poeta dramático na virada do século.

[5] "Por dez xelins e seis *pence*, pode-se comprar papel suficiente para escrever todas as peças de Shakespeare", observa Virginia Woolf em "Professions for Women", palestra proferida na Sociedade Nacional de Assistência à Mulher em 1931. Como a quantia representaria uma bagatela, as mulheres "triunfaram como escritoras" antes de terem êxito em outras profissões. Recolhida à coletânea póstuma *The Death of the Moth, and Other Essays* [A morte da mariposa e outros ensaios], organizada por Leonard Woolf (1947), a palestra foi traduzida no Brasil como "Profissões para mulheres". Ver: *Profissões para mulheres e outros artigos feministas*, tradução de Denise Bottmann, L&PM Pocket, 2013. (N.T.)

[6] John Dryden (1631–1700), Samuel Johnson (1709–84), S. T. Coleridge (1772–1834) e Matthew Arnold (1822–88); ver, sobre esses autores, respectivamente "O quarto de despejo elisabetano, "O leitor comum", "Os Pastons e Chaucer" e "O ensaio moderno". (N.T.)

[7] Extratos de resenha assinada por Sylvia Lynd ("Miss Macaulay's Masterpiece"), para o *Daily News*, sobre *Told by an Idiot* [Contada por um idiota], de Rose Macaulay (1º de novembro de 1923); e por C.P., para o *Manchester Guardian*, sobre o poema "The Waste Land" [A terra desolada], de T. S. Eliot (31 de outubro de 1923). (N.C.)

8   Gustave Flaubert (1821-80), autor de *Madame Bovary*, romance a que se atribui a inauguração da escola literária realista, na França. (N.T.)
9   Thomas Hardy (1840-1928) e Joseph Conrad (1857-1924), ver ensaios "Ficção moderna" e "Joseph Conrad". (N.T.)
10  *Waverley*, de Walter Scott (1814); *The Excursion* [A excursão], de Wordsworth (1814); *Kubla Khan*, de S. T. Coleridge (1816); *Don Juan*, de Byron (1819-24), os principais ensaios de Hazlitt foram lançados entre 1817-25, sendo o primeiro, *On the Principles of Human Action* [Sobre os princípios da ação humana], em 1805; *Orgulho e preconceito*, de Jane Austen (1813); *Hyperion*, de John Keats, e *Prometeu desacorrentado*, de Percy Bysshe Shelley, foram publicados em 1820.
11  W. B. Yeats (1865-1939), poeta irlandês que ganhou o Nobel de Literatura em 1923; W. H. Davies (1871-1940), poeta e escritor galês; Walter de la Mare (1873-1956), escritor inglês de histórias de fantasmas e para crianças; D. H. Lawrence (1885-1939), escritor e poeta inglês, autor de *Mulheres apaixonadas* (1920) *O amante de Lady Chatterley* (1928). Sobre Max Beerbohm, ver "O ensaio moderno", p. 241, e sobre *Longe, e há muito tempo*, de William Henry Hudson (1918), ver "Ficção moderna", p. 177. (N.T.)
12  *Ulysses*, de James Joyce, 1922. Ver também "Ficção moderna", p. 177.
13  William Wordsworth (1770-1850), Walter Scott (1771-1832) e Jane Austen (1775-1817): ver nota 10, acima, e os ensaios "Os Pastons e Chaucer" (p. 33) e "Jane Austen" (p. 165).
14  *The Watsons*: veja o ensaio "Jane Austen", p. 165.
15  Introdução geral de Matthew Arnold para *The English Poets...* [Os poetas ingleses], ed. T. H. Ward (1880), vol. I, p. xlvi. O trecho se inicia com: "Mas entramos em..."
16  Lady Hester Lucy Stanhope (1776-1839), aristocrata britânica conhecida por suas excentricidades.

# Índice

## A

Acton, Lord
  sobre George Eliot 177
Addison, Joseph
  após dois séculos 120
  bispo Hurd sobre 122
  casado, legislador 123
  Cato 121–124
  e "Chevy Chase" 125
  e mulheres 124
  ensaios perfeitos 127
  e Paraíso perdido 125
  era singular 125
  e Sir Roger 126
  e teatro grego 55
  método de 126
  obras de 120
  período vitoriano 124
  Pope, a conversa de 125
  pura prata 128
  sobre Sombrius 127
  tipo clássico 225–226
Agatão, poeta trágico 59
Alcibíades, amigo de Sócrates 60
alma humana 193
América
  dignidade das letras na 240
  territórios da alma 68
Aristófanes, e riso 63
Arnold, Matthew 222
  em terreno ardente 246
  ensaísta 222
  nunca foi Matt 226
Austen, Cassandra 153
Austen, Jane 54, 201
  e afirmação completa 245
  elementos característicos da grandeza de 157
  Emma 54
  e o amor 161–162
  e simplicidade 156
  morte 160
  nada prolífica 157
  Orgulho e preconceito 153
  quinze anos 155
  se houvesse vivido 162
Austen-Leigh, J. E. 162

## B

Beaumont, Francis
  suplício para ler 73
Beerbohm, Max

ele mesmo 226
nosso ensaísta solitário 128
o "eu" de 229
perfeito à sua maneira 243
triunfo do estilo 226
vai além 230
Bennett, Arnold
   discussões com, pior culpado? 164
   magnífico aparato 165
   The Old Wives' Tale 164
Bentley, Dr. Richard 203
Birmingham, e o poeta moderno 39
Birrell, Augustine, ensaísta 226
Blake, William 132
Borrow, George, Defoe e Lavengro 115
Brontë, Charlotte 201
   e Jane Eyre 171–172
   e Thomas Hardy 173–175
   lemos por sua poesia 174
   lenda de meados da época vitoriana 171–172
   melhor romance de – e Emily 174
   personagens de 174
Brontë, Emily
   e Charlotte 174
   e Jane Austen, comparações 157
   força poética 175–176
Browne, Sir Thomas
   e Evelyn 109
   e solidão 81
   talento sublime de 71
   Urn Burial 72
Browning, Elizabeth Barren 200
Burne-Jones, Edward 63
Burney, Fanny 200
Butler, Samuel 218
Byron, Lord
   centenário próximo 246
   e Arnold 246
   tédio de 133

## C

Caister, castelo 31
Calle, Richard 35
   oficial de justiça de Paston 35
Cecily Dawne, choraminga por vestimentas 48

Cervantes 120
Chamberlain, Joseph 211
Chapman, George
   suplício para ler 73
Charles II 108
Chaucer, Geoffrey 198
   contador de histórias 39
   Contos da Cantuária 40–42, 49, 55
      por que escreveu 49
   convicção e caráter 40
   descreve uma garota 40–41
   e fazenda 43
   escritores, tipos de 44
   e Sir John Paston 38
   habilidade e técnica de poeta 41
   imaginação livre 41
   linguagem imprópria 42
   moralidade 44–45
   mundo de, e o de Shakespeare 40
   não metafórico 44, 46
   narrador 39
   personagens 55
   sem pudor 43
   trabalho de, em Paston 38
"Chevy Chase" 125
Christian World, The, sobre Defoe 112
Cibber, Colley 142
Clarke, J. S. (bibliotecário) 160
Clutton-Brock, Arthur, "A flauta mágica" 229
Coleridge, S. T.
   entre os "padres" 44
   o grande crítico 240
   profundidade
   de 241
Conrad, Joseph
   e Henry James 235
   e Marlow 234–237
   força drástica de 232
   gratidão por 164
   ídolo 242
   linguagem e estilo 232
   personagens de 232–233
   primeiros romances e convicção 41–42
   quando da morte de 231
   sobrevivência de 237

*279*

conto 169
Crabbe, George, escola de 117

## D

Dante 177
Darwin, Charles 210-211
Da Vinci, Leonardo 223
  Notes on 223
Day, Thomas 134-136
  amigo de Edgeworth 133
  vida trágica de 136
Defoe, Daniel
  bicentenário de Crusoé 111
  Capitão Singleton 112
  Coronel Jack 112
  deleite na coragem 117
  e as mulheres 116-117
  fatos e ficção 113
  grandes escritores diretos 117
  Moll Flanders 113
  outros romances de 112
  pobreza 113
  principal virtude de 116
  Robinson Crusoé 111-112
  Roxana 113
Dekker, Thomas
  suplício para ler 73
Delaval, Sir Francis 134
Descartes 98
Dickens, Charles 231
direitos das mulheres 116
Donne, John
  e solidão 81
Dostoiévski 188, 192-193
  a alma domina 195
  assombroso 58
  e a alma 191
Dryden, John
  o grande crítico 240
  prosa próxima da perfeição, 70
  vigor absoluto de 241

## E

Edgeworth, Maria, romancista, e seu pai 133-134

Edgeworth, Mary 200
Edgeworth, Richard Lovell
  chato portentoso 133
  e Rousseau 135
  e Thomas Day 134, 136
  impérvio 134
Edgeworth, sr. 134-136
Eliot, George 177, 185
  alvos do escárnio 177
  e G. H. Lewes 180
  e romance 182
  e ser mulher 185
  espírito perturbado 182
  Gosse, Lady Ritchie, sobre 178
  heroínas de 183-185
  leitores de 181
  não era charmosa 179
  personagens de 181
  quebrou-se o encanto 177
Elizabeth I 65, 67
Ellis, Havelock, sobre Ford 76
Elman, Rev. Henry ("fantasma ilhado") 130-131
Epaminondas, e vida privada 88
escritores, tipos de 44
Espinosa 222
Ésquilo
  Agamêmnon 57-58
  época de 63
  linguagem de 58
  metáfora tremenda 61
  morte 52
  peças menores 57
Eurípides
  As bacantes 53
  combinando incongruências 58
  comparado a Sófocles e Ésquilo 57
  coros de psicologia e dúvida 57
  morte de 51
Evelyn, John
  feliz ignorância de 104-105
  não era nenhum gênio 108
  natureza do diário de 103-104
  observador, cruel? 107
  Pepys a respeito de 108-109
  testemunha torturas 105-106

## F

Fálaris (cartas)  205
Fastolf, Sir John  33
  Caister  31-33
  em Agincourt  33
  propriedade contestada  37
  visualiza o incêndio do inferno  35
ficção inglesa moderna  169
ficção, personagens
  Ajax  55
  Annabella, heroína de Ford  77
  Antígona  55
  Barton, Amos  181
  Bath, esposa de  42
  Bennet, sras.  158
  Bertram, Edmund  158
  Bertram, Julia  158
  Bertram, Lady  159
  Bertram, Maria  158
  Cannon, George  165
  Casaubon, Dorothea  184
  Clayhanger, Edwin  165
  Clitemnestra, sobre a maternidade  54
  Collins, William  158
  Coverley, Sir Roger de  126
  Crawford, Mary  159
  Croft, Almirante  162
  Dempster, Janet  182
  Earnshaw, Catherine  175
  Edwards, Mary  157
  Electra  53-55
  Elliot, Anne  161
  Elliot, Sir Walter  158
  Elsmere, Robert  240
  Eyre, Jane  172-174, 181
  Fanny, srta.  159
  Flanders, Moll
    direitos das mulheres  116
    e veracidade natural  117
    relação insípida  42
    um começo melhor  112
    um pobre começo  112
  Gilfil, Maynard  181
  Grant, dr.  158
  Greville, Lady  155
  Grieux, Marquês des  192
  Griselda, garota de Chaucer  41
  Guest, Stephen  183
  Heathcliff  176
  Helena de Troia  223
  Jack, Coronel  112
  Julieta  42
  Karênina, Anna, realidade de  77-82
  Knightley, sr.  184
  Ladislaw, Will  182
  Macbeth  154
  Mária  195
  Morris, Dinah  182
  Musgrave, Tom  157-158
  Musgrove, sra.  162
  Nausícaa  64
  Níobe  55
  Oliênin  195
  Orfeu  55
  Osborne, Lord  157
  Penélope  64
  Penteu  53
  Polina  192
  Poyser, Martin  181
  Poyser, sra.  182
  Pózdnichev  195
  Rochester, sr.  172
  Romola  182
  Roxana
    direitos das mulheres  116
    sólida compreensão  114
  Singleton, Capitão (em Defoe)  113
  Singleton, "Velho" (em Conrad)  233
  Smith  73-75
  Soranzo (em Ford)  77
  Syphax  122
  Telêmaco  64
  Totty (Poyser)  182
  Tristão e Isolda  53
  Tulliver, Maggie  182, 184
  Wakem, Philip  183
  Watson, Emma  157-158
  Whalley, Capitão  233
Fielding, Henry
  e Defoe  112
  método narrativo de  56
Flaubert
  escola de  76

fanatismo de 241
Fletcher, John
 suplício para ler 73
Ford, John um analista 76
Froude, James Anthony 65-66

## G

Galsworthy, John 189
 brigas com 164
 integridade de 165
Garnett, David
 contador de histórias 39
George, Príncipe Regente, e Jane Austen 160
Gibbons, Grinling 107
Gilbert, Sir Humfrey, viajante 66
Gilbert, sra. Ann ("fantasma ilhado") 130
Gissing, George, escola de 117
Gloys, James, padre 47
Godolphin, sr., e Evelyn 108
Gosse, Edmund
 sobre George Eliot 178
Gray, Thomas, biografia de Johnson 13
Greene, Robert
 complexo, violento 76
 suplício para ler 73
Grey, Lady Jane 200
Grub Street 141
Guido 106

## H

Hakluyt, Richard
 um quarto de despejo 65
Hardy, Thomas
 "Belezas de" 61
 Charlotte Brontë 173-175
 e Charlotte Brontë 173
 gratidão incondicional 164
 Lady Dorothy e 210
 The Mayor of Casterbridge 168
Hault, amante Anne 47
Haydon, Benjamin Robert 132
Henty, G. A. 231
Hermione Lee
 recente reencarnação 11

Hill, Fanny 130-131
Hoadley, Miss, apóstrofe a 141
Hobbes, Thomas 98
Hody, Dr. Humphrey 205
Homero 203, 205, 207
 aventuras de 64
 e o riso 63
 Odisseia 63-64
Horácio 205, 207
Hudson, W. H.
 Green Mansions 164
 Longe, e há muito tempo 164
 The Purple Land 164
Hungerford, ponte de 117
Hurd, bispo, editor de Addison 122
Hutchinson, Michael, membro do Trinity College, Cambridge 204

## I

Ibsen, Henrik, e Defoe 116
Illustrated London News, The 129
Inglaterra 242
 campos da 66
 desolada 32
 dignidade das letras na 240
 e manicômio 208
 enriquecida 67
 governada pelo bule de chá 193
 intocada 39
 monumento no túmulo de Defoe 112

## J

James, Henry 162, 187, 218
 Conrad sobre 235
 diferença entre Tchekhov e 190
 Tchekhov e 189
 um estrangeiro? 187
Johnson, Dr. 126
 "A vida de Gray" – o leitor comum 13
 o grande crítico 240
 sobre Addison 121-122
Jonson, Ben
 e caráter 76
 rude e musculoso, 68
 Silent Woman [Mulher silenciosa] 71
Joseph Addison

após dois séculos 124
bispo Hurd sobre 122
religião e sexo 124-125
Joyce, James
  e o riso antiquado 42
  e Thackeray 170
  mais notável 167-168
  retrato de um artista quando jovem 167

## K

Keats, John 241
  insight e sanidade de 241
Kensington, "uma perfeita Elysium" 130
Ker, John, professor de crianças 206
Killmallock, conde de 139, 141
Kuster, Ludolph, estudioso 206
Kyd, Thomas
  tragédia espanhola 76

## L

Lamb, Charles
  deixa obscura companhia 132
  morte de 226
  o "eu" de 229
  sobre Margaret Cavendish 93-94
  tipo clássico 225
Lawrence, D. H., grandeza 243
literatura grega 51, 53, 63
literatura imaginativa 56
literatura inglesa 14, 54-55, 159, 187, 239
literatura russa 188
Little Review 167
Liverpool
  e realidade 75
  Smith de 74
Londres 33, 38, 67
  banimento da ficção da biblioteca de 177
  poeta moderno 39
  ponte de Hungerford 117
  projeto para a reconstrução de 107
Lord Acton 177
Lydgate, John, trabalhos em Paston 38

## M

Macaulay, Lord
  sobre Addison 119, 126
  sobre Voltaire 120
Mackail, Professor J.W.
  antologia grega 63
  evoca os pré-rafaelitas 62
Manchester, e o poeta moderno 39
Manilius 205
Margery Paston, apaixonada 37
Marryat, Frederick, Capitão 231
Martineau, Harriet 200
Mary (Rainha da Escócia) 156
Masefield, John
  contador de histórias 39
Meredith, George
  "Belezas de" 61
  Defoe e 116
  sobre Lewes e Eliot 177
Middlemarch 180, 182
Milton, John
  Paraíso perdido 125
Mitford, Mary Russell
  e seu entorno 197-205
Mitford, srta., sobre Jane Austen 139-142, 197
Monk, James Henry, bispo, biógrafo de Bentley 203, 207
Montaigne
  alma de 85
  dificuldade de expressar a si mesmo 84
  e alma bem-nascida 87
  e a morte 69-70
  e a vaidade humana 88
  e Boétie 88-89
  e Philip Sydney 69
  e solidão 81
  importância da comunicação 89
  nada explícito 86
  natureza humana 88
  prosa de 68-69
  recolhimento e contemplação 86
  sobre a velhice 85
  sobre convenção e cerimônia 85
  sua alma 83-84

Montgomery, James 130
   poeta 131
Morris, William 63
Mozart 232
Museu Britânico, e os gregos 55

# N

Nevill, Lady Dorothy 208-211
   e Thomas Hardy 210
   o juízo de 211
Nevill, Ralph 211
Newcastle, William Cavendish, duque de 96
   conhecimento erudito peculiar 97
   e Margaret 93-95
   Walpole
   a respeito de 96
Newman, cardeal 131
Newnes, Sir George 132
Norfolk, duque de, cobiçoso 34

# O

Oldfield, Anne, atriz 208
Orford, Lord 209
Ormerod, Eleanor 143-152
Owen, Wilfred, comportamento satírico de 61

# P

Paston, Agnes 35
   batia na filha 35
Paston, Clement, camponês 32
Paston, John
   distância de Platão 51
   e a família 33
   local do enterro 31
   morte 36
   túmulo sem lápide 31-33, 38
   últimos anos em Caister 33
Paston, Margaret 35
   eloquência e a angústia 48
   escrevia cartas 34
   esposa de John 32
   governava a casa 36
   tecido de ouro 47
Paston, Sir John 32
   dá conselhos ao irmão de como cortejar 37
   deixou por fazer a lápide de seu pai 47
   desperdiçador 32
   é enterrado 49
   e o túmulo de seu pai 36-37
   lápide de seu pai inconclusa 48
   lia Chaucer 38-39, 47
   morre 48
   personalidade de 36
   "zangão entre as abelhas" 36
Paston, William
   herdou castelo em Caister 32
   juiz 32
   orações eternas por 35
Patmore, Coventry 198
Pattison, Mark 132
Peele, George
   suplício para ler 73
pensamento, processo 84
Pepys, Samuel
   faz apanhado de Evelyn 108-109
Philips, Stephen 240
Pilkington, Laetitia 130
   em grande tradição 139
   e Swift 139-140
   memórias de 138
Pilkington, Matthew, pároco e poeta 141-143
Platão
   distância de John Paston 51
   gênio dramático 60
   na versão de Shelley 62
   poesia em meio à prosa 64
poesia
   encantação da 45
Polydore 106
Pope, Alexander 199
   a respeito de Addison 121
   sobre as conversas de Addison 125
Protágoras 59
Proust, Marcel 54, 162

# R

Racine, época de 63
Rafael 106
recente reencarnação 11

René, rei da Sicília  83
Richardson, Samuel  112
Ritchie, Lady Anne Thackeray (a Tia Annie de VW),
  a respeito
    de George Eliot  178–179
    filha de Thackeray  138
  romancista, função do  192
  Romano, Julio  106
  Rousseau, Jean-Jacques  135
    autorretratista  83

## S

Safo
  como ler  64
  constelações de adjetivos  64
  morte  52
  pouco conhecimento sobre  200
Saladine, Monsieur  110
Sassoon, Siegfried, jeito satírico de  61
Scott, Sir Walter  231
  descuidado  245
  tranquilidade inabalável de  245
self  18
Sévigné, Madame de  139
Shakespeare, William  120, 187, 192, 220
  capta significados  58
  Chaucer  40
  e Dostoiévski  192
  e o patrocinador moderno  220
  e personalidade  56
  época de  63
  e seus contemporâneos  73
  Rei Lear  49
  Romeu e Julieta  49
  últimas peças  56
Shaw, George Bernard, Tchekhov e  190
Shelley, Percy Bysshe
  e Arnold  246
  entre os "padres"  44
Sidney, Sir Philip
  Defense of Poesie  69
  prosa de  69–70
Sike, Dr. Henry  206
Sloane, Sir Hans  142
Sneyd, Elizabeth  136

Sócrates
  e a beleza  60–61
  e a verdade  59–61
Sófocles  52, 203
  Antígona  55, 76
  personagens  55–56
  rouxinol de  62
  um cardume de trutas  64
Spectator, The  120–121, 127
  e a história da prosa  127
  e Sombrius  127
  não passava de uma conversa  123
  publicada em  121
Spencer, Herbert
  e George Eliot  177, 179
Stanhope, Lady Hester  247
Stendhal, escola de  76
Stephen, Leslie
  candor destemperado de  230
Sterne, Laurence
  e Joyce, e Thackeray  170
  levado à indecência  42
  Tristam Shandy  168
Stevenson, Robert Louis  224–227
Suffolk, duque de
  cobiçoso  34
  uma disputa  48
Swift, Jonathan
  e Addison  124
  e Laetitia Pilkington  140–141
  e Macaulay  120
Sydney, Sabrina  136

## T

Tatler, The  120–121, 127
  não passava de uma conversa  123
  obras-primas em  127
  publicada em  121
Taylor, Sir Henry
  dramaturgo tedioso  75
Tchekhov  188–189
  e a alma  190–191
  primeiras impressões  189
Tchekhov, Anton
  diferença entre Henry James e  190
  ênfase russa  169–170
  primeiras impressões de  189

Tennyson, Lord 75
  devoção microscópica de 39-40
  dramaturgo tedioso 75
  The Princess, citação 108
Thackeray, W. M. 213
  a respeito de Addison 121
  método narrativo de 56
  Pendennis 168
Thomson, William, arcebispo 212
Tintoretto 106
Tolstói 188
  Guerra e paz 79
  mais importantes romances de 193-194
  nos fascina e nos repele 195
  um estrangeiro? 193
Tucídides, restringido e contraído 64

## V

Verneys, os 68-69
vida interior solitária 18
Voltaire 55

## W

Walpole, Horace
  contra o duque 209

Walter, Philadelphia, primo de Jane Austen 154, 161
Warwick, Lord 124
Wellington, duque de 156
Wells, H . G.
  discussões com 164
  materialista 165
Wesleyan Chronicle 129
Whewell, Dr. William 161
White, Rev. Joseph Blanco 132
Willoughby, Sir Hugh, viajante 66
Wordsworth, Dorothy, e as Brontës 174
Wordsworth, William 199
  adoração da Natureza 39
  e Arnold 246
  o poeta filosófico 245
  tranquilidade inabalável de 245
Wren, Dr. Christopher, com Evelyn 107
Wright, Dr. Hagberg 189
Wycherley, William, humor de 63

## Y

Yeats, W. B. 243

## **CONHEÇA** OUTROS LIVROS

Ficção

Personagem Histórica

Feminismo

SIMONE, AMBICIOSA DESDE PEQUENA, QUER SER MAIS DO QUE APENAS UMA BOA FILHA; ELA QUER ESTUDAR E ESCREVER.

Caroline Bernard ficcionaliza a vida da escritora, filósofa e intelectual Simone de Beauvoir, personagem histórica corajosa, apaixonada e apaixonante, que foi modelo para gerações inteiras de mulheres. O livro retrata a vida de Simone de 1924 a 1946, período anterior ao desenvolvimento da teoria feminista pela qual ficou amplamente conhecida, especialmente após a publicação da obra 'O segundo sexo', em 1949.

UM AMOR DE SWANN 2019
UM HOMEM CULTO DA
ARISTOCRACIA FRANCESA, UMA
MULHER FÚTIL DE REPUTAÇÃO
DUVIDOSA E UM AMOR
OBSESSIVO

De um simples caso desinteressado a uma relação amorosa intensa, a obra ultrapassa a descrição de uma simples história de amor para revelar gradualmente a complexidade dos sentimentos, da memória e do tempo. Um amor de Swann é a porta de entrada para a monumental obra de um dos maiores escritores do século XX.

Romance

Literatura Clássica

Todas as imagens são meramente ilustrativas.

Este livro foi composto com a família tipográfica Apollo.
Impresso para a Tordesilhas Livros em 2023.